10|18
12, avenue d'Italie — Paris XIIIe

Du même auteur
aux Éditions 10/18

La plume du corbeau, n° 2307
Miss Silver entre en scène, n° 2308
Miss Silver intervient, n° 2362
Le point de non-retour, n° 2363
Pleins feux, n° 2406
Les lèvres qui voient, n° 2407
La roue de Sainte-Catherine, n° 2437
Le chemin de la falaise, n° 2450
L'empreinte du passé, n° 2473
Le châle chinois, n° 2494
Au douzième coup de minuit, n° 2519
Le rocher de la Tête-Noire, n° 2534
Un anneau pour l'éternité, n° 2575
Le masque gris, n° 2597
À travers le mur, n° 2624
Meurtre en sous-sol, n° 2654
L'héritage d'Alington, n° 2684
Le mystère de la clef, n° 2709
Le trésor des Benevent, n° 2754
► L'affaire William Smith, n° 2770
Comme l'eau qui dort, n° 2792
La dague d'ivoire, n° 2826
Le manoir des dames, n° 2859
Le belvédère, n° 2878
Le marc maudit, n° 2918
La trace dans l'ombre, n° 2970
Anna, où es-tu ?, n° 3184
La collection Brading, n° 3229
La mort au fond du jardin, n° 3286
L'affaire est close, n° 3378
Un troublant retour, n° 3431
Dernière demeure, n° 3511

L'AFFAIRE WILLIAM SMITH

PAR

PATRICIA WENTWORTH

Traduit de l'anglais
par Anne-Marie CARRIÈRE

10|18

INÉDIT

« Grands Détectives »
dirigé par Jean-Claude Zylberstein

Sur l'auteur

Patricia Wentworth, pseudonyme de Dora Amy Elles, est née en 1878 à Mussoorie (Inde). C'est à la suite d'un concours organisé par le *Daily Mail,* en 1923, que le public découvre les romans policiers de Patricia Wentworth, déjà connue pour ses ouvrages historiques. Cinq ans plus tard, elle crée un détective hors du commun . Miss Maud Silver. Prototype de l'*armchair detective,* Miss Silver, tout comme sa cadette Miss Marple (qui ne verra le jour qu'en 1930, sous la plume d'Agatha Christie), est une délicieuse vieille dame douée d'un don d'observation hors pair. Héroïne d'une trentaine d'intrigues, Miss Silver assurera dès lors la renommée de Patricia Wentworth, décédée en 1961.

Titre original :
The Case of William Smith

ISBN 2-264-03212-X

PROLOGUE

Un camp de concentration en Allemagne — Noël 1944.

William Smith rêvait. Toujours le même rêve. Comme ses compagnons, il avait passé plus de cinq heures, ce matin-là, au garde-à-vous dans la cour, dans ses sous-vêtements en lambeaux, exposé à un âpre vent de nord-est. Certains de ces hommes ne se relèveraient plus. Ils s'étaient effondrés, morts d'épuisement.

William Smith avait tenu bon. Il était physiquement très résistant et surtout il n'était pas soumis à la même torture morale que ses compagnons qui se demandaient ce qu'il était advenu de leurs proches. Ne sachant pas qui il était, il ignorait s'il avait une famille. Lorsque le commandant du camp s'était adressé à eux pour leur dire : « Si vous avez des femmes et des enfants, oubliez-les. Vous ne les reverrez jamais », Smith ne s'était pas senti personnellement touché et n'avait éprouvé qu'une froide colère. Sa vie en effet avait commencé deux ans plus tôt, à sa sortie de l'hôpital, qu'il avait quitté muni d'une plaque d'identité sur laquelle étaient inscrits un long matricule et un nom : William Smith. Jamais il n'avait pu admettre que ce nom fût réellement le sien.

On l'avait ensuite interné dans un camp de prisonniers, dont il s'était échappé, puis les S.S. l'avaient repris et envoyé dans un camp de concentration. Depuis, on l'avait déplacé deux fois, et chaque camp était pire que le précédent. Dans celui-ci, il était le seul Anglais. Il parlait un peu français et quelques mots d'allemand. Un vieux Tchèque, qui possédait un couteau, volé au péril de sa vie, le lui prêtait parfois. Ils s'en servaient tous deux pour sculpter des animaux en bois. Au début, le Tchèque était plus habile que lui, mais William avait beaucoup d'idées et, petit à petit, il était parvenu à rivaliser d'adresse avec son compagnon.

Les jours succédaient aux nuits. Partout régnaient la faim, le froid, la saleté, la cruauté. Une nappe de souffrance enveloppait tout le camp. Malgré tout, Smith se sentait privilégié car il n'avait à se soucier de personne d'autre que de lui-même, et il n'était pas d'un tempérament anxieux. Et souvent, la nuit, il rêvait.

A cette minute, il rêvait tout éveillé. Son corps était allongé parmi d'autres corps sur un sol nu et sale, mais son esprit était ailleurs. Il rêvait, et, dans son rêve, gravissait trois marches en pierre qui menaient à une porte en chêne. Le rêve débutait toujours ainsi. Le milieu des marches était usé par les pas de tous ceux qui les avaient gravies depuis des générations. La porte était celle d'une maison qui donnait sur la rue. William ne voyait rien d'autre que ce perron et la grosse porte cloutée. Il la poussait et entrait dans la maison.

Lorsqu'il était éveillé, il se souvenait des trois marches et de la porte, mais ensuite tout devenait indistinct. En revanche, dans son rêve, il avait la sensation d'entrer chez lui. Il pénétrait dans un vestibule plutôt sombre et montait le grand escalier, sur la droite. Le décor était à la fois flou et chatoyant, comme un reflet dans l'eau quand le vent vient en rider la surface. Ce dont il était sûr, c'est qu'il s'agissait d'un rêve heureux...

Lorsqu'il dormait, le rêve était différent, d'une clarté et d'une netteté extraordinaires, bien plus réel pour lui que le quotidien du camp. Le vestibule paraissait sombre tout simplement parce qu'il était lambrissé et que les boiseries absorbaient la luminosité de la pièce. Les montants ouvragés de l'escalier représentaient les symboles des quatre évangélistes : les têtes d'un lion et d'un bœuf sur le pilier du bas, un aigle et un ange sur celui du haut. L'ange et le bœuf étaient sculptés sur la face interne des piliers. La crinière du lion flottait jusqu'en bas du pilastre, et l'aigle aux ailes repliées et aux serres acérées dominait toute la partie gauche du palier. Des portraits étaient accrochés par intervalles sur les boiseries du vestibule et le long de l'escalier. Enfant, il s'imaginait que ces personnages le guettaient, debout dans la pénombre.

Toujours dans son rêve, il continua à gravir les marches, comme d'habitude. Mais soudain, arrivé en haut, tout changea. Hélas, comme ses souvenirs cessaient au réveil, il n'avait jamais de repère précis. A l'état d'éveil, il ne lui restait que la vision des trois marches, de la porte donnant sur la rue, du vestibule obscur et cette sensation très nette de rentrer chez lui.

Ce soir de Noël, couché parmi la foule de ces corps misérables, il quitta encore le camp dans son rêve, gravit le perron, poussa la porte et entra dans le vestibule chaud et illuminé. Les rideaux des fenêtres situées de chaque côté de la porte étaient tirés et toutes les lumières allumées. Une perruque poudrée émergeait de l'ombre d'un portrait, tandis que sur un autre tableau se détachaient la traîne d'une robe d'un rose ancien et la mousseline blanche d'une aube d'enfant. Une couronne de houx ceignait la tête du lion et du bœuf, au pied de l'escalier ; à l'étage, on avait suspendu une grosse boule de gui. Une extraordinaire sensation de bonheur envahit William, si forte qu'elle l'emporta jusqu'en haut des marches. Non, il n'avait pas le temps de s'attarder à regarder les portraits des ancêtres, car il n'avait d'yeux que pour celle qui l'attendait, là-haut, sur la dernière marche, entre l'aigle et l'ange, sous la boule de gui.

CHAPITRE PREMIER

Brett Eversley parcourait une lettre qu'il avait déjà lue bon nombre de fois. Elle était si déplaisante que l'on aurait pu supposer qu'il n'avait pas envie de la relire, et pourtant c'est ce qu'il était en train de faire. Elle était arrivée par le premier courrier et il l'avait ouverte en souriant. Mais la lecture de quelques lignes avait suffi à le plonger dans le désespoir. Depuis, il avait relu chaque mot, chaque phrase, espérant y découvrir une signification cachée, différente de celle qu'il lisait et qu'il se refusait à accepter. Il est bien connu que les femmes disent une chose et pensent le contraire. Elles aiment être courtisées, flattées, voire harcelées. Pour elles, l'homme doit se dévoiler, afin qu'elles puissent le mettre sur la sellette.

Brett était bel homme et avait toujours disposé d'une considérable fortune. Les femmes lui avaient toujours couru après, ce qui n'était pas pour lui déplaire. Encore célibataire à quarante ans, il avait gardé belle allure et possédait une très haute opinion de lui-même. Pour l'heure, il fronçait les sourcils, l'œil noir et les joues empourprées. A le voir ainsi, on devinait que, dans dix ans, ses traits réguliers se seraient durcis, que le bas de son visage s'alourdirait et que ses joues garderaient un teint congestionné. Mais les cheveux gris lui iraient probablement très bien et lui donneraient un petit air très XVIIIe siècle. D'ailleurs, il ressemblait déjà tout à fait à un hobereau de l'époque georgienne.

Il s'assit à son bureau. La lettre était posée devant lui, et il avait beau la lire et la relire, il refusait d'accepter l'évidence. Katharine ne pouvait pas l'éconduire ainsi ! Voici ce qu'elle avait écrit :

« Cher Brett,

« Je t'en prie, n'insiste pas. Le mieux est encore de te le dire, en ajoutant : "Continuons à être bons amis." Je t'avais dit que j'allais réfléchir, voilà, c'est fait. Je serai toujours ta cousine et ton amie, mais rien d'autre. Vois-tu, c'est la vie. Ne te fais pas de souci pour l'argent, j'ai trouvé du travail.

« Bien à toi, Katharine. »

Difficile de lire dans ces lignes autre chose qu'un « non » clair et net. Et pourtant Brett ne s'estimait pas vaincu. Voyons, ce n'était qu'un caprice. Les femmes sont d'humeur changeante, tout le monde le sait. Katharine s'était déjà rétractée une première fois, avant de se montrer à nouveau très gentille. Gentille... Ce simple mot aurait dû lui mettre la puce à l'oreille, mais il était résolu à obtenir ce qu'il voulait. Elle était gentille, elle avait de l'affection pour lui — que désirait-elle de plus ? Elle n'allait pas éternellement continuer à refuser les hommes qui lui offraient leur cœur. Et lui, Brett, elle le connaissait depuis toujours. Il aurait même mis sa main au feu qu'il était son préféré. Ils formeraient un beau couple. Quel âge avait-elle ? Vingt-huit ans ? Elle avait bien eu le temps de s'amuser, et lui aussi. Un jour ou l'autre, il faut bien songer à se fixer, tout de même. Et s'il y pensait, pourquoi n'y pensait-elle pas, elle aussi? Il s'obstinait à croire que ce refus n'était pas définitif.

Il relut la lettre, encore une fois.

Katharine Eversley quitta l'autobus au coin d'Ellery Street et descendit la rue jusqu'au grand bazar de jouets Tattlecombe, qui se trouvait à mi-chemin sur la droite. D'un côté de la boutique, il y avait un petit magasin de nouveautés, et de l'autre une teinturerie à la devanture plutôt lugubre, sur laquelle était peinte une légende défraîchie, à l'humour involontaire : « Avec du vieux, on fait du neuf. »

De part et d'autre de la porte d'entrée du bazar, il y avait deux vitrines. Dans celle de gauche étaient exposés des boîtes de peinture, des craies, un cerceau et divers jouets. Celle de droite était entièrement dédiée aux animaux en bois de William Smith, dont la célébrité commençait à s'étendre bien au-delà d'Ellery Street et de la banlieue nord de Londres. On trouvait réunis là ses chiens Wurzel[1], surnommés Mark I, II, III, IV — le gai luron, le désinvolte, le pathétique, l'exubérant, tous avec des têtes et des queues articulées. Ils étaient noirs, bruns, gris, blancs ou tachetés. Il y avait aussi des chiens d'arrêt, des bouledogues, des chiens courants, des terriers, des caniches et des teckels, tous d'une extravagante singularité. Parmi eux paradait l'Oiseau Conquérant, sorte de grand échassier à la fois gauche et irrésistible, aux couleurs éclatantes,

1. Par référence à une émission de télévision dont le personnage principal était un épouvantail nommé Wurzel. *(N.d.T.)*

blanc, vert perroquet, rose flamant, orange, bleu ; il avait des pattes noir et jaune, des yeux mobiles et un long bec irrégulier.

Katharine s'attarda à regarder les jouets, comme le faisaient tous les badauds qui flânaient dans Ellery Street. Les gens du quartier étaient habitués à ces étranges créatures, mais ceux qui les voyaient pour la première fois s'arrêtaient toujours pour les observer et souvent se décidaient à entrer dans le magasin.

Debout devant la devanture, la jeune femme réfléchissait. Il lui faudrait se montrer tenace. Certaines personnes naissent avec un tempérament opiniâtre, d'autres apprennent à le devenir, d'autres encore sont brutalement confrontées à des situations difficiles face auxquelles il leur faut faire preuve d'obstination. C'était précisément ce qui lui arrivait et elle ne savait que faire. Elle éprouvait un sentiment d'angoisse à l'idée d'aller au-devant d'un échec retentissant. Pourtant, il lui suffisait d'entrer dans la boutique et d'expliquer : « J'ai entendu dire que vous cherchiez une employée. Pensez-vous que je ferai l'affaire ? » Quiconque ayant servi pendant la guerre dans le corps des femmes auxiliaires de l'armée devait être capable de se débrouiller dans ce genre de situation. Si seulement il n'avait pas été aussi vital pour elle d'obtenir ce travail, la démarche aurait été très simple. Or c'était si important qu'elle se sentait glacée de la tête aux pieds et que son cœur battait à tout rompre.

Elle regarda l'un des joyeux chiens Wurzel, qui lui rendit son regard en l'observant de son œil rond et malicieux. « Allez, courage, finis-en au plus vite et cesse de te comporter comme une idiote. » C'est certainement ce qu'il lui aurait dit s'il avait été doué de parole.

Katharine se mordit très fort la lèvre et entra dans le magasin où elle fut reçue par Miss Cole.

William Smith, qui sortait au même moment de l'atelier, vit les deux femmes en train de bavarder ; Miss Cole, vêtue d'une robe noire très stricte et d'un cardigan pain d'épice, toujours pareille à elle-même — pâle, tout en rondeurs efficaces, avec ses éternelles lunettes et ses boules de coton dans les oreilles qui la protégeaient du froid. Puis il entendit Katharine qui disait :

— Bonjour, j'ai appris que vous cherchiez une employée.

Il entendit seulement les mots, trop ému par la musicalité de sa voix pour en saisir le sens. Il aurait voulu l'entendre encore, mais déjà Miss Cole répondait :

— Eh bien, au fond, je n'en suis pas si sûre...

Alors il retrouva ses esprits et comprit un peu à retardement que la jeune femme venait demander du travail. Il s'avança dans la boutique et vint se joindre à la conversation.

Miss Cole fit les présentations.

— Voici Mr. Smith.

— Bonjour, dit-il sans cesser de dévisager Katharine.

Sa voix l'avait ému. Tout en elle le bouleversait. Il émanait de tout son être une musique, une poésie, un enchantement qui le ravissaient. Et elle venait postuler un emploi de vendeuse ! William était si troublé qu'il ne remarqua pas l'extrême pâleur de la jeune femme — détail qui, en revanche, n'échappa point à Miss Cole. Celle-ci attribua aussitôt trois mauvais points à la nouvelle venue : « Un, santé délicate. Nous n'avons pas besoin d'une vendeuse qui va tomber malade. Deux, le rouge à joues. Dès qu'elle est entrée, j'ai bien vu que sa bonne mine n'était pas naturelle. Trois, le rouge à lèvres. Mon Dieu, que dirait Mr. Tattlecombe s'il la voyait ? »

Puisque Mr. Tattlecombe reposait sur un lit d'hôpital et que seule sa sœur était autorisée à le voir, la question ne se posait pas. D'autre part, bien que Miss Cole le déplorât, William Smith avait la responsabilité du magasin. Celui-ci avança une chaise vers la jeune femme en disant :

— Vous demandiez à Miss Cole si nous avions besoin d'une employée ?

Katharine apprécia ce geste. Comment réagirait-elle en effet s'ils lui annonçaient qu'ils n'avaient besoin de personne ou qu'elle ne faisait pas l'affaire ? De toute évidence, c'est ce qu'aurait répondu Miss Cole, si elle avait eu un pouvoir de décision. Celle-ci avait bombé la poitrine pour manifester sa désapprobation. Ses yeux de fouine observaient Katharine sans aménité derrière ses épais verres de lunettes. Son silence était éloquent.

— Oui, répondit la jeune femme. Pensez-vous que je ferai l'affaire ?

Miss Cole se garda bien d'intervenir, mais détailla la visiteuse des pieds à la tête. Un petit chapeau et des chaussures très simples. Le tailleur de tweed n'était plus de première jeunesse... L'opinion de Miss Cole se résumait à deux mots : « déchéance sociale » ; beaucoup de jeunes filles en étaient arrivées là, malheureusement. Nées avec une cuillère d'argent dans la bouche, puis un jour, le hasard, un choc, un drame, elles se retrouvaient au bas de la pente, contraintes à chercher du travail, se lamentant d'avoir à faire ce que les jeunes filles ordinaires savent qu'elles feront depuis toujours. Miss Cole avait quitté l'école et commencé à travailler à quatorze ans, c'est dire qu'elle avait de l'expérience, mais « ces filles-là » — comme elle le soulignait avec une pointe de mépris —, « ces filles-là » croyaient qu'il était facile de trouver un emploi sans avoir la moindre qualification !

— Avez-vous de l'expérience ? demanda-t-elle sèchement.

— Aucune, du moins pour ce genre de travail, répondit Katharine avec franchise, mais je suis prête à apprendre. J'ai travaillé comme auxiliaire territoriale pendant la guerre. Je suis restée mobilisée assez longtemps, et puis j'ai pris quelques vacances. Et maintenant, j'ai... j'ai absolument besoin de travailler.

« Évidemment, elle est à court d'argent, songea Miss Cole. Madame s'achète du maquillage et ne pense pas à mettre un centime de côté. »

William les écoutait parler, se contentant d'observer la jeune femme. Elle était grande, pleine de grâce et se mouvait librement, sans effort, comme un nuage dans le ciel. Elle avait des cheveux châtains, des yeux marron aux reflets changeants, limpides ou troubles, mais toujours très beaux. La touche de rouge sur ses joues rehaussait simplement la pâleur de son teint. Il aimait beaucoup la couleur de son rouge à lèvres qui dessinait le contour de sa bouche ravissante. Il aimait aussi son tailleur un peu défraîchi et le joli foulard vert qu'elle portait autour du cou. Tout en elle était parfait.

Il lui demanda de manière simple et directe :

— Comment vous appelez-vous ?

Elle rougit, puis pâlit aussitôt.

— Katharine Eversley.

William se tourna alors vers Miss Cole.

— Eh bien, il me semble que Miss Eversley est précisément la personne dont nous avions besoin !

— Vraiment, Mr. Smith...

Il lui adressa son sourire le plus charmeur, auquel elle n'était pas insensible.

— En l'absence de Mr. Tattlecombe, vous allez

être surchargée de travail, Miss Cole. Que deviendrions-nous si vous tombiez malade ?

— Mais je n'ai nullement l'intention de tomber malade !

— Mr. Tattlecombe ne me le pardonnerait jamais, poursuivit William. Vous avez réellement besoin d'être secondée. Aussi, si Miss Eversley...

« Inutile d'insister », songea Miss Cole. « Il tient visiblement à embaucher cette fille, et je ne peux m'y opposer puisque c'est lui le responsable du magasin. Les hommes deviennent complètement idiots dès qu'ils voient apparaître un joli minois et ils ne remarquent même pas la femme qui ferait une bonne mère et une bonne épouse. Ils sont ainsi faits et nous devons bien nous en accommoder. »

Elle réprima un reniflement et demanda d'un ton brusque :

— Avez-vous des références, Miss Eversley ?

Rétrospectivement, William se rendit compte qu'il lui était plus facile de se souvenir de cette jeune femme que de quiconque. Il lui suffisait d'ouvrir une minuscule brèche dans son cerveau et hop, Katharine s'y faufilait pour le remplir tout entier.

Il se mit un peu à l'écart et continua d'écouter la conversation des deux femmes.

— Étant donné votre manque d'expérience, vous ne devez pas vous attendre à un salaire faramineux, expliquait Miss Cole. Est-ce que trente-cinq shillings par semaine...

Il se souvenait encore de la rougeur qui avait envahi les joues de Katharine, lorsqu'elle répondit :

— Oh, c'est parfait.

Furieux, il entendit Miss Cole ajouter d'un ton autoritaire :

— Pas de rouge à lèvres, ni de rouge à joues, Miss Eversley. Aucun maquillage. Mr. Tattlecombe est très strict sur ce point.

Cette fois, Katharine ne rougit pas. Elle se contenta de sourire.

— Bien entendu, Miss Cole, cela ne me dérange absolument pas. C'est juste une habitude, vous savez.

Et elle s'en alla. Ils devaient vérifier ses références, et, si elles s'avéraient satisfaisantes, Katharine Eversley commencerait son travail le lundi suivant.

William Smith marchait sur des nuages.

2

Abel Tattlecombe était assis sur son lit, un châle de laine grise posé sur ses épaules, le dos calé par deux oreillers et un coussin. Si cela n'avait pas été pour lui, sa sœur, Mrs. Salt, n'aurait certainement pas remonté le coussin, qui serait resté à sa place sur le canapé du salon, au rez-de-chaussée. Le coussin, recouvert d'une toile ornée d'énormes roses rouges brodées au point de croix sur fond violet, avait gardé, malgré le temps, une forme imposante et des couleurs agressives. Il servait d'assise aux deux oreillers de plume et offrait un appui confortable au dos du convalescent.

Ce dernier plongea son regard bleu dans celui de son employé, avant de déclarer :

— Smith, j'ai rédigé mon testament.

William ne sut que répondre. S'il gardait le silence, Mr. Tattlecombe allait certainement en conclure qu'il l'imaginait mourant et s'il se contentait d'un banal « Ah bon ? », le résultat serait à peu près le même. Mais s'il disait : « Oh, Mr. Tattlecombe, c'était inutile », il irait à l'encontre de ses principes ; les gens ont bien raison de faire un testament, s'ils ont un héritier et quelque chose à léguer. William, lui, ne possédait rien. Il rendit son regard à Mr. Tattlecombe, en songeant que celui-ci n'avait jamais eu l'air aussi bien portant, et répondit :

— Je crois que vous avez bien fait. Au moins, vous n'y penserez plus.

Abel secoua solennellement la tête, ce qui ne signifiait pas son désaccord, mais traduisait seulement un simple doute philosophique. C'était un vieil homme au teint frais et aux yeux très bleus, au visage auréolé d'une crinière de cheveux gris. Il déclara, avec son accent jovial et campagnard :

— Eh bien, ce qui est fait est fait, comme on dit.

Apparemment, il n'y avait plus rien à ajouter.

Abel poussa un profond soupir.

— Si le Seigneur a besoin de moi, il me rappellera à Lui. Avec ou sans testament, pour Lui, c'est du pareil au même.

La gravité de son ton était embarrassante.

— Bien sûr, s'empressa de répondre William.

Mr. Tattlecombe secoua lentement la tête.

— Au départ, je ne voyais pas les choses sous cet angle, mais, petit à petit, elles me sont apparues ainsi. A la boutique, je n'ai guère le temps de réfléchir. Mais ici, allongé sur ce lit, je n'ai rien d'autre à faire que de penser et j'ai compris que je serai appelé à rendre des comptes devant le Seigneur. Jusqu'à la guerre, ma petite affaire marchait bien, et je pensais la laisser à Ernie, mais le sort en a décidé autrement. Lorsque j'ai appris qu'il était mort dans un camp, j'ai été désespéré. Entre les bombardements, l'argent qui se faisait rare et aucun espoir de bénéfices, je ne trouvais plus de goût à rien. A la fin de la guerre, je n'avais plus le cœur à me remettre à l'ouvrage. Ce n'est pas si facile de repartir de zéro quand tout est différent et que vous prenez de l'âge. La suite, vous la connaissez ; vous êtes arrivé un jour chez moi pour m'apprendre que vous aviez connu Ernie dans ce camp. Cela représentait beaucoup pour moi de savoir qu'il vous avait parlé de moi et de la boutique. Et vous m'avez montré vos jouets en me demandant ce que j'en pensais. Vous souvenez-vous de ma réponse ?

William eut un large sourire.

— Vous m'avez dit : « Jeune homme, la question n'est pas de savoir ce qu'en pense Abel Tattlecombe, mais ce que le public va en penser. Mettez-les en vitrine et attendez. »

— Une demi-heure plus tard, ils étaient tous vendus ! La clientèle avait répondu à votre question. Et aujourd'hui, vos premières créations, le Chien Wurzel et l'Oiseau Conquérant, se vendent toujours aussi bien. Croyez-moi, William, si un jour j'ai vu la main de Dieu, c'est bien ce jour-là. Ernie, la chair de ma chair, mon seul petit-fils, n'était plus de ce monde ; mon commerce marchait si mal que j'étais sur le point de fermer boutique. Et miracle, vous m'êtes apparu, avec vos chiens et vos oiseaux. Grâce à vous, mes affaires ont repris et depuis n'ont cessé d'être florissantes. Personne ne m'empêchera de croire à une intervention divine, Smith.

— En effet, monsieur, acquiesça William, nous ne nous débrouillons pas trop mal...

Abel hocha la tête.

— « Avec les pierres de ma souffrance, je bâtirai Béthel[1]. » J'ai rendu grâces au Seigneur, et, à présent, je tiens à vous remercier, William. Hier, j'ai rédigé un testament qui vous fait l'héritier du magasin et de l'argent que j'ai placé en banque. Ne vous inquiétez pas pour ma sœur Abby, elle est d'accord ; son avenir matériel a été assuré par Matthew Salt. Celui-ci a — hélas — laissé sa sœur

1. Béthel, sanctuaire de l'Ancien Testament. *(N.d.T.)*

Emily entièrement à la charge d'Abigail, mais, en compensation, il a veillé à pourvoir à tous ses besoins jusqu'à la fin de ses jours. Matthew était un homme de cœur. Sa disparition a été une grande perte pour notre communauté. Étant entrepreneur du bâtiment, il a pu faire construire leur maison à prix coûtant. Nous n'avions pas toujours les mêmes opinions — il était un peu trop imbu de sa personne —, mais c'était un bon frère et un bon mari. Abigail ne manquera de rien. Quoique aucune fortune ne puisse compenser la corvée de devoir vivre avec Emily Salt. Personnellement, je n'aurais pas pu la supporter.

Ses yeux bleus étincelaient.

— A la mort de ma pauvre femme, j'avais pensé qu'Abby pourrait venir m'aider à tenir la maison, mais il était hors de question qu'elle amenât Emily avec elle ! Je le lui ai dit sans détour. « Le Seigneur a donné, le Seigneur a repris », lui ai-je rappelé ; or, jamais il ne m'a donné Emily Salt et il n'est pas question pour moi de battre en brèche son autorité. Voyez-vous, Emily pense qu'un homme ne doit pas être laissé libre d'aller et venir à sa guise et j'avoue que le simple fait de la regarder me coupe l'appétit. Brr ! Je ne sais pas comment fait ma sœur pour la supporter depuis tant d'années. C'est tout à son honneur ! Abigail est une très brave femme et, comme je vous l'ai dit, je lui ai fait part de mes décisions testamentaires. Elle n'a émis aucune objection.

William se sentait un peu dépassé par la situation. La gratitude et l'embarras lui rendirent les minutes suivantes extrêmement éprouvantes. Ne sachant trop que dire, il bredouilla quelques mots maladroits qui s'achevèrent sur un : « J'espère que vous vivrez centenaire, Mr. Tattlecombe. »

— C'est au Seigneur d'en décider, William. J'ai plus de soixante-dix ans.

— Pensez à Moïse, à Abraham ! Jusqu'à quel âge ont-ils vécu ? Sans oublier Mathusalem ! Ces hommes étaient indestructibles.

— C'est au Seigneur d'en décider, répéta Abel. Cette fois, j'ai bien cru qu'il m'avait rappelé à Lui, mais, apparemment, je m'étais trompé.

William était intimement persuadé que les accidents ne devaient rien à l'intervention divine, mais il se garda bien d'exprimer cette opinion.

— A l'avenir, il vous faudra faire bien attention où vous marchez — surtout la nuit ! Vous l'avez échappé belle, l'autre soir.

Abel eut un signe de dénégation.

— C'est un coup violent qui m'a fait tomber.

Quelque chose de grave dans sa voix et dans son regard poussa William à le reprendre.

— Voyons, Mr. Tattlecombe, vous avez été renversé par une voiture au moment où vous vous apprêtiez à traverser la rue.

— Absolument pas, répliqua Abel. Ça, c'est ce que vous diront ma sœur et les docteurs. Moi, vous ne m'ôterez pas de l'idée que j'ai été agressé. Je suis sorti par la porte de service, pour prendre un peu l'air avant d'aller me coucher. Les lumières de la maison éclairaient le trottoir mouillé. Il faisait bon, mais il y avait du brouillard et du crachin dans l'air. J'avais laissé la porte ouverte derrière moi. Je me suis avancé jusqu'au bord du trottoir. Une voiture arrivait très vite. Juste au moment où elle passait à ma hauteur, quelqu'un m'a poussé par-derrière, entre les épaules. Je suis tombé en avant, et je me suis réveillé à l'hôpital. Cela s'est passé il y a six semaines, et voilà une semaine que je suis ici, chez ma sœur. Savez-vous que vous êtes la première personne qui daigne m'écouter sans m'interrompre quand je lui dis que quelqu'un m'a poussé ? Tout le monde me répond : « Mais voyons, qui aurait fait une chose pareille ? » Je ne sais pas et je ne veux pas le savoir ! Tous les jours dans le monde, il se commet des atrocités qui ne sont jamais élucidées. Que peut faire le vertueux face à la noirceur des âmes diaboliques ? Je vous répète que l'on m'a poussé.

William se dit qu'il valait mieux changer de sujet de conversation.

— Votre sœur vous a-t-elle dit que nous avions une nouvelle assistante ? Je lui avais laissé le message.

— Ah, c'est vrai ! Comment se débrouille-t-elle ? Pardonnez-moi, j'ai oublié son nom.

— Miss Eversley. Je l'ai mise à l'atelier de peinture ; elle sait rendre à merveille l'expression des yeux des animaux. A propos, je vous annonce la naissance d'une nouvelle créature. Nous l'avons surnommée « Canard Simplet ». Elle se vend comme des petits pains ! Même à quatre, nous n'arrivons pas à assurer la production. J'avais donc vraiment besoin de Miss Eversley à l'atelier. Miss Cole a beau dire qu'elle peut se débrouiller toute seule à la vente, j'estime qu'il nous faudrait une personne supplémentaire à la boutique.

Abel se renfrogna.

— Quand je pense que je dois encore rester cloué au moins quinze jours ici ! Et une fois au magasin, il faudra que je me ménage... Si vous avez vraiment besoin d'une employée supplémentaire, embauchez-la, mais attention, quelqu'un de respectable, hein ? Dans le temps, j'avais l'habitude de répéter « restons en famille », mais, aujourd'hui, je suis bien obligé de me plier à la situation — du moins s'il s'agit de personnes respectables et bien élevées, ce qui, j'espère, est le cas de Miss Eversley.

William eut soudain la vision de Katharine, debout, irradiant l'atelier de sa beauté lumineuse, comme à cette minute elle illuminait son cœur. Il s'entendit répondre que Miss Eversley était une personne respectable et bien élevée, quoique ces qualificatifs lui parussent tout à fait absurdes, appliqués à Katharine. Aimable, aimante, aimée, tels étaient les mots qui lui venaient à l'esprit. Il aimait à se les répéter, avec le même émerveillement que s'il peignait l'esquisse d'un oiseau de paradis.

Ce fut un soulagement pour lui d'entendre Mr. Tattlecombe reparler de son testament.

— Comme je vous le disais, j'ai eu le temps de réfléchir depuis que je suis alité. J'ai pensé que si vous aviez quelques perspectives financières, vous pourriez envisager de fonder un foyer. Quel âge êtes-vous censé avoir ?

— William Smith aurait vingt-neuf ans. Mon âge véritable, je ne le connais pas.

Mr. Tattlecombe fronça les sourcils.

— Allons, ne revenons pas là-dessus. Vous êtes en âge de vous marier, et vous devriez y songer sérieusement.

William baissa la tête et examina les motifs du tapis, avant de répondre, à moitié dans sa barbe :

— C'est délicat, quand vous ne savez même pas qui vous êtes. Une femme a le droit de savoir qui elle va épouser.

Abel tapa du poing sur le matelas.

— Elle épouserait William Smith, un honnête homme qui a un avenir assuré et — qui plus est — ferait un excellent mari ! N'importe quelle jeune femme sensée vous en serait reconnaissante !

William releva la tête.

— Supposez que je sois déjà fiancé — ou même marié. Avez-vous pensé à cela, Mr. Tattlecombe ?

Le visage d'Abel s'empourpra. Il frappa de nouveau du poing sur son lit.

— William Smith n'était pas marié, donc vous n'êtes pas marié ! Personne n'oublierait une chose pareille, à moins de le vouloir expressément. Et je vous connais suffisamment pour vous en savoir incapable. A présent, écoutez-moi. J'ai étudié la situation sous tous les angles. Si vous êtes réellement Smith, dans ce cas vous ne seriez pas le premier garçon à avoir quitté sa famille pour aller tenter sa chance ailleurs et à revenir ensuite dans un monde auquel il n'a plus l'impression d'appartenir. A mon avis, c'est ce qui vous est arrivé. Vous n'avez plus de proches parents ni d'amis, et vos voisins ne vous reconnaissent pas, parce que vous avez beaucoup changé. Il n'y a rien là de bien mystérieux. Mais soit, admettons que vous ne soyez pas Smith. C'est là qu'intervient la volonté du Seigneur. « Il élèvera les humbles et abaissera les orgueilleux. » S'Il vous a choisi là où vous étiez pour vous mettre à la place de cet autre, ce William Smith, ce n'est pas sans raison. Ni vous ni moi ne pouvons lutter contre ses desseins.

William se sentait incapable d'argumenter. Il avait infiniment de respect pour les croyances religieuses de Mr. Tattlecombe, mais parfois il lui était difficile de suivre ses raisonnements. Il préféra donc garder le silence et écouta le vieil homme poursuivre sa démonstration.

— Fondez un foyer, William, et remettez votre sort entre les mains de Dieu. Si vous appreniez, après tout ce temps, que vous n'êtes pas Smith, comment réagiriez-vous ? C'est en 1942 que William Smith a été porté disparu ; supposez que vous soyez quelqu'un d'autre et que vous ayez été porté disparu depuis plus longtemps encore. C'est là que les difficultés commenceraient. Imaginons que vous ayez eu de l'argent; un autre homme en profiterait à votre place. Et l'élue de votre cœur, si vous en aviez une, se serait mariée entre-temps. Non, vous ne pouvez réapparaître en espérant retrouver les choses à leur place, c'est la loi de la nature. Lorsque vous vous coupez, la plaie finit toujours par se refermer. Elle ne reste pas éternellement ouverte, à vous faire souffrir. Il en va de même pour vous. Si vous n'étiez pas William Smith, votre place ne serait plus ici. Pour moi, c'est clair comme de l'eau de roche, et j'aimerais bien vous faire partager mon point de vue ! William Smith vous êtes, et, si Dieu le veut, William Smith vous resterez.

A ce moment, la porte s'ouvrit sur Mrs. Salt, qui apportait à son frère une tasse de Benger[1].

On eût dit un Abel en jupons, avec le même teint frais, les mêmes yeux bleus, les mêmes cheveux gris bouclés. Elle était tout de noir vêtue, à l'exception d'un tablier fantaisie acheté à une vente de charité, et portait à sa gorge, noyée dans un flot de dentelles, une broche dorée ornée d'un diamant en forme de A, l'initiale de son prénom.

— Mon frère a assez parlé, Mr. Smith, déclara-t-elle. Vous devriez partir, à présent.

William se leva. Abel Tattlecombe n'était pas content. Si seulement il avait été habillé et en état de tenir debout, il aurait tenu tête à sa sœur. Malheureusement, sa jambe était toujours maintenue par une attelle et il ne savait même pas où était rangé son pantalon. La dignité lui interdisait donc

1. Boisson chaude, épaisse et nourrissante que l'on donnait aux personnes malades. *(N.d.T.)*

toute vaine protestation. Il la fixa d'un air furibond, mais, sans lui prêter la moindre attention, elle posa la tasse, tapota les oreillers, fit disparaître un pli du jeté de lit et escorta leur visiteur hors de la chambre.

En descendant l'escalier, William aperçut une silhouette féminine qui se tenait debout dans l'embrasure d'une porte. Elle attendit un instant, puis battit en retraite sans un mot, sans un signe. La porte se referma silencieusement sur elle. William avait juste eu le temps de l'entrevoir. Il était déjà venu trois fois dans cette maison, et, à chaque fois, soit à son arrivée, soit à son départ, il avait senti le regard perçant d'Emily Salt peser sur lui. Elle se dissimulait toujours dans la pénombre d'un couloir, dans l'encoignure d'une porte, ou l'épiait par-dessus la rambarde de l'escalier. Comme d'habitude, il ne vit — ou ne voulut voir d'elle — qu'une grande femme un peu voûtée, en vêtements de deuil, aux bras trop longs pendant gauchement de chaque côté de ses hanches. Elle avait un visage pâle et osseux et des yeux profondément enfoncés dans leurs orbites. William se dit que Mr. Tattlecombe avait eu bien raison de choisir Mrs. Bastable pour s'occuper de sa cuisine et du ménage de son appartement, situé au-dessus du magasin de jouets. Certes, Mrs. Bastable n'égalait pas Abigail dans l'art culinaire, mais c'était une femme gaie et pleine de bonne volonté, qui avait surtout l'immense avantage de ne pas avoir la charge d'Emily Salt.

Abel aimait beaucoup sa sœur et lui était très reconnaissant des soins qu'elle lui prodiguait, mais il ne supportait pas Emily et avait grande hâte de rentrer chez lui. Il dégusta son Benger à petites gorgées et se détendit. Comme toujours, Abigail l'avait cuit à la perfection. Trois fois sur quatre, Mrs. Bastable y laissait des grumeaux.

Au même moment, dans l'escalier, Abigail Salt était en train de dire à William :

— J'espère que vous ne l'avez pas contredit, Mr. Smith. Il ne faut surtout pas qu'il s'énerve. Attendez donc trois ou quatre jours avant de revenir.

Alors qu'ils atteignaient le hall d'entrée, elle parut hésiter, puis poussa la porte du petit salon.

— Avant que vous ne preniez congé, j'aimerais vous dire un mot.

Curieux de savoir de quoi il retournait, William la suivit dans un salon de style victorien, meublé d'un canapé rustique et des chaises assorties, décoré d'un tapis aux couleurs vives, et de rideaux de peluche. Une suspension qui devait autrefois fonctionner au gaz et qui avait été reconvertie à l'électricité pendait du plafond. La pièce était envahie d'agrandissements photographiques, de photogravures et de bibelots qui alliaient la laideur à l'inutilité. Toute la scène se reflétait dans un grand miroir au cadre doré, posé sur la cheminée. Le mobilier provenait de l'héritage de Matthew Salt et remontait donc à l'époque de leur mariage, mais Abigail y ajoutait régulièrement des babioles qu'elle achetait dans des magasins de souvenirs.

Elle ferma la porte derrière elle et regarda fixement son visiteur.

— Mon frère vous a-t-il fait part des clauses de son testament ?

William aurait sincèrement désiré éviter de parler du testament, mais il eût été grossier de répondre avec franchise. S'il n'avait pas eu un teint pâle et mat, il aurait rougi.

— Il m'en a parlé, en effet, bredouilla-t-il, embarrassé.

Les joues de Mrs. Salt s'empourprèrent.

— Dans ces conditions, j'espère que vous lui

rendrez tout le bien qu'il vous a fait, reprit-elle sans le quitter des yeux. Mon frère éprouve une grande amitié pour vous. Il a le droit de faire ce qu'il veut de son magasin et, en ce qui me concerne, je ne m'y opposerai pas. Mais sachez qu'à mon sens vous lui êtes dorénavant grandement redevable.

— Je ferai tout ce qui est en mon pouvoir, la rassura William, qui ne saisissait pas le sens caché de cet avertissement.

— Très bien, dit Mrs. Salt en retournant vers la porte.

Elle avait soulagé sa conscience. L'entrevue était terminée. Sans un mot, elle le précéda dans l'étroit couloir qui menait à la porte d'entrée.

Dehors, il tombait un épais crachin. Un relent de suie entra dans la maison dès qu'Abigail Salt ouvrit la porte. Les lumières du hall éclairèrent les deux marches basses qui donnaient sur la rue. Sur la première marche, William se retourna, le chapeau à la main.

— Bonsoir, Mrs. Salt, et merci encore de m'avoir permis de venir.

— Bonsoir, Mr. Smith, répondit-elle avant de fermer la porte.

William mit son chapeau et s'éloigna.

3

L'inspecteur-chef Frank Abbott se disait que décidément la criminalité était un domaine qui réservait bien peu de satisfactions ; non seulement les criminels faisaient fi de la moralité et transgressaient la loi, mais ils obligeaient de valeureux garants de l'ordre public à se déplacer jusqu'au fin fond de banlieues éloignées par un temps à ne pas mettre un chien dehors.

Cette mission n'ayant rien à voir avec l'affaire qui nous intéresse, disons seulement que l'inspecteur Abbott errait un soir sous la pluie dans la banlieue londonienne. Le temps s'était un peu amélioré — autrement dit, il ne pleuvait plus à torrents. Il restait une sorte de crachin en suspension qui vous collait à la peau, aux cils, aux cheveux, et qui, à chaque inspiration, semblait vouloir vous entrer dans les poumons. Et l'on n'y voyait pas plus loin que le bout de ses chaussures.

Alors qu'il se dirigeait vers la station de métro la plus proche, qui se trouvait approximativement à quelques centaines de mètres, Frank Abbott discerna une forme humaine vêtue d'un imperméable, dont la silhouette se détachait devant l'entrée d'un immeuble. La porte étant restée ouverte, les lumières de la maison éclairaient la rue, ce qui permit à Frank de voir que l'homme était blond — ou grisonnant.

Celui-ci mit son chapeau et s'éloigna, tandis que la porte se refermait. Aussitôt, la silhouette se fondit dans l'obscurité, happée par les ténèbres, comme cela se passe dans les meilleurs romans policiers. Puis elle émergea peu à peu de la pénombre, d'abord indistincte, ensuite plus nette, pour réapparaître bientôt à la lueur d'un réverbère sous sa forme première, celle d'un homme vêtu d'un imperméable.

Frank était en train de visualiser cette scène, quand il s'aperçut qu'un deuxième homme marchait derrière le premier. Cet autre passant aurait pu être là depuis le début, à moins qu'il n'ait émergé d'un étroit passage entre deux maisons ou bien qu'il ne fût lui aussi sorti d'un immeuble. Frank Abbott n'était pas à proprement parler conscient de tous ces détails ; mais un bon policier se devant de noter mentalement ce qui se passe autour de lui, c'était devenu chez lui une seconde nature. Il pouvait ainsi, le cas échéant, faire ressurgir de sa mémoire les événements les plus anodins.

Il ne s'écoula que quelques secondes entre l'apparition du deuxième personnage et l'étrange scène qui suivit : ce dernier se rapprocha du premier passant et le frappa violemment à la tête. L'homme à l'imperméable s'écroula. Son agresseur se pencha sur lui, mais en entendant le bruit des pas du policier qui arrivait en courant, il se redressa brusquement et traversa la rue à toutes jambes.

Après une poursuite qui s'avéra rapidement inutile, Frank revint auprès du corps allongé sur le trottoir. A son grand soulagement, il constata que l'homme commençait à bouger et voulut l'aider à se relever. Au même moment, le bras de l'inconnu se détendit comme un ressort et son poing fermé partit en direction de l'inspecteur. Un réflexe bien naturel, mais un peu décourageant pour un bon samaritain. L'homme avait mal visé, et Frank esquiva facilement le coup.

— Hé, doucement ! dit-il en reculant d'un pas. Votre agresseur s'est évanoui dans la nature. J'ai essayé de lui donner la chasse, mais peine perdue. Comment vous sentez-vous ? Tout va bien ? Levez-vous et mettez-vous sous ce réverbère, afin que je puisse vous examiner.

Était-ce cette voix — parfois ironiquement qualifiée d'« oxfordienne » par ses collègues —, ou l'intonation, qui dénotait indiscutablement une bonne éducation, ou bien encore les manières assurées de son interlocuteur, toujours est-il que William Smith baissa immédiatement sa garde et s'avança vers la lumière du réverbère, qui éclaira la masse drue de ses cheveux blonds. Frank Abbott alla ramasser le chapeau qui avait roulé dans le caniveau et le tendit à son propriétaire. Celui-ci ne le remit pas aussitôt. Il resta là à se gratter la tête et à cligner des yeux, comme si la lumière l'avait trop brutalement ramené à la réalité. Ses yeux, d'un bleu tirant sur le gris, étaient frangés d'épais cils blonds. Il avait un visage massif, au modelé un peu flou, une grande bouche, un teint pâle et mat. Frank Abbott, qui dépassait le mètre quatre-vingts, lui donna quelques centimètres de moins que lui. On devinait que, sous l'imperméable, l'homme était large d'épaules et de poitrine. Frank se dit que son agresseur aurait eu beaucoup moins de chance s'il l'avait attaqué de face.

Ce furent ses premières impressions, face à cet inconnu. Et brusquement, il eut une sorte d'illumination.

— Tiens, mais... Je vous connais ! Nous nous sommes déjà croisés...

William Smith se remit à cligner des yeux. Il porta la main à sa tête et la tâta précautionneusement.

— Je ne sais pas... Vous croyez ?

— Je m'appelle Abbott. Inspecteur-chef Frank Abbott. Mon nom ne vous rappelle rien ?

— J'ai bien peur que non.

Smith fit un pas de côté, ferma les yeux et s'accrocha au réverbère. Frank s'avança pour l'aider, mais déjà il s'était ressaisi. Il eut un brusque sourire.

— Tout va bien, merci. Je crois que je vais aller m'asseoir sur une marche.

Il avait un sourire très sympathique. L'inspecteur glissa un bras sous son épaule en disant :

— J'ai une meilleure idée. Il y a un poste de police au coin de la rue. Si je vous aide, vous sentez-vous capable de marcher jusque-là ?

L'homme le remercia d'un sourire. Ils se mirent en route et, après une ou deux haltes, arrivèrent bientôt au commissariat. William se laissa tomber sur une chaise et ferma les yeux. Il avait conscience d'entendre des gens parler autour de lui, mais ce qu'ils disaient ne l'intéressait pas. Il aurait préféré qu'on lui dévissât la tête, pour la mettre au frais dans un placard. Pour le moment, elle ne lui était d'aucune utilité, et il s'en serait volontiers débarrassé.

Quelqu'un lui apporta une tasse de thé brûlant. Après l'avoir bue, il se sentit tout de suite beaucoup mieux. On lui demanda son nom et son adresse.

— William Smith. Bazar de jouets Tattlecombe Ellery Street, N.W.

— Est-ce votre adresse personnelle ?

— Oui, j'habite au-dessus de la boutique. Mr. Tattlecombe étant souffrant, j'ai la responsabilité du magasin. En ce moment, il vit chez sa sœur, Mrs. Salt, 176 Selby Street, juste au coin de la rue. J'étais allé lui rendre visite.

Le policier qui l'interrogeait se pencha en avant; c'était un homme corpulent, à la voix de stentor.

— Avez-vous une idée de l'identité de la personne qui vous a agressé?

— Non, aucune.

— Connaissez-vous quelqu'un susceptible de l'avoir fait?

— Absolument pas.

— Vous veniez de rendre visite à votre employeur. Aviez-vous du liquide sur vous, l'argent de votre paye, par exemple?

— Non, pas un sou.

William referma les yeux. L'interrogatoire se poursuivit. La voix du policier lui rappelait le bruit du moteur d'un avion gros porteur. Enfin, il reconnut la voix de Frank Abbott.

— Vous sentez-vous capable de rentrer chez vous? Y a-t-il quelqu'un pour s'occuper de vous?

— Oui, Mrs. Bastable, la gouvernante de Mr. Tattlecombe.

— Dans ce cas, si vous êtes d'accord, je fais appeler un taxi et je vous raccompagne.

William cligna des paupières.

— Je me sens tout à fait bien, merci. C'est très gentil à vous, ajouta-t-il avec un sourire enfantin, mais il ne faut pas vous faire de souci pour moi. J'ai la tête dure.

Quelques instants plus tard, alors qu'il était assis à l'arrière du taxi en compagnie de Frank Abbott, il ressentit le besoin soudain de lui parler, sans doute parce que celui-ci était inspecteur à Scotland Yard, mais surtout parce qu'il lui avait dit qu'ils s'étaient déjà rencontrés. Sans même s'en rendre compte, il traduisit ses pensées en mots.

— Vous l'avez bien dit, n'est-ce pas ?

— Pardon ?

— Que vous m'aviez déjà vu.

— En effet. Et j'en suis certain.

— J'aimerais que vous me disiez où — et quand, s'il vous plaît.

— Voyons... Je ne sais plus exactement. C'était il y a longtemps, en tout cas.

— Combien de temps ?

— Avant guerre, je pense.

William lui prit le bras.

— En êtes-vous vraiment sûr ?

— Non, pas tout à fait.

Sans lui lâcher le bras, William reprit d'une voix pressante :

— Vous souvenez-vous de l'endroit ?

— Quelque part dans Londres... Attendez... au *Luxe*, je crois. Oui, c'est cela, le *Luxe*. On y donnait une grande soirée. Vous dansiez avec une fille vêtue d'une robe de lamé or. Un beau brin de fille, si je me souviens bien.

— Comment s'appelait-elle ?

— Je ne sais pas. Je crois que je ne l'ai jamais su. Vous aviez réservé toutes ses danses !

— Abbott, j'ai une question à vous poser . savez-vous comment je m'appelle ?

— Voyons, mon garçon...

William lui lâcha le bras et se prit la tête à deux mains.

— C'est terrible. Parce que moi, voyez-vous, je ne sais pas qui je suis.

— Calmez-vous. Vous venez de nous dire que vous vous appelez William Smith.

— En effet, c'est le nom que l'on m'a attribué à

ma sortie de l'hôpital. Mais je donnerais cher pour connaître celui que je portais avant. Voyez-vous, mes souvenirs remontent jusqu'à 1942 et s'arrêtent là. Je ne sais ni qui je suis, ni d'où je viens. Vers le milieu de l'année 42, je me suis retrouvé dans un camp de prisonniers, avec une plaque d'identité au nom de William Smith. C'est tout ce que je sais. Alors, si vous vous souveniez de mon vrai nom...

Frank Abbott murmura « Bill... », puis s'interrompit.

— Bill ? Bill comment ?

— Je ne sais pas. « Bill », j'en suis sûr. C'est le prénom qui m'est venu à l'esprit quand je vous ai vu tout à l'heure sous le réverbère, avant même d'entendre votre voix.

William hocha la tête, et ressentit aussitôt une vive douleur.

— Va pour Bill, va pour William, mais Smith n'est pas mon nom de famille. Je ne suis pas le vrai William Smith ; cette plaque d'identité n'était pas la mienne. J'ai été transféré dans un camp de concentration, et, après ma libération, renvoyé en Angleterre, à l'hôpital. Dès ma sortie, j'ai voulu rendre visite à la famille de William Smith. On m'avait dit qu'il avait une sœur à Stepney. Elle avait dû abandonner sa maison bombardée et, depuis, personne n'avait reçu de ses nouvelles. Mais j'ai rencontré des voisins, qui m'ont tous assuré que je n'étais pas William Smith. C'étaient de très braves gens, de vrais cockneys. Mon accent les amusait. Ils étaient bien trop polis pour me le faire remarquer, mais l'un de leurs enfants s'est trahi, en disant que je parlais comme un présentateur de la B.B.C. Personne n'a pu me dire depuis quand la sœur de Smith était partie. J'ai eu l'impression que, là-bas, personne ne la regrettait ; et ils étaient tous tellement sûrs que je n'étais pas William Smith que je n'ai pas cherché à la retrouver. Aussi, si vous pouviez vous souvenir de quelqu'un qui saurait qui je suis...

Il y eut un long silence. Les lumières de la ville illuminaient l'intérieur du taxi par intermittence. William voyait le visage de son compagnon tantôt violemment éclairé, tantôt plongé dans la pénombre. Ce visage qui apparaissait et disparaissait sans cesse lui était parfaitement inconnu, et pourtant, par-delà le gouffre qui les séparait de l'époque où il n'était pas William Smith, ils s'étaient déjà rencontrés. Ils avaient fréquenté le même monde. C'était peut-être le coup qu'il avait reçu qui lui faisait tourner la tête, lorsqu'il repensait à tout cela... Il avait l'impression d'être Robinson Crusoé découvrant pour la première fois une empreinte de pas sur son île. En observant Frank Abbott, il se dit que c'était un personnage que l'on ne devait pas oublier facilement. A l'entendre et à le voir, on devinait ses origines aisées : cheveux blonds et lisses rejetés en arrière, nez droit, visage fin, teint clair, vêtements qui venaient de chez un bon tailleur...

Curieusement, ce fut à cet instant qu'il ressentit une sorte de frémissement dans sa mémoire. Non, il n'avait pas toujours porté les mêmes vêtements bon marché qu'aujourd'hui. Il crut se souvenir de la boutique d'un tailleur dans Savile Row...

— Je suis désolé, reprit Frank Abbott, mais je ne me souviens que de votre prénom, Bill.

4

William se réveilla le lendemain matin avec une grosse bosse sur la tête.

Il n'aurait rien dit de ses mésaventures à Mrs. Bastable si celle-ci ne s'était malencontreusement trouvée à la fenêtre de sa chambre au moment où il sortait du taxi en compagnie de l'inspecteur Abbott. Elle avait aussitôt soulevé sa fenêtre à guillotine et entendu l'inspecteur lui demander s'il était sûr que tout irait bien. Naturellement, elle s'était précipitée à sa rencontre, folle de curiosité. Un court instant, l'éventualité que son locataire fût rentré un peu éméché l'avait effleurée, mais, très vite, elle réalisa son erreur et se mit à virevolter autour de lui, en proposant tout un arsenal de médicaments inutiles. Elle n'avait pas l'intention d'aller se coucher, ni de le laisser dormir avant d'avoir ouï toute l'histoire. Elle l'écouta — interrompant son récit d'exclamations effarées, puis, quand il eut terminé, s'écria, bouleversée :

— Mon dieu, quelle histoire ! On peut dire que vous l'avez échappé belle ! D'abord Mr. Tattlecombe, vous ensuite... Que serions-nous devenus sans vous ?

— Allons, Mrs. Bastable, tout va bien, rassurez-vous.

Elle poussa un profond soupir.

— Oui, mais imaginez qu'il vous soit arrivé quelque chose. J'en ai la chair de poule, rien que d'y penser ! Imaginez ma réaction si la police était venue m'annoncer la nouvelle... Et ce pauvre Mr. Tattlecombe, toujours immobilisé ! Oh, seigneur, que se serait-il passé ?

Mrs. Bastable était un petit bout de femme au nez pointu que l'émotion faisait rosir et frémir ; à cette minute, il rosissait et frémissait d'anxiété. Dans son trouble, elle tapota machinalement ses cheveux relevés en chignon désordonné et trois épingles à cheveux tombèrent par terre. William se baissa pour les ramasser, mais regretta aussitôt son geste car sa tête le faisait atrocement souffrir. Il saisit ce prétexte pour prendre congé de la gouvernante et alla se coucher.

Dès qu'il eut posé la tête sur l'oreiller, il s'endormit et partit dans son rêve, toujours le même, mais dont la fréquence diminuait au fil des ans : deux fois au cours de l'année passée et une seule fois cette année-ci, pendant l'été. Cette nuit, il lui apparut sous une forme différente, plus floue, comme un reflet dans une eau trouble. Les trois marches étaient bien là, mais la porte refusait de s'ouvrir. Quelque chose offrait une résistance à sa poussée, mais ce n'était ni un verrou, ni un loquet, plutôt quelqu'un qui pesait de tout son poids contre le battant... Un rire fusa, et il crut reconnaître celui d'Emily Salt, bien qu'il ne l'eût jamais entendu. Elle l'observait à la dérobée par une porte entrebâillée — non la porte de son rêve, mais l'une de celles de la maison d'Abby Salt. Celle-ci disait : « Pauvre Emily, elle n'aime pas les hommes. »

William s'éveilla en sursaut, se retourna et se

rendormit. Cette fois, il rêva qu'il se trouvait sur une île déserte en compagnie d'une meute de chiens Wurzel, d'une volée d'Oiseaux Conquérants et d'une nichée de Canards Simplets qui pataugeaient dans une mare. C'était un rêve si agréable qu'il se réveilla très en forme le lendemain matin.

Lorsqu'il eut fini de trier le courrier et laissé à chacun le temps de se mettre en train, il se rendit à l'atelier, jadis une petite pièce jouxtant une verrière délabrée, dont les vitres avaient été soufflées sous les bombardements. Quelques travaux de réfection avaient suffi à la transformer en atelier agréable et lumineux, malheureusement glacial en hiver. Deux poêles à pétrole luttaient héroïquement contre le froid, l'un dans la petite pièce, l'autre dans la verrière. A chaque fois que Mrs. Bastable s'occupait de leur chargement, ils dégageaient une forte odeur de paraffine, sans pour autant augmenter la température de l'atelier.

William aurait voulu offrir à Katharine Eversley un parfum plus subtil que cette épouvantable odeur de pétrole ; de plus, il avait remarqué que les mains de la jeune femme étaient bleuies par le froid. Il décida donc de prendre les choses en main et de s'occuper du chauffage. Mortifiée, Mrs. Bastable prit la mouche ; il dut déployer des trésors de diplomatie pour l'apaiser. Au bout de quelques minutes, l'odeur disparut et la température de la pièce augmenta notablement. William alla faire un tour dans le magasin, puis revint à l'atelier. Au fond de la verrière, un homme âgé et un garçonnet assemblaient les carcasses de chiens et d'oiseaux. Katharine Eversley, assise à une grande table de cuisine, appliquait les dernières touches de peinture sur un oiseau au plumage arc-en-ciel et au bec écarlate.

William s'approcha d'elle et resta debout à ses côtés.

— Il me plaît beaucoup.

— Vous trouvez ? Il est drôle, non ? Je termine celui-ci et ensuite je commence la couche de fond des canards. Ils seront très réussis quand nous utiliserons de la peinture métallisée. Et voilà, il est fini !

Elle se tourna et leva les yeux vers lui.

— Comment vous sentez-vous ? Miss Cole m'a raconté que quelqu'un avait tenté de vous dévaliser, hier soir.

— Je ne sais pas exactement ce que cherchait cet individu. Il m'a assommé au moment où je sortais de chez la sœur de Mr. Tattlecombe.

— Vous n'êtes pas blessé ? demanda-t-elle dans un souffle.

— Non, juste une grosse bosse. Mon chapeau a amorti le choc !

— Avez-vous pu rattraper votre agresseur ?

— Non, j'étais inconscient. Un inspecteur de Scotland Yard, nommé Abbott, s'est porté à mon secours et m'a raccompagné en taxi. Un type très bien.

— Vous ne savez donc pas qui vous a agressé ?

— Non. Abbott dit qu'il a filé comme l'éclair.

Katharine écarta l'oiseau qu'elle venait de terminer, ouvrit un petit pot de peinture et commença à appliquer une sous-couche couleur chair sur un canard. William s'assit sur un tabouret en face d'elle et entreprit lui aussi de peindre un canard.

— Drôle de coïncidence, tout de même, dit Katharine au bout d'un moment, ces deux accidents, à quelques semaines d'intervalle...

William sourit.

— Mr. Tattlecombe prétend qu'il a été projeté à terre. Moi, je suis certain d'avoir été assommé !

— Comment cela, projeté à terre ? Que lui est-il arrivé ?

— D'après lui, il est sorti de chez lui par la porte de service et s'est aperçu qu'il pleuvait. Il a laissé la porte ouverte et s'est avancé jusqu'au bord du trottoir. Une voiture arrivait très vite. C'est à cet instant que quelqu'un l'aurait poussé par-derrière.

Katharine interrompit son travail et resta le pinceau en l'air, l'air sombre. Elle portait un vieux tablier vert délavé par-dessus sa robe, et, sans fard, paraissait très pâle. William connaissait la gamme infinie des expressions reflétées par ses yeux : sombre comme des ombres sur l'eau dormante, brillante, comme la tourbe luisant au soleil, assombrie par un nuage de tristesse et surtout, belle et rare, une expression difficilement descriptible, une sorte de tendresse frémissante, comme si l'eau dormante était effleurée par un ange. Un homme amoureux a des pensées très romantiques...

Katharine dévisagea longuement son compagnon puis demanda :

— Faisait-il nuit quand Mr. Tattlecombe est sorti de chez lui ?

— Oui.

— Les lumières du hall étaient-elles allumées ?

— Oui, c'est ce qui lui a permis de voir que le trottoir était mouillé.

Elle se remit à son travail.

— Vous aussi, vous êtes sorti dans l'obscurité ? Avec la porte ouverte et la lumière éclairant la rue ?

— En effet. Pourquoi ? s'enquit William, surpris.

— Je me demandais... C'est bizarre... Décrivez-moi Mr. Tattlecombe. Est-il grand ?

— A peu près comme moi. Un peu moins d'un mètre quatre-vingts.

— A-t-il la même carrure que vous ?

— Oui, répondit William, sans quitter des yeux la jeune femme qui peignait par longues touches égales.

— Et ses cheveux, comment sont-ils ?

— Gris, très épais. Pourquoi ?

— Je me pose des questions, voilà tout. Vous avez été agressés tous les deux. Peut-être quelqu'un en voulait-il à Mr. Tattlecombe. Vous avez la même taille, vous sortiez de chez sa sœur, vous êtes très blond — à la lumière électrique, les cheveux blonds et les cheveux gris se ressemblent. La personne qui a poussé Mr. Tattlecombe a peut-être voulu tenter de nouveau l'expérience.

William répondit gaiement :

— Oui, ou l'inverse ! Son agresseur croyait peut-être avoir affaire à moi !

Katharine s'arrêta de peindre un instant, réfléchit, puis lui demanda en reprenant son ouvrage :

— Connaissez-vous quelqu'un qui veuille se venger de vous ?

— Non, mais tout peut arriver ! Seulement, il s'agirait d'une ombre surgie de mon vilain passé. Et cette personne aurait la rancune tenace ! Sept ans, c'est un peu long, vous ne trouvez pas ?

La jeune femme ne répondit pas. Le canard achevé, elle le mit à sécher et en commença un autre.

— Selon moi, poursuivit William, voilà comment les choses se sont passées : le trottoir était mouillé et Mr. Tattlecombe a glissé, tout simplement. Lorsqu'il est revenu à lui, bouleversé, il s'est imaginé qu'on l'avait poussé.

— Et dans votre cas ?

— Oh, un simple hasard. Un rôdeur qui tente sa chance, le soir... Personne aux alentours... J'aurais pu avoir un portefeuille bien garni.

— Vous a-t-on volé quelque chose ?

— Non, grâce à Abbott, qui est arrivé sur-le-champ.

Il s'interrompit, puis ajouta :

— Pourtant, un détail m'intrigue. Un simple détail, mais je n'arrive pas à lui trouver d'explication logique. Lorsque je suis revenu à moi, Abbott était à mes côtés, une torche à la main. Il tenait mon chapeau qu'il avait ramassé dans le caniveau. Un peu plus loin, il y avait un réverbère. On ne voyait pas grand-chose, mais j'ai tout de même aperçu un bout de papier sur le trottoir...

— Qu'est-ce que c'était ?

— Sur le moment, j'ai pensé qu'il s'agissait d'une lettre ou d'une facture. Croyant qu'elle était tombée de la poche de mon imperméable, je l'y ai remise machinalement. Ce matin, en y jetant un coup d'œil, je me suis rendu compte que c'était un petit mot de Mrs. Salt adressé à son frère. Voilà ce qui m'a paru bizarre...

De nouveau, Katharine interrompit sa peinture.

— Arrêtez-moi si je dis des bêtises, mais pourquoi Mrs. Salt écrirait-elle à son frère, alors qu'elle l'héberge sous son toit ?

William éclata de rire.

— C'est exactement ce que je me suis dit ! Mais en regardant la date, j'ai vu que c'était une lettre assez ancienne. Mr. Tattlecombe devait l'avoir reçue avant son accident. Je me souviens de l'avoir entendu dire que sa sœur lui avait écrit pour l'inviter chez elle le samedi suivant. Comment cette lettre est-elle arrivée dans ma poche ? J'avoue que cela me dépasse. Car elle devait bien se trouver dans ma poche, sinon elle ne serait pas tombée sur le trottoir et je ne l'aurais pas ramassée ! Enfin, ce n'est pas bien grave. Et voilà ! J'ai fini mon canard !

Il en prit aussitôt un autre, trempa sa brosse dans la peinture et se remit au travail.

— Vous savez, reprit Katharine après un silence, votre système de fabrication n'est guère économique. Si les jouets étaient fabriqués en série, vous doubleriez votre profit.

— J'en ai bien conscience. Juste avant l'accident de Mr. Tattlecombe, j'étais presque parvenu à le convaincre de changer de méthode de travail. Cela ne l'enchantait pas, mais il s'était fait à l'idée que je prenne contact avec une usine. Étant protégés par notre brevet d'invention, nous pourrions développer sans risque notre production. Comme je le lui répète souvent, si les enfants du quartier aiment ces jouets, pourquoi pas les autres ? Et s'ils les aiment, pourquoi n'y auraient-ils pas droit ?

Katharine sourit.

— En effet. Quels étaient vos projets ?

— Eh bien, j'ai écrit à la société Eversley...

Il s'interrompit brusquement.

— Ça alors ! Je n'avais encore jamais fait le rapprochement avec votre nom. C'est curieux, quand vous vous êtes présentée, j'ai eu l'impression...

Il marqua une pause, fronça les sourcils et la regarda fixement.

— ... l'impression que ce nom m'était vaguement familier.

— Vraiment ?

Elle murmura ce mot si doucement qu'il l'entendit à peine.

— Oui. Katharine, si je n'ai pas tout de suite établi de relation entre votre nom et celui de la firme Eversley, c'est parce que... je pensais trop à vous. Pardon, je veux dire, il était évident que j'avais devant moi la collaboratrice dont nous avions besoin. Or Miss Cole se montrait très réticente, et j'avais d'autres chats à fouetter que de retenir votre nom. J'avoue que par la suite je n'y ai plus repensé. Les prénoms des gens me semblent tellement plus importants que leur nom de famille.

Si elle avait eu dix-sept ans et que l'on s'apprêtât à lui faire sa première demande en mariage, le cœur de Katharine n'aurait pas battu aussi follement. « Il essaie de me dire que je lui fais penser à la Katharine qu'il a connue », songea-t-elle. « Oh, mon chéri, comme c'est gentil et comme c'est ridicule !... »

— Je comprends ce que vous voulez dire, répondit-elle. Quand je pense à mes amis, ce n'est pas leur nom de famille qui me vient en premier à l'esprit.

William parut réfléchir.

— Comment pensez-vous à eux ?

— C'est difficile à expliquer. Ce ne sont pas des noms ou des visages. Ce sont eux, tout simplement.

— Je suis d'accord avec vous.

— Vous me parliez à l'instant de votre prise de contact avec la firme Eversley. Que s'est-il passé ?

Il fronçait toujours les sourcils.

— J'imagine que vous n'avez pas de liens avec cette famille...

Elle lui adressa un joli sourire.

— Mais si, justement.

— Ils ont une grosse fortune.

– Disons que je suis une parente pauvre !

Allons, racontez-moi ce qui s'est passé. Vous leur avez écrit. Qu'ont-ils répondu ?

— Ils m'ont proposé un rendez-vous.

Katharine se pencha sur son canard.

— Y êtes-vous allé ?

— Oui, mais cela ne m'a pas mené bien loin.

Elle releva la tête, puis repiqua du nez sur son travail.

— Dites-moi tout de même ce qui s'est passé...

— Oh, il n'y a rien d'intéressant à raconter. J'y suis allé. Je n'ai rencontré aucun des responsables. En sortant du bureau, j'ai rencontré — ou plutôt j'ai buté sur un homme assez âgé...

Katharine baissa encore plus la tête.

— A quoi ressemblait-il ?

— A un employé de bureau très respectable. Mais il paraissait un peu bizarre. Tout d'abord, j'ai pensé qu'il avait bu, puis je me suis dit qu'il était peut-être souffrant. Il m'a demandé mon nom, et je le lui ai donné. Il m'a dit : « Je vais très bien, rassurez-vous », et il est parti très vite.

— Mais dans le bureau, vous avez bien rencontré quelqu'un ?

— Oui, la secrétaire de Mr. Eversley.

— Comment était-elle ?

Il se mit à rire.

— Elle ?

— Les secrétaires sont souvent des femmes, non ?

— En effet, et celle-ci était plutôt jolie. Plus très jeune, mais très agréable à regarder. J'essayais de vous piéger, Katharine. Je voulais savoir si vous la connaissiez.

— Oui, je la connais. Elle s'appelle Miss Jones. C'est la secrétaire de Cyril Eversley, le principal associé. Elle travaille pour lui depuis une quinzaine d'années. Très efficace, et, vous l'avez dit, très agréable à regarder.

Elle leva les yeux vers lui.

— Que s'est-il passé quand vous l'avez vue ?

— Absolument rien. Elle m'avait fixé un rendez-vous assez tardif, à six heures. Aucun des responsables n'était là, et les bureaux fermaient. Elle ne paraissait guère disposée à m'accorder beaucoup de temps. J'avais apporté quelques modèles de jouets. Je lui ai demandé si la société serait éventuellement prête à les fabriquer, sous notre brevet, mais elle a à peine daigné les regarder.

— Que regardait-elle ? hasarda Katharine.

— Eh bien... moi ! Mon dieu, quel regard perçant ! J'avais l'impression d'être un vulgaire insecte. Elle m'a dit que la firme n'était pas spécialisée dans ce genre de travail, mais qu'elle en parlerait à Mr. Eversley et me tiendrait au courant. Deux jours plus tard, j'ai reçu une lettre disant que Mr. Eversley n'était pas intéressé.

— Quand tout cela s'est-il passé ?

— Juste avant que Mr. Tattlecombe soit hospitalisé.

— Dites-moi, qui avait rédigé la demande de rendez-vous, vous ou Mr. Tattlecombe ?

— C'est moi.

— Était-elle manuscrite ou dactylographiée ?

Il éclata de rire.

— On voit que vous ne connaissez pas mon écriture, sinon vous ne me poseriez pas la question ! Je n'avais pas envie d'essuyer un refus, aussi l'avais-je soigneusement tapée à la machine.

— Et pour la signature ?

— J'ai signé « William Smith », bien lisiblement.

Katharine déclara lentement, en pesant chacun de ses mots :

— N'imaginez pas que je vous fais subir un

interrogatoire. Mais je me disais que, puisque je le connais, je pourrais peut-être arriver à savoir si Cyril Eversley en personne a bien reçu votre lettre. Il est possible qu'il ne l'ait jamais eue entre les mains. Il se décharge d'une grande partie de son travail sur Miss Jones. Je pensais que ma tâche serait plus aisée si vous me donniez le maximum de détails sur cette lettre.

En levant les yeux vers lui, elle vit qu'il fronçait les sourcils et rougit de confusion.

— Oh, pardonnez-moi ! murmura-t-elle.

— Non, Katharine ! Pourquoi dites-vous cela ? fit-il, désolé. C'est très gentil à vous de vouloir m'aider. J'étais seulement en train de me dire...

— Oui ?

Il remarqua qu'elle paraissait sincèrement surprise.

— Je... je ne sais pas. Je me suis senti mal, tout d'un coup, je ne comprends pas pourquoi. Quand vous m'avez dit que vous alliez essayer de savoir si Eversley avait reçu ma lettre, j'ai eu l'impression d'être pris dans une sorte de tourbillon... C'est sans doute à cause de ce coup que j'ai reçu sur la tête. Cela n'a rien à voir avec vous. Merci encore de votre offre, mais, franchement, je préfère attendre le retour de Mr. Tattlecombe pour reprendre mes démarches. Je ne veux pas qu'il s'imagine que je me suis livré à des tractations malhonnêtes en son absence. Surtout ne croyez pas que je ne vous suis pas reconnaissant d'avoir voulu m'aider. Je n'aimerais pas que vous me preniez pour un ingrat.

Katharine était loin de se faire ce genre de réflexion. Elle se disait qu'elle avait bien failli se jeter sans y prendre garde dans la gueule du loup. Par bonheur, les scrupules de William vis-à-vis de

Mr. Tattlecombe l'en avaient empêchée. S'il n'avait pas eu cette hésitation, elle aurait été obligée soit de revenir sur sa proposition, soit de se faire l'avocate de William Smith face à Cyril. Ou pire, face à Brett.

Certes, elle souhaitait à Mr. Tattlecombe un prompt rétablissement, mais, d'un autre côté, elle espérait qu'il ne reprît pas trop tôt la direction de son magasin. Elle ne se sentait pas prête à prendre William par la main pour l'introduire dans le cercle familial. Du moins, pas encore.

5

Cyril Eversley étendit une main longue et racée pour appuyer sur la sonnette placée sur son bureau.

Si son cousin Brett ressemblait à un hobereau de l'époque georgienne, Cyril faisait plutôt penser à un moine érudit. La robe de bure et la tonsure lui auraient mieux convenu que le costume trois-pièces. Il avait sept ans de plus que Brett et c'était lui le principal actionnaire de la société.

A voir les deux hommes, personne n'aurait deviné qu'ils avaient un lien de parenté : Brett était brun et plutôt rubicond tandis que Cyril, blond, le crâne dégarni, avait le teint pâle et les épaules légèrement voûtées de l'homme qui mène une vie sédentaire. On l'imaginait volontiers artiste, érudit, amateur passionné. A vrai dire, il était un peu les trois à la fois. Pour preuve, la charmante aquarelle représentant sa fille Sylvia, qui était accrochée sur le mur en face de son bureau, était son œuvre. Il lisait le grec ancien dans le texte et collectionnait les miniatures et les tabatières du XVIIIe siècle.

A peine avait-il retiré sa main de la sonnette que la porte s'ouvrit sur Miss Jones, sa secrétaire.

— Oui, Mr. Eversley ?

Il leva les yeux, avec ce léger froncement de sourcils qui lui était coutumier.

— Entrez et fermez la porte, je vous prie.

Le « Oui, Mr. Eversley ? » avait été prononcé sur le ton de l'employée modèle et efficace répondant à l'appel de son patron. Mais dès que la porte fut refermée, les manières de Miss Jones changèrent du tout au tout. On aurait dit qu'elle venait d'ôter un triste uniforme de toile grossière sous lequel se cachait une somptueuse robe du soir. La femme qui s'approcha du bureau de Cyril Eversley en disant « Que se passe-t-il ? » correspondait tout à fait à la description qu'en avait faite William Smith : « Plus toute jeune, mais très agréable à regarder. »

Quelques instants plus tôt, on lui aurait donné quarante ans. A présent, elle en faisait facilement dix de moins. En réalité, elle en avait trente-sept ; un visage au teint coloré, des lèvres bien dessinées et de longs cils ombrant des yeux noisette. Elle portait une robe noire à la coupe parfaite qui mettait en valeur sa silhouette mince et élégante. Elle dégageait une indéniable vitalité, mêlée de grâce. En revanche, la nature l'avait dotée d'extrémités assez imparfaites. Aussi portait-elle des chaussures de cuir d'excellente qualité ; mais une secrétaire ne pouvant, hélas, cacher ses mains, Miss Jones passait sa vie chez la manucure et utilisait un vernis à ongles très discret.

Cyril Eversley répondit à sa question par un « Pourquoi devrait-il se passer quelque chose ? », mais Miss Jones n'était pas dupe. Elle eut un petit sourire.

— Toi, tu me caches quelque chose...

Cyril se cala contre le dossier de son fauteuil.

— Je t'en prie, assieds-toi. Je suis malade d'inquiétude.

Elle prit place sur une chaise, en face de lui. Au cas où quelqu'un entrerait à l'improviste, elle avait posé un bloc-notes et un crayon devant elle — un dossier était à l'étude, elle se préparait à prendre une lettre sous la dictée. Ce manège durait depuis si longtemps qu'il était devenu instinctif. Cyril sortit une lettre de son sous-main, un papier épais couvert d'une grosse écriture carrée qui rappelait des signes cunéiformes.

— Il s'agit du fidéicommis de Katharine, et ceci est une lettre de l'amiral Holden, le troisième curateur.

— Eh bien ?

— Eh bien, rien ne va plus. On le croyait mourant et il se porte comme un charme. Apparemment, il a eu des nouvelles de Katharine. Je ne sais pas ce qu'elle a pu lui raconter, mais voici ce qu'il écrit :

« Cher Eversley,

« J'ai reçu, il y a environ deux mois, une lettre de Katharine, me prévenant qu'elle allait quitter son grand appartement, pour emménager dans un autre, plus petit. Elle ajoutait qu'elle cherchait du travail. Je n'en voyais pas l'utilité, mais étant alors encore alité, j'ai préféré attendre de pouvoir m'occuper de cette affaire avec vous. Katharine ne m'ayant pas recontacté, je n'ai pas sa nouvelle adresse.

« Étant dans l'obligation de me rendre à Londres dans le courant de la semaine prochaine, j'aimerais en profiter pour passer vous voir, mercredi matin ou jeudi après-midi, à votre convenance. Nous pourrions ainsi examiner le problème du fidéicommis de Katharine avec votre cousin Brett. Après deux ans d'incapacité, je suis ravi de saisir l'occasion de pouvoir à nouveau jouer mon rôle de curateur.

« Bien à vous, J.G. Holden. »

— Eh bien ? répéta Miss Jones.

Eversley ouvrit la main et laissa tomber la lettre.

— Qu'allons-nous faire ?

— Il n'y a donc plus d'argent ?

— Tu sais bien que non. Nous avons dû l'emprunter en 1945. Si les affaires s'étaient améliorées, nous aurions pu le rembourser. C'était ça ou la faillite, tu le sais aussi bien que moi. Nous avons toujours assuré le paiement des rentes de Katharine — jusqu'à l'autre jour. J'ai dit à Brett que c'était une folie de l'interrompre, mais tu le connais, il jette l'argent par les fenêtres, et il est incapable de diminuer son train de vie. Si nous avions continué à payer les rentes de Katharine, il n'y aurait pas eu de problème ; c'est cette interruption de paiement qui a mis la puce à l'oreille d'Holden. Auparavant, il se contentait d'apposer sa signature au bas de tous les papiers que nous lui soumettions. Il a été mobilisé pendant toute la guerre, puis il a eu cet accident de voiture dont personne ne pensait qu'il se remettrait. Maintenant qu'il est guéri, il veut recommencer à gérer le capital de Katharine. Que faire ?

On aurait dit un garçonnet sans défense qui vient de se faire mal en tombant et qui attend que l'on vienne le relever.

« Il s'est laissé embarquer dans cette histoire, songea Miss Jones. Voilà des années que la firme part à la dérive. Un bateau emporté par le courant va s'écraser sur les rochers, et ensuite il lui est impossible de repartir vers le large. Quant à moi, je coule avec le navire. Cela dit, il y a toujours des restes à récupérer, même sur une embarcation naufragée... »

— Tu disais qu'Holden signait toujours tout sans sourciller, remarqua-t-elle.

— Il ne le fera plus. Désormais, il voudra en

savoir plus. Nous devons le convaincre, lui montrer des résultats concrets. Pourrais-tu augmenter un peu le montant du chiffre d'affaires, pour lui prouver que tout va pour le mieux ?

Elle leva un sourcil.

— Mon cher Cyril, serais-tu en train de me demander de falsifier discrètement les livres de comptes ?

Le réalisme du propos le fit sursauter.

— Mavis ! Pour l'amour du ciel, ne dis pas une chose pareille !

« Voilà bien Cyril, pensa-t-elle, avec lui, il faut toujours envelopper ses paroles dans du papier de soie. Si on appelle un chat un chat, il s'affole. »

— C'est bien ce que tu me demandes, n'est-ce pas ?

Il tendit vers elle sa main longue et soignée.

— Ne vois-tu pas que je cherche à gagner du temps, afin de pouvoir rembourser l'argent ? Sylvia est mariée. Je peux vendre Evendon et m'installer dans quelque chose de plus petit. Si seulement Brett pouvait arrêter de dépenser sans compter ! Je ne cesse de lui répéter que la firme ne s'en remettra pas. Nous devons tous les deux réduire notre train de vie pour pouvoir payer les rentes de Katharine. C'était une folie d'interrompre le paiement. Nous avons besoin de gagner du temps, comprends-tu ?

Mavis Jones ne le quittait pas des yeux. Cyril avait dit : « Comprends-tu ? » Elle comprenait parfaitement. Elle en savait plus que lui — bien plus qu'il ne l'imaginait, et elle avait bien plus de force de caractère. Elle calculait les chances, les probabilités, changeant mentalement débits et crédits des livres de comptes...

Incapable de supporter plus longtemps ce silence, Cyril se remit à parler précipitamment.

— Brett doit l'épouser. Voilà la solution. Je ne comprends pas pourquoi il n'a pas réglé la question plus tôt. Un homme doit finir par se marier, un jour ou l'autre, et je ne vois pas ce qu'il pourrait espérer de mieux. Il l'a toujours admirée — qui n'admire pas Katharine ? Elle est charmante. S'il n'y prend pas garde, quelqu'un l'épousera avant lui. Et s'il y a mariage avec constitution de rente sur la tête de l'épouse survivante et que les hommes de loi s'en mêlent — eh bien, comme je lui disais il n'y a pas si longtemps, nous courrions à la ruine.

— Qu'a-t-il répondu ?

— Katharine a refusé sa main.

Mavis Jones réfléchissait très sérieusement, en pesant le pour et le contre. Fallait-il que Brett épousât cette fille ? Elle détestait Katharine. Ce serait bien fait pour elle. D'un autre côté, on ne sait jamais comment ce genre d'histoire va se terminer. Finalement, il valait peut-être mieux jouer sur le temps.

Cyril lui ôta la phrase des lèvres.

— Du temps, nous avons besoin de gagner du temps. Si nous pouvons satisfaire Holden et arriver à rembourser Katharine, tout ira bien. As-tu une idée ?

— Peut-être. Tout dépend...

— Mavis !

— ... de ce que j'ai à y gagner.

Ces mots claquèrent à travers l'espace qui les séparait comme des coups de revolver.

— Mavis ! répéta Cyril, outré.

Elle sourit.

— Écoute, en acceptant de t'aider, je prends beaucoup de risques, tu es bien d'accord ? Or il faut que le risque en vaille la peine. Donnant, donnant.

Ses yeux noisette avaient pris cette expression dure et dominatrice qui avait frappé William Smith.

— Que veux-tu? soupira Cyril, qui connaissait d'avance la réponse.

— Tu es veuf depuis cinq ans, fit-elle avec un large sourire. Ta fille est mariée. Chacun s'attend à ce que tu te remaries.

— Cela ferait jaser.

— Mon cher, de nos jours, les hommes épousent leur secrétaire ! Qui se soucie encore du qu'en-dira-t-on ?

Cyril baissa la tête et s'aperçut que ses mains tripotaient nerveusement un bout de crayon rouge.

— Sans ton aide, je suis incapable de faire marcher la société.

— Rassure-toi, je continuerai à m'occuper de tout, jusqu'à ce que la situation soit redressée.

Ce pauvre Cyril n'était pas au courant des problèmes qu'il y avait à régler — et elle n'avait pas l'intention de les lui dévoiler ; tout irait bien si elle réussissait à lui extorquer une demande en mariage. Et pour l'heure la lettre de l'amiral était une aubaine.

— Voyons, insista-t-elle, je te propose un marché honnête. J'imagine que tu dois affreusement t'ennuyer tout seul à Evendon, depuis que tu n'entends plus Sylvia et sa cour claquer les portes de la maison.

— Il y avait en effet un peu trop d'allées et venues, ironisa-t-il.

— Sans doute, mais il est inutile de tomber dans l'excès contraire. D'autre part, tu as besoin de quelqu'un pour tenir la maison. Je parie que tu te fais plumer par le personnel.

Cyril se recroquevilla intérieurement. Mavis avait une propension à la vulgarité, mais elle l'attirait, comme toutes les femmes énergiques et dominatrices attirent les hommes faibles et veules. Parfois cette attirance était la plus forte, mais parfois la raison reprenait le dessus et, dans ces cas-là, Mavis l'agaçait prodigieusement. Certes, aucun homme n'aime être poussé au mariage, mais il subissait la pression de sa volonté depuis si longtemps qu'il lui était difficile de résister.

— Tu as plus besoin d'une épouse que moi d'un mari, poursuivit-elle d'un ton moqueur. Si je ne tenais pas à toi, je ne prendrais pas une telle responsabilité !

— Je sais, Mavis, mais pourquoi ne pas continuer tout simplement comme avant ? Tu sais que je n'ai pas grand-chose à t'offrir.

Elle éclata de rire.

— C'est possible, mais n'oublie pas que je t'ai proposé un marché ; je t'ai promis que j'allais tout arranger, et je le ferai, mais pas sans contrepartie. Toi, tu gagneras une épouse élégante et une maîtresse de maison efficace, tout en conservant une collaboratrice zélée. Je m'occuperai de tout, y compris de former une nouvelle secrétaire. Réconfort, bien-être, efficacité, sécurité, voilà ta part du marché. De mon côté, je perds mon indépendance, je double mes journées de travail, mais je bénéficie de la sécurité matrimoniale. Tu vois, je joue cartes sur table.

Oh, qu'il serait surpris et choqué s'il savait la vérité !... Cyril était toujours choqué lorsqu'on en venait aux faits.

Silencieux, ce dernier regardait ses doigts crispés sur le crayon rouge. Mavis devinait sa résistance, passive mais réelle. Il se refermait en lui-même, comme dans une chambre dont il aurait fermé la porte à clé. S'ils ne s'étaient pas trouvés dans ce bureau, elle aurait donné libre cours à sa colère. Rien ne la faisait plus enrager que ce silence, et il le savait. Il savait également qu'elle n'oserait pas lui faire l'une de ses redoutables scènes dans son bureau. L'idée qu'une fois devenue Mrs. Eversley elle se permettrait de lui faire des scènes n'importe où lui donnait la force de résister.

Mavis tendit une vilaine main manucurée pour prendre la lettre de l'amiral Holden. Elle aurait tout aussi bien pu saisir une arme chargée. Elle y jeta un bref coup d'œil et la reposa.

— Mercredi ou jeudi prochain... Cela ne nous laisse guère de temps, souligna-t-elle d'un ton cassant.

L'allusion avait fait mouche. Cyril sursauta et laissa tomber son crayon.

— Que peux-tu faire? demanda-t-il, affolé.

C'était le signe de sa capitulation. Tous deux le savaient. Mavis sentit une vive chaleur lui monter aux joues. Elle se pencha en avant et posa sa main sur celle de Cyril.

— Ne te fais pas de souci, je me débrouillerai. Moins tu en sauras, mieux cela vaudra. Je vais éplucher les livres de comptes et rééquilibrer la balance.

Elle rit, soudain de bonne humeur.

— Tu sais, chéri, quelqu'un qui s'y connaît peut tout faire dire aux chiffres, surtout si son interlocuteur n'entend rien aux affaires.

Elle regretta aussitôt ses paroles; dans la mesure où Cyril était incapable d'additionner deux et deux, une telle remarque pouvait lui mettre la puce à l'oreille. Elle se leva, fit le tour de la table et passa derrière lui pour l'enlacer.

— Tu ne m'embrasses pas?

Il leva vers elle un regard désespéré.

— Mavis!

— Mon pauvre chou! Cesse de te tourmenter. Tout sera réglé d'ici demain.

— En es-tu sûre ?

Il s'était laissé aller contre elle. Il se retourna et enfouit son visage contre sa poitrine, comme pour y chercher refuge.

— Tout à fait. Mais, ajouta-t-elle après une pause, nous devrions prévenir le service de l'état civil dès aujourd'hui. Un délai de vingt-quatre heures est nécessaire. Samedi matin nous serons mariés et nous pourrons partir ensuite en week-end tous les deux. Inutile de le crier sur les toits. Réglons d'abord les affaires importantes. Ainsi tu n'auras pas l'impression d'être bousculé.

— Mavis, est-il vraiment bien nécessaire de...

Elle l'interrompit d'un baiser.

— Chéri, je ne ferai rien tant que je ne serai pas Mrs. Eversley. N'oublie pas que nous sommes pressés. L'amiral Holden arrive la semaine prochaine. Le travail qui m'attend, je le ferai pour mon mari, mais seulement pour mon mari, comprends-tu ?

Cyril comprenait parfaitement.

6

Ce jeudi-là, à l'atelier, William et Katharine commencèrent à décorer les canards dont la sous-couche était sèche. Ils peignaient les becs en jaune vif et les corps à la peinture métallisée vert et bronze, agrémentée de touches rouges et bleues.

A l'autre bout de la verrière, le vieux Mr. Bindle expliquait au petit Robert toutes les choses qui lui étaient interdites quand il était enfant. Robert, que tout le monde — excepté Mr. Bindle — appelait Bob, avait appris depuis longtemps à placer des « oui » et des « non » pertinents au cours des monologues du vieil homme, ce qui lui permettait de penser très sérieusement au modèle réduit d'avion qu'il réalisait chez lui pendant son temps libre. C'était un garçon mince et élancé, plein de taches de rousseur, très habile de ses mains. Éveillé ou endormi, son unique préoccupation était ses modèles réduits. En tout cas, ni Bob ni Mr. Bindle ne prêtaient la moindre attention à Miss Eversley et à Mr. Smith, qui travaillaient à l'autre bout de l'atelier.

William était très fier de son canard au plumage brun et vert, au cou de couleur crème et aux énormes pattes jaune vif. L'animal se dandinait, roulait les yeux et ouvrait le bec. Toutefois, malgré la joie d'avoir achevé son œuvre, William avait l'esprit ailleurs; en effet, le jeudi, les boutiques de la banlieue londonienne ferment plus tôt que d'habitude et il mourait d'envie de savoir ce qu'allait faire Katharine à partir d'une heure, après avoir mis son chapeau et quitté le magasin. Comment occupait-elle son temps libre avant d'aller se coucher? Cette question s'emparait de lui chaque jeudi midi et chaque samedi soir, à l'approche de l'interminable dimanche au cours duquel il ne la voyait pas. Le samedi était bien pire, car il la perdait de vue beaucoup plus longtemps. Toute la journée du dimanche, Katharine marchait, parlait, rencontrait des gens, sans qu'il soit à ses côtés. C'était pour lui une véritable torture, qui ne faisait qu'empirer au fil des semaines.

William sentait qu'il en arrivait au point où il ne pourrait bientôt plus garder cette souffrance pour lui. Peut-être ne connaissait-il pas le poème qui disait :

« Il craint sa destinée
Ou croit son horizon trop étroit
Celui qui n'ose pas
Prendre le risque de tout gagner
Ou de tout perdre »,

mais il aurait certainement approuvé ces vers. Il craignait bel et bien son destin et était absolument persuadé de l'étroitesse de son horizon. Pourtant, il était encore loin d'être prêt à faire à Katharine une cour assidue; il désirait seulement savoir ce qu'elle faisait de ses après-midi de congé.

Vers une heure moins le quart, après avoir terminé son quatrième canard, il osa enfin lui demander :

— Katharine, que faites-vous en général, le jeudi après-midi?

La jeune femme, occupée à étaler un bleu très vif sur la tête d'un canard en l'atténuant avec un vert métallisé, répondit :

— Oh, différentes choses...

Pour William, il n'était plus question de revenir en arrière.

— Que faites-vous cet après-midi ? reprit-il avec une certaine brusquerie.

— Je n'y ai pas encore réfléchi.

— Vous ne voudriez pas... je suppose que vous ne pourriez pas... enfin je veux dire...

Katharine leva les yeux — elle avait envie de rire et de pleurer en même temps — puis les baissa, très vite, en ébauchant un sourire. La commissure de ses lèvres tremblait.

— Mais si, je pourrais.

— Vraiment ? Cela fait si longtemps que je meurs d'envie de vous le demander, mais je pensais... enfin, je me disais que vous deviez avoir des tas d'amis...

Elle releva la tête et remarqua qu'il avait une tache de peinture sur la joue gauche.

— Êtes-vous en train de me demander de sortir avec vous cet après-midi ?

— En effet, mais bien sûr, je...

— Attention, ne vous rétractez pas, ce serait inconvenant ! Où irons-nous ?

— Où aimeriez-vous aller ?

— Eh bien, nous pourrions nous promener en voiture. Ensuite, je vous inviterais à prendre le thé chez moi, parce que ce n'est pas très drôle de rouler la nuit.

— Vous tenez vraiment à monter dans ma voiture ? Je vous préviens, c'est un tas de ferraille ! Je suis la risée de tout le monde, mais, quoi qu'on dise, elle marche. Malheureusement, ce n'est guère le genre de véhicule...

— William, ne soyez pas si inquiet ! Je viens de vous dire que j'avais envie de me promener en voiture. A propos, aviez-vous l'intention de peindre ce canard tout en noir ? Car c'est précisément ce que vous êtes en train de faire.

Il contempla son canard avec stupéfaction : l'animal, entièrement noir à l'exception du bec et des yeux, le couvait d'un air mauvais. William se mit à rire.

— Ce n'était pas prévu, mais finalement avec une petite touche de vert ici et là, il sera du plus bel effet. Le Canard Flibustier. Le nom vous plaît ? Je lui ferai des pattes et un bec orange, mais d'abord, il doit sécher. Inutile d'en recommencer un autre, c'est l'heure de fermer. Katharine, êtes-vous bien sûre...

— Tout à fait, répondit-elle sans lever la tête.

— Dans ce cas, je vais chercher la voiture. Miss Cole fermera le magasin. Je vous attends au début de Canning Row.

Il lui sourit, complice.

— Miss Cole prend la direction opposée...

Ils quittèrent Hampstead Heath. La voiture était bien le tas de ferraille qu'il avait décrit, mais il était visiblement très fier de l'avoir réparée et repeinte lui-même. Katharine, qui se souvenait d'autres voitures, avait un faible pour celle-ci.

Ils s'arrêtèrent pour déjeuner, puis se remirent en route. Une brume légère montait du sol. C'était un bel après-midi hivernal, avec un soleil pâle brillant dans un ciel clair.

Katharine n'avait nul besoin de faire les frais de la conversation, car son compagnon lui racontait, détails à l'appui, la façon dont il avait remonté pièce par pièce celle qu'il appelait affectueusement sa vieille guimbarde. Elle se contentait de l'écouter, interrompant de temps à autre son récit d'interjections admiratives. Il avait l'air si heureux, si absorbé par son histoire... C'était un trait de sa personnalité qui ne changerait certainement jamais, cette extraordinaire capacité à s'absorber dans le sujet qui le passionnait. Ainsi, il était capable de peindre un canard tout en noir sans même s'en rendre compte, parce qu'il pensait à elle. En revanche, s'il s'intéressait au canard, il ne se souciait plus de sa présence ! Du moins, était-ce son impression...

Plongée dans ses propres pensées, elle manqua le passage amusant où il lui racontait comment il avait réussi à se procurer des feux de brouillard — superbe démonstration des trésors d'ingéniosité, de persévérance et d'énergie qu'il était capable de déployer.

En fin de journée, ils arrivèrent chez Katharine. C'était un appartement — ou plutôt un assemblage de pièces réunies au-dessus d'un garage qui abritait autrefois d'anciennes écuries, comme toutes les maisons de ce quartier que l'on appelait « Le Mews ». Avant d'arriver, elle lui expliqua qu'elle l'avait loué à une amie partie à l'étranger.

— Le mien était trop cher, vous comprenez. Je ne sais pas ce que j'aurais fait si Carole n'était pas venue à mon secours.

Ils passèrent entre de hauts piliers de brique et émergèrent dans une ruelle pavée sur laquelle donnaient deux rangées de petits cottages. On se serait cru à la campagne. Aux dernières lueurs du crépuscule, le spectacle était très pittoresque. Des enfants dévalaient la venelle sur des planches à roulettes ou en poussant des cerceaux. Le linge séchait sur des cordes devant les fenêtres. William remarqua un fil à linge nu, composé de deux cordes à sauter nouées ensemble. Les portes des garages étaient de couleurs diverses, correspondant à différents degrés de décrépitude. Des volées de marches en béton bordées de rampes métalliques menaient aux étages supérieurs. Tous les cottages possédaient des combles sur leurs pignons et certaines fenêtres étaient garnies de jardinières, vides la plupart du temps. La rampe d'escalier qui menait à l'appartement de Katharine était peinte en rouge vif, ainsi que la porte d'entrée.

Tandis que la jeune femme cherchait sa clé, William observa le paysage alentour : au-delà des toits, les branches des grands platanes dénudés se découpaient sur un ciel vert pâle. Les lumières des maisons brillaient comme des lucioles. Quelque part vers la gauche, un homme tapait de façon assourdissante sur un objet métallique et deux postes de radio diffusaient à tue-tête des programmes différents. La personne qui écoutait une émission culturelle avait beau augmenter le volume de son appareil afin de couvrir la voix du crooner qui poussait la chansonnette chez le voisin, c'était peine perdue. Le chanteur de charme et sa mélodie sirupeuse gagnaient la partie.

Bien qu'assourdis, les bruits de l'extérieur parvenaient encore dans l'appartement. Katharine alluma la lumière qui éclaira un étroit couloir donnant à angle droit sur un salon, deux chambres et une salle de bains. Elle indiqua à William le cabinet de toilette, puis mit la bouilloire sur le feu et alla aérer sa chambre.

Son amie Carole aimait le mobilier ultramoderne et les couleurs vives. Tentures et dessus-de-lit, en chintz jaune canari, étaient ornés de motifs bleus, avec des triangles et des losanges violets.

Katharine se dirigea droit vers la commode jaune vif où trônait une grande photographie qu'elle dissimula dans un tiroir. Puis elle ôta son tailleur de tweed, le suspendit dans l'armoire et mit une robe en laine bleu turquoise qui lui allait à merveille. Ainsi vêtue, elle était ravissante, même sans maquillage. Miss Cole n'étant pas là pour la rabrouer, elle prit le temps de se poudrer le nez et de mettre un soupçon de rouge à lèvres.

Elle retrouva William au salon et vit qu'il avait allumé le chauffage à gaz et fermé les rideaux.

— J'ai pensé que vous auriez froid, expliqua-t-il simplement, en l'aidant à disposer les tasses à thé.

On aurait dit qu'ils avaient toujours fait cela ensemble. Lorsqu'elle revint de la cuisine avec la théière, il était installé au piano et jouait un petit air.

— Jouez-vous du piano ? demanda-t-elle un peu plus tard, tout en servant le thé.

— Je ne crois pas.

— Comment cela ?

— Je ne sais que très peu de chose à mon sujet. Mes souvenirs ne dépassent pas 1942.

— Oui, vous me l'avez déjà dit. Mais je suis persuadée que vous vous souvenez de tout ce que vous avez appris pendant votre scolarité.

— J'avoue que je n'y avais jamais songé ! C'est vrai, je n'ai pas oublié l'histoire, la géographie, le latin, les mathématiques. J'ai appris l'allemand dans les camps, où j'ai eu également l'occasion d'améliorer un peu mon français. Voyez-vous, c'est l'une des raisons qui me font croire que je ne suis pas William Smith ; celui-ci a quitté l'école à quatorze ans et n'a certainement pas eu le temps d'apprendre le latin et le français. Loin de moi la prétention de les parler ou de les écrire couramment, mais je suis certain de les avoir étudiés.

— Et le piano ?

Il se mit à rire.

— Vous m'avez entendu ?

— Oui, vous étiez en train de pianoter quand je suis revenue de la cuisine. Connaissez-vous cet air ?

— J'essayais de jouer *Auld Lang Syne.*

— Pourquoi cet air-là ?

Il la dévisagea longuement avant de répondre :

— Je ne sais pas. Il m'est venu naturellement. C'est curieux, n'est-ce pas ? de se souvenir des airs de musique plutôt que des gens. Quand je pense que je dois côtoyer dans la rue des personnes que j'ai connues, je me sens tout drôle. Souvent, je me dis que je vais croiser d'anciennes relations sans les reconnaître. Tiens, à propos, l'autre jour...

Katharine reposa vivement sa tasse.

— Vous avez rencontré quelqu'un qui vous connaissait ?

Il hocha la tête.

— Oui, le soir où j'ai été agressé. L'inspecteur de Scotland Yard qui m'a raccompagné chez moi m'a reconnu. Selon lui, nous nous sommes croisés avant guerre, au cours d'une soirée au *Luxe*. Je dansais avec une jeune fille vêtue d'une robe en lamé or. Visiblement, c'est à cause d'elle qu'il se souvient de moi ! Mais seul mon prénom — Bill — lui est resté en mémoire. Vous savez, j'ai toujours pensé que ce prénom était le mien.

— Il doit se souvenir de certaines personnes présentes à cette soirée...

— Apparemment, non. Il a dû aller à des centaines de réceptions depuis dix ans. Avec le temps, les souvenirs ont tendance à se mélanger, c'est normal. Dites, si nous faisions griller le pain ?

William goûta de bon cœur. Ensuite, il expliqua à Katharine que le fait d'avoir peint par erreur le canard tout en noir lui avait donné l'idée de créer un nouveau modèle de jouet.

— Un oiseau entièrement noir ! Quel nom préférez-vous lui donner ? Le Korbeau Railleur ou bien la Korneille Kroassante ?

Elle donna sa préférence au Korbeau ; William lui demanda alors un crayon et des feuilles, s'assit sur le tapis, posa le bloc de papier sur ses genoux et commença à tracer de rapides esquisses. Ses cheveux blonds retombaient sur son visage, qui avait pris une expression très concentrée, apparemment fermée au monde extérieur. Pourtant, lorsque Katharine lui demanda, négligemment : « Qu'est-ce qui vous a donné l'idée des chiens Wurzel ? », il lui répondit aussitôt d'un ton distrait :

— Oh, j'avais autrefois un chien qui portait ce nom.

Katharine crut qu'elle allait s'arrêter de respirer. Elle attendit quelques instants, puis reprit d'une voix très douce :

— Quel âge aviez-vous ?

William répondit « dix ans », sans réfléchir, avant de sursauter.

— Ça alors ! Je m'en suis souvenu !

Il la regarda fixement, à la fois tendu et inquiet.

— Cela n'a duré qu'un instant. A présent, c'est fini. Je sais seulement que je me le suis rappelé.

— Ne cherchez surtout pas à vous en souvenir, dit Katharine, très vite. La réponse vous est venue à l'esprit alors que vous pensiez à autre chose.

Il hocha la tête.

— Tiens, c'est vrai !

Puis il se pencha en avant et posa les feuilles de dessin sur les genoux de la jeune femme.

— Et voilà ! Qu'en pensez-vous ?

Il avait esquissé tous les modèles imaginables du Korbeau : le sérieux, l'exubérant, le crâneur, l'agressif, le vorace. Il était parvenu à insuffler à chacun d'entre eux la vitalité, l'énergie qui donnaient toujours à ses créatures l'impression d'être vivantes.

— Ils sont parfaits, répondit Katharine.

— Attendez, dit-il en reprenant ses croquis, je n'ai pas fini.

Dans ce geste, leurs doigts s'étaient effleurés. William s'aperçut que sa main tremblait. Très vite, il parvint à se contrôler, mais cette expérience venait de lui prouver qu'il ne pouvait pas se fier à sa propre volonté. Il allait terminer ses croquis, puis se lever et s'en aller, car s'il restait trop longtemps, il ne répondrait plus de lui. Katharine vivait seule ici et elle l'avait invité à prendre le thé. Il n'avait pas le droit de profiter de sa gentillesse. Il n'en avait pas plus le droit à l'atelier. L'image du patron qui abuse de sa position pour harceler ses employées lui faisait horreur. Troublé, il se replongea dans ses dessins.

Katharine l'observait, partagée entre le rire et les larmes, comme à chaque fois qu'elle se trouvait en sa présence. Il ne lui était guère difficile de deviner les pensées de son compagnon : il l'aimait, il voulait le lui dire, mais il n'osait pas parce qu'elle travaillait chez Tattlecombe et qu'il craignait de l'embarrasser. Et elle n'était pas sûre d'avoir envie d'entendre ce qu'il avait à lui dire, tant elle appréciait ces instants fugitifs et délicieux, qui possédaient un charme tout particulier, précisément parce qu'ils ne duraient pas. Ils lui rappelaient un jour de février, avant la guerre... Une étroite bande de ciel bleu, des nuages poussés par une brise légère, un coin de paysage émergeant de la brume, des fleurs et des fruits rêvant du printemps. Mais l'enchantement n'est pas éternel et février passe son chemin... Citant Faust, elle aurait pu dire : « *Schöner Augenblick verweile doch*[1]. »

1. Équivalent de « Ô temps, suspends ton vol... ». *(N.d.T.)*

William rassembla ses papiers et se leva.

— Je ferais mieux de m'en aller.

La jeune femme sourit.

— Vous pouvez rester dîner, si vous voulez.

Le salon était plus sobrement décoré que la chambre de Carol, le mobilier moins moderne. Les couleurs de la robe de Katharine s'harmonisaient avec le cuir brun foncé du fauteuil dans lequel elle était assise. Ses cheveux, ses yeux paraissaient par contraste plus lumineux. Elle lui souriait.

— Je ferais mieux de m'en aller, répéta-t-il d'un air têtu, les sourcils froncés.

— Pourquoi ? Asseyez-vous donc et bavardons un peu.

Il secoua la tête.

— Non, je... je dois m'en aller. Merci de votre offre.

Après que la porte se fut refermée, ils s'aperçurent tous deux qu'il ne lui avait pas dit au revoir, il ne lui avait pas non plus effleuré la main.

Tandis que la voiture de William s'éloignait, des têtes curieuses apparurent aux fenêtres voisines. Quatre postes de radio chantaient à tue-tête, tandis qu'une mère de famille déclarait d'une voix stridente à sa progéniture qu'elle allait lui arracher les yeux si elle ne rentrait pas tout de suite à la maison. La nouvelle lune, brillante et incurvée, glissait vers l'horizon, derrière les platanes.

Assise dans son salon, Katharine entendit le démarrage bruyant de la voiture de William, qui fit grincer son embrayage. Demain, tout le voisinage du Mews saurait qu'un jeune homme l'avait raccompagnée chez elle et qu'ils avaient passé plusieurs heures ensemble. « Oh, William chéri », murmura-t-elle en appuyant sa tête sur son bras.

7

Le lendemain, elle reçut au premier courrier une lettre de Cyril Eversley qui disait en substance :

« Ma chère Katharine,

« N'ayant pas ta nouvelle adresse, je t'envoie cette lettre à ton ancien domicile, en espérant qu'elle te sera réexpédiée. Brett m'a appris que tu avais loué ton appartement et que tu avais trouvé du travail. Lequel ? Mystère. Par conséquent, je ne sais pas si tu vis encore à Londres et si tu peux venir déjeuner avec moi au club mercredi prochain. Je dois rencontrer Brett et l'amiral Holden le matin pour régler le problème de ton fidéicommis. Ce serait très gentil de ta part de venir nous retrouver pour le déjeuner. Holden serait ravi de te revoir. Je suis sûr que tu apprendras avec plaisir que tes rentes semestrielles ont enfin été versées sur ton compte. J'espère que ce léger retard ne t'aura pas trop gênée.

« Nous t'attendons donc avec impatience ce mercredi à treize heures quinze, au club.

« Ton cousin affectionné,
Cyril Eversley. »

Elle mit la lettre de côté en se disant qu'elle y répondrait le soir même en rentrant chez elle.

L'amiral Holden était donc sur le sentier de la guerre, puisque ses dividendes avaient été payés. Cyril s'attendait-il à ce qu'elle fasse la relation entre ces deux événements ? La lettre, rédigée de la main même de son cousin, n'avait donc pas subi les modifications que n'aurait pas manqué d'apporter sa secrétaire. Mavis Jones n'était pas née de la dernière pluie ! Connaissant Cyril, il n'y aurait vu que du feu. Elle songea avec amertume que ses cousins menaient la firme droit à la faillite, Cyril par son laisser-aller, Brett par sa propension à utiliser le compte en banque de la société pour son profit personnel. Après les désastreuses années de guerre, au lieu d'apurer les comptes et de redresser la situation financière, ils avaient laissé la compagnie partir à vau-l'eau. Que se passerait-il si elle se décidait à dire à l'amiral Holden le fond de sa pensée ? Cette idée la tarabustait encore lorsqu'elle monta dans l'autobus.

De son côté, William ne reçut pas de lettres, mais il passa une grande partie de la nuit à en écrire. Elles débutaient toutes de manière différente, mais toutes étaient adressées à Katharine. Puisqu'il ne pouvait lui ouvrir son cœur ni chez elle, ni à l'atelier, et que les rues, autobus, métro et autres lieux publics n'étaient guère propices aux déclarations d'amour, l'idée de lui écrire lui avait d'abord paru excellente.

Mais il dut vite déchanter. Transcrire ses sentiments est un art difficile ! Quant à trouver un début adéquat, l'entreprise s'avéra rapidement impossible. Les feuilles de papier rageusement froissées jonchaient la table et le parquet. Il avait tout d'abord commencé par un « Ma chérie », dont l'audace l'avait fait rougir. « Miss Eversley », en revanche, paraissait trop formel et ne traduisait pas son sentiment profond. Après plusieurs essais infructueux, il prit une nouvelle feuille et commença la lettre en ces termes :

« Je vous écris pour vous dire que je vous aime, en espérant que vous ne le prendrez pas mal. Il me paraissait plus juste de vous faire connaître mes sentiments. L'idée de vous voir travailler me déplaît, mais si vous y êtes obligée, je préfère encore vous voir travailler chez nous. Puisse cette lettre ne pas vous compliquer la tâche...

« Voilà. Pour autant que je sache, j'ai environ trente ans, à une ou deux années près. Mon amnésie est due à une blessure à la tête que j'ai reçue pendant la guerre, mais je suis de constitution robuste et ne souffre heureusement d'aucune autre affection.

« Je ne puis rien vous dire au sujet de ma famille. Comme vous le savez, mes souvenirs ne remontent hélas qu'à l'année 1942. Bien qu'ignorant tout de mon passé, je pense avoir reçu une certaine instruction. Je sais que William Smith travaillait dans une tannerie et je suis certain que je n'aurais jamais pu exercer ce métier, car les odeurs me rendent malade. Par acquit de conscience, je me suis rendu sur son lieu de travail et j'ai aussitôt été pris de nausées. Le vrai William Smith aurait certainement surmonté cette épreuve, qu'en pensez-vous ? Je cite cet épisode à titre d'exemple, mais j'ai bien d'autres raisons de supposer que je ne suis pas William Smith.

« Cette absence de souvenirs — au-delà de ma sortie de cet hôpital allemand en 1942 — est extrêmement embarrassante. Lors de ma dernière visite à Mr. Tattlecombe, celui-ci m'a demandé si j'avais déjà songé à me marier. Je lui ai répondu que je m'interdisais d'y penser, car il se pourrait que je sois fiancé ou même déjà marié. Je vous répète ce que je lui ai dit, mais plus j'y pense, plus cette éventualité me paraît improbable. En effet, je n'aurais jamais épousé quelqu'un sans en être profondément épris et j'imagine mal que l'on puisse oublier l'être que l'on aime. Je sais par exemple que je ne pourrais jamais vous oublier, Katharine, car toutes les émotions que je ressens sont liées à vous, pour la vie. Il n'est pas question ici de mémoire ou d'oubli. Je sais seulement que je vous aime et que je n'ai jamais aimé que vous. J'espère avoir su m'expliquer à peu près clairement...

« Pour l'instant, ma situation financière n'est pas des plus brillantes, mais l'avenir s'annonce sous d'heureux auspices. Je suis certain que les jouets rapporteront un revenu régulier dès qu'ils seront fabriqués en série, sous licence. D'ici à l'an prochain, mon capital aura sensiblement augmenté. Grâce à la gentillesse de Mr. Tattlecombe, qui me permet de vivre gratuitement sous son toit, je dépense très peu et j'ai pu faire quelques économies. Katharine, si vous le voulez, je prendrai soin de vous et vous n'aurez jamais plus besoin de travailler. Cette proposition vous surprendra peut-être, mais il faut que vous sachiez que je vous ai aimée à la seconde où je vous ai rencontrée. On appelle cela le coup de foudre.

« William Smith, qui vous aime. »

Il lui remit cette lettre en fin de journée, juste

au moment où elle quittait le magasin. Katharine ne s'autorisa pas à la lire sur-le-champ, mais, dans l'autobus, elle s'assurait de temps en temps qu'elle était toujours dans son sac. Lorsqu'un homme vous tend ainsi, sans un mot, une enveloppe aussi épaisse, il n'y a qu'une explication possible. Or on ne lit pas une lettre d'amour dans la rue ou dans l'autobus.

En arrivant chez elle, elle alluma la lumière et le chauffage, ôta son manteau et son chapeau, puis alla s'asseoir sur le tapis pour lire la lettre. Celle-ci aurait ému n'importe quelle femme, mais Katharine, en la lisant, sentit son cœur se déchirer. William mettait son âme à nu devant elle ; elle reconnut sa simplicité, son honnêteté, sa franchise et sa façon d'aimer. Elle lut et relut la lettre en pleurant, mais ses larmes étaient des larmes de bonheur, celles qui vous laissent les yeux brillants et les joues en feu.

Un long moment s'écoula — du moins c'est ce qu'il lui sembla. Soudain, la sonnerie du téléphone retentit. Katharine sauta sur ses pieds, le souffle court. Non, ce ne pouvait être lui qui l'appelait, déjà...

— Allô ?

— C'est vous, Katharine ?

C'était bien lui.

— Oui...

— Avez-vous lu ma lettre ?

— Oui, William.

— Je ne vous demande pas de répondre tout de suite. Vous devez avoir besoin de réfléchir, je ne veux pas vous bousculer. Je tenais seulement à ce que vous sachiez que si votre réponse était négative, je ne vous en voudrais pas. Je ne chercherais plus à vous importuner.

— Merci, William. Je...

Elle ne put terminer sa phrase.

— Voilà ce que j'avais à vous dire, reprit-il. J'appelle d'une cabine et je vais raccrocher.

— Non ! Attendez...

Il l'entendit reprendre sa respiration, à l'autre bout du fil.

— William... Voulez-vous venir dîner avec moi ?

Il arriva au volant de sa vieille guimbarde. Dès que Katharine l'entendit, elle se rua dans le couloir, le cœur battant, prête à l'accueillir. Elle avait mis sa jolie robe bleue. Le bruit de ses pas se rapprochait. Elle ouvrit la porte ; William entra, apportant avec lui une bouffée d'air glacé qui s'engouffra dans l'appartement. La porte se referma et elle fut dans ses bras.

8

Le mercredi matin, une demi-heure avant l'arrivée de l'amiral Holden, Mavis Jones s'appliquait à redonner du courage à son patron, qui n'était plus à proprement parler son patron, puisqu'elle l'avait épousé civilement le samedi précédent. La nouvelle Mrs. Eversley y avait encore gagné en assurance.

— Tu n'as pas besoin de t'inquiéter. J'ai tout prévu. Si Holden refuse de se montrer arrangeant, tu mets tout sur le dos du vieux Davies. Tu n'auras qu'à dire que depuis quelque temps on ne pouvait plus compter sur lui, mais qu'il était hors de question de remplacer un employé proche de la retraite, après trente ans de bons et loyaux services. Au cours de la conversation, tu glisseras que Mr. Davies est mort subitement il y a six semaines et que, depuis, nous nous efforçons — ou plutôt que ta secrétaire s'efforce — de remettre de l'ordre dans la comptabilité. Si Holden soulève un problème épineux, appelle-moi.

Cyril Eversley fronça les sourcils.

— Tout ceci me déplaît, Mavis.

— Voyons, rien ne sortira de ce bureau, Cyril ! répondit-elle impatiemment. Qui cela dérangerait-il ? Certainement pas Davies ! De toute manière, inutile de parler de lui tant qu'Holden ne se montre pas trop curieux. Et si tu dois incriminer Davies, ton embarras sera le bienvenu. « Vous comprendrez, amiral, qu'il m'est difficile d'accuser un fidèle employé de la société... » Bien vu, non ?

— Tais-toi ! s'écria-t-il, si soudainement qu'elle resta un moment indécise, avant de faire le tour de la table pour déposer un baiser sur son front.

— Allons, chéri, courage ! Tout se passera comme sur des roulettes, tu verras.

Elle se pencha pour déplacer quelques papiers posés devant lui.

— D'abord tu fais ton numéro, ensuite tu lui montres ceci. Ne parle pas de Davies, à moins d'y être obligé, et si tu sens que tu t'empêtres dans des explications trop confuses, dis-lui que Miss Jones est au courant de tout et appuie sur la sonnette.

Elle se retourna sur le seuil pour lui adresser un sourire réconfortant, referma la porte et suivit le couloir qui menait au bureau de Brett Eversley.

Celui-ci leva les yeux à son entrée.

— Tout est réglé ?

Mavis haussa les épaules.

— J'espère. Il a les nerfs à vif.

Il haussa les sourcils.

— Vivement que tout soit fini ! Vas-tu assister à l'entrevue ?

— Non, du moins pas au début. C'est de cela que je suis venue te parler. J'ai dit à Mr. Eversley de sonner si l'amiral posait trop de questions. Ce ne sera peut-être pas nécessaire, mais si Holden se fait pressant, vous pouvez tous les deux lui suggérer de m'appeler. Je suis censée m'occuper de la remise en ordre des papiers de Davies, qui aurait gravement négligé la tenue des comptes.

Brett se mit à rire.

— Excellente idée, ma chère !

— C'est aussi mon avis. Mais pas celui de Mr. Eversley.

— Ça ne m'étonne pas de lui !

— Il ne parlera donc de Davies qu'en cas d'absolue nécessité. En revanche, si *toi* tu soulignes que Davies devenait gâteux et qu'il ne savait plus ce qu'il faisait, cela aurait beaucoup plus de poids face à Holden, si tu vois ce que je veux dire.

Brett la regarda d'un drôle d'air.

— Tu es très intelligente, Mavis... A l'avenir, je veillerai à toujours me ranger de ton côté ! ajouta-t-il en riant.

Elle lui sourit, pour la forme.

— Il n'y a vraiment aucune raison de s'inquiéter. Pour ce qui est de l'entrevue avec Holden, tout ira bien. Mais pour la suite... Les difficultés ne feront que commencer, à moins que tu n'épouses Katharine.

Il repoussa sa chaise et se leva, les mains dans les poches, le sourire aux lèvres.

— Je crois rêver ! C'est toi qui me dis cela ?

— Bien sûr, c'est la vérité.

— Toi, tu veux que je l'épouse ?

— Mon cher Brett, réfléchis un instant...

— Imagine qu'elle refuse ?

— A toi de la faire changer d'avis. Tu t'es toujours pris pour un don Juan. Tu te vantais de pouvoir séduire tout ce qui portait jupons, si je me souviens bien... Que les choses soient claires, Brett : tu épouses ta cousine ou tu vas droit en prison. C'est donc le moment de jouer de ce charme viril dont tu es si fier. Si par malheur elle épousait quelqu'un d'autre, cela mettrait le feu aux poudres et je ne pourrais rien pour toi. Je peux facilement bluffer l'amiral, mais pas une armée d'avocats. D'ailleurs, je n'essaierais même pas ! Si Katharine Eversley se remarie, son nouvel époux voudra savoir où est passé son héritage et tu seras bien en peine de lui fournir une réponse. Je n'ai rien dit de tout cela à Mr. Eversley pour ne pas l'inquiéter. Mais toi, c'est différent. Tu as intérêt à te mettre au travail ! C'est tout ce que j'avais à te dire, Brett.

9

Le déjeuner se passa pour le mieux. Soulagé de s'être honorablement sorti de cette entrevue tant redoutée, Cyril put enfin se détendre et jouer les gentlemen courtois et raffinés. En vérité, il s'agissait moins de jouer la comédie que de se débarrasser enfin de ce rôle d'homme d'affaires qu'on lui faisait endosser et qu'il exécrait. Il se montra donc sous son vrai jour d'amateur d'art érudit, et l'amiral Holden, qui l'avait toujours tenu en piètre estime, fut surpris de découvrir en lui un hôte fort agréable.

L'amiral était heureux ; heureux d'être à pied d'œuvre, heureux d'être redevenu l'associé à part entière des Eversley, qui devaient déjà le considérer comme mort et enterré. Il allait leur montrer de quoi il était capable ! Heureux également de retrouver le club, son repaire favori, de pouvoir décréter à qui voulait l'entendre que Londres est décidément une ville très sale et, par-dessus tout, heureux de revoir Katharine.

Lorsqu'il la vit entrer dans le hall du club, vêtue de sa robe bleue et de son manteau de fourrure, il ne put s'empêcher de penser : « Quelle femme ravissante ! Que les autres aillent au diable ! Personne ne lui arrive à la cheville. »

Il lui prit les mains et les serra très fort entre les siennes.

— Cher, cher Bunny, dit-elle en l'embrassant, vous reviendriez d'un tour du monde en bateau que vous n'auriez pas meilleure mine !

Les joues tannées de l'amiral virèrent au cramoisi.

— Alité dans la véranda, par tous les temps, beau ou mauvais, humide, neigeux, venteux ! Grâce à cela, je suis encore de ce monde, répondit-il d'un ton bourru.

Après cela, tout fut parfait. Depuis qu'elle avait trois ans, Katharine l'appelait « Bunny » et cela lui faisait toujours aussi plaisir. « Dieu bénisse cette gentille enfant », songea-t-il. Et puisqu'il avait quitté son lit juste à temps pour assister à son mariage, il était le plus heureux des hommes. Toutefois, à sa place, il n'aurait pas choisi Brett — non, certainement pas. Cyril Eversley lui avait fait comprendre, à mots couverts, que l'idée du mariage était dans l'air. Pourquoi garder la nouvelle secrète ? Holden se dit qu'il devrait d'abord en toucher deux mots à Katharine... Tenait-elle à ce garçon, oui ou non ? Après tout, elle était assez grande pour savoir ce qu'elle faisait. Avec un peu de tact — quoique le tact ne fût pas son fort — il parviendrait bien à découvrir la vérité. Toutes ces pensées lui étaient venues tandis qu'il découpait allégrement son homard et son perdreau. Il termina son repas par une tranche de Stilton et des glaces.

Brett Eversley, qui faisait les yeux doux à Katharine, avait tout à fait conscience d'être observé par l'amiral, dont l'œil bleu le jaugeait sans aménité. Il réussit malgré tout avec succès à amuser la galerie ; mais au moment où Katharine se levait pour prendre congé, il vit que l'amiral se levait aussi.

— Prenons un taxi ensemble, ma chère, déclara posément celui-ci. Je vais dans la même direction que vous.

— Bunny chéri, comment savez-vous où je vais ?

— Je n'en ai aucune idée ! Où allez-vous, justement ?

— Je retourne à mon travail.

Brett éclata de rire.

— Holden, vous êtes incroyable ! Vous ne craignez pas de lui demander où elle va, alors que voilà des semaines que nous n'osons pas lui poser la question ! Allez-y, amiral, continuez ! Demandez-lui donc ce qu'elle fait et où elle se cache...

Katharine souriait.

— Inutile, Brett, je ne le dirai à personne. Cela m'amuse de vous tenir tous en haleine ; j'imagine que vous vous amusez encore plus à chercher une explication logique à la conduite supposée scandaleuse de votre cousine. Ne perdez pas votre temps, vous ne la trouverez jamais. Laissons planer le mystère...

Brett lui prit la main et la retint juste un peu plus que nécessaire.

— C'est bien vrai, tu ne veux pas me donner ton adresse ?

— Elle est bien trop respectable. La donner vous gâcherait le plaisir !

— As-tu vraiment trouvé un emploi ? s'enquit Cyril. Tu n'en avais pas réellement besoin, n'est-ce pas ?

Katharine se mit à rire.

— Disons que j'avais un besoin urgent de travailler. N'est-ce pas la preuve de ma respectabilité ? Excusez-moi, mais je suis pressée. Merci pour ce sympathique déjeuner.

En ouvrant la porte du taxi, elle lança au chauffeur :

— Pouvez-vous me déposer à la station de métro Marble Arch, s'il vous plaît?

L'amiral Holden échangea quelques mots avec le chauffeur, puis prit place aux côtés de sa protégée. Mis à part le fait qu'il se déplaçait avec moins de légèreté qu'avant, il semblait entièrement remis de sa maladie.

— Et voilà, tout est arrangé! déclara-t-il avec un sourire rayonnant. Vous n'avez plus de souci à vous faire. Si par malheur vos prochains dividendes n'étaient pas payés rubis sur l'ongle, vous n'avez qu'à me le faire savoir. Entre nous, on ne peut pas dire que Cyril soit un brillant homme d'affaires. Sa secrétaire en sait plus que lui! Jolie femme, soit dit en passant. Elle a tous les chiffres en tête. Apparemment, le vieux comptable — comment s'appelait-il, déjà? Ah oui, Davies — prenait ses aises avec les écritures. Cyril n'aurait jamais osé me l'avouer; c'est Brett qui a vendu la mèche. Cyril tenait à étouffer l'affaire et ne cessait de répéter que Davies avait toujours été un employé modèle. Mais je sais lire entre les lignes et j'ai compris que Davies avait dû trafiquer les livres de comptes. Il est fort possible qu'il se soit enrichi sur notre dos depuis des années...

— Oh Bunny! Mr. Davies ne ferait jamais une chose pareille! se récria la jeune femme.

— C'est aussi ce que soutient Cyril. Mais c'est pourtant la vérité, hélas. Davies travaillait pour la société depuis si longtemps que tout le monde lui faisait confiance; on lui laissait les mains libres — sans doute trop libres. Et puis il meurt subitement et l'on découvre le pot aux roses.

Katharine lui agrippa le bras.

— Que dites-vous ? Mr. Davies est... mort ?

— Oui, je l'ai appris ce matin. Vous n'étiez pas au courant ?

— Non ! Bunny, quand est-il mort ?

— Je ne sais pas. On ne me l'a pas dit. Récemment, je suppose.

— La dernière fois que je suis allée au bureau, il y a deux mois, Mr. Davies était encore vivant. Je l'ai toujours connu. C'était un homme intègre. Il n'aurait jamais fait une chose pareille, j'en suis certaine.

Il lui tapota gentiment le genou.

— Nous autres, pauvres mortels, devons tous partir un jour ou l'autre ! Katharine, je n'ai plus beaucoup de temps à vous consacrer, alors, écoutez-moi : je veux savoir où vous habitez et ce que vous faites. Franchement, à quoi rime toute cette histoire ?

Elle lut le reproche dans ses yeux bleus et regarda avec affection ces épaules carrées, ces cheveux gris coupés court, ce visage tanné par les années passées en mer.

— Cher, cher Bunny..., murmura-t-elle.

— Non vraiment, je n'aime pas cela ! Lorsqu'une fille se cache et fait des mystères, c'est qu'il y a anguille sous roche. Vous, vous nous préparez une surprise...

— Ah bon ? Et laquelle, selon vous, cher Bunny ?

— Je mettrais ma main à couper qu'il y a de l'amour dans l'air. Alors vous feriez mieux de me dire tout de suite de qui il s'agit et je vous dirai s'il en vaut la peine.

— Inutile, je le sais déjà.

— Ridicule ! Une femme amoureuse est incapable de juger un homme, et vice versa. A voleur,

voleur et demi ! Il vaut mieux vous en remettre au jugement de votre vieux Bunny.

Elle ne répondit pas, mais ses yeux souriaient.

— S'agit-il de Brett ? demanda-t-il, un brin soupçonneux.

— Oh, non, voyons !

— Ah, c'est déjà un bon point. Cela dit, il y a quelque chose que je ne saisis pas. Brett est un garçon charmant, de bonne compagnie — le chouchou de ces dames. Un peu trop vaniteux à mon goût. J'aime les gens simples.

— Moi aussi, Bunny.

Il lui tapota la main.

— Je suis heureux de vous l'entendre dire.

Il prit soudain son ton d'amiral pour lui demander :

— Alors, que signifient les allusions de Cyril à d'éventuelles fiançailles ?

— Il a osé prétendre que Brett et moi étions fiancés ?

— En quelque sorte. Mais pourquoi toutes ces cachotteries ? De deux choses l'une : vous êtes fiancés, ou sur le point de l'être, ou vous ne l'êtes pas. Inutile de faire tant de chichis. Je ne comprends pas l'attitude de Cyril. Je me suis dit qu'il valait mieux vous en parler d'abord, avec diplomatie, bien entendu.

— Cher Bunny, j'adore votre sens de la diplomatie !

— Ce qui signifie en clair que je ne suis qu'un rustre. C'est vrai, je le reconnais. Et je sais aussi que vous pensez que vous pouvez régler vos problèmes toute seule, sans que je vienne y mettre mon grain de sel. Les femmes sont toutes les mêmes ! Mais quand elles ont des ennuis, elles sont bien contentes de me trouver... Maintenant, écoutez-moi bien : ce monsieur, que vous tenez tellement à nous cacher, moi, Holden, j'aimerais bien le rencontrer. Et si c'est un homme honnête, il acceptera de me rencontrer. Il y a longtemps que je ne suis plus votre tuteur légal, mais votre père était mon meilleur camarade de bord et aussi mon meilleur ami, et si vous ne vous êtes pas encore rendu compte que je vous aime plus qu'un père n'aime sa fille, alors vous êtes moins intelligente que je ne le crois. Eh bien, qu'en dites-vous ?

Katharine le regarda avec tendresse.

— Bunny, vous êtes un ange, et je vous adore.

— C'est bien joli de me passer de la pommade, grommela-t-il, mais cela ne m'avance à rien.

Elle prit sa main, qu'elle serra entre les siennes.

— Bunny, il y a quelqu'un dans ma vie. Je l'aime, je l'aime énormément — et lui aussi m'aime. Mais je ne peux pas vous en dire plus pour l'instant. Je vis le plus merveilleux moment de ma vie et je veux pas qu'il soit gâché. J'ai encore besoin d'un peu de temps, vous comprenez ? Je vous promets que vous serez le premier dans la confidence. Et je vous assure que vous aurez la plus belle surprise de votre vie.

— C'est bien vrai ?

— Juré, Bunny. Tiens, nous voilà arrivés à la station de métro.

Ils sortirent du taxi. L'amiral Holden paya la course, en versant un généreux pourboire au chauffeur, puis se tourna vers la jeune femme.

— Vous avez l'air diablement pressée...

— Je dois rentrer chez moi me changer et repartir travailler.

— Je ne comprends toujours pas pourquoi vous avez besoin de travailler, bougonna-t-il. Dites-moi, qui habite à Cedar House ?

— Personne, pour l'instant. J'avais laissé la maison à tante Agnès, qui craignait de s'ennuyer chez elle jusqu'au mois de mars, après le départ de ses locataires; mais sa fille, qui vit en Irlande, est tombée malade et tante Agnès est partie s'installer là-bas.

— Donc la maison est vide. Il faut qu'elle soit entretenue et habitée. Pourquoi ne pas retourner y vivre avec une cousine ou une amie?

— Rassurez-vous, Mrs. Perkins passe régulièrement l'aérer. Elle habite tout près, à côté du marchand de grains. C'est la tante de sa femme : elle était cuisinière à Cedar House, du temps de Mamie. Elle est très âgée, mais elle cuisine toujours aussi bien.

— Eh bien, retournez là-bas et embauchez-la comme cuisinière!

— Plus tard, Bunny. Il faut que je me dépêche. Écrivez-moi sous le couvert de la banque, qui fait suivre mon courrier. Et merci encore! Je suis si contente de vous avoir revu...

10

Katharine rentra chez elle. Elle avait prévenu Miss Cole qu'elle aurait une heure de retard. Celle-ci ferait un drôle de nez, comme d'habitude, mais Katharine ne pouvait décemment pas arriver au bazar en manteau de fourrure. Elle enfila son vieux tailleur de tweed, ôta le maquillage défendu et se pinça les lèvres pour leur redonner un peu de couleur; puis, après avoir jeté un coup d'œil à la pendule, elle passa au salon.

Le téléphone était posé sur son bureau. Sans prendre la peine de s'asseoir, elle décrocha le combiné et composa un numéro. A l'autre bout du fil, une voix féminine répondit :

— Société Eversley, bonjour.

— Pourrais-je parler à Miss Jones?

Katharine attendit quelques instants, puis la voix de Mavis Jones se fit entendre.

— Oui, secrétariat de Mr. Eversley...

— Allô, Miss Jones? Ici Katharine Eversley. L'amiral Holden vient de m'apprendre la mort de Mr. Davies. Je suis complètement bouleversée. Étant donné que j'avais déjà quitté le club, je n'ai pas pu demander de détails à mes cousins. Quand est-il mort?

— Voyons... Il y a environ six semaines.

— Oui, je l'ai rencontré la dernière fois que je suis passée au bureau. Il paraissait en bonne santé Que lui est-il arrivé ?

— Il a été renversé par une voiture. Pauvre homme, il a dû traverser la rue sans regarder. On l'a transporté à l'hôpital, mais il n'a pas repris connaissance.

— Je suis navrée, murmura Katharine, je n'étais pas au courant.

Le combiné du téléphone lui parut soudain lourd et froid.

— Quel jour l'accident s'est-il produit, Miss Jones ?

— Je ne me souviens pas de la date exacte, fit cette dernière d'un ton acerbe.

— Le matin de l'accident, Mr. Davies a dû écrire la date sur le livre de comptes. Auriez-vous l'amabilité d'aller vérifier ?

— Certainement. Ne quittez pas.

Katharine patienta. Le combiné glacé pesait de plus en plus lourd dans sa main. A l'autre bout du fil, elle entendit les pas de Miss Jones qui revenait, puis sa voix, froide, efficace, avec ce très léger accent que l'on ne remarquait pas lorsqu'elle était en face de vous.

— Apparemment, le dernier jour où Mr. Davies est venu travailler serait le 6 décembre.

— Merci, dit Katharine, avant de raccrocher.

Une heure plus tard, alors qu'elle était en train de peindre à l'atelier, elle demanda à William :

— Vous souvenez-vous du jour où vous avez rencontré la secrétaire de Mr. Eversley ?

Il fronça les sourcils.

— Laissez-moi réfléchir. C'était un peu avant l'accident de Mr. Tattlecombe, qui est survenu... le 7 décembre, je crois. Oui, c'est cela, le 7 décembre.

Katharine posa brusquement son pinceau. Ses mains tremblaient.

— Un peu avant... Vous voulez dire la veille ?

— Oui.

— En êtes-vous bien sûr ?

— Tout à fait. Pourquoi cette question ?

Katharine reprit son pinceau.

— Oh, pour rien... Une simple vérification.

Il ne lui avait prêté qu'une attention distraite, tout absorbé qu'il était par la finition de son nouveau modèle de Korbeau ; devait-il ou non ajouter une pointe de vert métallisé sur la tête ? Juste un soupçon, pour donner l'impression du lustre... Il soumit le problème à Katharine, et ils débattirent tous deux très sérieusement de la question.

A cinq heures et demie, heure de fermeture du bazar, William prit sa voiture pour raccompagner la jeune femme chez elle.

Miss Cole, habillée et chapeautée, quitta à son tour le magasin et partit d'un pas vif dans la direction opposée à la leur. Mais aussitôt, elle prit la première rue à droite, puis encore à droite et se retrouva dans la petite ruelle qui débouchait sur Ellery Street, juste à l'angle du magasin. William ne put l'apercevoir, car il était occupé à sortir en marche arrière de l'abri où il garait sa voiture.

Miss Cole, tout essoufflée, atteignit le coin de la rue juste à temps pour voir William Smith se pencher pour ouvrir sa portière à Miss Eversley, qui prit place à ses côtés.

— Et ce n'était pas la première fois, monsieur ! s'écria Miss Cole, d'une voix vibrante d'indignation.

Elle avait réussi à s'introduire chez Mrs. Salt, malgré son refus. Une femme déterminée et dotée d'un grand pouvoir de persuasion est capable d'obtenir tout ce qu'elle veut ; il lui suffit de ne pas craindre de blesser son interlocuteur. Miss Cole parvint donc à forcer la porte d'Abigail Salt, en disant qu'elle devait absolument voir Mr. Tattlecombe. Mrs. Salt eut beau lui répéter que son frère avait besoin de repos et qu'il ne fallait surtout pas l'inquiéter en lui parlant de son commerce, Miss Cole rétorqua en reniflant que Mr. Tattlecombe serait encore bien plus inquiet s'il savait que son commerce aurait bientôt fort mauvaise réputation. « Il est donc de la plus haute importance que je le voie. » Telle fut sa conclusion. Abigail était très mécontente, mais, ignorant le fin mot de l'histoire et se doutant qu'Abel serait furieux d'apprendre qu'elle intervenait dans ses affaires, elle préféra céder et accompagna la visiteuse jusqu'à la chambre de son frère.

En sortant de la pièce, elle se retint de claquer la porte et descendit au salon où elle se mit à jouer des hymnes à l'harmonium. Son hésitation à claquer la porte eut pour effet d'empêcher celle-ci de se refermer complètement. Le pêne glissa hors de la gâche, et la porte resta donc légèrement entrouverte.

Miss Cole, assise sur une chaise droite à côté du lit de Mr. Tattlecombe, laissait s'écouler son fiel. Elle portait un chapeau couleur pain d'épice et un manteau de gros drap noir. Son visage au teint cireux, qu'elle lavait matin et soir au savon, luisait sous l'éclairage au gaz. Elle considérait naturellement le poudrier comme le suprême symbole de l'immoralité. Tout en parlant, elle garda ses mains gantées de noir jointes sur ses genoux. Son ton traduisait la plus farouche désapprobation.

— Toute la journée, vous m'entendez, toute la journée ils peignent à la même table ! C'est tout juste si leurs têtes ne se touchent pas !

Abel Tattlecombe se laissa aller contre son oreiller en soupirant :

— Il faut bien que la peinture se fasse...

— Je ne dis pas le contraire, monsieur. Mais si je ne me trompe, il était clair que nous avions engagé Miss Eversley pour m'aider à la boutique. Or, qu'advint-il dès le lendemain ? Mr. Smith l'a fait passer à l'atelier, lui qui n'aurait jamais laissé personne toucher à un pinceau. Je lui avais offert de l'aider, à plusieurs reprises, et chaque fois il me répondait qu'il pouvait très bien se débrouiller tout seul.

« Monsieur pouvait se débrouiller tout seul !, répéta-t-elle avec une moue dédaigneuse, suivie d'un reniflement méprisant.

« Je vais vous dire, moi, comment il se débrouille ! Ils sont tous les deux assis à la même table, face à face, et ils trempent leurs pinceaux dans le même pot de peinture ! Et ce gamin, à l'autre bout de l'atelier qui ne perd pas une miette de leur conversation !

Miss Cole étant depuis fort longtemps membre de sa congrégation religieuse, Mr. Tattlecombe ne voulut pas la blesser. Il la regarda avec douceur.

— Allons, Mr. Smith et Miss Eversley sont tous deux célibataires. J'ai récemment évoqué avec William le chapitre du mariage. A la lumière de cet entretien, il s'est peut-être dit que Miss Eversley ferait une bonne épouse. Quel mal y a-t-il à cela ?

Miss Cole secoua vigoureusement la tête.

— Vous ne l'avez pas vue arriver au magasin, le premier jour, poudrée et fardée ! Je lui ai tout de suite dit que ce n'était pas le genre de la maison. S'il n'en avait tenu qu'à moi, je ne l'aurais pas engagée, mais Mr. Smith est intervenu en disant que c'était exactement la personne que nous cherchions, sans même me demander mon avis !

Abel lui fit sèchement remarquer que la nouvelle employée ne se maquillait pas pour aller travailler.

Nouveau reniflement dédaigneux.

— Oui, mais Dieu sait ce qui se serait passé si je ne lui en avais pas fait l'observation. Croyez-moi, je la tiens à l'œil !

— C'est parfait, Miss Cole, c'est parfait, répondit Abel, qui commençait à se lasser de ces récriminations.

Sa remarque optimiste ne manqua pas d'entraîner une réaction ironique.

— Ah ! Vous trouvez parfait qu'il l'emmène dans sa voiture et qu'il rentre chez lui à n'importe quelle heure ?

Abel sentit qu'il perdait patience.

— A n'importe quelle heure, à n'importe quelle heure !... Qu'en savez-vous ?

Miss Cole releva le menton.

— Mrs. Bastable a des yeux pour voir, tout de même. Un soir, il rentre à onze heures, le lendemain à onze heures et demie. Bientôt, il ne rentrera plus du tout ! Ce n'est pas ce que j'appelle un comportement d'homme respectable...

Au fond de lui, Mr. Tattlecombe était bien plus troublé qu'il ne le laissait paraître. Bien sûr, Miss Cole n'était qu'une femme aigrie qui fourrait son nez partout. Mais il tenait par-dessus tout à l'honorabilité d'un commerce qui n'avait jamais alimenté les ragots du quartier. Ces jours-ci, Miss Cole et Mrs. Bastable, ces deux commères, s'en donnaient à cœur joie. Comme plus d'un, il se prit à souhaiter que l'on obligeât les femmes à tenir leur langue. A vingt-quatre ans, il avait emmené une jolie fille au bord de l'eau par un beau soir de juin ; ils n'étaient rentrés qu'à minuit passé. Le lendemain, quel scandale dans le voisinage ! Elle avait fini par épouser un chef de rayon de chez Prentice & Biddle, un homme corpulent, deux fois plus âgé qu'elle ; ils avaient eu sept enfants, qui ressemblaient tous à leur père. De son côté, Abel avait épousé Mary Sturt avec laquelle il avait vécu heureux, jusqu'à ce que le Seigneur la rappelât à Lui.

Il fixa sur Miss Cole son regard bleu et pénétrant.

— Cette jeune femme vit-elle chez ses parents ? Si tel était le cas, il serait normal que son soupirant aille de temps en temps passer la soirée chez eux.

— Des parents ? Vous voulez rire ! Une ruelle sur laquelle donnent des écuries, 21 Rasselas Mews, voilà où elle habite ! Dans un appartement soi-disant loué à une amie ! Et elle n'a pas honte de dire qu'elle y vit seule. Si c'est là que Mr. Smith passe la moitié de ses nuits, vous êtes en droit de trouver sa conduite respectable, monsieur, mais permettez-moi de ne pas partager votre avis.

Elle avait déversé ses accusations fielleuses d'une voix haletante. Il est certain que si Abel Tattlecombe avait été en état de se déplacer, il serait sorti de la pièce. Malheureusement incapable de quitter son lit, il dut subir stoïquement la suite de la diatribe.

— Une rampe d'escalier et une porte rouge sang, comme une boîte aux lettres, vous estimez cela convenable ? Ce ne sont pas des ragots, je les ai vues de mes propres yeux ! Savez-vous quelle a été ma première pensée ? « Ici habite une femme de mauvaise vie. » Cela vous surprend-il ?

Abel prit un air pincé pour répondre :

— Miss Cole, je suis outré !

— Je me doutais bien que vous seriez aussi choqué que moi, Mr. Tattlecombe, répondit celle-ci, ravie.

— Non, je suis outré par vos façons de tirer des conclusions aussi hâtives ! Que la porte de l'appartement que l'on vous a loué soit rouge ou...

— Ne dites pas « que l'on m'a loué », monsieur ! l'interrompit-elle avec vigueur. Tout le monde sait à quoi servent les appartements aménagés dans les anciennes écuries, sans parler de la porte peinte en rouge...

Abel avait du mal à se contrôler. Certes, Miss Cole était une précieuse collaboratrice ; allez dénicher de nos jours une employée intègre et expérimentée. Lorsque vous avez la perle rare, vous réfléchissez avant de vous en débarrasser. Il se contint donc avec effort et déclara calmement :

— Ne parlons plus de cela, voulez-vous ?

Miss Cole secoua la tête.

— Certainement, Mr. Tattlecombe. Que le rouge soit sur les joues de Miss Eversley ou sur sa porte d'entrée, pour moi, c'est du pareil au même. J'estime qu'il était de mon devoir de vous en informer. Vous avez peut-être mal interprété mes paroles, mais, du moins, j'ai la conscience tranquille, et je promets de ne plus vous en reparler.

Abel pria pour que cela fût vrai, mais il n'était guère porté à l'optimisme. Même Mary, sa tendre et chère Mary, avait la fâcheuse habitude de clore de cette manière toute discussion litigieuse, pour mieux la reprendre quelques minutes plus tard, dès qu'elle avait trouvé un nouvel argument.

— J'en parlerai à William Smith, dit-il en guise de conclusion, avant de se laisser aller contre ses oreillers, les yeux fermés, et de se réfugier dans un silence de convalescent, entrecoupé de légers grognements de souffrance.

Affolée, Miss Cole battit précipitamment en retraite et courut chercher Mrs. Salt. Sur le palier, elle aperçut le bas d'une robe noire, qui se volatilisa aussitôt dans l'entrebâillement de la porte opposée. Une grande main osseuse s'attarda sur la poignée, puis disparut à son tour. La porte se referma avec un déclic.

Miss Cole, qui connaissait Emily Salt, ne s'en formalisa point — Emily se dissimulait toujours lorsqu'il y avait un étranger dans la maison. Elle alla trouver Abigail, lui dit qu'elle espérait ne pas trop avoir fatigué son frère et se hâta de repartir.

Mrs. Salt monta aussitôt voir Abel, avec sa rituelle tasse de Benger. Dans l'escalier, elle rencontra sa belle-sœur qui la regarda par-dessous avec une drôle d'expression. Abigail détestait ce regard. Décidément, Emily lui causait parfois bien du souci...

Elle entra dans la chambre de son frère et le trouva fort en colère.

— Miss Cole parle beaucoup trop, Abby.

— Comme la plupart des gens, répondit simplement Mrs. Salt.

11

William et Katharine bavardaient, assis sur le canapé, à côté du poêle. Mr. Tattlecombe aurait apprécié la scène : William, un bloc de papier et un stylo à la main, paraissait plongé dans des calculs compliqués. Seul un pli de la robe de la jeune femme l'effleurait. Celle-ci observait avec tendresse et une pointe d'amusement le profil rude et sérieux de son compagnon. En fait, les deux jeunes gens étaient en train d'évaluer leurs revenus mensuels en se demandant si leurs salaires réunis leur permettraient de se marier sans attendre la croissance tant espérée du volume de vente des jouets.

Katharine avait timidement confessé recevoir environ deux cents livres de rentes par an. A son grand soulagement, William avait hoché la tête avec satisfaction, concluant simplement que cet apport leur faciliterait la vie et qu'ainsi plus rien ne s'opposait à leur mariage. Voyant que ce détail n'avait pas soulevé d'objection, elle poursuivit d'un ton désinvolte :

— J'ai peut-être légèrement sous-évalué les chiffres, en réalité la rente est souvent plus élevée ; cette année, il y a eu quelques anicroches, certaines actions n'ayant rien rapporté. C'est pour cette raison que j'ai dû louer mon appartement.

Il releva la tête en fronçant les sourcils.

— Combien paies-tu pour celui-ci ?

— Euh, en réalité Carole ne veut pas d'argent. Elle ne voulait même pas louer, prétextant que le toit est en mauvais état et qu'il risque de s'effondrer. Une mine a explosé à cinq cents mètres d'ici, et apparemment tout le quartier a été ébranlé.

— L'idée de te savoir sous un toit qui va peut-être s'effondrer ne me plaît pas du tout.

— Chéri, je pense que Carol, dans sa gentillesse, a voulu me laisser son appartement gratuitement.

— Mais il faut absolument la payer ! Pour toi seule, je comprends qu'elle ait ce geste généreux, mais lorsque nous serons mariés, je tiens à lui verser un loyer. Combien de temps doit-elle s'absenter ?

— Avec Carol, on ne sait jamais ! C'est d'ailleurs en partie pour cette raison qu'elle ne veut pas louer. Elle est partie à l'étranger réunir de la documentation pour les guides de voyage qu'elle rédige, par exemple *Flâner à Londres*, ou *Vagabonder au Tanganyika*. C'est incroyable ce qu'elle arrive à faire à partir de croquis à la plume. Parfois, elle obtient tout ce qu'elle souhaite en moins de six semaines, parfois elle s'éternise dans le pays pour mieux s'imprégner de son sujet.

William nota sur son papier : « Loyer : deux livres par semaine », puis il lui fit remarquer qu'il serait fâcheux qu'ils soient obligés de déménager en catastrophe, sans avoir été prévenus.

— Dans ce cas, nous pourrions nous installer chez moi.

Katharine avait à peine fini sa phrase qu'elle regretta de l'avoir prononcée, car William voulut aussitôt savoir l'adresse, le nombre de pièces et le montant du loyer. Dès qu'elle le lui dit, il décréta que la somme était beaucoup trop élevée, mais qu'ils pourraient chercher un logement moins onéreux. Il finit de calculer leur budget, puis la regarda d'un air sérieux.

— Je pense que nous y arriverons facilement. Quand veux-tu m'épouser ?

— Quand tu voudras, William.

— Alors, si tu es d'accord, pourquoi pas samedi prochain ? Nous pourrions profiter du week-end.

Il posa son stylo et lui prit les mains.

— Chérie, je ne veux pas te bousculer. Es-tu sûre que ce n'est pas trop tôt ?

Katharine rougit.

— Oh, non ! murmura-t-elle, les yeux brillants.

Il l'enlaça tendrement.

— Katharine chérie, je suis si heureux ! Demain, j'irai annoncer cette bonne nouvelle à Mr. Tattlecombe.

12

L'entrevue avec Mr. Tattlecombe se passa pour le mieux. Abel constata avec plaisir que ses bons conseils avaient été suivis d'effet, un peu hâtivement peut-être, mais du moins William l'avait-il écouté. Le Seigneur a créé l'institution du mariage pour soustraire les hommes à la tentation. William Smith ferait un excellent mari. Et si la jeune femme était discrète et respectable, cette union serait une bénédiction. Sans vouloir se l'avouer, Abel Tattlecombe redoutait que William ne finisse par se lasser du bazar de jouets et qu'il n'aille tenter sa chance dans une autre entreprise. Or, c'est bien connu, le mariage stabilise un homme...

Il l'invita donc fort civilement à lui présenter l'élue de son cœur et se retint de tout commentaire lorsqu'il découvrit que William ignorait quasiment tout du passé de Miss Eversley.

— Elle a servi pendant la guerre dans un corps d'auxiliaires, expliqua ce dernier. C'est une lointaine parente des partenaires de la firme Eversley, vous savez, cette usine que j'ai contactée pour la fabrication des jouets. A propos, la secrétaire m'a fait savoir que mon offre ne les intéressait pas.

Abel hocha la tête.

— Ainsi va la vie, soupira-t-il. Dans certaines familles, les uns réussissent, d'autres pas. Et ceux-là se marginalisent. Le clan Eversley ne s'intéresse probablement pas au sort d'une parente pauvre. Porter un nom connu ou avoir des relations influentes ne vous mène jamais bien loin, mais peu importe, du moment que votre future épouse a de bons principes et des dispositions naturelles de femme au foyer.

En partant, William alla trouver Mrs. Salt et ils se mirent d'accord pour qu'il vînt leur présenter Katharine le lendemain soir, après la sortie du travail. Abigail se départit enfin de ses manières cassantes et se montra un peu plus chaleureuse qu'à l'ordinaire.

Curieusement, Emily Salt n'apparut pas. C'était la première fois depuis qu'il venait dans cette maison que William s'en allait sans avoir senti ou remarqué sa présence — des pas furtifs, une porte silencieusement refermée, une haute silhouette disparaissant dans une chambre vide, ou, penché pardessus la rambarde de l'escalier, un visage osseux, grotesquement enlaidi par les lumières du rez-de-chaussée. William eut la vague impression d'être entré dans une maison hantée et de ne pas y avoir trouvé le fantôme.

Une fois dehors, il passa devant l'endroit où — selon sa propre expression — Abel Tattlecombe avait été « projeté à terre par un coup violent », puis tourna au coin de la rue en direction de Morden Road, une artère assez animée et bien éclairée, qui débouchait dans High Street. Au bout de la rue, il y avait de nombreuses boutiques et quantité de passants. William pensait traverser High Street pour aller prendre son autobus et, apparemment, beaucoup de gens avaient la même idée que lui.

Le feu changea de couleur au moment où il atteignait l'îlot pour piétons situé au milieu de la chaussée. Derrière lui, plusieurs personnes s'étaient massées les unes contre les autres. Juste au moment où un gros autobus arrivait à sa hauteur, il ressentit une très vive douleur sous l'omoplate gauche, douleur qui n'avait pu être causée que par un objet pointu planté avec force. William, qui se trouvait juste au bord du trottoir, fut projeté en avant, perdit l'équilibre et serait tombé devant les roues de l'énorme engin s'il n'avait pas été retenu à temps par la poigne solide de l'homme corpulent qui se tenait à ses côtés. L'autobus passa en vrombissant à l'endroit précis où il avait failli tomber. Son voisin, qui l'agrippait encore par le bras, lui cria d'un ton coléreux :

— Bonté divine ! Vous ne pouvez pas regarder où vous mettez les pieds !

William se tourna vers lui et dit gravement :

— Quelqu'un m'a poussé.

A cet instant, le feu passa au rouge et la foule des piétons se rua sur le passage clouté pour traverser la rue. William prit le temps de les observer : il vit passer successivement deux petits garçons, une femme avec son panier à provisions, un ouvrier chargé de sa sacoche d'outils, qui devait rentrer chez lui après avoir fait des heures supplémentaires ; deux jeunes filles très fardées, à l'air déluré ; une vieille dame qui faisait peine à voir avec sa jupe crottée et son chapeau miteux ; un homme qui pouvait être un commerçant prospère, puis un autre, nettement moins nanti ; une grosse dame, accompagnée d'un garçonnet ; une jeune femme tenant dans ses bras un bébé qui aurait dû être couché depuis longtemps.

Il n'arrivait pas à croire que l'une de ces personnes ait pu le frapper dans le dos; or on avait bel et bien voulu le pousser sous l'autobus. A l'heure qu'il était, sans l'intervention rapide de l'homme qui le tenait d'ailleurs toujours par le bras, il serait étendu raide sur la chaussée, entouré d'une foule de badauds curieux et un agent de police noterait sur un calepin les circonstances de sa triste fin.

— Quelqu'un m'a poussé, répéta-t-il avant d'ajouter : On m'a frappé sous l'omoplate avec un objet très dur, sans doute un genre de canne.

L'homme finit par lui lâcher le bras, et l'examina des pieds à la tête : William ne paraissant ni fou, ni éméché, son expression se radoucit.

— On en voit de belles par les temps qui courent, déclara-t-il. Moi qui ai voyagé dans les plus grandes villes du monde, je vous assure que Londres est celle où il se passe les événements les plus étranges...

S'il n'avait pas été pressé, il aurait volontiers poussé plus avant la conversation, mais hélas il avait rendez-vous avec un dénommé Mortimer qui avait apparemment horreur d'attendre.

— Si j'arrive en retard, Mortimer sera de mauvaise humeur et mon interview sera ratée, conclut-il en assenant à William une vigoureuse claque dans le dos. Ah ! un bon conseil, mon ami : à l'avenir, soyez plus prudent avec vos ennemis !

Sur ces entrefaites, il s'éloigna à grandes enjambées.

De fait, ce monsieur interviewa quelques instants plus tard avec tact et perspicacité l'insaisissable Mortimer, rédigea un brillant article sur ses dernières découvertes et, un mois plus tard, publia une étonnante saynète intitulée *Poignardé dans le dos avec une canne*. Mais ceci est une autre histoire.

William prit finalement son autobus.

Il raconta à Katharine son entrevue avec Mr. Tattlecombe, mais se garda bien de lui parler de l'agression. Tout d'abord, parce que cela lui semblait une perte de temps, ensuite pour ne pas l'inquiéter et aussi parce que, durant le trajet en autobus, lui était venue à l'esprit l'image d'un quadrupède tacheté et cornu aux yeux de caméléon ; il voulait tout de suite coucher son idée sur le papier pour ne pas l'oublier. Il pensait la surnommer « la Vache Biscornue ». Les bonnes idées ont toujours la fâcheuse habitude de s'effacer de votre mémoire si on les néglige un tant soit peu.

Comme si de rien n'était, il griffonna quelques croquis, puis soupa avec Katharine en échafaudant avec elle des projets d'avenir, dans un état de bonheur indescriptible ; mais à peine lui avait-il dit au revoir et quitté l'appartement que le coup de canne qu'il avait reçu se rappela douloureusement à lui, en partie à cause de son omoplate endolorie, mais surtout à cause du conseil du curieux personnage qui lui avait probablement sauvé la vie. La phrase flottait toujours dans sa mémoire : « A l'avenir, soyez plus prudent avec vos ennemis. » C'était absurde. Il ne se connaissait aucun ennemi, et, pourtant, il avait été agressé à deux reprises. La première fois, on l'avait assommé, la seconde, on l'avait frappé dans le dos ; sans le bras sauveur d'un inconnu, il aurait fini broyé sous les roues d'un monstrueux véhicule.

Il marcha jusqu'à Marble Arch, et, là, attendit le passage d'un autobus. Soudain, une voix l'interpella :

— Bonsoir, Bill ! Comment allez-vous, mon vieux ? Pas plus mal, j'espère ?

Il se retourna et reconnut l'inspecteur Abbott, vêtu d'un élégant habit de soirée. Il donnait l'apparence d'un homme se rendant à une réception très chic. On devinait aisément qu'il n'était pas de service et qu'il ne devait pas être disposé à recevoir des confidences. Mais c'était mal connaître Frank Abbott. William ne put s'empêcher d'évoquer devant lui l'incident de l'autobus, à la fois parce qu'il avait besoin d'en parler et aussi parce que cet homme qui faisait partie de son passé pouvait l'aider à retrouver son nom.

— Tout va bien, dit-il simplement. Mais il vient de m'arriver quelque chose d'...

— A quelle heure? l'interrompit aussitôt Abbott.

— Vers sept heures et demie. Quelqu'un a essayé de me pousser sous un autobus.

— De quelle manière?

— En m'enfonçant une sorte de canne dans le dos. Je vais avoir un bleu énorme. Je me trouvais sur un refuge pour piétons, attendant que le feu passe au rouge. Il y avait beaucoup de monde autour de moi. Soudain, j'ai senti une violente douleur dans l'omoplate et je serais tombé en avant si mon voisin n'avait pas eu le réflexe de me retenir.

— Où cela s'est-il passé?

— J'étais retourné rendre visite à Mr. Tattlecombe. En sortant de chez lui, j'ai marché jusque High Street. Je m'apprêtais à traverser la rue...

— Avez-vous eu conscience d'être suivi?

— Non, pas que je sache.

— Vous n'avez pas vu la personne qui vous a poussé?

— Le feu est passé au rouge et un flot de piétons est passé devant moi. Je n'ai vu personne susceptible de m'avoir attaqué. Cela dit, le temps que je reprenne mes esprits, mon agresseur a très bien pu s'éloigner en sens inverse. J'étais tellement sidéré...

Frank l'écoutait en fronçant les sourcils.

— Voulez-vous rapporter l'incident à la police ?

William secoua la tête.

— Je ne vois pas ce qu'elle pourrait faire.

Frank sortit un mince calepin de sa poche, griffonna quelques mots, déchira le morceau de papier et le lui tendit.

— A mon avis, il y a quelqu'un dans cette ville que vous gênez. Si vous ne voulez pas voir la police, allez donc trouver de ma part une de mes amies, une ancienne préceptrice — très vieille Angleterre ! — reconvertie dans les enquêtes privées. Elle a été mêlée, de près ou de loin, à tant d'affaires criminelles que je n'aurais jamais le temps de vous les raconter. Les gens de Scotland Yard lui doivent beaucoup, même s'ils ne sont pas toujours prêts à le reconnaître. C'est l'une des personnes les plus intelligentes que je connaisse, et, pour citer ses propres paroles, « une demoiselle très comme il faut ». Si vous sentez que vous perdez pied, je vous en prie, allez la voir. Voici son nom et son adresse. Tiens, voilà votre bus. A bientôt, Bill.

13

Frank Abbott eut une semaine de travail très chargée. On avait signalé la disparition de la femme d'un marchand de grains de Wapping qui s'était disputée avec son mari, et il fallut se lancer à sa recherche. Il est connu que certains hommes exerçant un métier paisible finissent parfois par assassiner une épouse trop querelleuse ; or Wapping est bien commode avec sa rivière... L'interrogatoire de quelques voisins trop loquaces amena les policiers à soupçonner le pire et les conduisit sur une fausse piste qui se termina à la morgue de Gravesend. Au bout du compte, il apparut que Mrs. Wilkins était tout bonnement partie se réfugier chez une amie à Hammersmith, avec l'espoir illusoire que son absence ramènerait un peu de tendresse dans le cœur de son époux.

De tout cela résulta une grosse perte de temps et d'énergie. L'inspecteur Abbott en aurait oublié sa rencontre fortuite avec William Smith, si un coup de téléphone inattendu ne lui avait fait penser à lui. En effet, il reçut un appel de sa cousine Mildred Darcy, qui lui annonçait son retour, après sept années d'absence.

Mildred paraissait enchantée d'être revenue en

Angleterre. Dans un flot de paroles désordonnées, elle lui demanda si les policiers anglais avaient parfois du temps de libre ; dans l'affirmative, elle et son mari se feraient un plaisir de l'inviter à passer la soirée au *Luxe*.

Frank Abbott était renommé pour avoir une multitude de cousins avec lesquels il avait toujours entretenu d'excellentes relations. Sept ans, c'est long, et l'Orient peut facilement transformer les gens, mais Frank s'était toujours bien entendu avec Mildred et il était content de la revoir. A l'époque, c'était une créature volage, gaffeuse, notoirement incompétente, mais tout à fait adorable. Il se demanda si elle avait gardé son teint de jeune fille. Quant à George, son mari, il s'en souvenait comme d'un jeune homme très méritant, à l'esprit assez lourd, futur époux idéal pour une jeune écervelée.

Il accepta donc leur invitation à dîner ; à l'heure des retrouvailles, George lui parut nettement moins sérieux qu'avant. Mildred, en revanche, semblait encore plus fofolle, et avait perdu son charme et son joli teint. Il y avait en elle quelque chose de suranné, et pas seulement dans ses vêtements et sa coiffure. Mais elle paraissait très gaie et sincèrement ravie de le revoir.

Sous ses airs indifférents, Frank cachait un sens aigu de la famille. Il serra chaleureusement la main de George et embrassa sa cousine sur les deux joues. Au beau milieu de ces effusions lui revint soudain l'image de William Smith. Et lorsque Mildred lui dit qu'elle n'arrivait pas à se souvenir du jour de leur dernière rencontre, il réalisa que c'était justement le soir où il avait vu William — ou plutôt Bill —, en compagnie de cette belle jeune fille en robe lamée. Jusque-là, Bill et la jeune fille étaient les deux seuls invités de cette soirée dont il se souvenait vraiment, mais, à présent, le puzzle se reconstituait, Mildred et George apparaissaient sur l'image. Il se souvint même que sa cousine portait ce soir-là une robe rose.

Il s'entendit répondre :

— C'était ici même, au *Luxe*, juste avant guerre. Quelqu'un — je ne sais plus qui — avait organisé une grande fête. Je ne me souviens que de vous deux, de Bill et d'une fille en robe lamé or.

George les précéda dans le passage voûté, entièrement décoré de miroirs, qui menait à la salle à manger. Mildred coula un regard en coin en direction de la glace et se vit aux côtés de Frank. Cette vision lui plut. Elle admira la silhouette mince et élégante de son cousin, prise dans un costume à la coupe parfaite, ses cheveux blonds lissés en arrière, sa calme assurance. Il ne lui vint pas à l'esprit que sa robe était *démodée** et un peu fripée, que ses cheveux étaient secs et cassants et sa coiffure passée de mode. La jeune Mildred Abbott, toute de rose vêtue, n'existait plus; elle avait fait place à Mrs. Mildred Darcy; mais sept années d'absence et un séjour en Orient n'avaient pas entamé sa joie de vivre et son bonheur d'être là. Elle jeta de nouveau un coup d'œil au miroir et se tourna vers son cousin en minaudant.

— Nous formons un beau couple, tu ne trouves pas?

Frank décida qu'il ne fallait pas prendre la question au sérieux. L'histoire de Bill lui trottait toujours derrière la tête. Il répondit d'un ton enjoué :

— Mais oui, ma chère, je l'ai toujours pensé! La dernière fois, vous veniez de vous fiancer, tous les deux. Tu portais une robe rose.

* En français dans le texte. *(N.d.T.)*

— Ça alors ! Tu t'en souviens ?

— C'est à peu près la seule chose dont je me souvienne ! Dis-moi, ajouta-t-il alors qu'ils s'attablaient, qui donnait cette soirée ? Impossible de me le rappeler.

— Oh, Curtis et Molly Latimer, je crois.

— Curtis... Il est mort pendant la guerre, non ?

— Oui, et Molly aussi. Ils ont été tués lors des premiers bombardements. Comme beaucoup d'autres... Nous ne savions jamais ce qui allait nous arriver. Mon dieu ! quelle horreur ! Quand je pense que nous avons tous failli mourir. Ce garçon — ce Bill —, qu'est-il devenu ?

— Porté disparu, je crois. A propos, j'ai oublié son nom de famille. Tu ne t'en souviens pas, par hasard ?

Mildred ouvrit de grands yeux. Elle avait un iris bleu très clair qui se dilatait sous l'effet de la surprise ou de la stupeur. Frank se souvint que lorsqu'elle était jeune, cette mimique la rendait fort séduisante.

— Désolée, mais je n'en ai pas la moindre idée. Je ne l'avais jamais vu auparavant, et je ne l'ai jamais revu par la suite. Tout le monde l'appelait Bill. Il avait un joli coup de crayon. Pendant le dîner, il avait dessiné des chats, des chiens et des pingouins sur le dos de mon menu. Je l'ai gardé longtemps à la maison, mais lorsque nous avons déménagé... On ne peut pas tout emporter, n'est-ce pas ?

— Es-tu bien sûre de ne pas te souvenir de son nom de famille ?

— Je ne l'ai même jamais entendu. Tu sais, lorsque l'on ne rencontre les gens qu'une seule fois... Mais je l'avais trouvé charmant et je me suis souvent demandé s'il avait survécu à la guerre. Toi, tu penses qu'il est mort ?

— Je n'ai pas dit cela.

— Tu disais qu'il était porté disparu. C'était un amour. George n'écoute pas, alors je peux te confier un secret — jure-moi que tu ne le répéteras pas —, j'enviais cette fille. J'aurais tellement voulu être à sa place !

— Comment s'appelait-elle ?

« Après trente ans, une femme ne devrait jamais faire la moue », songea Frank. C'est le rôle d'un mari de dire à sa femme qu'elle a passé l'âge de ce genre de grimace. A vingt ans une moue boudeuse peut passer pour drôle ou charmante, mais à trente-cinq...

— Toi tu t'en souviens, répondit-elle. Tu m'as dit tout à l'heure qu'elle portait une robe en lamé. Ne s'appelait-elle pas Lester ?

— Je ne sais pas. Mildred, réfléchis. Qui était-ce, et pourquoi l'enviais-tu ?

— Voyons... C'était la fille d'une amie de tante Sophie. Enfin, peut-être de tante Sophie ; bref, c'était la fille de l'amie de quelqu'un, et tous les hommes s'extasiaient en la regardant. En y repensant, je crois qu'elle ne s'appelait pas Lester... C'était le nom des gens chez qui elle logeait, mais je n'en suis pas sûre. Mais son nom devait quand même commencer par un L, sinon pourquoi me souviendrais-je de Lester ? Mais cela aurait pu être Lyall, ou Linkwater, ou Satterbee...

Frank leva un sourcil étonné.

— Satterbee ne commence pas par un L.

— Ah non, tiens, c'est vrai !

Son visage s'éclaira.

— Tu sais, les noms... on croit que c'est un L, et puis c'est un S. J'ai peut-être dit Satterbee parce que je confondais Linkwater et Latimer. Rappelle-toi, c'était la soirée des Latimer.

— Oui, tu me l'as déjà dit. Mais je ne comprends toujours pas pourquoi tu as pensé à Satterbee.

— Je n'en sais rien ! Si cela se trouve, le nom ne commence pas du tout par un L. Attends... Marriott, peut-être ? Non, ça, c'était le nom de la dame de compagnie de cousine Barbara qui a perdu la tête un après-midi à l'heure du thé et qui a cassé quatre de ses plus belles tasses de porcelaine Rockingham. Des belles tasses vert pomme, quel dommage ! Bon, éliminons Marriott. Tiens, pourquoi pas Carlton ? Non, impossible. Ah, ça y est, je l'ai ! Ça m'est revenu d'un seul coup, ça m'arrive souvent, pas à toi ? Elliot ! Voilà pourquoi je pensais à un L !

Elle s'interrompit pour reprendre haleine, puis ajouta, prise d'un doute soudain :

— Finalement, c'était peut-être bien Lester...

— Ah bon ? Tu es sûre ? releva Frank, moqueur.

Mildred fit encore la moue.

— De toute façon, George la couvait tellement du regard que j'ai failli rompre nos fiançailles ce soir-là. T'en souviens-tu, George ?

Ce dernier, qui venait de clore une laborieuse conversation avec le serveur, se tourna vers eux.

— Pardon ? Tu disais ?

— Je disais à Frank que j'ai failli rompre nos fiançailles, parce que tu avais le béguin pour cette fille en robe lamée à la soirée des Latimer, juste avant notre mariage.

— Je ne vois pas de quoi tu parles, fit George, vaguement boudeur.

— Ce n'est pas grave. Mais j'ai bien failli rompre ! Il faut avouer qu'elle était très, très jolie.

Elle se tourna vers Frank.

— George peut dire ce qu'il veut, moi je sais qu'il avait le béguin. Mais c'était la fiancée de Bill et elle ne regardait que lui. Ils ont dansé ensemble toute la soirée. Je ne me souviens pas exactement s'ils étaient déjà fiancés, mais j'ai appris par tante Sophie, ou par cousine Barbara, ou par Miss Mackintosh — je ne sais plus, ces deux-là étaient toujours dans les parages, à l'époque — qu'ils se sont mariés peu de temps après.

— Qui était Miss Mackintosh ? s'enquit George, toujours aussi doué pour s'intéresser aux détails les moins passionnants d'une conversation.

Sa femme lui expliqua que Miss Mackintosh était une vieille demoiselle qui élevait des caniches qu'elle devait peigner tous les jours — et ça lui prenait des heures — avant de conclure que finalement ce n'était pas Miss Mackintosh qui lui avait parlé du mariage de cette fille Lester — si elle s'appelait bien Lester et non Lyall, Linkwater, Satterbee, Marriott, Carlton ou Rockingham. Non, Rockingham, c'était le nom des tasses à thé que cette folle de Miss Marriott avait cassées.

Ce compte rendu eut le don de mettre Frank de très mauvaise humeur, d'autant qu'il ne put obtenir d'autres éclaircissements au sujet de William Smith.

Plus tard, au moment où ils allaient se séparer, il demanda à Mildred, avec le plus grand sérieux :

— Es-tu certaine de ce que tu avances, quand tu me dis que Bill s'est marié ? Peu importe le nom de la fille, mais essaie de te rappeler s'il l'a épousée ou non.

— Honnêtement, je crois que oui, dit-elle en le regardant d'un air dubitatif.

— Comment peux-tu en être sûre ?

— Je me souviens de la lettre de tante Sophie m'annonçant qu'elle leur offrait un service de porcelaine pour leur mariage. Elle en avait des tas.

— Et tu te souviens de ce détail ?

— Oh oui, parce que je me suis demandé quel service elle comptait leur offrir. Il y en avait un qui me plaisait beaucoup et j'espérais qu'elle me le laisserait.

— Voyons, Mildred, si elle t'a écrit pour te dire qu'elle leur offrait un cadeau de mariage, elle a bien dû mentionner leur nom.

— Oui, certainement.

Mildred plissa le front. « Si elle fait ça souvent, elle aura des rides avant peu », songea Frank.

— Tu sais, en lisant la lettre, je n'ai pas trop fait attention aux noms, je pensais surtout au service à thé, avoua-t-elle. Celui que je voulais était ravissant, avec des petits bouquets de fleurs et un liséré bleu ; je me souviens encore que le bouton du couvercle de la théière avait une forme de fraise.

— Essaie de te souvenir de la lettre, Mildred.

— Tante Sophie disait : « J'ai l'intention de leur offrir l'un de mes services à thé... »

Si Frank grinça des dents, il le fit en silence.

— Oublie le service à thé ! Ce n'était tout de même pas la première phrase de la lettre !

— Oh non, elle disait que cela m'intéresserait peut-être d'apprendre que Bill allait se marier — j'avais avoué à tante Sophie qu'il me plaisait beaucoup.

— Elle parlait bien de Bill ?

— Mais oui ! Je me tue à te le répéter.

— Dans ce cas, elle a dû mentionner le nom de sa fiancée.

— Frank chéri, je ne m'en souviens plus. Voilà.

— Es-tu certaine qu'il s'agit bien du même Bill et de la même jeune fille ?

Pour une fois, Mildred n'hésita pas.

— Absolument certaine.

— Et tu es sûre qu'il l'a épousée ?

— Oh oui, parce que tante Sophie est allée au mariage. En principe, on va à un mariage pour voir les gens se marier, non ? Je m'en souviens d'autant mieux qu'elle m'a raconté dans une lettre qu'elle portait sa cape en zibeline et que, ce jour-là, il faisait une chaleur étouffante. J'ai pensé : « Quelle horreur ! Tante Sophie dans sa cape de zibeline, par ce temps ! »

— Tu ne te souviens toujours pas de leurs noms ?

— Eh bien, Bill...

— Merci, je le sais. C'est de leur nom de famille dont j'ai besoin. Ta tante Sophie a peut-être meilleure mémoire que toi...

— Frank chéri, elle est décédée il y a cinq ans. La pauvre, elle m'a bien laissé un service à thé, mais ce n'était pas celui que je voulais.

— Connaîtrais-tu par hasard quelqu'un qui se souviendrait de leurs noms ?

Elle plissa le front, puis secoua la tête.

— Honnêtement, non. Tant de gens sont morts — cousine Barbara, les Latimer, Jim et Bob Barrett... Ils étaient là eux aussi. Je m'en souviens parce que Jim m'avait dit que je lui faisais penser à un bouton de rose. George était furieux ! Dis-moi, Frank, est-ce vraiment si important ?

— Je ne sais pas encore, Mildred. Mais ça pourrait l'être.

14

Le lendemain, après la fermeture du magasin, William alla présenter Katharine à Mr. Tattlecombe. Leur visite tombait à pic, Abel ayant été débarrassé de son attelle le matin même. Il avait donc pu traverser le palier pour se rendre dans le salon qu'occupait la belle-mère d'Abigail avant que celle-ci n'épousât son fils ; pendant près de quinze ans, la vieille dame n'était pratiquement pas descendue au rez-de-chaussée. C'était elle qui avait choisi le tapis et crocheté les protections des appuis-tête des fauteuils. Un agrandissement photographique la représentant coiffée de son bonnet de veuve trônait sur la cheminée.

Mr. Tattlecombe était installé dans le fauteuil le plus confortable, la jambe calée sur un repose-pied, les genoux recouverts d'un plaid à rayures blanches et marron. Pour l'occasion, Abigail avait revêtu ses habits du dimanche et préparé un énorme goûter : thé, cake, petits sandwichs, gâteau de poisson, diplomate, allumettes au fromage — sa spécialité — et gelée de pommes au miel confectionnée par sa cousine Sarah Hills.

Abel était aux anges. Si la beauté et les bonnes manières sont trompeuses et illusoires, elles vous procurent néanmoins des plaisirs indicibles; or, Miss Eversley était très agréable à regarder, modeste, discrète et distinguée. Et elle aimait William. On ne pouvait pas se trouver dans la même pièce que ces deux jeunes gens sans s'en rendre compte.

Abigail partageait son point de vue. Convaincue de savoir juger la moralité d'une jeune fille au premier coup d'œil, elle n'eut pas la moindre hésitation : Miss Eversley était une demoiselle très bien. En la voyant, on pouvait se demander pourquoi elle avait choisi pour futur époux un humble fabricant de jouets, mais on s'apercevait très vite que ces deux êtres étaient follement épris. Et pourtant c'est à peine s'ils échangeaient un regard de temps à autre. La conversation roula sur le fonctionnement du magasin, la peinture des jouets, la jambe d'Abel, la gelée de pommes de Sarah et la légèreté des allumettes au fromage. Abigail se surprit même à en donner la recette à Katharine. Si on lui avait dit qu'un jour elle livrerait ce secret, elle ne l'aurait jamais cru!

Puis soudain, alors que tout se passait pour le mieux, la porte s'entrouvrit. Et qui apparut? Cette pauvre Emily, naturellement. Abigail soupira intérieurement. Bien sûr, elle ne se serait jamais permis de penser que sa belle-sœur était mieux dans sa chambre qu'en leur compagnie; et si par hasard une telle idée l'avait effleurée, elle l'aurait repoussée de toutes ses forces. Mais c'était bien la première fois qu'Emily se joignait à eux lorsqu'ils recevaient du monde. D'habitude, elle descendait directement à la cuisine se préparer du thé et cherchait dans le garde-manger quelque chose à grignoter. Combien de fois dans ses prières Abigail avait-elle demandé à Dieu d'intervenir: qu'on pût fouiller dans son garde-manger, c'était plus qu'elle n'en pouvait supporter. Abby n'était pas une sainte, mais une femme de cœur, et cela faisait presque trente ans qu'elle composait bon gré, mal gré avec les manies de sa belle-sœur. Aussi leva-t-elle un regard placide en direction de la haute silhouette qui se tenait sur le seuil de la porte.

— Entrez, ma chère. Vous connaissez Mr. Smith. Miss Eversley, je vous présente ma belle-sœur, Miss Salt.

Emily se tenait très raide dans sa robe de laine noire dont l'ourlet pendait dans le dos et remontait sur le devant, à cause de ses hanches anguleuses. Le col bâillait et les manches trop courtes découvraient ses poignets osseux. Elle tendit le cou en avant, montrant une tête aux cheveux grisonnants hérissés comme la paille d'un meulon de foin, et considéra les invités d'un œil inexpressif, avant d'entrer dans la pièce et de s'avancer jusqu'à la table.

Lorsque William lui avança une chaise, elle lui lança un tel regard qu'il eut l'impression de lui avoir offert une tasse de ciguë ou de s'apprêter à lui faire subir le supplice de la roue. Il se sentit à la fois mis à nu et rejeté avec mépris. Elle fit le tour de la table, choisit une vieille chaise ridiculement petite pour sa taille, s'assit tout près d'Abigail — c'est-à-dire le plus loin possible de William — et se mit à engloutir des sandwichs au fromage et à la tomate. Sans proférer un seul mot, elle avait réussi à gâcher l'atmosphère.

Abel Tattlecombe, les joues en feu, se dit que parfois le Seigneur nous envoie des épreuves auxquelles il faut faire face, mais que, dans le cas d'Emily, la seule solution était de l'interner dans un asile.

Ce fut seulement à l'annonce faite par Katharine

de son mariage avec William le samedi suivant qu'Emily interrompit la mastication de son sandwich pour déclarer d'une voix forte, presque masculine :

— Qui se marie trop vite s'en repent toute sa vie, comme dit le proverbe.

Les yeux bleus d'Abel lancèrent des éclairs.

— J'en connais un autre, Emily, qui vaut pour vous : Moins on en dit, mieux on se porte.

Elle fit celle qui n'avait pas entendu et continua à dévorer les sandwichs jusqu'au dernier. Puis elle repoussa sa chaise avec une telle violence que celle-ci tomba à la renverse, et sortit de la pièce comme elle était venue, en jetant un regard de biais en direction d'Abel, de William et de Katharine. Sur le seuil, elle se retourna pour leur lancer un dernier regard et referma la porte si vivement que tous crurent que celle-ci allait claquer. Mais curieusement, elle ne fit aucun bruit. Ils n'entendirent pas non plus le bruit de ses pas. Emily était peut-être restée là, l'oreille collée au panneau, à moins qu'elle ne fût remontée dans sa chambre ou descendue au rez-de-chaussée ; ou bien envolée sur un balai de sorcière.

Ils continuèrent à bavarder, mais à voix basse. Emily Salt écoutait peut-être aux portes...

15

Tard ce soir-là, le téléphone sonna chez Katharine. William était parti. Le brouhaha du voisinage s'était en partie apaisé, à l'exception d'un poste de radio qui persistait à diffuser une bruyante musique de danse. De temps à autre on entendait le ronronnement d'un moteur de voiture : les gens du quartier rentraient leurs véhicules dans les anciennes écuries transformées en garages.

Même s'il y avait eu plus de bruit, Katharine n'y aurait pas prêté attention. Elle s'était mise à l'écart de l'agression du monde extérieur pour se réfugier dans un univers heureux et paisible. La sonnerie du téléphone la surprit car, hormis William, personne ne connaissait son numéro. La banque et la poste lui faisaient suivre son courrier et elle n'avait communiqué son adresse à personne.

L'appel provenait peut-être d'une amie de Carol. Elle se dirigea vers son bureau et décrocha le combiné.

— Allô, Katharine ?

C'était la voix de Brett Eversley. Katharine fut à la fois étonnée et furieuse. Elle avait clairement décliné son offre de mariage et avait refusé de lui donner son numéro de téléphone. Par quels moyens se l'était-il procuré ? Elle l'ignorait.

— Allô, Katharine ? répéta-t-il.

— Que se passe-t-il, Brett ?

— A t'entendre, j'ai l'impression de t'avoir tirée du lit.

— Non.

— Toi, tu es en colère...

— Oui.

— Contre moi ?

— Oui, Brett.

— Mais pourquoi ?

— Je ne t'ai pas donné mon adresse parce que je voulais qu'on me laisse en paix. Je ne t'ai pas non plus donné mon numéro de téléphone.

Il éclata de rire.

— Pour moi, « non » n'est pas une réponse, ma chère ! Allons, ne te vexe pas, c'est un compliment ! Tu ne t'imagines pas qu'un homme amoureux de toi va abandonner la partie sans savoir où tu habites, ce que tu fais et si tu es en bonne santé.

Elle se mordit la lèvre.

— Tu m'as vue mercredi. Je n'avais pas l'air malade.

— Mercredi me semble si loin ! Katharine, tu me fais subir le supplice de Tantale. Une goutte d'eau dans la gorge desséchée d'un homme qui meurt de soif. Qui plus est, Cyril et le vieil Holden t'ont accaparée tout au long du repas. Crois-tu que cela m'ait fait plaisir ?

— Brett, comment t'es-tu procuré mon numéro ?

— Oh, on m'a dit que Carol t'avait laissé son appartement. Dis-moi, je ne veux pas t'ennuyer, mais pourquoi vis-tu ainsi en recluse ? Cela ne rime à rien. Viens donc dîner avec moi demain. Je passerai te chercher à sept heures.

— Je crains de ne pas pouvoir, Brett.

— Tu ne peux pas, ou tu ne veux pas ?

— Les deux.

— Katharine, je te trouve un peu dure avec moi. Je ne suis pas de bois ! Voyons, on ne disparaît pas ainsi sans prévenir personne ! C'est difficile à accepter, tu sais. Je me permets de te rappeler que nous sommes cousins — et amis. Et que je t'aime.

— Je suis désolée, Brett, inutile d'insister, dit-elle d'un ton légèrement radouci.

— Tu ne me donnes même pas le temps de me faire aimer.

— Non, Brett.

— Je ne suis pas d'accord. Il y a toujours un espoir. Je te demande simplement de me laisser une chance.

Katharine avait l'impression de retenir une porte contre laquelle il pesait de toutes ses forces. C'était très fatigant. Si seulement il pouvait cesser de la harceler. Elle lui avait dit « non » très clairement, et il refusait de l'entendre ! A partir de là, que faire ?

— Inutile d'insister, Brett. Je... je vais bientôt me marier.

— Comment ? Avec qui ?

Elle ne répondit pas à sa question.

— Inutile d'insister, répéta-t-elle d'un ton las, avant de raccrocher.

16

Le samedi après-midi, à quatorze heures trente précises, William Smith épousa Katharine Eversley, en l'église St. James, au coin de Rasselas Mews.

Toute la matinée, ils avaient peint des jouets dans l'atelier. A treize heures, il la raccompagna chez elle et ils déjeunèrent ensemble. William passa ensuite dans la chambre d'amis de Carol, qui serait désormais la sienne, pour revêtir sa plus belle tenue — un costume de serge bleue sans prétention. Il défit sa valise et rangea ses affaires avec le sentiment paradoxal que ce bonheur était bien réel mais qu'il n'arrivait pas encore à y croire. C'était pourtant très rassurant de sortir son nécessaire de rasage et de ranger soigneusement ses chemises dans un tiroir. Le fait de plier un vêtement ou d'ouvrir la porte de l'armoire le confortait dans l'idée qu'il allait bel et bien épouser Katharine ; sinon, pourquoi serait-il en train de défaire ses valises dans son appartement ?

Pendant ce temps, Katharine s'habillait pour la cérémonie avec autant de soin que si elle allait se marier devant un parterre de gens élégants et distingués. En réalité, il n'y aurait que deux témoins, Abigail Salt et Mrs. Bastable et peut-être quelques badauds qui, devinant un mariage, pousseraient la porte de l'église pour voir la mariée. Sa robe, d'un bleu profond, mettait en valeur son teint et les reflets dorés de ses cheveux. Elle passa ensuite un long manteau bleu, orné d'un petit col de fourrure douce et chaude, puis se coiffa d'un adorable chapeau de la même étoffe que le manteau, égayé par un pompon de fourrure.

Ils allèrent à pied à l'église retrouver Abigail Salt et Mrs. Bastable. Katharine ne vit pas la nef vide, froide et sombre. Pour elle, tout l'édifice baignait dans la clarté et la chaleur de leur amour. Les paroles rituelles de la célébration nuptiale résonnèrent dans l'espace, répercutées en écho par les hauts piliers, avant de s'éteindre en vibrant doucement : « ... je vous somme et vous adjure tous les deux, comme vous en répondrez au terrible jour du Jugement, alors que les secrets de tous les cœurs seront manifestés, de voir à ce que si l'un ou l'autre de vous connaît quelque empêchement à raison duquel vous ne puissiez légitimement être unis ensemble dans le mariage, vous le déclariez maintenant... »

Le silence fit écho à ces paroles. Katharine leva la tête et regarda la lumière jouer sur le vitrail rouge et bleu représentant le Christ changeant l'eau en vin. Vinrent ensuite leurs vœux de consentement mutuel. D'abord ceux de William, calme, assuré, sûr de sa promesse : « ... je te prends pour ma femme et mon épouse afin de t'avoir et te garder dès ce jour et à l'avenir, que tu sois meilleure ou pire, plus riche ou plus pauvre, en maladie ou en santé, pour t'aimer et te chérir jusqu'à ce que la mort nous sépare... », puis ceux de Katharine, à peine audibles : « ... de t'aimer, te chérir et t'obéir jusqu'à ce que la mort nous sépare, selon la sainte institution de Dieu... »

— Et je me donne à toi pour t'aimer fidèlement tout au long de notre vie, murmura William en lui glissant au doigt l'anneau nuptial.

Après l'action de grâces, ils joignirent leurs deux mains. « ... Ceux que Dieu a joints, que nul homme ne les sépare... » Le jeune pasteur officiait avec une belle voix, qui résonna, forte et claire, lorsqu'il les déclara mari et femme et leur donna la bénédiction.

Mrs. Bastable sécha ses yeux en reniflant. Les mariages la faisaient toujours pleurer. Abigail, vêtue d'un manteau noir à col de fourrure, se tenait très raide sur son siège. Elle avait piqué sur son chapeau un petit bouquet de bleuets — tout à fait hors saison, mais qui faisait ressortir le bleu de ses yeux.

Dans la sacristie, Katharine apposa sa signature au bas du registre. Elle la regarda en souriant, puis céda la place à son mari, qui signa à son tour : William Smith.

— Il me faut le nom de votre père, Mr. Smith, lui rappela le vicaire au moment où il s'éloignait.

— Excusez-moi, mais je ne le connais pas, répondit simplement William, nullement embarrassé.

Ce fut le jeune pasteur qui rougit.

— C'est un peu ennuyeux.

— J'ai perdu la mémoire, comprenez-vous. Mais je peux écrire Smith, sans le prénom, si vous le désirez.

Bien sûr, il n'y pouvait rien; mais il était bien obligé de le lui dire. Après tout, un homme qui ne connaît pas le nom de son père ne peut pas l'inventer. Il écrivit donc Smith sur le registre.

Le vicaire rappela alors la mariée.

— Mrs. Smith, vous devez aussi donner le nom de votre père.

Toujours avec un léger sourire aux lèvres, Katharine se pencha sur le registre, inscrivit le nom de son père, puis se tourna vers Mrs. Bastable qui s'approchait pour la congratuler.

— Je suis sûre que vous serez heureuse, Mrs. Smith. Mr. William rendrait heureuse n'importe quelle femme. Croyez-moi ou non, je ne l'ai jamais vu en colère. Sachant comment se comportent la plupart des hommes, nous pouvons faire la différence, n'est-ce pas ? Mon mari s'emportait très facilement. Et difficile sur la nourriture ! C'était à ne pas y croire. Il parlait tout le temps des petits plats que lui cuisinait sa mère. Il n'y a pas pire réflexion pour briser la paix d'un ménage ! Je crois avoir bon caractère, mais lorsque je le voyais tordre le nez devant mes scones en répétant que ceux de sa mère étaient bien plus légers, je devais me retenir de ne pas lui demander pourquoi il n'était pas resté chez elle. Je n'ai jamais osé le lui dire, bien entendu. Je ne sais pas comment il aurait réagi, avec son mauvais caractère.

Elle se tamponna les yeux et ajouta en reniflant :

— Enfin, le passé, c'est le passé, comme on dit. Mon mari est mort depuis vingt ans.

Abigail Salt fut heureusement plus avare de paroles.

— Mon frère et moi vous souhaitons à tous deux beaucoup de bonheur, dit-elle simplement.

17

Le soir même, Frank Abbott rendit visite à Miss Silver dans son appartement de Montague Mansions. Quoi qu'il se passât dans le monde, ici, le temps paraissait suspendu, mais point de manière oublieuse ou indolente, « mon dieu non », comme elle l'aurait dit elle-même. Bien au contraire, Maud Silver agissait sur Abbott comme un véritable stimulant intellectuel ; et s'il se divertissait toujours de ses petites manies, il vouait en revanche une véritable vénération à celle qui avait débuté sa vie professionnelle en tant que préceptrice — selon ses propres termes elle avait « embrassé la profession scolastique dans le privé » — et qui, au fil des ans, était devenue une détective très, très demandée.

Mais le temps s'était bel et bien arrêté au seuil de sa porte. Le mobilier, hérité de ses grand-tantes, devait être fort à la mode vers le milieu du XIXe siècle. Les chaises de noyer aux pieds chantournés et au capitonnage ventru évoquaient le temps des crinolines et des pantalons à pinces. Des gravures de l'époque victorienne, encadrées de bois d'érable jaune, donnaient le change à un tapis de style ancien, mais dont les motifs étaient résolument contemporains. Parmi les tableaux, qu'elle échangeait parfois avec ceux de sa chambre, on reconnaissait entre autres *Les Bulles* du regretté Sir John Millais, *L'Espoir* de G.F. Watts, ainsi que *Le Cerf aux abois* et *L'Éveil de l'âme*. Le tapis, décoré de guirlandes de fleurs blanches et roses reliées par des rubans verts sur fond bleu paon, était une récente acquisition. Les rideaux, dans les mêmes tons de bleu, mais plus sourds, avaient survécu à la guerre. Usés, certes, mais pas complètement élimés, ils seraient remplacés dès que leur propriétaire se sentirait en droit de dépenser quelque argent pour son confort personnel. En effet, deux des fils de sa nièce Ethel Burkett venaient d'entrer à l'école et les fournitures scolaires coûtaient très cher. Bien que les Burkett se fussent réjouis de la naissance de leur dernier-né — une petite fille, enfin, après trois garçons —, leurs finances cette année n'étaient guère brillantes. Miss Silver, de nature généreuse, ne les aurait pas laissés dans le besoin. Les rideaux du salon pouvaient donc attendre un an ou deux avant d'être remplacés.

Comme toujours lorsqu'elle était assise dans son grand fauteuil au coin du feu, son cœur se remplissait de gratitude. Durant vingt ans, elle avait vécu chez les autres avec pour seul horizon vingt autres années de travail et une maigre retraite. Cependant, la Providence lui avait offert de s'orienter vers une nouvelle profession qui lui procurait des revenus modestes, mais nettement plus confortables. Le dessus de la cheminée, la bibliothèque, deux tables et une étagère étaient encombrés de photographies de clients reconnaissants, encadrées de bois ajouré, d'argent martelé, ciselé ou filigrané sur fond de peluche. La plupart d'entre elles représentaient des jeunes gens et des jeunes filles, mais aussi des bébés qui n'auraient jamais vu le jour, si l'intelligence et la perspicacité d'une vieille demoiselle n'avaient permis de résoudre les problèmes de leurs parents.

Elle reçut Frank Abbott comme s'il s'agissait de son propre neveu. Il accepta la tasse de café que lui apporta Emma Meadows, la précieuse gouvernante, et, parfaitement à l'aise, se cala dans son fauteuil pour la déguster. En face de lui, de l'autre côté de la cheminée, Miss Silver tricotait des culottes longues pour bébé, en lainage bleu ciel. Elle venait d'achever neuf paires de chaussettes pour les enfants Burkett — Johnny, Derek et Roger — et équipait maintenant la petite Joséphine pour le printemps — saison traître et changeante s'il en est. Avec quatre enfants à charge, sans parler d'un mari et des corvées ménagères, la pauvre Ethel n'avait guère le temps de tricoter.

Un agréable silence régnait dans la pièce, seulement rompu par le bruit d'un morceau de charbon tombant dans le feu. Les aiguilles de Miss Silver voletaient en cliquetant autour de la laine bleu ciel. Frank termina sa tasse de café, se pencha pour la reposer, puis demanda :

— Comment avez-vous découvert que la meilleure façon de faire parler les gens était de les mettre à l'aise en tricotant devant eux dans votre fauteuil sans leur poser de questions ?

Maud Silver se contenta de sourire, sans lever le nez de son tricot. Abbott se mit à rire.

— Voyez-vous, je suis venu ici à d'innombrables reprises ; or, c'est la première fois que je me rends compte à quel point cette pièce distille un sentiment de sécurité, à travers ces tableaux, ces meubles, témoins d'un passé paisible. Ils appartiennent à une époque où l'impôt sur le revenu n'existait pas, où l'on entendait parler de la guerre seulement en lisant le journal. Et puis il y a la touche pratique, contemporaine, celle de votre table de travail, qui donne aux visiteurs la sensation que la sécurité existe aussi de nos jours...

Miss Silver toussota.

— Mon cher Frank, vous avez beaucoup d'imagination.

Il sourit.

— Combien de gens effrayés avez-vous reçus dans cette pièce ?

Elle l'observa quelques instants avant de répondre :

— Ma foi, un certain nombre.

Frank hocha la tête.

— Eh bien, je parie que très peu sont repartis aussi inquiets qu'à leur arrivée.

Le lainage bleu pâle s'enroulait autour des aiguilles qui cliquetaient sans cesse.

— Mon cher Frank, j'imagine qu'en venant me voir, vous aviez une idée derrière la tête. De quoi s'agit-il ?

Le policier ne répondit pas immédiatement. Il s'enfonça un peu plus dans son fauteuil et observa son hôtesse, dont le personnage s'accordait si bien avec l'atmosphère de la pièce. Le visage aux traits fins, au teint frais, lavé deux fois par jour à l'eau et au savon, rappelait une époque où l'artifice du fard n'était pas pour les dames comme il faut et où l'usage de la poudre de riz dénotait des mœurs légères. Sa coiffure, de style edwardien plutôt que victorien, évoquait celle de la bonne reine Alexandra : une frange frisottée et un petit chignon serré, le tout retenu par une invisible résille.

Depuis le jour de leur première rencontre, Frank ne l'avait pas vue vieillir, ni prendre un cheveu blanc supplémentaire. On l'eût dite sortie d'un daguerréotype de la fin du siècle dernier. Les soirs d'hiver, elle portait en général une robe d'été en soie — le genre de robe que les vendeuses peu scrupuleuses cherchent à vendre aux vieilles dames qui ne s'intéressent pas trop à leur tenue vestimentaire. Celle-ci était vert épinard avec des traits et des pointillés orange qui faisaient penser à de l'alphabet morse. Elle lui descendait presque jusqu'aux chevilles, révélant des bas de laine noire et des souliers de chevreau glacé, à la pointe brodée de perles. L'échancrure de sa robe était masquée par un jabot de tulle plissé maintenu par de petites baleines. Son pince-nez, qu'elle utilisait seulement pour lire, était fixé sur le devant de sa robe par une épingle en or sertie de perles. Pour tout bijou, elle portait un médaillon sculpté en forme de rose dans un bois de chêne sombre, avec une perle d'Irlande en son milieu. Les soirées de janvier étant fraîches, elle avait passé sur sa robe une jaquette de velours noir, chaude et confortable, qui, il fallait bien l'avouer, avait fait son temps, mais dont elle ne se décidait pas à se séparer, nullement gênée par son aspect élimé.

Tout en poursuivant son ouvrage, elle observait Frank avec un sourire affectueux, attendant patiemment qu'il prît la parole.

— Eh bien voilà, commença-t-il d'un ton dubitatif, je me trouve confronté à un problème... dont j'ignore encore la teneur exacte.

Miss Silver tira sur sa pelote de laine.

— Apparemment, il vous cause du souci.

— Oui, je suppose. En fait, je ne sais trop qu'en penser, ni que faire. Si cela se trouve, je ne devrais rien faire du tout.

— Vos idées s'éclairciraient peut-être si vous m'exposiez la situation, mais ne vous y sentez pas obligé.

Il eut un petit rire.

— C'est précisément pour cette raison que je suis ici, et vous le savez bien.

Maud Silver émit un très léger toussotement de reproche.

— Mon cher Frank, si nous en venions au fait ?

— Il n'y a là probablement rien de très intéressant, mais j'ai besoin d'en parler. Voilà environ une semaine, je marchais un soir dans Selby Street, une petite rue de banlieue très respectable qui débouche sur Hampstead, lorsque j'ai vu sur ma gauche un homme sortir d'une maison et s'éloigner devant moi. La porte de l'immeuble étant restée ouverte et les lumières allumées, j'ai eu le temps de noter qu'il était blond — détail non négligeable, car n'importe qui aurait également pu le remarquer. Dans la rue, on ne voyait presque rien ; il faisait nuit et il tombait une sorte de crachin épais. L'homme marchait à une dizaine de mètres devant moi. Alors que nous approchions d'un réverbère, une silhouette a surgi de je ne sais où, d'un immeuble voisin ou d'un passage entre deux maisons. Cette silhouette s'est interposée entre moi et le lampadaire et s'est rapprochée de mon inconnu. Je suis prêt à jurer que cette personne portait un imperméable et un genre de chapeau. Le temps d'un éclair, j'ai vu son bras se lever et s'abaisser et retomber avec force sur le premier homme qui s'est affaissé sur le trottoir ; l'agresseur s'est enfui et je me suis lancé à sa poursuite. Malheureusement, hors du champ lumineux du réverbère, on ne voyait plus rien. Je suis retourné auprès de la victime, qui l'avait échappé belle. On l'avait assommé avec un objet suffisamment dur pour lui fracasser le crâne. Mais, comme il me l'a dit plus tard, il avait la tête solide. C'est son chapeau qui a amorti le choc.

Maud Silver l'écoutait attentivement, sans faire de commentaires.

— L'homme était un peu étourdi, reprit Frank en se penchant en avant. Je l'ai emmené au commissariat le plus proche où on lui a offert une tasse de thé, puis je l'ai raccompagné à son domicile, situé au-dessus du bazar de jouets Tattlecombe. Il y est employé, mais assure temporairement la direction du magasin. Il venait justement de rendre visite à son employeur, qui était alité, suite à un accident de la circulation. Vous vous demandez certainement où je veux en venir... Ce garçon a déclaré s'appeler William Smith, mais ce n'est pas son vrai nom. Je lui ai dit que j'étais sûr de l'avoir déjà rencontré quelque part. Il m'a alors expliqué qu'il était sorti en 1942 d'un hôpital allemand sous le nom de William Smith et qu'il ne se souvenait de rien avant cette date. Naturellement, il aurait bien voulu que je lui dise son vrai nom...

Les aiguilles de Miss Silver cliquetèrent de plus belle.

— Connaissez-vous son nom?

Frank fit la grimace.

— C'est là où le bât blesse... je ne me souviens que de son diminutif, Bill. Vous savez ce que c'est, les gens s'appellent par leurs prénoms...

Il lui parla de la soirée d'avant-guerre, au *Luxe*.

— Je suis persuadé que ce garçon fait partie du beau monde; à le regarder, on ne s'attend pas à le voir travailler dans un bazar de banlieue. D'ailleurs, il est lui-même certain de ne pas être le vrai William Smith, dont on lui aurait attribué par erreur la plaque d'immatriculation. Le Smith en question était originaire de Stepney, et Bill est allé là-bas faire sa petite enquête. L'unique sœur de William Smith avait déménagé pendant le Blitz et plus personne n'avait de ses nouvelles; mais ses anciens voisins étaient toujours là. Ils ont bien ri lorsqu'il leur a demandé s'ils le reconnaissaient. C'étaient de vrais cockneys et ils se sont moqués de son accent très B.B.C.

Miss Silver le regarda par-dessus son ouvrage.

— Quelle histoire singulière !...

— Attendez, ce n'est pas fini ! Figurez-vous que j'ai de nouveau eu l'occasion de rencontrer ce garçon. Jeudi soir, alors que je rentrais chez moi d'un dîner en ville, je l'ai aperçu qui faisait la queue à un arrêt d'autobus, à Marble Arch. Je me suis approché pour lui demander de ses nouvelles; il m'a répondu qu'il allait bien, mais qu'il s'était produit un événement étrange un peu plus tôt dans la soirée. Il venait de rendre une autre visite à son employeur et, au retour, alors qu'il attendait sur un îlot pour piétons que le feu passât au vert, quelqu'un, d'après lui, l'avait frappé dans le dos avec une sorte de canne. Il a perdu l'équilibre et serait tombé sous un autobus si son voisin ne l'avait pas retenu. Le temps qu'il se remette de ses émotions, le feu était passé au rouge et la foule avait traversé la rue; selon lui, aucun des piétons qui l'entouraient n'était susceptible de l'avoir frappé. Je lui ai proposé d'aller faire une déposition à la police, mais il a refusé, en alléguant qu'elle ne pourrait rien pour lui.

Frank Abbott marqua une pause, avant d'ajouter :

— J'ai jugé bon de lui donner votre adresse.

Miss Silver toussota.

— Mon cher Frank !

— J'ai pensé que son cas pourrait vous intéresser... Mais attendez, ce n'est pas tout. Lorsque je vous ai rapporté le premier incident, j'ai omis deux détails d'importance. Voici le premier : en me précipitant au secours de William Smith qui venait de tomber sur le trottoir, je me suis rendu compte que son agresseur s'apprêtait à le frapper une deuxième fois. Smith gisait déjà sur le pavé, inconscient. S'il avait eu le vol pour motif, un pickpocket aurait fouillé les poches de sa victime. A mon avis, cet homme n'avait pas l'intention de voler, mais bien de tuer. De loin, j'ai eu l'impression qu'il brandissait une sorte de bâton, mais ce devait être une arme plus dangereuse, probablement un bout de tuyau de plomb. Il avait manifestement décidé d'en finir avec Smith. Un autre coup sur la tête, et le pauvre garçon n'était plus de ce monde. Son agresseur était si déterminé qu'il ne s'est aperçu de ma présence que lorsque je me suis mis à courir vers eux ; et même à ce moment-là, il était à deux doigts de frapper une seconde fois. Il a perdu son sang-froid en m'entendant crier et s'est enfui en traversant la chaussée.

Miss Silver tricota encore un moment en silence, avant de demander :

— Selon vous, cet homme guettait-il William Smith ? Attendait-il qu'il sorte de la maison pour essayer de le tuer ?

— Je n'irai pas jusque-là. Les preuves me manquent. Il peut avoir seulement reconnu Smith au moment où celui-ci est sorti de la maison. En revanche, il a bien cherché à l'assassiner. Mes déductions s'arrêtent là.

Maud Silver attendit quelques instants puis reprit :

— C'était donc là le premier détail important ; venons-en au second.

— Bill — le garçon que j'avais rencontré avant-guerre au *Luxe* — était marié.

— Mon dieu...

— Ce soir-là, il était accompagné d'une ravissante personne vêtue d'une robe de lamé or. Ils ont dansé ensemble toute la soirée. Aucun homme n'a eu la moindre chance de l'inviter à danser. J'en sais quelque chose! Bref, hier soir, j'ai dîné avec ma cousine Mildred Darcy et son mari, qui revenaient d'un séjour de sept ans en Orient. Quel rapport, me direz-vous ? Eh bien, ces deux-là étaient avec moi à la soirée, au *Luxe*. Ils venaient de se fiancer. Mildred se souvient de Bill — entre parenthèses, il lui plaisait beaucoup — mais malheureusement pas de son nom de famille. S'agissant de la jeune fille, elle a complètement oublié son prénom. En revanche, elle m'a cité une bonne demi-douzaine de patronymes, le plus probable paraissant être Lester, à moins que ce ne fût Elliot ! Elle serait parente de sa tante Sophie. Mildred est certaine que Bill a épousé la jeune fille, car cette tante lui a écrit qu'elle leur avait offert un service à thé pour leur mariage. Remarquez l'inconséquence de ma cousine : elle a oublié le nom de Bill et de sa fiancée, mais elle maintient qu'elle se souvient parfaitement d'eux et est prête à jurer qu'ils se sont mariés — en grande partie, je suppose, à cause du service à thé.

Miss Silver tricotait pensivement.

— Cet homme a perdu la mémoire, dit-elle, et il a tout oublié de sa vie d'avant-guerre. Vous pensez l'avoir rencontré à une soirée au *Luxe* en 1939; votre cousine, Mrs. Darcy, qui était présente à cette soirée, prétend qu'il a épousé la personne avec laquelle il était alors fiancé. Vous savez seulement qu'il se prénomme Bill et vous ignorez le nom de la jeune fille. Mrs. Darcy se souvient d'un grand nombre de patronymes, sans être sûre d'aucun. A votre avis, ce garçon a été récemment victime d'une agression visant à le supprimer.

— Voilà qui est admirablement résumé ! reconnut Frank.

Maud Silver toussota.

— Revenons à vos deux points de détail. Lui avez-vous dit que, selon vous, l'attaque dont vous avez été témoin était une tentative de meurtre ?

— Non.

— Et vous vous demandez s'il est de votre devoir de le mettre en garde...

— En quelque sorte.

— Vous hésitez également à l'informer de cet éventuel mariage, dont vous a parlé Mrs. Darcy.

Frank leva la main et la laissa retomber.

— Bien vu ! Que puis-je lui dire ? Que l'homme qui l'a assommé une première fois était prêt à recommencer ? Cela ne prouve rien. Par ailleurs, j'hésite en effet à lui annoncer qu'il est marié — l'information, comme vous dites, m'ayant été transmise par ma cousine, qui a tendance à raconter n'importe quoi. Et c'est un euphémisme ! Si vous lui demandez des précisions, Mildred plonge dans le grenier encombré de sa cervelle pour y pêcher les détails les plus insignifiants. Additionnés les uns aux autres, on peut à la rigueur en tirer des conclusions, mais personne, à commencer par Mildred elle-même, ne peut faire mieux qu'essayer de deviner si le résultat a une quelconque relation avec le point de départ. D'après moi, elle se souvient bien que Bill a épousé la jeune fille en robe lamée, mais tant que je n'en serai pas absolument certain, je ne peux laisser filtrer une telle information. D'un autre côté, annoncer à Bill qu'il est marié pourrait s'avérer pour lui un précieux indice, ou provoquer un choc émotionnel qui ferait revenir son passé en mémoire. Moi qui ai la réputation d'être un homme de décision, je ne suis pas actuellement en mesure de prendre la moindre initiative dans cette affaire — et je n'aime pas cela.

Miss Silver tricotait avec vivacité, signe chez elle d'une grande concentration.

— Vos hypothèses sont intéressantes. Mais supposez un instant que votre cousine se trompe, ou que la scène à laquelle vous avez assisté n'ait été qu'un acte de violence isolé — une banale tentative de vol doublée du besoin brutal de frapper sa victime à terre. C'est encore hélas l'explication de bien des crimes.

— Je suis d'accord avec vous. Mais je reste sur mon impression première. Voulez-vous que nous revenions sur mes intéressantes hypothèses ?

Miss Silver retourna son tricot pour changer de rang et constata avec plaisir que les culottes longues commençaient à prendre forme.

— Si vous avez reconnu ce garçon, dit-elle, quelqu'un d'autre peut également l'avoir identifié. Or, un homme qui réapparaît alors qu'on l'a cru mort durant sept ou huit ans n'est pas forcément bien accueilli. D'un point de vue purement matériel, cette réapparition peut être fâcheuse, voire même désastreuse. Vous n'avez, je présume, aucune idée de la situation financière de ce jeune homme ?

— De Bill avant-guerre ? Non. Mais les Latimer — les organisateurs de la réception d'après ma cousine — étaient des gens plutôt aisés. Le père de Curtis Latimer avait fait fortune dans le savon. La plupart de leurs amis vivaient dans l'opulence.

Il se mit à rire.

— Et moi, je les fréquentais ! Bill devait avoir le même train de vie. La robe de la jeune fille avait dû coûter les yeux de la tête. Cela dit, avec les femmes, on ne sait jamais... J'en connais qui dépensent tout leur argent en toilettes et qui n'ont jamais un centime pour prendre l'autobus ; ma cousine Rachel, par exemple : elle n'a pas le sou et sort toujours habillée comme une princesse. La fiancée de Bill avait pu confectionner sa robe elle-même — à moins que tante Sophie ou l'une de ces vieilles dames dont parlait toujours Mildred ne la lui aient donnée. Je me souviens en particulier d'une certaine cousine Barbara, très riche et très excentrique... La mère de Mildred avait une nombreuse parenté. Malheureusement il est trop tard pour les questionner, tout ce monde est mort. Nous sommes donc dans le flou le plus complet. Il ne me reste que mes impressions d'alors qui, curieusement, sont encore très nettes dans mon esprit. Savez-vous à quoi elles me font penser ? Eh bien, imaginez-vous dans une rue sombre : vous levez la tête et vous voyez une silhouette se découper dans l'encadrement d'une fenêtre éclairée ; ou bien vous regardez un train passer et, le temps d'un éclair, vous apercevez un visage que vous n'oublierez jamais...

Maud Silver avait l'habitude — très victorienne — de citer ses classiques. Son poète favori était Lord Tennyson, mais, en l'occurrence, ce furent les vers de l'Américain Longfellow qui lui vinrent naturellement aux lèvres :

« Les navires qui passent dans la nuit
Se parlent en se croisant
Ainsi font les hommes
Sur l'océan de la vie. »

18

Katharine s'éveilla au moment où le jour commençait à poindre. C'était l'heure où même les grandes cités sont encore paisibles. Quelque part là-bas, dans le ciel pur, la lune se couchait derrière les maisons. Allongée sous les couvertures, la jeune femme pouvait voir les vieux platanes des jardins de Rasselas House, dont les branches se découpaient au-dessus de la ligne des toits. Un air très doux entrait par la fenêtre ouverte.

Katharine, sereine, se tourna légèrement pour regarder William, profondément endormi de l'autre côté du grand lit bas. L'une de ses mains était glissée sous l'oreiller, l'autre posée sur sa poitrine. Sa respiration calme et régulière était à peine audible. En tendant la main, elle aurait pu toucher son corps, mais ses pensées, elles, ne pouvaient l'atteindre. Cependant, elle refusait d'accepter cette idée : lorsque vous aimez quelqu'un si fort, il paraît impossible qu'il puisse traverser l'espace et le temps sans que vous puissiez le rejoindre. Mieux valait ne pas y penser ; le temps, l'espace étaient des notions effrayantes, froides, lointaines, infinies. Un verset de la Bible[1] raconte qu'un ange debout au-dessus

1. Apocalypse selon saint Jean. *(N.d.T.)*

de la mer et de la terre leva la main droite vers le ciel et jura : « Par celui qui vit pour les siècles des siècles, qui a créé le ciel et ce qui s'y trouve, la terre et ce qui s'y trouve, il n'y aura plus de délai. » Katharine frissonna. Le temps et l'espace étaient loin. Eux étaient là, tous les deux, bien vivants. Ces instants leur appartenaient ! Mais où se trouvait William, à cette minute ? Peut-être dans ce sommeil profond dont les médecins disent qu'il ne laisse pas de place aux rêves. Comment le savaient-ils ? On sait seulement que l'on ne se souvient pas des rêves de ces moments-là.

Katharine ne se trompait pas. William allait à la rencontre de son seul et unique rêve, mais cette fois légèrement différent. D'habitude, il débutait toujours dans la rue ; William gravissait les trois marches du perron et entrait dans la maison. La dernière fois qu'il avait rêvé, c'était le soir où il avait été frappé à la tête ; il n'avait pu franchir le seuil de la maison, parce que quelqu'un pesait de tout son poids contre la porte pour l'empêcher d'entrer. Ce rêve-là l'avait beaucoup troublé. Aujourd'hui, il se trouvait déjà tout en haut de l'escalier. D'ordinaire, la scène s'arrêtait ici : quelqu'un l'attendait en haut et, au moment où il croyait enfin atteindre son but, il se réveillait. Or, cette fois, il se retourna sur la dernière marche pour embrasser du regard le grand vestibule éclairé — non par la lumière du jour, car son rêve se déroulait toujours la nuit. Jusque-là tout allait bien. Et soudain, tout chavira, comme cela arrive parfois dans les rêves. Les piliers aux symboles sculptés des évangélistes se déformèrent brusquement. William, qui se tenait debout entre l'aigle et l'ange, regardant en bas le lion et le taureau, vit l'aigle se transformer en Oiseau Conquérant ;

l'ange prit les traits d'un Abel Tattlecombe à l'expression indignée, le cheveu en bataille, l'œil étincelant ; le lion devint Chien Wurzel et le taureau Vache Biscornue. William descendit alors au rez-de-chaussée. Quelqu'un frappa trois fois à la porte d'entrée, cherchant à pénétrer dans le hall, mais celle-ci refusa de s'ouvrir, car elle était barrée. Trois silhouettes, deux hommes tenant une femme par le bras, traversèrent le panneau de bois comme par enchantement. William reconnut aussitôt le personnage féminin. C'était Miss Jones, la secrétaire des Eversley, qui avait décliné son offre, pour la fabrication des jouets. En revanche, il ne reconnut pas les deux hommes, et pour cause : il ne voyait d'eux que leurs pantalons et leurs vestons. Leurs visages n'étaient que deux ovales lisses et brillants, peints avec cette horrible couleur rose qu'ils utilisaient à l'atelier pour la sous-couche des jouets. Ils n'avaient ni yeux, ni nez, ni bouche. William les vit se rapprocher... Il cria « non, non, non ! », et le rêve s'arrêta net. Il ouvrit les yeux, vit les murs de la chambre, le miroitement de la fenêtre, et sentit l'air frais sur sa peau.

Katharine glissa son bras sous sa tête et l'attira contre son épaule.

— Que se passe-t-il ? Tu as crié « non, non, non ! ».

— Je rêvais.

— Raconte-moi.

— C'est assez curieux. Tu sais, je rêve souvent que je gravis les trois marches d'un perron. Je pousse une vieille porte de chêne cloutée. J'entre dans une maison et je traverse un vestibule dont les murs et le plafond sont couverts de boiseries. Sur la droite, un escalier également lambrissé mène au premier étage. Il y a des tableaux accrochés un peu partout, notamment celui d'une jeune fille en robe rose. Les pilastres de l'escalier sont magnifiquement sculptés de figures représentant les emblèmes des quatre évangélistes : un lion et un taureau en bas de la rampe, un aigle et un ange tout en haut...

Il s'interrompit brusquement.

— Katharine, c'est la première fois que je me souviens de cette maison en étant éveillé. C'est drôle, n'est-ce pas ? Dans mon rêve, j'ai la sensation de rentrer chez moi. Crois-tu que la réalité m'apparaîtrait quand je suis endormi ?

Elle sentit dans son cou la caresse de ses cheveux blonds.

— Si tu le ressens ainsi...

— En fait, je n'en sais rien. Jusqu'à présent, le rêve a toujours été agréable. Mais cette nuit...

— Que s'est-il passé ?

— En général, j'entre dans la maison, je monte l'escalier et je me réveille. C'est peu de chose, mais je suis heureux. Cette nuit, tout a changé. Les trois animaux se sont transformés en jouets et l'ange a pris la figure d'Abel Tattlecombe ! Et puis le rêve a tourné au cauchemar. Trois personnes sont passées à travers la porte fermée, comme des fantômes. Deux étaient des hommes sans visage, dont les traits étaient masqués par une couche de peinture rose, celle que nous utilisons pour peindre les jouets. La troisième était une femme, Miss Jones, la secrétaire de la firme Eversley.

Katharine étouffa une exclamation. William le remarqua et s'étonna.

— Qu'y a-t-il ?

— Mon chéri, quel rêve affreux !...

— Oui, mais il est fini ! Je suis réveillé. N'y pensons plus. Je t'aime, Katharine.

— C'est bien vrai ?

— C'est même pire. J'ai l'impression de t'avoir toujours aimée.

19

Le lundi matin, en arrivant au magasin, ils reçurent les congratulations acides de Miss Cole.

— Tout a été si soudain ! Imaginez ma surprise lorsque Mrs. Bastable m'a appris qu'elle avait assisté à votre mariage, en compagnie de Mrs. Salt... Vraiment, je ne m'y attendais pas. Je trouvais curieux que vous ayez pris votre après-midi. Entre nous, je ne sais pas comment je me serais débrouillée toute seule s'il y avait eu foule au magasin.

Étonnante réaction, pour quelqu'un qui avait toujours refusé qu'on l'aidât à la boutique...

— Tous mes vœux de bonheur, conclut-elle d'un ton suggérant qu'elle craignait le pire.

William et Katharine battirent en retraite dans l'atelier. A onze heures, Mrs. Salt téléphona à la boutique pour les prévenir que son frère rentrerait chez lui dans l'après-midi, sans donner plus d'explications ; elle ajouta simplement qu'un taxi viendrait le chercher à trois heures et demie, et qu'elle l'accompagnerait. Ce coup de fil permit de détourner l'attention de Miss Cole et plongea Mrs. Bastable dans une véritable frénésie ménagère.

Abel arriva, triomphant, à quatre heures. Il embrassa sa sœur, la remercia pour tout ce qu'elle avait fait, mais ne l'invita pas à rester. William l'aida à monter dans ses appartements, l'installa dans un fauteuil avec une couverture et un tabouret pour reposer sa jambe, et l'écouta se répandre en récriminations contre Emily Salt. Le vieil homme ressemblait de façon frappante à la vision que William avait eue de lui dans son rêve : l'air indigné, le cheveu en bataille, les yeux bleus étincelants.

— Elle écoute aux portes ! Je m'en doutais depuis longtemps, mais, hier soir, je l'ai enfin prise sur le fait. Abigail venait de rentrer du temple. Nous parlions justement de votre mariage et je disais justement à ma sœur que j'avais l'intention de vous céder le magasin...

— J'espère que Mrs. Salt... commença William.

D'un geste, Abel l'interrompit aussitôt.

— Non, non, rassurez-vous, Abby n'y voit aucun inconvénient. Je vous l'avais déjà dit lors d'une précédente discussion. Non, voyez-vous, c'est Emily qui n'est pas d'accord ! tonna-t-il, les joues en feu. Nom d'une pipe, cette femme ne fait pas plus partie de ma famille que de la vôtre ! Bref, revenons à mon testament. Abigail me dit : « N'en parle jamais devant Emily. » « Mais je n'en ai jamais parlé ! », ai-je rétorqué. « Apparemment, elle est au courant. Et elle a l'air bouleversée. » « Bouleversée ? Mais de quel droit ? Je vais aller la prier d'aller s'occuper de ses affaires et de ne pas se mêler des miennes. D'abord, que sait-elle, au juste ? » Abby ne répondant pas, je lui ai lancé : « Ta belle-sœur écoute aux portes. » Elle a baissé la tête, sans rien dire. Que vouliez-vous qu'elle dise ? C'était la vérité.

Abel exultait, manifestement ravi d'avoir enfin

pu avouer à quelqu'un tout le mal qu'il pensait d'Emily Salt.

— Le médecin est venu samedi, poursuivit-il. Il m'a conseillé de prendre un peu d'exercice. Je me suis levé et j'ai essayé de faire quelques pas. Ce n'était guère brillant, mais j'ai quand même réussi à tenir debout. En fait, j'avais ma petite idée... Je voulais m'approcher de la porte, car chez ma sœur l'escalier craque, et je venais justement d'entendre grincer une marche, mais pas la suivante. Abby est un peu dure d'oreille, mais moi, grâce au ciel, j'ai l'ouïe fine. Je me doutais qu'Emily n'était pas loin. J'ai donc commencé à parler de vous, en élevant la voix — il ne fallait pas qu'elle perde une miette de la conversation. J'ai dit : « Je me demande si William Smith retrouvera un jour sa véritable identité », et j'ai ouvert brusquement la porte. Eh bien... elle a failli me renverser !

— Emily ?

Abel hocha vigoureusement la tête.

— Oui, Emily, l'oreille collée contre la porte, la main sur la poignée ! Heureusement pour ma jambe, elle n'est pas tombée sur moi.

— Qu'avez-vous fait ? demanda William, sans sourciller.

— Je lui ai dit : « Entrez donc, vous entendrez mieux, Emily. » Elle m'a regardé — vous connaissez son regard — en décrétant qu'elle s'apprêtait à entrer. « C'est faux, ai-je répondu, vous écoutiez à la porte, et ce n'est pas la première fois. Je vous prierai de ne pas vous mêler de mes affaires, Miss Salt. » Ma sœur s'est avancée pour m'aider à retourner vers mon fauteuil, en disant « Allons, allons, Emily... ». Celle-ci s'est soudain mise à hurler que j'étais en train de déposséder Abigail — jamais je n'avais entendu une voix pareille, on aurait dit une chatte en furie. Je me suis écrié : « Mais cela ne vous regarde pas ! » Ah, si je n'avais pas été handicapé par cette maudite jambe, elle aurait vu de quel bois je me chauffe ! Dès que j'ai été assis, Abby l'a emmenée. Elle a continué à hurler jusqu'au rez-de-chaussée.

— Mr. Tattlecombe..., risqua William.

Abel l'arrêta d'un geste impérieux.

— Si vous avez l'intention de me reparler du testament, gardez vos réflexions pour vous, mon ami. Je ne reviendrai pas là-dessus, et ma sœur est d'accord avec moi. Quant à Emily, il faudrait l'interner. C'est ce que j'ai dit à Abby lorsqu'elle est remontée. Nous ne nous sommes pas disputés à ce sujet, mais nous aurions fini par le faire si j'étais resté plus longtemps là-bas, alors j'ai décidé de rentrer chez moi. William, pouvez-vous redresser ce portrait au-dessus de la cheminée ? Il n'est pas droit. Tiens, ces deux albums de photographies ont été déplacés. Celui qui a les coins dorés, là-bas, sur la table...

Le vieil homme prenait plaisir à se livrer à une inspection critique de la pièce, tandis que William s'efforçait de remettre les objets à leur place. L'ameublement, qui datait de son mariage, était loin d'être aussi raffiné que celui de sa sœur. Le tapis de Bruxelles était élimé, la garniture des fauteuils avait besoin d'être remplacée, mais ici, au moins, Abel se sentait chez lui. Le portrait placé au-dessus de la cheminée était l'agrandissement d'une photographie prise le jour de ses noces. On y voyait un jeune homme à l'air sérieux, vêtu d'un costume mal coupé, et une jeune fille au visage très doux, en robe de mariée à manches ballon, qui portait un horrible petit chapeau.

— On est vraiment mieux chez soi, William, soupira-t-il avec un hochement de tête approbateur.

20

Ce soir-là, après qu'ils eurent soupé, débarrassé la table et fait la vaisselle, William rapporta à Katharine les aigres propos d'Abel au sujet d'Emily Salt et de sa manie d'écouter aux portes. Il s'était installé sur une chaise basse avec un bloc de papier sur les genoux et lui parlait tout en esquissant des croquis de Vaches Biscornues.

— Cette femme est vraiment dérangée. Je ne sais pas comment fait Abigail pour la supporter. Chaque fois que je vais là-bas, je la vois guetter derrière une porte ou se volatiliser dans un couloir. Et puis, cette histoire de testament me déplaît. T'ai-je déjà dit que Mr. Tattlecombe me laissait le bazar de jouets ?

— Non, je n'étais pas au courant.

— Il m'en avait justement parlé le soir où je me suis fait agresser. C'est très embarrassant d'apprendre que quelqu'un vous lègue tous ses biens.

— Il t'en avait parlé ce soir-là, dis-tu ?

— Oui. Il m'a expliqué que, la retraite de sa sœur étant confortablement assurée, il faisait de moi son héritier pour me remercier de l'avoir aidé à redresser son affaire. Bien entendu, Emily Salt n'a pas voix au chapitre dans cette succession, mais tout de même, j'aurais préféré qu'elle n'eût pas ce genre de réaction en l'apprenant.

— Cela ne la regarde pas, remarqua Katharine, qui de son côté était occupée à remettre de l'ordre dans le salon.

Elle s'approcha de William, tout en tapotant un coussin pour lui redonner du volume et s'appuya sur son épaule pour jeter un coup d'œil à ses dessins. Aussitôt, elle le sentit tressaillir.

— Pardon, je t'ai fait mal ? s'étonna-t-elle.

De sa main libre, il prit la sienne.

— Ce n'est rien, juste un gros bleu. C'est un peu douloureux si l'on appuie dessus.

Katharine fronça les sourcils, sans lâcher sa main.

— Quel drôle d'endroit pour un bleu ! Comment t'es-tu fait cela ?

— Quelqu'un m'a frappé dans le dos avec une canne.

— Mais... pourquoi ?

— Eh bien... je crois qu'on a essayé de me pousser sous un autobus.

— William !

— Allons, ne fais pas cette tête, je suis toujours vivant !

Katharine avait pâli, ses mains tremblaient.

— Quand cela s'est-il passé ? Pourquoi ne me l'as-tu pas dit plus tôt ?

— Jeudi, je crois — oui, jeudi soir, en partant d'ici. Plus tard, j'ai rencontré ce policier de Scotland Yard, tu sais, Frank Abbott. Je lui ai tout raconté. Chérie, tu trembles...

Il l'attira contre lui et l'enlaça tendrement.

— Que t'a-t-il conseillé ? demanda-t-elle.

— Qui ? Abbott ? Rien. Que voulais-tu qu'il dise ? Je n'ai pas vu mon agresseur.

— Raconte-moi ce qui s'est passé.

Lorsqu'il eut fini son récit, Katharine voulut savoir si l'incident s'était produit loin de chez elle.

— A environ dix minutes à pied entre Selby Street et l'arrêt d'autobus.

— Quelqu'un a pu te suivre...

Il hocha la tête.

— Dorénavant, je changerai d'itinéraire !

« Précaution bien inutile, songea Katharine sans oser formuler sa pensée, cela pourrait arriver n'importe où. »

— L'inspecteur Abbott a bien dû te donner un conseil, tout de même.

Elle s'était assise par terre et, appuyée contre son genou, le regardait dessiner. William répondit d'un ton absent :

— Il m'a donné l'adresse d'une certaine Miss Silver, une ancienne préceptrice devenue détective — ou plutôt « agent d'enquêtes privées », selon ses propres termes. D'après lui, mon cas pourrait l'intéresser, mais, honnêtement, je ne vois pas ce que cette femme — pas plus que Scotland Yard — peut faire pour moi : des agressions sans mobile apparent, où, dans les deux cas, je n'ai pas pu voir mon assaillant. Il n'y a pas de quoi ouvrir une enquête.

— En effet. Te souviens-tu de son adresse ?

— Non, je l'ai oubliée. Mais je dois l'avoir gardée dans l'une de mes poches. Je portais ce costume jeudi.

Il posa son crayon et fouilla ses poches.

— Tiens, la voilà. Miss Maud Silver, 15 Montague Mansions. Il y a aussi le numéro de téléphone.

Katharine tendit la main.

— Donne-la-moi, je vais la ranger. On ne sait jamais, nous pourrions en avoir besoin.

— C'est peu probable, répondit William en replongeant dans ses croquis.

Le jeudi après-midi, le bazar de jouets fermait tôt ses portes, mais, dans le voisinage du Mews, les magasins restaient ouverts normalement. Katharine en profita pour demander à William d'aller acheter des gâteaux pour le thé ; après son départ, elle quitta précipitamment l'appartement et partit dans la direction opposée, sans oublier de glisser un mot sous la porte pour le prévenir qu'elle était allée faire une course urgente et qu'elle reviendrait bientôt.

Elle entra dans la première cabine téléphonique qu'elle trouva sur son chemin pour appeler Miss Silver. La communication terminée, elle ressortit de la cabine avec l'impression de s'être jetée à l'eau sans savoir nager. Pour sa part, elle aurait fait demi-tour bien avant d'arriver à Montague Mansions. Et si cela n'avait pas été pour William, elle n'y serait jamais allée.

Elle sonna au domicile de la détective et fut reçue par la gouvernante, Emma Meadows, l'image même de la brave campagnarde, qui l'introduisit dans le salon victorien. Maud Silver, voyant entrer cette gracieuse jeune femme au teint vif, posa son tricot sur le bras de son fauteuil et se leva pour lui serrer la main.

— C'est moi qui vous ai téléphoné tout à l'heure, expliqua Katharine. Je vous remercie de me recevoir aussi vite.

Miss Silver toussota.

— Je serais heureuse de pouvoir vous être utile. Ne voulez-vous pas vous asseoir ?

Elle reprit son ouvrage, tout en adressant un sourire encourageant à sa visiteuse, qui avait perdu ses jolies couleurs et paraissait nerveuse. C'était, selon les critères de Maud Silver, une personne tout à fait charmante et bien élevée. Elle avait de beaux cheveux châtains aux reflets dorés et brillants. Elle portait un ensemble en tweed d'Écosse, qui, sans être neuf, était très chic et très seyant, et un petit chapeau uni, qu'elle n'avait certainement pas acheté dans une boutique bon marché — Miss Silver savait reconnaître la qualité d'un tissu. Elle remarqua également la finesse des bas, la beauté du cuir des chaussures et du sac à main qui toutefois, comme le tailleur, étaient loin d'être neufs. Son œil exercé avait enregistré tous ces détails pendant que sa visiteuse prenait place dans le fauteuil qui lui faisait face, devant la cheminée.

— Je ne sais pas si vous pouvez m'aider, annonça la jeune femme — je crains que personne ne puisse m'être d'un grand secours —, mais je suis tout de même venue vous voir. Mr. Abbott — l'inspecteur de police principal Abbott — a donné votre adresse à mon mari.

Elle marqua une pause avant d'ajouter :

— Il n'est pas au courant de ma venue.

Maud Silver tricotait avec vivacité. Elle avait terminé les culottes longues de la petite Joséphine et commençait la brassière assortie, qui n'en était qu'à son stade embryonnaire. Une ruche bleu pâle de quelques centimètres s'étirait sur l'aiguille.

— Vous êtes donc Mrs. William Smith...

Katharine la regarda, interloquée, rougit, pâlit, puis rougit de nouveau.

— L'inspecteur Abbott m'a parlé de votre mari, expliqua Miss Silver. Cela vous facilitera peut-être la tâche.

— Que vous a-t-il dit ?

— Il a été témoin d'une agression commise

contre votre mari. En lui portant secours, il s'est aperçu qu'il le connaissait. Malheureusement, il est incapable de se souvenir de son nom. Très intrigué, il est venu me relater les faits. Je suppose que votre époux vous aura rapporté l'incident.

— Oui. Voyez-vous, William est amnésique, depuis une blessure à la tête survenue pendant la guerre, qui lui a fait perdre la mémoire. Ses souvenirs ne remontent qu'à 1942, date à laquelle il est sorti d'un hôpital allemand, muni d'une plaque d'immatriculation au nom de William Smith. Mais il s'agit d'une erreur. Le vrai William Smith venait d'une famille ouvrière de Stepney. Il travaillait dans une tannerie. Mon mari est allé voir ses voisins qui lui ont tous confirmé qu'il n'était pas Mr. Smith.

Elle hésita un peu avant de poursuivre :

— William a une silhouette et un visage qui ne s'oublient pas. Quiconque l'a connu avant le reconnaîtrait aujourd'hui. C'est un homme grand et large d'épaules, à l'expression avenante. Il a des traits assez flous, des cheveux blonds épais tout ébouriffés, le genre de personne qui vieillit sans changer, ce qui explique pourquoi votre ami l'a reconnu sans hésiter. N'importe qui aurait fait de même, à mon avis. Il est dommage que Frank Abbott ne se souvienne pas de son nom de famille, mais il est possible qu'il ne l'ait jamais su ; tout le monde l'appelait Bill, ce soir-là, à la réception du *Luxe*.

Maintenant qu'elle était lancée, il lui paraissait moins difficile de parler. Au contraire, l'atmosphère de la pièce incitait aux confidences. Elle lui rappelait son enfance, quand elle allait rendre visite à sa grand-mère. Celle-ci possédait aussi des photographies encadrées dans des filigranes d'argent sur fond peluché et elle avait également une reproduction du *Cerf aux abois*, qu'elle chérissait particulièrement. La vieille Miss Emsley, qui avait été demoiselle d'honneur au mariage de sa grand-mère, possédait ce genre de chaises et de fauteuils en noyer, avec des pieds chantournés et un capitonnage ventru. Sa grand-tante Cécile portait aussi des chaussons brodés de perles et des jabots de tulle maintenus par de petites baleines.

Miss Silver avait, par un secret connu d'elle seule, l'art d'arrêter le temps; chez elle, la tension et la frayeur de ses visiteurs se dissipaient par enchantement. Comme Katharine à cette minute, ils avaient l'impression de se retrouver dans une salle de classe, laissant à l'institutrice la responsabilité d'exposer, d'expliquer et de résoudre les problèmes, car elle seule possédait la solution.

Lorsque sa visiteuse eut fini de parler du bazar de jouets de Mr. Tattlecombe, de l'accident de ce dernier et de l'agression dont son mari avait été l'objet, Miss Silver toussota.

— Je pense que ce n'est pas tout...

— Non, dit Katharine, les mains serrées l'une contre l'autre sur ses genoux.

Elle lui raconta alors la deuxième agression dont William avait été victime, puis lui parla d'Emily Salt.

— C'est une personne au comportement très bizarre. A mon avis, elle n'est pas tout à fait normale. William dit qu'elle lui donne la chair de poule; Mr. Tattlecombe pense qu'il faudrait l'interner. D'après lui, elle écoute aux portes. Par ce biais, elle a appris qu'il avait rédigé un testament en faveur de William et en a conçu une grande fureur. Je me disais que peut-être...

— Oui, Mrs. Smith?

— Cette femme n'est vraiment pas normale, j'en suis sûre. Le soir de la première agression de William, Mr. Tattlecombe venait justement de lui parler de ce testament. Je me disais que peut-être, elle avait écouté aux portes et... C'est affreux, mais je ne peux m'empêcher de penser qu'elle...

— La seconde agression a bien eu lieu après que votre mari eut rendu visite à Mr. Tattlecombe ? s'enquit la détective sans cesser de tricoter.

— Oui. Miss Salt aurait pu le suivre.

— La croyez-vous physiquement capable d'un tel acte ?

— C'est une femme grande et solidement charpentée.

Après quelques instants de réflexion, Miss Silver reprit :

— Selon l'inspecteur Abbott, qui a été témoin de la scène, la personne qui a attaqué votre époux était un homme.

Une légère rougeur colora les joues de la jeune femme.

— Il faisait nuit et il pleuvait. L'imperméable de Mr. Tattlecombe est toujours accroché dans le hall. Je l'ai vu lorsque nous sommes allés là-bas prendre le thé.

Miss Silver tricota quelques instants en silence, puis demanda :

— Quand Mr. Tattlecombe a-t-il rédigé son testament ?

— La veille du jour où il en a parlé à William.

— Donc, la veille de la première agression.

— Oui.

— Était-ce bien la première agression, Mrs. Smith ? N'y avait-il pas eu précédemment des signes de rancœur ou d'inimitié à l'égard de votre époux ?

Cette réflexion prit Katharine de court. Lorsqu'elle était surprise, elle levait les sourcils, ses yeux s'agrandissaient et se mettaient à briller. William appelait cela « son regard d'oiseau affolé ». Elle avait vraiment l'air d'une créature prête à s'envoler. Cette expression n'échappa point à son interlocutrice, qui réitéra sa question avec fermeté. Katharine pâlit.

— Je... je ne sais pas, répondit-elle, troublée.

— En parlant, vous parviendrez mieux à clarifier vos idées. Si vous vous souvenez d'un détail, le plus infime soit-il, dites-le-moi.

Katharine eut alors la sensation qu'elle avait souvent éprouvé en se baignant. Vous entrez dans une eau apparemment tiède, puis, au fur et à mesure qu'elle monte le long de votre corps, le froid vous envahit. Soudain, vous faites un pas de trop et vous perdez pied. Jusque-là, elle se croyait sûre d'elle. Mais l'était-elle vraiment ? Elle regarda Miss Silver d'un air anxieux, puis lâcha sans réfléchir :

— Je pensais à l'accident de Mr. Tattlecombe.

— Oui ?

— Mr. Tattlecombe, qui habite juste au-dessus du magasin de jouets, sort prendre l'air tous les soirs avant d'aller se coucher. Il était environ dix heures et demie, la nuit était noire et il pleuvait. Mr. Tattlecombe est sorti par la porte de service, en laissant la lumière du couloir allumée, puis s'est avancé jusqu'au bord du trottoir. D'après lui, on l'a frappé, il est tombé sur la chaussée et a été heurté par une voiture. On l'a hospitalisé, gravement commotionné et blessé à la jambe. Il aurait pu mourir ! Évidemment, il a pu glisser...

— Vous établissez donc une relation entre les deux incidents ?

Katharine détourna les yeux et regarda le feu.

— Mr. Tattlecombe est à peu près de même stature et de même corpulence que William ; il a les cheveux gris, mais avec la lumière l'éclairant par-derrière...

Miss Silver inclina la tête.

— Je vois. Son visage était dans l'ombre et les cheveux blonds ou gris se ressemblent.

Katharine sentit un frisson la parcourir. Elle tendit ses mains vers l'âtre de la cheminée. Les bûches rougeoyantes diffusaient une douce chaleur qui pourtant ne parvenait pas à réchauffer le froid intérieur qui la gagnait. Elle avait peur — peur de tout ce qu'elle pouvait dire ou penser... peur d'aller trop loin. Non, elle ne devait pas se laisser entraîner... Hélas, il était trop tard. Déjà Miss Silver disait :

— Vous pensez donc qu'il y a eu méprise. L'agresseur aurait confondu Mr. Tattlecombe et Mr. Smith. Ce qui signifie que la personne qui a attaqué Mr. Tattlecombe ne connaissait pas ses habitudes. Elle s'attendait à voir sortir Mr. Smith. Or Emily Salt reconnaîtrait Mr. Tattlecombe entre mille, puisqu'elle vit depuis des années avec sa sœur. Aurait-elle eu l'occasion de rencontrer votre mari auparavant ?

Katharine eut à nouveau ce regard d'oiseau affolé.

— Je ne sais pas, je ne crois pas. William dit qu'il ne l'avait jamais vu avant d'aller voir Mr. Tattlecombe chez sa sœur.

— Un familier de Mr. Tattlecombe qui ne connaîtrait pas votre mari aurait pu, dans certaines circonstances, prendre Mr. Smith pour Mr. Tattlecombe, mais l'inverse me paraît fort improbable.

Katharine tenait toujours les mains crispées sur ses genoux. Elle répondit très vite, à voix basse :

— Dans ce cas, je suis stupide d'avoir imaginé... Vous avez tout à fait raison. C'est mon imagination qui me joue des tours.

Elle posa la main sur le bras de son fauteuil, prête à se lever, mais un léger toussotement la rappela à l'ordre. Katharine, inquiète, n'osa plus bouger. Pourtant, la question qui suivit n'avait rien d'alarmant.

— Étiez-vous déjà employée au bazar de Mr. Tattlecombe lorsqu'il a eu son accident ?

— Oh non !

— Depuis combien de temps travaillez-vous là-bas ?

— Environ six semaines. Je suis arrivée juste après. Ils étaient à court de personnel.

— Aviez-vous répondu à une petite annonce ?

Katharine eut à nouveau la sensation de s'enfoncer dans une eau noire et froide.

— Non.

— Étiez-vous recommandée par quelqu'un ? Peut-être Mr. Smith ?

La jeune femme répondit un peu trop vite, en rougissant :

— Oh non, il ne connaissait pas mon existence. Je suis entrée dans la boutique pour demander s'ils avaient besoin de quelqu'un.

— Aviez-vous de l'expérience dans ce métier ?

— Non, je... j'avais besoin de travailler.

Miss Silver sourit.

— Pardonnez mon indiscrétion, mais je me demande ce qui vous a amenée à demander du travail dans un bazar de jouets.

Katharine eut l'impression qu'une vague venait de s'abattre sur sa tête. Il lui fallut quelques secondes pour reprendre sa respiration.

— Je suis simplement entrée dans le magasin,

bredouilla-t-elle, pour demander s'ils cherchaient une vendeuse.

— Je vois...

Les petits yeux de la détective, à la couleur indéfinissable, la scrutaient intensément. Katharine sentit son âme mise à nu et une sensation de panique l'envahit, semblable à celle qui vous étreint dans un cauchemar où vous vous retrouvez dans le plus simple appareil au milieu d'une foule de gens habillés. Sa main agrippa le bras du fauteuil. Elle se leva.

— Je suis désolée, mais je dois partir. Mon mari ignore que je suis venue vous voir. Si vous pensez pouvoir faire quelque chose, vous le ferez, n'est-ce pas ?

Miss Silver se leva à son tour et demanda d'un ton calme et posé :

— Que puis-je faire, d'après vous ?

Katharine la regarda, surprise.

— Je... je ne sais pas. Essayer de découvrir si Emily Salt...

Miss Silver lui rendit un regard sévère.

— Vous aimeriez que je prouve que c'est elle qui a attenté à la vie de votre époux ? Étant donné que Miss Salt est une personne déséquilibrée qui aurait besoin d'être internée, elle serait le coupable idéal. Mais je ne peux vous garantir que cette solution soit la bonne. Je vous promets seulement de m'employer à faire apparaître la vérité. Sachez aussi qu'il est hors de question pour moi d'entreprendre une enquête dès lors que l'on me cache une partie des éléments. Est-ce clair ?

— Miss Silver...

L'expression de la détective s'adoucit.

— Mrs. Smith, je sais que vous pensez : « Pour quelle raison lui ferais-je confiance ? » A vous de décider, ma chère petite. Comme disait notre grand Lord Tennyson : « Faites-moi confiance en tout — ou bien en rien. »

— Miss Silver..., répéta Katharine, désolée.

Elle rencontra un sourire désarmant de bonté.

— C'est vrai, pourquoi me feriez-vous confiance ? Ne croyez pas que je cherche à tout prix à gagner vos confidences, mais comprenez que je ne puisse accepter des demi-vérités. Reconnaissez que vous ne m'avez pas tout dit. A mon avis, vous en savez bien plus sur votre mari que vous ne me l'avez avoué. Par exemple, vous dites qu'il n'a pas changé, que quiconque l'aurait connu avant le reconnaîtrait aisément aujourd'hui. Comment en êtes-vous si sûre ? A votre place, j'aurais demandé à Frank Abbott de chercher à se souvenir du nom de mon époux. J'aurais insisté pour qu'il allât trouver ses anciennes relations afin de réunir les preuves de l'identité perdue de William Smith. Apparemment, vous n'en ressentez pas le besoin. Pourquoi ? Parce que, selon moi, vous n'avez pas besoin de ces preuves. Vous savez très bien qui est votre mari. Cela dit, si vous avez besoin de mon assistance, revenez me voir. Je serais heureuse de pouvoir vous aider. Rentrez chez vous et réfléchissez...

21

Complètement abasourdie, Katharine rentra chez elle à pied, en se disant que la marche l'aiderait à réfléchir, mais le trouble de son esprit était trop grand. Ses pensées étaient submergées par des vagues de sensations qu'elle ne pouvait contrôler. Au bout du compte, elle en revenait toujours au point de départ : que faire ?

L'air était doux et humide — un de ces après-midi de janvier qui tournent au brouillard en fin de journée. Elle aurait aimé sentir sur son visage la morsure d'un froid piquant ou le souffle d'une bise glacée, qui l'auraient ragaillardie. Le temps était malheureusement bien trop doux. Si elle retournait chez Miss Silver, que ressortirait-il de l'entrevue ? Au pire, une publicité déshonorante pour la famille Eversley, que William pourrait peut-être difficilement lui pardonner plus tard. Cependant, elle ne pouvait prendre le risque de mettre la vie de son mari en danger.

En arrivant à l'appartement, elle trouva un mot à la place de celui qu'elle avait laissé : « Suis parti faire quelques révisions sur la voiture. Mr. Tattlecombe veut nous donner notre samedi après-midi. »

William rentra en fin d'après-midi. Il l'embrassa

tendrement, alla se laver les mains et revint s'attabler devant le goûter qu'elle avait préparé.

— Où es-tu allée ? demanda-t-il en plongeant sa cuillère dans le pot de confiture.

Katharine s'était déjà demandé ce qu'elle lui répondrait s'il lui posait la question. Mais elle n'eut même pas besoin de réfléchir. Elle ne pouvait se dérober, et encore moins lui mentir. La réponse lui vint naturellement.

— Je suis allée voir Miss Silver.

— Miss Silver ?

— L'amie de l'inspecteur Abbott. La détective dont il t'avait laissé l'adresse.

William étala une généreuse couche de confiture sur sa tartine.

— Ah ? Et pourquoi es-tu allée la voir ?

— A cause de tout ce qui t'est arrivé ces derniers temps.

— Oui, c'est bizarre, n'est-ce pas ? Mmm, cette confiture est délicieuse. Où l'as-tu trouvée ?

— C'est moi qui l'ai faite l'été dernier, à la campagne.

— Je me disais bien qu'elle n'avait pas le même goût que celle que l'on achète chez l'épicier. En voilà une chose bizarre...

Katharine eut un petit rire nerveux.

— Qu'est-ce que tu racontes ? Nous parlions de ma confiture et toi, tu...

— Justement ! L'année passée, tu faisais des confitures, et moi je ne savais pas que tu existais ! A l'époque nous ne savions ni l'un ni l'autre que nous la goûterions ensemble ! A propos, que faisais-tu à la campagne ?

— Je séjournais chez une tante, à Ledstow.

Il plissa les yeux.

— Suis-je censé savoir où se trouve cette charmante bourgade ?

— A une dizaine de kilomètres de Ledlington.

Il hocha la tête.

— Ledlington... J'y suis déjà allé pour du travail, seulement une journée. La place du vieux marché est très jolie. Quelle pitié qu'elle soit déparée par la statue en marbre de Sir Albert je-ne-sais-quoi ! A quoi ressemble cette Miss Silver ?

— On dirait une vieille préceptrice.

William lui tendit sa tasse de thé.

— C'était son ancien métier. Mais cela n'implique pas forcément qu'elle soit bonne détective.

Si elle n'avait pas relevé la remarque, Katharine serait peut-être parvenue à oublier les propos de Miss Silver. Mais elle ne put s'empêcher de répondre :

— Détrompe-toi. Elle est très impressionnante.

— Comment cela ?

— Elle écoute, elle comprend. Elle a tout de suite su que je ne lui disais pas tout ; pis, elle a deviné ce que je ne voulais pas lui dire.

— C'est sans doute parce que Abbott lui avait déjà raconté l'essentiel. Chérie, tu ne manges rien ! remarqua-t-il en remettant de la confiture sur sa tartine.

— Je n'ai pas faim. Non, l'inspecteur Abbott n'est pas au courant de ces choses-là.

— Allons, mange un petit peu...

Elle sourit.

— Merci, vraiment je n'ai pas faim.

— S'il ne lui a rien dit, comment peut-elle savoir ?

— C'est difficile à expliquer, c'est comme dans un puzzle. A partir de ce qu'on lui dit, elle rassemble les pièces pour constituer un ensemble cohérent.

William se coupa une nouvelle tranche de pain.

— Que lui as-tu dit, ou pas dit, et qu'en a-t-elle déduit ? Chérie, tu es toute pâle. Que se passe-t-il ?

— Rien. Miss Silver était au courant de ton agression ; Frank Abbott lui en avait fait part.

— Frank Abbott ? Tiens, elle l'appcllc par son prénom ?

— Je ne sais pas.

— Certainement, sinon tu ne t'en serais pas souvenue. Je me demande ce qu'il a bien pu lui raconter à mon sujet.

— Il pensait que ton cas l'intéresserait.

— Lui as-tu dit que j'avais été frappé dans le dos ?

— Oui. Je lui ai aussi parlé d'Emily Salt. Je pensais que peut-être elle pourrait chercher à savoir si celle-ci était vraiment folle et tenter de découvrir où se trouvait Emily le soir où quelqu'un t'a poussé sous un autobus.

Il secoua la tête.

— Cela ne servirait à rien. Emily aurait très bien pu sortir pour poster une lettre. Qu'en pense ta détective ?

Katharine rougit. Les propos de Miss Silver lui revenaient en mémoire : « Vous en savez beaucoup plus sur votre mari que vous ne voulez me l'avouer... Vous, vous n'avez pas perdu la mémoire... Rentrez chez vous et réfléchissez... » Justement, elle n'arrêtait pas de réfléchir. Elle pâlit de nouveau en répondant à la question.

— Elle prétend que je lui cache quelque chose et refuse d'entreprendre une enquête tant que je ne lui aurai pas tout raconté. Elle m'a conseillé de rentrer chez moi et de décider si je devais ou non lui confier l'affaire.

— Je suis curieux de savoir ce que tu lui as caché.

Elle lui lança un regard plein de détresse.

— Ce n'est pas facile. Je pensais qu'il était juste de lui parler d'Emily Salt. Mais j'ignore si d'autres...

— D'autres ? De quoi parles-tu ?

Elle rougit à nouveau.

— Je ne sais pas, moi ! Il se pourrait qu'il y ait quelqu'un...

— Qui chercherait à me supprimer ?

— Je préfère ne pas y penser.

— Pourquoi ? Je veux dire, pour quelle raison voudrait-on m'éliminer ? Ah ! j'y suis ! ajouta-t-il en riant, un amoureux transi qui chercherait à se débarrasser du mari gênant !

Mais il retrouva très vite son sérieux.

— Tout ceci est absurde, conclut-il en fronçant les sourcils.

— Oui, mais quelqu'un t'a poussé, murmura-t-elle.

Ils s'observèrent en silence, puis William reprit d'une voix lente :

— Chérie, un autre incident est encore survenu aujourd'hui. Je ne voulais pas t'en parler, mais tant pis. Tout à l'heure, en faisant la révision de la voiture, j'ai découvert que la roue avant droite avait du jeu. Les écrous avaient été desserrés.

— Desserrés ?

— Oui. Je les avais vérifiés la dernière fois avant de prendre la voiture. Donc quelqu'un les a desserrés entre-temps.

— William ! Mais c'est affreux !

— Ce n'est rien. Ne fais pas cette tête. Tout le monde se moque de moi parce que je suis toujours en train de m'occuper de mon vieux tacot. Les pièces sont si anciennes que je dois me montrer vigilant. Dans un sens, ce n'est pas plus mal, car cette roue nous aurait faussé compagnie avant l'heure. Nous l'avons échappé belle.

Il réfléchissait à haute voix, les sourcils froncés, les traits crispés.

— Quelqu'un est donc entré dans le garage. Bien sûr, c'est facile. La plupart du temps, il est ouvert parce que Harmann y range ses échelles. N'importe qui a pu se faufiler sans être vu.

— Crois-tu qu'Emily Salt saurait dévisser les écrous d'une roue ? demanda Katharine, que l'idée venait d'effleurer.

— A première vue, non.

— Mais elle aurait pu...

William éclata de rire.

— J'imagine qu'elle aurait peur de se faire mordre !

Il retrouva très vite son sérieux.

— Non, franchement, ce ne peut pas être Emily. Elle est au lit avec un gros rhume depuis que Mr. Tattlecombe a quitté la maison. Rappelle-toi, Abigail a téléphoné mardi pour dire qu'elle ne pouvait pas venir voir son frère parce que Emily avait une forte fièvre. Elle a même ajouté que c'était une bonne chose qu'il soit rentré chez lui — il aurait pu attraper ses microbes.

— Oui, je m'en souviens, dit Katharine en versant machinalement du thé dans sa tasse.

— Emily Salt n'est donc pas coupable, conclut pensivement William.

22

Le lendemain, Katharine alla frapper à la porte du salon de Mr. Tattlecombe.

— Entrez...

Elle le trouva assis dans son fauteuil favori, entouré d'un fouillis de papiers. Sa jambe malade recouverte d'un plaid reposait sur un tabouret. Il leva le nez de son grand livre de comptes.

— Oh, bonjour, Mrs. Smith. Que me vaut l'honneur de votre visite ?

— Je... j'aurais aimé vous parler...

Le voyant surpris, elle ajouta précipitamment :

— De William.

Là-dessus, allez savoir pourquoi, lui revinrent les phrases du Petit Chaperon Rouge :

« — Oh, grand-mère, comme vous avez de grands yeux !

« — C'est pour mieux te voir, mon enfant... »

Abel Tattlecombe avait de grands yeux bleus, ronds comme des billes.

— Je vous en prie, asseyez-vous. Quelque chose ne va pas, ma chère petite ?

— Je crois que quelqu'un veut le tuer.

— Mrs. Smith ! Comment pouvez-vous dire une chose pareille ! s'exclama-t-il, horrifié.

Il l'écouta attentivement, tandis qu'elle lui racontait les deux agressions dont William avait été victime et aussi le sabotage de la roue. Lorsqu'elle eut terminé, il n'avait plus l'air choqué.

— Naturellement, vous pensez à Emily Salt, déclara-t-il posément, et moi aussi. Mais, à ma connaissance, elle n'a encore jamais fait une chose pareille. Quant à la voiture, elle ne peut pas y avoir touché : en ce moment, elle est alitée. Sans compter qu'elle est incapable de distinguer l'avant de l'arrière.

— Est-elle vraiment malade? s'enquit Katharine d'un ton hésitant.

Abel hocha la tête.

— C'est ce que dit ma sœur, et je lui fais confiance. Emily ne pourrait pas l'abuser. Elle la connaît si bien, vous pensez, depuis trente ans qu'elles vivent ensemble! Comment fait-elle pour la supporter, ça, c'est une autre affaire! Abigail vient prendre le thé cet après-midi, si vous voulez, je pourrais lui en toucher deux mots.

— Ce serait très gentil à vous. C'est très sérieux, vous savez. En fait, j'étais venue vous demander si je pouvais prendre mon après-midi. Nous devons régler ce problème et je connais quelqu'un susceptible de nous aider.

— De quelle manière, Mrs. Smith?

Katharine fit de son mieux pour lui expliquer son entrevue avec Miss Silver. Elle ne sut pas si elle avait réussi à convaincre son interlocuteur, mais plus elle parlait, plus elle se rendait compte à quel point l'aide de la détective lui paraissait désormais indispensable.

Abel semblait dubitatif.

— Abby n'aimerait pas que la police intervienne dans cette affaire.

Katharine rougit.

— Miss Silver ne travaille pas pour la police. C'est un détective privé. Mais si quelqu'un a l'intention de commettre un crime, il est probable que la police finira par s'en mêler — si le meurtrier n'est pas arrêté à temps.

Abel Tattlecombe hocha la tête avec gravité. Si Emily commençait à faire des siennes, il était grand temps de mettre un terme à ses méfaits. Il avait toujours su qu'il fallait l'interner.

— Attendez, il y a un détail que vous n'avez pas mentionné, dit-il en fronçant les sourcils, et j'y pense souvent depuis que William s'est fait attaquer en sortant de chez ma sœur. Curieuse coïncidence, vous avouerez, ces deux agressions consécutives. Pour moi, un seul de nous deux était visé et aujourd'hui je crois pouvoir dire qu'il s'agissait de votre mari. La nuit, dans la rue, il était facile de nous confondre. Mais si ce soir-là j'ai été pris pour William, alors l'agresseur ne peut en aucun cas être Emily Salt.

— Pour quelle raison ?

Abel posa la main sur son genou valide.

— Parce que ce soir-là, Emily était à une réunion paroissiale. Au dire de tous, elle s'y est conduite bizarrement. D'ailleurs, ma sœur revenait régulièrement de ces soirées fort contrariée. Elle disait que si Emily l'accompagnait, la moindre des choses était de se comporter correctement et de ne pas rester là à regarder les gens comme si elle ne comprenait rien à ce qui se passait, pour soudain reprendre ses esprits et proférer des insanités. Ce soir-là, je n'avais jamais vu Aby aussi en colère. Elle était hors d'elle. Donc, il n'y a aucun doute, Emily était bien à la réunion ! Oh, je ne prétends pas qu'elle éprouve de l'affection pour moi, mais à mon avis, elle n'irait pas jusqu'à revenir à dix heures et demie du soir par un temps pluvieux pour chercher à m'assassiner. De plus, pour quel motif aurait-elle cherché à supprimer William ce jour-là ? Je n'ai parlé à ma sœur du changement des clauses de mon testament qu'à ma sortie de l'hôpital. Même si Emily n'était pas allée à la soirée paroissiale, elle n'avait aucune raison de commettre un tel acte. Quant à saboter la roue de la voiture... Elle n'entend rien à la mécanique. Même bien portante, je l'imagine mal les mains dans le cambouis en train de dévisser des boulons ! Elle n'est même pas capable d'utiliser la machine à coudre d'Abigail.

Il dévisagea Katharine de ses grands yeux bleus et conclut en hochant la tête :

— Vous voyez, il ne peut s'agir d'Emily.

La jeune femme attendit quelques instants avant de redemander si elle pouvait prendre son après-midi.

— Bien entendu. Mais je ne vois pas ce que cela pourra vous apporter. Puisque Emily n'est pas coupable...

— Ce pourrait être quelqu'un d'autre, observa Katharine d'une voix à peine audible.

Abel lui lança un regard aigu, tout en songeant qu'elle devait avoir sa petite idée sur la question.

— William aurait-il un rival jaloux ? La jalousie est un sentiment démoniaque ; elle conduit les hommes à ne plus savoir ce qu'ils font. Cruelle comme le tombeau, comme il est dit dans la Bible : « Le cœur de l'homme est fourbe et désespérément méchant. » Vous seriez surprise de savoir ce dont sont capables les gens jaloux... Allez voir cette détective — curieux métier pour une femme... enfin, de nos jours, il ne faut plus s'étonner de rien. Dans la mesure du possible, évitez de mêler la police à cette affaire. Je ne veux pas que ma sœur soit ennuyée, elle n'aimerait pas cela, d'autant que, je vous le répète, Emily n'y est pour rien.

23

Assise sur une chaise de noyer aux pieds galbés, Katharine rapporta à Miss Silver l'épisode de la roue desserrée, la maladie d'Emily Salt et son ignorance de la mécanique, puis lui répéta les observations d'Abel Tattlecombe sur son propre accident et la soirée paroissiale.

Lorsqu'elle eut terminé, elle observa son interlocutrice, qui portait la même robe vert foncé et le même jabot de tulle que lors de sa précédente visite ; cette fois elle avait épinglé une broche cerclée d'or massif contenant deux boucles de cheveux bruns et blonds tressées ensemble et protégées par un sous-verre, héritage de ses grands-parents, qui avaient ainsi transmis à leur descendance un souvenir immortel.

Le tricotage de la brassière bleu pâle avait considérablement avancé. Maud Silver considéra sa visiteuse par-dessus ses aiguilles et remarqua :

— Vous paraissez fort troublée, Mrs. Smith.

— Oui. Si mon mari avait pris sa voiture aujourd'hui, il aurait pu être tué.

Miss Silver ne fit aucun commentaire et continua à tricoter, non sans observer la jeune femme du coin de l'œil ; celle-ci était pâle et manifestement très tendue. Elle laissa le silence faire son œuvre, jusqu'à ce que Katharine le brisât.

— Vous m'aviez demandé de revenir vous voir lorsque j'aurais décidé de vous faire confiance. Voyez-vous, les choses ne sont pas si simples. Je pense que quelqu'un cherche à se débarrasser de mon mari. Selon moi, il était juste de vous demander de prouver qu'il s'agissait d'Emily Salt. C'est une femme très bizarre, que les dispositions testamentaires de Mr. Tattlecombe ont rendue furieuse ; or William a été agressé deux fois en quittant Selby Street. Mais apparemment, Miss Salt n'est pas responsable de l'accident de Mr. Tattlecombe, ni du sabotage de la roue. Comprenez-moi, si je porte des accusations à l'encontre d'autres personnes, vous allez apprendre certains détails que vous ne pourriez, à juste titre, garder pour vous. Voilà mon dilemme : je ne sais pas si j'ai ou non le droit de vous en parler. Si je vous dis la vérité, je ne pourrai plus me rétracter. De deux choses l'une : soit vous considérez que ce sont des inepties, soit, au contraire, vous les jugerez si graves que vous vous sentirez obligée d'en informer la police. J'ai tellement réfléchi au problème ces derniers jours que je ne sais plus que penser. Et j'ai très peur pour William. Vous aviez raison d'affirmer que je voulais qu'Emily Salt soit la coupable. Franchement, j'aurais préféré cette solution, car la pauvre femme n'a pas toute sa tête. Mais il ne paraît pas possible que ce soit elle.

Miss Silver inclina la tête.

— Vous vous êtes très clairement exprimée, Mrs. Smith.

Katharine reprit sa respiration.

— Pourtant, rien n'est clair pour moi. J'ai si peur pour mon mari. Et la peur vous empêche de réfléchir correctement.

Maud Silver toussota.

— En résumé, vous craignez que je ne fasse part de vos révélations à la police. Si tel était mon devoir, pourquoi ne serait-ce pas aussi le vôtre?

Katharine poussa un profond soupir.

— Vous avez sans doute raison...

— Sachez que je ne vous obligerai pas à aller répéter vos confidences à la police. Cependant cela vous aiderait à clarifier vos idées. Vous dites que la vie de votre mari est en danger?

Katharine frissonna.

— Oui, murmura-t-elle, avant d'ajouter : Je ne sais par où commencer.

La brassière bleu ciel allongeait rapidement.

— Le premier pas est toujours le plus difficile, fit la détective d'un ton encourageant. Il suffit de vous lancer, ensuite, vous verrez, tout ira bien.

— Oui... répéta Katharine, qui se tenait très droite, les mains croisées sur ses genoux. Je... je vais commencer par le 6 décembre, veille du jour de l'accident de Mr. Tattlecombe. Je vous ai déjà dit que mon mari dessinait des modèles de jouets. Si vous les voyiez, ils sont très beaux... Jusqu'à présent, ils sont fabriqués dans un atelier, au fond du magasin. Nous sommes quatre à nous en occuper : un homme âgé, un jeune garçon, William, et moi. Ces jouets gagneraient à être plus largement diffusés. Je suppose que vous n'avez jamais entendu parler de la société Eversley; c'est une grosse usine de transformation du bois, qui fabrique, entre autres, des jouets. William avait réussi à convaincre Mr. Tattlecombe de la nécessité de les contacter, en vue de leur proposer la fabrication de ses jouets, sous licence. Il a finalement obtenu un rendez-vous assez tardif, le 6 décembre, à six heures. Il a rencontré la secrétaire du principal associé, Miss Jones, qui travaille là depuis quinze ans; c'est une employée très compétente. Les deux associés se nomment Cyril et Brett Eversley. Ils sont cousins germains. Miss Jones est la secrétaire de Cyril Eversley. Je dirais qu'elle est plus au courant des affaires que lui. A la fin de l'entrevue, elle a fait savoir à William que la firme Eversley n'était pas intéressée par ses jouets, et le lui a confirmé par courrier la semaine suivante.

Katharine s'interrompit brusquement.

— Oui? fit Miss Silver d'un ton interrogateur.

La jeune femme prit une profonde inspiration.

— Je suis désolée, il m'est très difficile de continuer.

— Néanmoins, je vous prie d'essayer...

Katharine baissa la tête. Elle devait continuer, il le fallait absolument...

— En quittant les bureaux de la société, William a rencontré — ou plutôt a heurté — un homme qui entrait dans l'immeuble. Il ne le connaissait pas, mais je sais qu'il s'agissait de Mr. Davies, l'expert-comptable qui travaillait là depuis plus de trente ans. Lorsqu'il a vu William, il a failli s'évanouir; il s'est rattrapé à son bras pour ne pas tomber et a balbutié quelques mots. J'ignore ce qu'il a dit, car William ne s'en souvient plus. Toujours est-il qu'il est resté agrippé à lui jusqu'à ce qu'il retrouve son équilibre, puis il lui a demandé son nom et William a répondu : « William Smith, du bazar de jouets Tattlecombe, Ellery Street. » Mr. Davies s'est exclamé « Comment? » William a répété son nom. Il aurait voulu que ce vieil homme aille s'asseoir, mais celui-ci a refusé. Il ne voulait voir personne, il voulait s'en aller. Il a marché jusqu'à une cabine téléphonique d'où il m'a appelée.

Miss Silver toussota.

— Vous dites que Mr. Davies vous a téléphoné ?

— Oui. Je n'habitais pas encore l'appartement que j'occupe actuellement. J'étais chez moi.

Sa voix n'était plus qu'un murmure.

— Le téléphone a sonné. J'ai décroché et j'ai entendu la voix de Mr. Davies m'informant qu'il venait de voir William.

— Oui ?

Katharine regarda Miss Silver sans la voir. Elle se remémorait le salon éclairé par la faible lueur de l'abat-jour, et sa main posée sur le combiné du téléphone. Elle entendait encore la voix tremblante du comptable lui annoncer : « Je viens de voir Mr. William. »

Elle s'entendit répéter cette phrase d'une voix qui tremblait tout autant.

— Je lui ai dit : « Comment ? » Il m'a répondu : « J'ai pris William par le bras. C'était bien lui, je vous jure ! J'ai failli m'évanouir de surprise. Je me suis agrippé à lui, mais il ne m'a pas reconnu. » Il ne cessait de dire : « Il ne m'a pas reconnu... » Je lui ai demandé : « Vous ne vous sentez pas bien, Mr. Davies ? » Il m'a répondu : « Non. Quel choc, mon dieu ! Nous étions là, tous les deux, j'avais l'impression de voir un fantôme et, pourtant, son bras était bien vivant. Il a prétendu s'appeler William Smith, du bazar de jouets Tattlecombe, Ellery Street. Je ne peux pas l'avoir inventé, Miss Katharine, bazar de jouets Tattlecombe, Ellery Street ! Il ne me reconnaissait pas. Il voulait que j'entre dans l'immeuble, mais moi, je ne voulais voir personne ! Je ne songeais qu'à m'enfuir. J'ai marché, marché et puis j'ai pensé à vous téléphoner. »

Elle prit une longue inspiration.

— Je lui ai conseillé de rentrer chez lui pour se reposer.

Elle s'interrompit à nouveau. Miss Silver ne dit rien. Ses aiguilles voletaient au-dessus du lainage bleu pâle.

— J'ignore comment j'ai pu survivre jusqu'au lendemain matin, poursuivit Katharine. Je savais que je ne pouvais rien faire avant l'ouverture des magasins — je devais attendre. A neuf heures et demie, je suis arrivée dans Ellery Street. La vitrine du bazar était remplie de jouets en bois ; dès que je les ai vus, j'ai su que Mr. Davies ne s'était pas trompé. William avait toujours aimé dessiner des animaux bizarres. De part et d'autre de la boutique, il y avait une teinturerie et un magasin de nouveautés. La jeune employée de la teinturerie était inoccupée et paraissait s'ennuyer derrière son comptoir. Je suis entrée, prétextant l'envie de faire teindre un vêtement. Tout en jetant un coup d'œil aux modèles, je l'ai questionnée sur les jouets de la vitrine voisine. Très heureuse de bavarder, elle s'est mise à me raconter la vie de William : il était sorti amnésique d'un camp de prisonniers de guerre où il avait rencontré le petit-fils du vieux marchand de jouets ; celui-ci l'avait embauché et William avait réussi à redresser l'affaire qui périclitait. Mr. Tattlecombe lui en était très reconnaissant. Je lui ai demandé : « Pensez-vous qu'ils auraient du travail pour moi ? » « Tentez votre chance, m'a-t-elle répondu, je crois qu'ils sont à court de personnel. » Je suis rentrée chez moi, et j'ai dressé mon plan.

Miss Silver toussota.

— Puis-je savoir lequel ?

Katharine sourit — un petit sourire timide.

— J'ai téléphoné à une amie qui cherchait un appartement et je lui ai proposé le mien. Puis j'ai appelé une autre amie, Carol, qui partait à l'étranger, pour lui demander si elle pouvait me prêter le sien, en précisant que personne ne devait connaître mon nouveau domicile. Elle m'a simplement dit : « D'accord. » J'ai prévenu ma famille que j'avais loué mon appartement et que j'avais trouvé du travail — sans en donner l'adresse. Puis j'ai écrit à Mr. Davies — chez lui — en lui demandant de ne surtout pas parler aux Eversley de sa rencontre avec William. C'était mon problème ; je voulais le résoudre à ma façon. Dans l'après-midi, j'ai pris un taxi jusqu'à la gare Victoria, avec tous mes bagages ; j'ai attendu qu'il s'éloigne avant d'en héler un deuxième, qui m'a conduite chez Carol, dans Rasselas Mews. Ensuite, je suis allée directement au bazar de jouets. Hélas, il était fermé, comme toutes les autres boutiques d'Ellery Street. J'avais oublié que le jeudi, les magasins de banlieue ferment plus tôt que d'habitude. J'ai cru ne jamais avoir la patience d'attendre jusqu'au lendemain — mais que pouvais-je faire d'autre ? Je suis rentrée chez moi. La nuit m'a paru interminable. C'est ce soir-là que Mr. Tattlecombe a été renversé par une voiture, mais, bien sûr, je ne l'ai su que plus tard. Le magasin manquait donc sérieusement de personnel. Le lendemain matin, je me suis présentée au bazar pour demander s'ils avaient besoin d'une vendeuse. J'ai rencontré une certaine Miss Cole...

Elle se mit à rire.

— Tout de suite, elle m'a détestée. Cela sautait aux yeux ! Et puis...

Elle marqua une pause, puis reprit très émue :

— C'est alors que William est arrivé.

24

Il y eut un long silence.

Katharine se pencha en avant et poursuivit :

— Il ne m'a pas reconnue, mais il est tombé amoureux de moi. Il ne se souvenait pas de moi, mais gardait le souvenir de m'avoir aimée.

Miss Silver la regarda par-dessus son ouvrage et lui sourit — de ce sourire merveilleux qui avait su gagner tant de confidences et tant d'amitiés. La vieille préceptrice démodée disparut derrière la femme intelligente, compréhensive, compatissante et forte à la fois. Katharine eut l'impression de voir briller un rayon de soleil à travers un vitrail et sentit son angoisse la quitter. Elle n'avait plus besoin de se faire de souci ; dorénavant elle pouvait dire tout ce qui lui passait par la tête, elle était sûre d'être comprise. Rassérénée, elle put continuer son récit.

— Miss Cole était horrifiée que William m'ait engagée sur-le-champ. Elle a compris qu'il était amoureux de moi et m'a aussitôt classée dans la catégorie des femmes fatales ! J'ai commencé mon travail dès le lendemain. Je peignais les jouets avec William, dans l'atelier. Nous étions heureux...

— Je vous en prie, poursuivez...

— J'avais donné mon vrai nom, Katharine Eversley.

— Eversley ?

— Oui. Cyril et Brett sont... des cousins éloignés. Ce nom ne lui a rien dit ; ce qui s'est passé avant 1942 n'existe plus pour lui. Et pourtant, il est à nouveau tombé amoureux de moi.

Miss Silver la regarda bien en face.

— Pourquoi ne pas lui avoir dit la vérité ?

Le visage de la jeune femme s'empourpra.

— Comment aurais-je pu ? Il m'avait oubliée. Je ne pouvais pas lui dire : « Rappelle-toi, tu m'aimais... L'as-tu oublié ? » Lorsque je me suis rendu compte qu'il m'aimait à nouveau, j'ai cru qu'il se souviendrait de moi. Chaque fois qu'il m'embrassait, je pensais que la mémoire allait lui revenir. Puis, un jour, j'ai constaté que cela m'était devenu égal. L'important, c'était d'être ensemble, tous les deux, seuls. Car, voyez-vous, lorsque William saura qui il est, les complications et les soucis commenceront. Les gens qui le croient mort vont être très surpris et certains ne seront pas particulièrement enchantés de le savoir en vie.

Elle s'interrompit et lança à son interlocutrice un regard inquiet.

— J'ai... j'ai sans doute eu tort de vous dire cela. Je n'ai pas pu m'en empêcher. C'est curieux, parfois, les paroles dépassent la pensée. J'ai parlé sans réfléchir. Je n'aurais pas dû.

Un léger toussotement ponctua la fin de sa phrase.

— Vous pensiez à Mr. Cyril et à Mr. Brett Eversley ?

— Oui.

— Mrs. Smith, quel est le vrai nom de votre mari ?

La jeune femme eut de nouveau ce regard de biche aux abois. Sa rougeur s'accentua. Et pourtant elle n'hésita pas à répondre, avec simplicité :

— William Eversley. C'est le cousin germain de Cyril et de Brett.

Miss Silver sourit.

— C'est bien ce que je pensais. Continuez, je vous prie.

— Son père était l'aîné des trois frères qui ont monté la firme Eversley. C'était lui le partenaire principal et le moteur de l'entreprise; il possédait soixante pour cent des parts de l'affaire. Il ne s'est marié qu'à cinquante ans, ce qui explique pourquoi William est beaucoup plus jeune que ses cousins. Il est mort en 1938 — à l'époque, William avait vingt-trois ans et dirigeait l'usine depuis deux ans, en association avec ses cousins. William s'est engagé en 1939 et a été porté disparu en 1942. La firme a travaillé pour le gouvernement pendant la guerre et je pense qu'ils ont eu du mal à reprendre des activités normales après-guerre. Cyril n'est pas un homme d'affaires; c'est un dilettante, qui aime mener une vie paisible. Il peint assez joliment des aquarelles, collectionne des miniatures et des tabatières du XVIIIe siècle et s'adonne à la décoration intérieure. Sa maison d'Evendon est un petit bijou. Il m'a toujours donné l'impression que les affaires l'ennuyaient à mourir.

Elle marqua une pause, fronça les sourcils et poursuivit :

— Brett est complètement différent, plus jeune, plein de vitalité, charmant, séduisant; sa compagnie est très recherchée, il mène la grande vie, mais...

Elle eut un petit rire.

— Il s'imagine que le compte en banque de l'usine lui appartient et qu'il est inépuisable!

Miss Silver toussota.

— Vous êtes très douée pour les descriptions.

— Vous croyez? C'est parce que je les connais depuis toujours; mon père était un Eversley, lui aussi, un cousin assez éloigné. Mes parents ayant trouvé la mort dans un accident de chemin de fer quand j'étais bébé, ce sont ceux de William qui m'ont élevée. Nous avons deux ans de différence.

La détective se leva et se dirigea vers sa table de travail, un meuble massif recouvert de cuir, qui faisait penser à un bureau de ministre. D'un des tiroirs de gauche elle sortit un cahier de brouillon à la couverture bleue, le posa bien à plat sur le sous-main et se mit à écrire. Au bout d'un moment, elle leva les yeux vers sa visiteuse.

— Il est important de noter les faits tant qu'ils sont encore frais à l'esprit. Auriez-vous l'obligeance de me donner quelques renseignements au sujet de Miss Jones ?

Elle inscrivit sur son cahier : « Miss Jones — secrétaire depuis quinze ans à la firme Eversley — efficace — a rencontré William Smith le 6 décembre », puis relut ses notes à voix haute et demanda à Katharine :

— Aimeriez-vous ajouter quelque chose ?

Katharine l'avait rejointe à sa table. Elle s'y appuya légèrement et répondit, un peu gênée :

— Vous me demandez si j'aimerais ajouter quelque chose ? Oui. Disons que je n'ai jamais beaucoup apprécié cette femme, mais il est facile de dire du mal des gens que l'on n'aime pas.

— Je vous en prie, asseyez-vous, Mrs. Eversley, fit la détective en lui désignant une chaise avec son crayon, puis, tandis que Katharine prenait place sur le siège que tant de clients avaient occupé avant elle, elle reprit : Pourquoi n'aimez-vous pas Miss Jones ?

La jeune femme répondit avec humour :

— Je vous assure qu'elle me le rend bien ! J'essaierai tout de même de vous la décrire le plus honnêtement possible. Je ne connais pas son âge exact ; mais elle fait très jeune et elle est très séduisante. C'est la secrétaire particulière de Cyril et elle le tient sous sa coupe. Contrairement à lui, elle est très efficace ; les comptes de la société n'ont aucun secret pour elle, ce qui lui confère un grand pouvoir. Brett n'y voit pas d'inconvénient. Résultat, on a l'impression que c'est elle qui dirige la firme Eversley. C'est assez agaçant... Il faut bien avouer que si quelqu'un vous irrite, il est difficile de le juger de façon impartiale.

— Miss Jones vous irrite ?

Katharine hocha la tête.

— Énormément. Elle m'a toujours traitée comme si j'étais une idiote, si vous voyez ce que je veux dire... Cela n'encourage pas les relations amicales.

Miss Silver toussota.

— Quels rapports entretient-elle avec vos cousins ?

Katharine leva la main et la laissa retomber.

— Je ne sais pas exactement. Il y a un an ou deux, le bruit a couru qu'elle avait une liaison avec Brett. Ils sortaient souvent ensemble. Un jour, je les ai rencontrés dans un relais de campagne. C'est stupide, ce genre de chose finit toujours par se savoir. Mais je suppose qu'il n'y a jamais rien eu de vraiment sérieux entre eux. Et puis, Brett est célibataire. Sa vie privée ne regarde personne. Quant à Cyril, sa femme est décédée il y a cinq ans. Sa fille s'est mariée l'an passé ; Cyril n'est pas le genre d'homme à courir le guilledou, mais il dépend tellement de Miss Jones...

— Pouvez-vous me donner son prénom ?

— Mavis.

Miss Silver inscrivit : « Mavis », puis demanda :

— En quoi la réapparition de votre époux dérangerait-elle vos cousins ?

— William a hérité des soixante pour cent de parts de son père. C'est donc lui le principal actionnaire de la société.

— Que sont devenues ces parts à l'annonce de sa disparition ?

— La moitié a été divisée entre Cyril et Brett, l'autre moitié m'est revenue en fidéicommis. Il y avait aussi des actions de l'État.

— Qui étaient vos curateurs ?

— Cyril, Brett et l'amiral Bunny Holden, un vieil ami de la famille.

— Avez-vous régulièrement reçu vos dividendes ?

— Oui, jusqu'à cet automne. Puis un jour les paiements ont cessé et je me suis retrouvée à court d'argent. L'amiral Holden était gravement malade depuis deux ans. Tout le monde pensait qu'il ne guérirait pas, mais, par miracle, il a survécu et maintenant il se porte comme un charme. Lorsque j'ai appris la nouvelle, je lui ai écrit, pour lui faire part de mes problèmes. Il y a une dizaine de jours, il est venu — en toute innocence — à Londres pour rencontrer les Eversley. Curieuse coïncidence, la totalité de mes dividendes m'a été aussitôt versée ! Cyril m'avait écrit pour m'inviter à déjeuner à son club avec Brett et Bunny. Le repas s'est bien passé. Ces messieurs étaient charmants. Ensuite, Bunny m'a raccompagnée jusqu'au métro en taxi et il m'a expliqué que la société avait souffert de quelques malversations comptables, mais que tout était arrangé. Il avait cru comprendre que Mr. Davies avait semé la pagaille dans les livres et qu'à sa mort la comptabilité de la société laissait à désirer.

Miss Silver toussota.

— Vous parlez de ce vieux monsieur que votre époux a rencontré le 6 décembre lors de sa visite à la firme Eversley ?

— Oui. L'annonce de son décès m'a bouleversée. Il n'avait pas répondu à la lettre dans laquelle je le priais de ne parler à personne de sa rencontre avec William. Vous comprenez, je ne voulais pas que l'on sache où j'habitais ni où je travaillais. En fait, Mr. Davies n'a jamais reçu cette lettre.

Miss Silver l'observa attentivement.

— Comment le savez-vous, Mrs. Eversley ?

— Elle a dû arriver chez lui le 7 décembre, au dernier courrier. Je regrette de ne pas lui avoir dit au téléphone de ne parler à personne, mais, sous le choc, je n'y ai pas songé. Je ne pensais qu'à William.

— Quand Mr. Davies est-il mort ?

— Le 7 décembre, justement. Bunny ne connaissait pas la date exacte ; mais dès qu'il m'a appris la nouvelle, j'ai téléphoné au bureau. C'est Miss Jones qui m'a répondu et qui m'a confirmé le décès de Mr. Davies. Elle paraissait peu disposée à me donner des détails, mais je l'ai pressée de questions. Je voulais savoir la date et les circonstances de ce décès. Lorsqu'elle a compris que je ne raccrocherais pas avant d'avoir obtenu les renseignements que je désirais, elle est allée jeter un coup d'œil aux livres de comptes. Mr. Davies est bien venu travailler le 7 décembre ; le soir, en rentrant chez lui, il a été renversé par une voiture. Il est mort à l'hôpital, sans avoir repris connaissance.

— Mon dieu ! Le pauvre homme...

— Miss Silver, reprit Katharine en se penchant brusquement en avant, cette série d'accidents n'est pas fortuite ! Le 6 décembre, mon mari se rend à la firme Eversley ; Mr. Davies le reconnaît. Le 7 au matin, ce dernier arrive normalement à son travail — nul ne sait s'il a parlé de sa rencontre à quelqu'un... toujours est-il qu'il est victime d'un accident de la circulation le soir en rentrant chez lui. Le même jour, Mr. Tattlecombe se fait agresser devant son magasin, par quelqu'un qui a pu le prendre pour William. Par la suite, William est attaqué deux fois, et, aujourd'hui, on sabote sa voiture. Je ne peux plus croire à des coïncidences.

Miss Silver toussota.

— Vous avez parfaitement résumé la situation. Mais on ne peut parler d'accidents en ce qui concerne votre mari. Voulez-vous un conseil ?

— C'est pour cela que je suis ici.

— Rentrez chez vous, fit la détective avec gravité, et racontez-lui tout ce que vous venez de me dire.

Katharine retint son souffle.

— Oui, je sais que je dois le faire, mais je voulais attendre encore un peu. Je pensais, enfin, j'espérais le voir recouvrer la mémoire.

— Depuis combien de temps êtes-vous mariés ?

Une vive rougeur monta aux joues de la jeune femme.

— Depuis samedi...

Maud Silver l'interrompit d'un geste.

— Non, je ne faisais pas allusion à cette cérémonie. Si je ne me trompe, vous avez épousé William Eversley en 1939.

— C'est vrai. Nous nous sommes mariés en juillet 39. Nous avons passé un mois ensemble, puis la guerre a éclaté. Nous nous sommes revus à l'occasion d'une ou deux permissions ; ensuite je n'ai plus eu de nouvelles. William a été porté disparu en 1942. Comment avez-vous deviné ?

Miss Silver sourit.

— A un certain nombre de petits indices... La jeune fille en robe lamée dont se souvient si bien Frank Abbott, c'était vous, n'est-ce pas ?

— Oui. Nous nous étions fiancés ce jour-là.

— Une cousine de Frank assistait à la réception, en compagnie de son fiancé. Une certaine Mildred Abbott, aujourd'hui Mrs. Darcy. Elle revient d'un long séjour en Orient. Elle se souvient de vous et de votre mari, que tout le monde surnommait Bill, mais elle a oublié votre nom de famille. Par ailleurs, l'une de ses tantes lui avait écrit pour lui dire qu'elle avait assisté à votre mariage et qu'elle vous avait offert un service à thé.

Katharine hocha la tête.

— Mrs. Willoughby Abbott... Le service était très joli, en effet. C'est vrai, tout ce monde-là appelait William par son surnom. Moi, je ne l'ai jamais fait.

— Lorsque vous m'avez parlé de Frank Abbott, je me suis dit que vous aviez dû avoir entendu parler de lui par des amis communs.

— Oui, cela m'a échappé. A vrai dire, je ne l'ai jamais rencontré, mais je connaissais beaucoup de ses relations. On le taquinait souvent parce qu'il était entré dans la police. Le bruit courait même que sa grand-mère, Lady Evelyn Abbott, l'avait déshérité, mais c'était une plaisanterie. Miss Silver, vous qui me conseillez de tout dire à mon mari, imaginez-vous les difficultés qui ne manqueront pas de surgir si nos cousins — par intérêt financier — affirment ne pas le reconnaître ? Les connaissant, ils en sont capables...

Maud Silver toussota.

— De ce point de vue, votre remariage a été une imprudence.

Katharine eut un petit rire nerveux.

— William n'aurait pas eu l'impression d'être marié ! Et pensez à la réaction de Mr. Tattlecombe. Il aurait été affreusement choqué.

— Je comprends fort bien votre point de vue, répondit gravement la détective. Mais vous avez pris là une grande responsabilité, Mrs. Eversley. Ce fut d'ailleurs cette rapidité à prendre la décision de venir me voir à sa place qui m'a convaincue que vous étiez mariés depuis longtemps.

— Je pensais que cette cérémonie l'aiderait à se souvenir de notre précédent mariage. Si seulement la mémoire lui revenait !... Il me reste encore un dernier espoir : William fait toujours le même rêve, depuis plusieurs années. Il rêve qu'il marche dans les rues d'un village. Il arrive devant un perron, gravit trois marches, pousse une porte en chêne et entre dans un vestibule couvert de boiseries. Sur la droite, il y a un escalier dont la colonne centrale est sculptée ; on y voit les symboles des quatre évangélistes, en bas, un lion et un taureau, en haut un aigle et un ange. Je pensais que peut-être, si je l'emmenais dans cette maison, la mémoire lui reviendrait...

— Cet endroit existe donc réellement ? Votre mari le connaît-il ?

— Bien entendu. Cedar House appartenait à sa grand-mère. Nous y allions souvent, étant enfants. Celle-ci la lui a laissée en héritage et, à son tour, William me l'a léguée. Elle se trouve à Ledstow, non loin de Ledlington. Nous y avons passé notre première lune de miel. Mr. Tattlecombe nous ayant accordé notre samedi après-midi, j'aimerais y emmener William en week-end, pour voir sa réaction.

Elle s'interrompit, les yeux brillants.

— Je veux saisir cette chance, comprenez-vous ? William ne ferait pas ce rêve si cette maison n'avait pas une très grande importance pour lui. On dirait que c'est le seul souvenir auquel il se raccroche. J'ai le pressentiment que, là-bas, la mémoire pourrait lui revenir.

— C'est possible. Les cas d'amnésie sont très étranges. Parfois un choc physique ou mental peut vous aider à retrouver cette faculté de mémoire. A mon avis, le projet vaut la peine d'être tenté. Mais ne soyez pas trop déçue s'il échoue. Dans ce cas, il faudrait lui dire la vérité, sans perdre de temps. Votre époux est en droit de faire lui-même ses propres choix, sa famille étant impliquée dans ses affaires. Vous ne pouvez pas continuer à prendre seule toutes les décisions.

— Non, c'est vrai.

La jeune femme poussa un profond soupir qui se mua bientôt en petit rire.

— De toute façon, je n'ai guère le choix ! Tout le monde le reconnaîtra, à Ledstow... Dès l'instant où Mrs. Perkins aura posé les yeux sur lui, le mythe William Smith partira en fumée. Mrs. Perkins habite la maison voisine. Elle vient s'occuper du ménage et de la cuisine quand je suis là ; elle connaît William depuis sa plus tendre enfance. Vous avez raison, il a le droit de savoir la vérité, mais j'aurais préféré ne pas avoir à la lui dire.

Miss Silver eut une toux brève.

— En attendant, il devrait aller sans délai informer la police que la roue de sa voiture a été desserrée. Les policiers mèneront une enquête de routine ; il est possible que l'auteur de ce forfait ait été aperçu par des voisins. Décrivez-moi la rue où est situé le garage.

— Ce n'est pas à proprement parler un garage, mais plutôt un abri où un maçon du quartier entrepose son matériel, en particulier des échelles. Quant à la rue, c'est une venelle étroite qui longe les arrière-cours des maisons qui donnent sur Ellery Street.

Miss Silver parut très attentive.

— Ce n'est donc pas le genre d'endroit que fréquenterait quelqu'un qui ne connaîtrait pas le quartier. La personne en question a pu attirer l'attention du voisinage. Quoi qu'il en soit, votre mari doit avertir la police. Par ailleurs, je vous demande la permission de parler de tout ceci avec Frank Abbott.

— Oh non !

Miss Silver agita son crayon de manière encourageante.

— Réfléchissez bien, Mrs. Eversley. On vient d'attenter trois fois à la vie de votre époux, sans compter l'agression dont a été victime Mr. Tattlecombe et la mort accidentelle de Mr. Davies, le lendemain du jour où il a reconnu William Eversley. On ne peut encore déterminer précisément d'où viennent ces attaques. En changeant d'adresse, vous avez sans doute momentanément brouillé les pistes menant à votre mari, mais vous devez comprendre que quiconque s'intéressant de près à son identité ne restera pas longtemps dans l'ignorance du rôle que vous avez choisi de jouer. Dès que l'on apprendra que vous êtes mariés, la ou les personnes qui souhaitent sa disparition comprendront qu'il ne leur reste que peu de temps pour agir. Ces gens doivent se douter que vous ne resterez pas silencieuse ; dès que William Smith redeviendra officiellement William Eversley, ils ne pourront plus espérer agir dans l'ombre. L'attention sera appelée sur tous ceux qui ont intérêt à l'empêcher de faire valoir ses droits. Ne comprenez-vous pas qu'il leur sera d'autant plus difficile d'attenter à sa vie qu'il réclamera plus vite ce qui lui est dû ? Un banal accident de la circulation survenant à William Smith pourrait très bien passer inaperçu ; tandis que le décès subit de William Eversley — sachant que sa récente réapparition dans le monde des vivants avait causé bon nombre de soucis financiers à son entourage — ne manquerait pas d'attirer l'attention des enquêteurs.

— C'est vrai, reconnut Katharine.

A la façon dont la détective reposa son crayon, la jeune femme devina que l'entretien était sur le point de se terminer.

— En conclusion, je dirai que vous avez raison de quitter Londres pour le week-end. Surtout, ne dites à personne où vous allez. Pendant ce temps, j'examinerai les différents éléments de l'affaire avec l'inspecteur Abbott. En aucun cas, je ne prendrai seule la responsabilité de l'enquête. Soyez assurée qu'aucune opération ne sera entreprise sans votre autorisation commune. Si Frank Abbott est d'accord avec moi, nous contacterons l'inspecteur principal Lamb, un officier de police sur qui l'on peut compter. Il a une grande expérience de ce genre d'affaire ; n'ayez crainte, il n'entamera aucune action hâtive. D'ailleurs, l'enquête de routine peut apporter une piste intéressante. Me donnez-vous carte blanche ?

Katharine la regarda en silence pendant de longues secondes, puis finit par murmurer :

— Oui.

25

Le temps était gris lorsqu'ils quittèrent Londres le samedi en fin d'après-midi. William avait ramené la voiture devant chez eux et avait passé plus d'une heure à la réviser, si bien que Katharine n'eut pas besoin d'inventer des excuses pour partir en retard. En effet, elle ne tenait pas à arriver à Ledstow en plein jour. A l'heure où ils quittèrent Rasselas Mews, il aurait fallu un miracle pour arriver à Cedar House avant la nuit. Ils bavardèrent jusqu'à ce qu'ils aient dépassé les limites de la grande banlieue londonienne.

William, ayant finalement suivi les conseils de Miss Silver, s'était auparavant rendu au commissariat de police pour faire sa déposition, avant d'aller chercher la voiture. Il raconta à Katharine son entrevue avec un imposant inspecteur de police.

— Devant lui j'avais l'impression d'avoir dix ans ! conclut-il, avant de dévier soudainement la conversation. Je me demande ce que je faisais quand j'avais dix ans... On se dit que l'on va s'accoutumer à ne plus avoir de souvenirs, mais en fait on ne s'y habitue jamais. Je crois me précipiter vers une fenêtre ouverte et, en réalité, je me cogne contre un mur blanc. Chaque fois, j'ai l'impression que je vais me fracasser le crâne.

— C'est affreux, murmura Katharine.

Il hocha la tête, puis reprit, au bout d'un moment :

— Logiquement, cela devrait avoir moins d'importance, puisque nous sommes mariés maintenant. Eh bien vois-tu, c'est encore pire. Tu dois me trouver stupide, non ?

— Pas du tout. Est-ce à cause de moi que tu te fais tant de souci ?

— Oui. C'est extraordinaire, tu devines tout ! Si nous avions des enfants, je me ferais également du souci pour eux.

— Rassure-toi. La mémoire te reviendra un jour.

Il la regarda de côté. Katharine lut le trouble dans ses yeux.

— Des souvenirs, oui, mais lesquels ? Parfois je me dis que je n'aurais pas dû t'épouser...

Elle posa la main sur son genou.

— Mon chéri, ne sois pas ridicule. Bientôt, tu retrouveras la mémoire et tu n'auras plus de raisons de te tourmenter.

Ils roulaient à présent en rase campagne. La circulation s'était raréfiée. Plus tard, Katharine se remémora cet étrange voyage, l'air doux et humide, les nuages bas, le paysage uniformément gris qui évoquait une gravure à la pointe sèche : les arbres dénudés, les haies chargées de gouttelettes d'eau semblables à des perles de cristal, une rivière à la surface argentée striée de minces filets couleur de plomb et les volutes de brume qui montaient des champs.

— Le brouillard ne tombera qu'avec la nuit, remarqua William, laconique.

Ensuite, ils n'échangèrent plus une parole. Ils avaient la singulière sensation d'être coupés du reste du monde. Les formes du paysage commençaient à s'estomper, les distances n'existaient plus. L'humidité de l'air se transforma en givre sur le pare-brise et William dut actionner les essuie-glaces. La route, que Katharine connaissait si bien, prenait des allures fantomatiques, irréelles. Elle avait cessé de penser à ce qu'elle allait dire ou faire. C'était inutile. Cette route les amenait à leur maison. Une fois sur place, elle improviserait.

Ses souvenirs la ramenèrent à juillet 1939. La menace de guerre était sur toutes les lèvres. Ils étaient venus en voiture à Cedar House, juste après leur mariage, par une belle journée de juillet. A l'horizon, le soleil se couchait sur les champs de blé mûr. Un verset de l'Apocalypse lui revint en mémoire : « Lance ta faucille et moissonne, car la moisson de la terre est mûre. » La moisson avait été amère et sanglante; tourments de l'amour, douleur de la séparation, lent supplice de l'espoir qui s'éteint... Dix ans plus tard, par un après-midi de janvier baigné de brume, ils roulaient sur cette même route qui menait à la vieille maison.

Ils atteignirent Ledlington aux dernières lueurs du crépuscule. Dans les rues, les réverbères étaient déjà allumés. William traversa le bourg de part en part sans l'ombre d'une hésitation; lorsqu'ils eurent dépassé les nouvelles constructions disséminées à la sortie de la ville, il prit la direction de Ledstow, sans que Katharine ait eu besoin de lui rappeler le chemin. Après avoir parcouru une dizaine de kilomètres sur une route déserte, il ralentit, entra dans le village et stoppa son véhicule devant une maison située au milieu de la grand-rue. Les particules de brouillard dansaient devant les phares comme des grains de poussière dans un rayon de soleil.

— Nous sommes arrivés, murmura Katharine.

Sans répondre, William sortit de la voiture et alla

ouvrir sa portière. Il passa un bras autour de ses épaules en lui disant :

— Je vais garer la voiture. Je n'en ai pas pour longtemps.

Katharine crut que son cœur s'arrêtait de battre. Elle se souvint de cette soirée de juillet : les confettis sur son chapeau, les rayons obliques du soleil couchant qui faisaient étinceler les chromes du cabriolet tout neuf, William ouvrant la portière et passant ses bras autour de ses épaules en disant : « Je vais garer la voiture. Je n'en ai pas pour longtemps. »

Les portes du garage, situé de l'autre côté de la rue, étaient ouvertes, prêtes à accueillir non pas une Alvis flambant neuve, mais la vieille guimbarde rafistolée avec amour. Katharine sourit dans la pénombre, et retint pendant quelques secondes le bras qui l'enlaçait, avant de gravir les trois marches du perron. Elle vit William remonter dans la voiture et faire demi-tour vers le garage, comme il l'avait fait si souvent.

Elle souleva le loquet de la porte et pénétra dans la maison. Toutes les lumières du vestibule étaient allumées. Elle les éteignit une à une, pour n'en laisser qu'une seule. Puis elle se dirigea vers la porte du fond et emprunta le couloir dallé qui menait à la cuisine.

Mrs. Perkins, une dame corpulente aux joues roses, vêtue d'une robe bleue et d'un tablier blanc était debout devant ses fourneaux. Elle se retourna en entendant du bruit.

— Oh, Miss Kathy ! Quelle bonne surprise ! Je ne vous ai pas entendue arriver !

Katharine l'embrassa et retint un instant ses mains entre les siennes.

— Perky chérie, j'ai une grande surprise pour

vous. Et je n'ai que trente secondes pour vous l'annoncer. Mais d'abord, promettez-moi de ne pas vous évanouir.

Mrs. Perkins émit un petit gloussement.

— Moi ? M'évanouir ? Allons donc ! Avec mon poids... Qui aurait la force de me ramasser ?

Puis sa voix changea du tout au tout pour demander :

— Miss Kathy, ce n'est pas grave, j'espère ?

Katharine dit :

— William...

— Oh, mon dieu ! Vous avez... des nouvelles ?

La jeune femme hocha la tête. Elle qui n'avait pas pleuré en lisant le télégramme lui annonçant la disparition de son mari sentit les larmes lui picoter les yeux et rouler sur ses joues. Elle en goûta le sel sur ses lèvres qui s'entrouvrirent pour balbutier :

— Perky... Il est revenu.

26

Katharine retourna dans le vestibule et posa son manteau de fourrure sur une chaise laquée de noir et d'or, placée sous le portrait de l'arrière-grand-oncle Ambrose Talbot vêtu de l'uniforme qu'il portait à Waterloo : haut-de-chausse blanc très ajusté, veste écarlate, jabot montant. Le jeune Ambrose avait à peine dix-huit ans, un visage blondinet, presque féminin, lorsqu'il avait posé pour le peintre, à une époque où Napoléon, déporté à Sainte-Hélène, avait déjà disparu de la scène politique.

La maison appartenait à la lignée des Talbot depuis que William Talbot avait fait construire cette gentilhommière, quatre siècles plus tôt. Le grand cèdre qu'il avait planté au bout de la pelouse, ainsi que les lambris de la même essence — réputée éloigner les mites — lui avaient donné son nom, Cedar House. Jusqu'à ce jour, le bois de cèdre continuait à distiller son odeur suave dans chaque recoin de la maison.

La grand-mère de William était la dernière héritière de cette longue lignée. Lui-même portait le nom de son fondateur : William Talbot Eversley. La maison, avec ses portraits et ses souvenirs, était la sienne. Des portraits, il y en avait partout : celui d'un juge en robe écarlate, coiffé d'une perruque georgienne ; un autre, représentant un amiral au visage buriné, les cheveux ramenés en natte, tenant dans sa main une lunette d'approche, qui regardait la ligne d'horizon avec les mêmes yeux que ceux de William ; celui d'une jeune fille en robe rose qui s'appelait Amanda Talbot et qui avait épousé, après une fuite romantique et rocambolesque, un ténébreux jacobite écossais, avec lequel elle avait vécu en exil à partir de 1745. Elle avait de beaux yeux malicieux et un sourire très doux. Son portrait était accroché au-dessus de la cheminée, dans laquelle brûlait un feu de bûches.

Katharine s'installa devant l'âtre et attendit. La porte n'était pas fermée à clé. D'un moment à l'autre, elle allait s'ouvrir. Le décor était paisible et familier — d'un côté, l'escalier sculpté et la porte qui donnait sur la salle à manger, de l'autre le grand salon, dont les lambris étaient peints dans les tons ivoire et dans lequel se trouvaient les vitrines qui dataient de l'époque d'Amanda, où leur grand-mère rangeait les porcelaines qu'elle aimait tant leur montrer.

Katharine sentit les battements de son cœur s'accélérer, puis s'apaiser. Il n'y avait pas lieu de s'inquiéter. William rentrait chez lui.

La porte s'ouvrit enfin. Elle alla à sa rencontre. William la prit dans ses bras et la tint contre lui en silence. Ce fut un de ces moments précieux qu'aucun mot ne peut décrire. Lorsqu'il releva la tête pour prendre la parole, elle eut l'impression d'émerger d'un rêve. Une partie d'eux-mêmes alla rejoindre tous les ancêtres de Cedar House. Il murmura son nom, puis ajouta :

— Quelle excellente idée nous avons eue de

venir ici ! J'ai toujours eu l'impression d'y être chez moi.

La tenant toujours enlacée, il regarda par-dessus son épaule les bûches incandescentes qui rougeoyaient dans l'âtre.

— Comme c'est bon ! dit-il avec un petit rire. Mais quel froid ! On ne se croirait pas au mois de juillet !

Katharine se dégagea doucement de son étreinte, afin qu'il ne la sentît pas trembler. Il était cinq heures et demie et déjà la nuit tombait. Or William se croyait en été, alors qu'il venait de conduire dans la brume et le froid. Elle retint son souffle et attendit.

— Sapristi, je meurs de faim ! s'exclama-t-il joyeusement. J'espère que Perky nous a gardé quelque chose à grignoter. Il n'est pas trop tard, n'est-ce pas ?

Il jeta un coup d'œil à sa montre et plissa le front.

— Tiens, elle marque six heures moins vingt. Elle doit être arrêtée. A mon avis, il est plus de dix heures.

— Pourquoi ?

— Regarde dehors, il fait noir comme dans un four. Nous en avons mis un temps pour arriver !

Il parut réfléchir longuement, les sourcils froncés, puis se détendit.

— Enfin, ce n'est pas grave, du moment que nous sommes là. Peux-tu demander à Perky de nous mijoter quelque chose ? Pendant ce temps, je vais monter les valises et faire un brin de toilette.

Katharine se rendit à la cuisine où elle trouva Miss Perkins en train de remplir la bouilloire, penchée au-dessus de l'évier. Katharine s'aperçut qu'elle pleurait.

— Perky, voyons, il ne faut pas pleurer...

— Oh, Miss Kathy, c'est parce que je suis contente !

Elle posa la bouilloire et tendit les mains en avant. Katharine les prit et les serra très fort dans les siennes.

— Perky, écoutez-moi : je vous ai dit qu'il ne se souvenait de rien avant 1942. Mais il me semble que la mémoire est en train de lui revenir. Curieusement, il se croit au mois de juillet. Il pense que nous sommes venus passer notre lune de miel ici et qu'il est dix heures du soir parce qu'il fait nuit dehors. Perky, il faut m'aider.

La cuisinière ouvrit de grands yeux.

— Que puis-je faire, ma chère petite ?

— Il dit qu'il a faim ! fit Katharine en riant. Et il demande ce que vous pouvez nous préparer pour souper.

Le visage de Mrs. Perkins s'éclaira.

— Alors ça, c'est mon affaire ! La soupe est prête, il n'y a qu'à la réchauffer. Le pâté en croûte est froid, mais je peux le passer au four. Comment le préfère-t-il ?

— Nous lui demanderons.

— Et en dessert, j'ai fait une crème au chocolat, celle que vous préférez, Miss Kathy.

— Fantastique !

A ce moment, William entra, embrassa Mrs. Perkins et alla directement s'asseoir sur un coin de la table de la cuisine, manie qui lui avait toujours attiré des réprimandes, depuis sa tendre enfance.

— Perky, vous avez invoqué le mauvais temps pour notre arrivée ! s'exclama-t-il en riant. En conduisant, je ne voyais pas plus loin que le bout de mon nez. Katharine ne pouvait même pas voir son anneau. A propos, vous l'a-t-elle montré ? Elle est très fière d'être une femme mariée, vous savez.

Il prit la main gauche de la jeune femme et la leva en l'air.

— Regardez comme il est beau ! Et quel joli nom : Mrs. William Eversley ! Perky chérie, je sais que ce n'est guère romantique, mais nous sommes littéralement morts de faim ! D'ailleurs je n'arrive pas à comprendre pourquoi nous avons mis tant de temps pour arriver. « MORT DE FAIM LE JOUR DE SES NOCES » sera mon épitaphe si je ne me sustente pas rapidement !

Miss Perkins vint généreusement à son secours.

— Dans ce cas, Mr. William, descendez immédiatement de cette table et quittez ma cuisine, sinon vous n'aurez rien à manger.

Ce fut une étrange fin de journée. En attendant le dîner, les jeunes époux s'enfermèrent dans le grand salon. Ils y retrouvèrent leurs jeux amoureux d'antan, ceux d'une époque où la vie était pour eux une aventure pleine de gaieté et d'insouciance. Soudain William se tut et se leva, le front soucieux. Il traversa la pièce et s'arrêta devant les tentures d'un gris-vert un peu passé qui masquaient la porte et les deux fenêtres qui donnaient sur le jardin. Il ouvrit les croisées et regarda dehors. Katharine eut l'impression que la nuit entrait dans la pièce. Elle était certaine que William ne pouvait absolument rien distinguer du paysage, mais peut-être celui-ci était-il resté définitivement gravé dans sa mémoire, depuis l'enfance. Debout derrière lui, elle s'imaginait aussi la petite terrasse aménagée à la française avec ses jarres de pierre qui, l'été, débordaient de fleurs, la haie de lavandin, le buisson de myrte, et le grand cèdre, dressé tout au bout de la pelouse d'un vert velouté.

William se retourna brusquement pour lui dire :

— Tout a l'air normal. Le cèdre n'a pas été bombardé ?

Bouleversée, Katharine s'obligea à répondre d'un ton rassurant :

— Non, non, il va bien. Tu le verras demain.

William parut encore plus désorienté.

— Je verrai quoi ?

— Le grand cèdre. Tu viens de me demander s'il allait bien.

— Moi, j'ai dit cela ? C'est ridicule ! s'étonna-t-il en se dirigeant vers l'une des vitrines. Te souviens-tu lorsque grand-mère nous apprenait à reconnaître les services de porcelaine au toucher ? C'est incroyable, du bout des doigts je suis encore capable de sentir la différence entre ces tasses et ces assiettes. Elle nous interdisait d'y toucher en son absence. Pense à toutes les mains par lesquelles elles sont passées depuis leur création. Et aujourd'hui elles sont à nous.

Après que Miss Perkins les eut conviés à passer dans la salle à manger, l'étrangeté de la situation frappa encore plus Katharine. Au-dessus de la cheminée était accroché le chef-d'œuvre du peintre Amory, un portrait de leur grand-mère à quatre-vingt-dix ans, assise dans un fauteuil. Elle portait une robe bleue ; un châle de dentelle couvrait ses épaules. Ses belles boucles blanches, dont elle était si fière, étaient protégées par un léger voile de dentelle. Ses yeux bleus, étonnamment vivants, paraissaient dire à ses petits-enfants : « N'imaginez pas que vous allez m'oublier. Je vous aime trop. »

Tout au long du repas, William parla avec animation des transformations qu'il comptait réaliser dans le parc.

— Un jour, j'ai visité une maison où l'on avait planté un parterre de lys blancs devant une haie de conifères vert foncé. C'était du plus bel effet. Nous pourrions essayer d'en mettre au bout du jardin, devant les thuyas. Qu'en penses-tu ? J'adore les lys. Il existe une variété couleur abricot, que l'on voit beaucoup dans le Nord ; j'aimerais bien en avoir. Quel dommage que Londres soit si loin, nous ne pouvons pas faire l'aller et retour tous les jours, mais l'été, nous pourrions venir chaque fin de semaine. Cela me plairait de m'occuper du jardin. J'aimerais créer un petit étang avec des nénuphars. Après le dîner, je te ferai un croquis. Ce serait amusant, non ? conclut-il en riant.

Quand il s'exprimait ainsi, il était à la fois William Smith et William Eversley, ou bien même un troisième personnage, à cheval entre les deux autres. Ils continuèrent longtemps à parler du jardin, puis passèrent au salon où Katharine se mit au piano et joua ses airs préférés.

Lorsqu'ils montèrent dans leur chambre, William prononça d'étranges paroles. En arrivant en haut de l'escalier, il laissa retomber le bras qui enlaçait la jeune femme et s'arrêta pour regarder tout autour de lui.

— J'ai fait un drôle de rêve qui se passait dans cette maison, dit-il en fronçant les sourcils, mais je n'arrive plus à m'en souvenir.

— A ta place, je n'essaierais pas.

Il hocha la tête sans répondre. Une fois sur le palier, il se retourna encore. Son regard passa lentement de l'aigle à l'ange.

— Dans mon rêve, ces sculptures... commença-t-il, avant de s'exclamer : Ah, ça y est ! J'y suis ! L'ange avait le visage d'Abel Tattlecombe. Bizarre, non ?

— Oui, plutôt, répondit Katharine.

En riant, il passa le bras autour de sa taille, l'embrassa et l'entraîna dans leur chambre, une pièce tout en longueur située juste au-dessus du salon, dont les fenêtres donnaient sur le parc. Pour Katharine, à cette minute, peu importait que le William qui la prit dans ses bras eût retrouvé la mémoire. C'était le William qu'elle aimait, qui l'aimait et qui l'aimerait toujours.

27

William ouvrit les yeux au bruit de l'horloge comtoise qui carillonnait gravement huit heures sur le palier. Il avait dû se réveiller juste avant le premier coup, car il s'aperçut qu'il était mentalement en train de compter jusqu'à huit. L'horloge avait toujours émis une sorte de grincement sourd avant de frapper chaque heure et William était sûr de l'avoir entendu.

Il était allongé sur le côté droit, face à la rangée de fenêtres qui donnaient sur le parc. Deux d'entre elles, dont les rideaux étaient ouverts, laissaient entrevoir un ciel gris ardoise. A huit heures du matin, au mois de janvier, il ne fait pas encore vraiment jour. De son lit il apercevait les plus hautes branches du cèdre qui s'étalaient, telles des ailes noires, au-dessus de la pelouse.

Il se retourna et vit Katharine allongée à ses côtés, les mains réunies sous le menton, les cheveux épars sur l'oreiller. Peut-être était-ce arrivé à cet instant, ou bien pendant son sommeil — il n'en savait rien et cela n'avait guère d'importance —, toujours est-il qu'en se retournant et en la voyant à côté de lui, il prit conscience que ce qu'il appelait « le mur blanc » n'existait plus. William Smith se souvenait de William Eversley et le second n'ignorait rien du premier. Les deux moitiés de sa mémoire s'étaient retrouvées pour ne former qu'un tout. Il se souvenait clairement de sa vie, jusqu'aux bombardements. Le seul point obscur restait son séjour dans cet hôpital allemand, dont il était sorti sous le nom de William Smith. Mais cet épisode encore flou dans sa mémoire avait dû être fort déplaisant, aussi décida-t-il de ne pas chercher à s'en souvenir. Dans l'immédiat, il avait des problèmes plus importants à régler. Il se lança dans une analyse méthodique de la situation. Katharine, tout d'abord : par bonheur, elle ne s'était pas remariée avec un autre, mais avec lui ! Ensuite, la famille : là commençaient les difficultés... Qu'avaient fait ses cousins de l'usine pendant les années de guerre et comment avaient-ils opéré la difficile reconversion de l'après-guerre ? Il avait une piètre opinion de leur capacité de gestion. Cyril n'avait aucun sens des affaires ; quant à Brett, il s'en moquait éperdument. Bien sûr, les circonstances aidant, il avait pu changer, mais, sur ce point, William n'était guère enclin à l'optimisme.

Quelle serait leur réaction en apprenant son retour ? En tant que cousins, ils se réjouiraient de le savoir en vie, mais en tant qu'associés, ils seraient certainement moins ravis. Le fait d'être le plus jeune des trois ne facilitait pas la situation. Puis l'image de Miss Jones se glissa insidieusement dans son cerveau ; pour lui, cela ne faisait pratiquement aucun doute : celle-ci l'avait bien reconnu, le 6 décembre dernier. William se souvenait de son visage d'autrefois avec autant de netteté que du visage qu'il avait rasé la veille dans sa salle de bains. Il n'avait pas suffisamment changé pour accorder à Miss Jones le bénéfice du doute. Elle le connaissait depuis sept ans déjà, lorsqu'il avait été porté disparu. Frank Abbott, qui ne l'avait vu qu'une seule fois, se souvenait de lui. Et Davies, car c'était bien le vieux Mr. Davies qu'il avait heurté dans la rue, l'avait reconnu sur-le-champ, alors qu'il faisait presque nuit.

A ce stade de réflexion, il se dit que ressusciter soudain après être passé pour mort pendant sept ans allait compliquer la vie de bien des gens, et la sienne en particulier. A cet instant, Katharine bougea, étendit un bras et ouvrit les yeux. Pendant quelques secondes, elle ne comprit pas où elle était puis elle sentit William qui la serrait contre lui en disant :

— Chérie, réveille-toi ! Vite ! Ça y est ! J'ai retrouvé la mémoire !

Elle cligna des yeux, sans répondre. Elle se sentait simplement heureuse et en sécurité. Du moment que William était à ses côtés, rien n'avait d'importance.

— Je suis réveillée, mon chéri, murmura-t-elle.

— Mais non ! Tu n'as rien entendu ! Kath, j'ai re-trou-vé la mémoire !

Elle ouvrit grand les yeux.

— Mon chéri !

— Oui, et nous voilà dans de beaux draps, tous les deux. Nous sommes bigames, désormais.

— Mais non, voyons.

— Mais si, mon trésor. La bigamie est l'état d'une personne qui, étant engagée dans les liens du mariage, en a contracté un autre avant la dissolution du précédent. J'étais déjà marié et toi aussi, nous sommes vivants, donc nous sommes bigames.

— Non, on a le droit d'épouser plusieurs fois la même personne. Je l'ai appris tout à fait par hasard.

Le ton de William changea brusquement.

— Katharine, pourquoi ne m'avoir rien dit ?

— Je voulais que tu retrouves la mémoire tout seul.

— Supposons que cela ne se soit pas produit ?

— J'aurais fini par tout te dire. Miss Silver me l'avait vivement conseillé.

— Miss Silver ? Que lui as-tu raconté ?

— Tout. Mais elle avait déjà presque tout deviné. Elle a rassemblé les éléments de l'histoire, ce qui lui a permis de reconstituer le puzzle. Elle a insisté pour que je te parle, mais moi j'espérais te voir retrouver la mémoire sans mon aide. Et voilà, c'est fait.

Il y eut un long silence.

— Je ne t'avais pas vraiment oubliée, Katharine.

— Je le sais.

— Je t'ai aimée à la minute où tu es entrée dans le magasin. Je n'avais jamais cessé de t'aimer. Cet amour était resté enfoui en moi...

Sa voix se brisa.

— Kath, pourquoi ne m'as-tu rien dit ? répéta-t-il.

Elle répondit avec douceur :

— William, voyons, réfléchis ! Comment aurais-je pu entrer dans la boutique et dire à William Smith : « Bonjour monsieur. Je vois bien que vous ne me reconnaissez pas, mais je suis votre femme. »

Elle frotta sa joue contre la sienne et ajouta :

— Pense à la tête qu'aurait faite Miss Cole !

William imagina en effet ce qu'aurait pu dire Miss Cole en pareille circonstance ! Ils se mirent à rire ensemble, de ce rire léger né de l'émotion partagée.

— Je voulais que tu réapprennes à m'aimer, expliqua Katharine, et ensuite j'ai voulu que tu m'épouses une nouvelle fois, pensant que cela t'aiderait à te souvenir de notre premier mariage. Mais la mémoire ne te revenait pas et, chaque jour, il m'était un peu plus difficile de te parler. J'avais cependant décidé de tout te dire ici, aujourd'hui. Il n'aurait pas été honnête de ma part de te laisser plus longtemps dans l'ignorance de ta véritable identité.

— En effet, répondit-il avec lenteur. Katharine, il va y avoir beaucoup de choses à clarifier. J'ai pensé...

— Attendons encore un peu, mon chéri.

Il rejeta brusquement la tête en arrière d'un mouvement impatient, comme un jeune chien qui s'ébroue en sortant de l'eau.

— Je me disais que Miss Jones m'a certainement reconnu le soir où je suis allé au bureau, le 6 décembre. A moins d'avoir beaucoup changé, ce qui je crois n'est pas le cas...

— En effet ! D'ailleurs, tu ne changeras jamais !

Cette phrase éveilla en elle le souvenir d'une scène qui s'était passée lorsqu'elle avait dix ans, à propos d'une chose qu'elle voulait faire et que William désapprouvait ; elle avait oublié le sujet de la dispute, mais elle se souvenait de s'être mise en colère et d'avoir crié : « Ça ne sert à rien ! William ne changera jamais ! »

La conversation roula ensuite sur la rencontre entre William et le vieux comptable, le soir du 6 décembre.

— Davies m'a reconnu — du moins je le suppose. Il a failli tomber à la renverse en me voyant. Et puis il m'a demandé mon nom.

— Et tu lui as répondu : « William Smith, du bazar de jouets Tattlecombe, Ellery Street. » Il a cru voir un fantôme — c'est ce qu'il m'a dit quelques instants plus tard au téléphone. C'est grâce à lui que j'ai su que tu étais vivant... conclut-elle en enfouissant son visage dans son cou.

Plus tard, ils parlèrent encore de Mavis Jones.

— Tu sais, dit Katharine, je me suis demandé pourquoi elle t'avait fixé un rendez-vous si tardif. Tu avais signé ta lettre « William Smith » et je ne peux m'empêcher de penser qu'elle a reconnu ta façon de signer ton prénom. Par prudence, elle a préféré te recevoir à une heure où le personnel était parti. La société ferme ses portes à cinq heures et demie. Seul le comptable avait l'habitude de rester après la fermeture. Ce soir-là, il avait oublié un document sur son bureau et est revenu sur ses pas, le pauvre homme.

— Pourquoi dis-tu cela?

— Mr. Davies est mort, William.

— Mort! Que lui est-il arrivé?

— Il a été renversé par une voiture, le 7 décembre.

— Le 7... Donc le lendemain de notre rencontre.

Il y eut un silence.

— Es-tu certaine qu'il m'ait reconnu?

— Oui, puisqu'il m'a aussitôt téléphoné pour me prévenir.

— Crois-tu qu'il en ait parlé à quelqu'un?

— Je n'en sais rien. Le lendemain, il est allé travailler et le soir, en rentrant chez lui, il s'est fait renverser à un carrefour. Il a été transporté à l'hôpital, mais n'a pas repris connaissance. J'ai appris sa mort par Bunny, il y a une dizaine de jours, tu sais, le jour où j'avais demandé à reprendre le travail à trois heures. A midi, j'avais déjeuné au club en compagnie de Cyril, de Brett et de Bunny. J'avais subi quelques retards dans le paiement de mes dividendes et Bunny était venu leur demander des explications. Nous sommes repartis tous les deux en taxi. Bunny m'a dit que le problème était réglé, mais m'a conseillé de l'avertir à la moindre anicroche. Cyril et Brett lui avaient plus ou moins laissé entendre que Mr. Davies n'avait plus toute sa tête.

— Katharine, que me chantes-tu là ?

— Ils ont dit à Bunny que Mr. Davies avait falsifié les livres de comptes ! Je ne le leur pardonnerai jamais. Puis ils lui ont annoncé qu'il était mort. Le soir même, j'ai appelé Miss Jones et je l'ai pressée de me donner des détails sur les circonstances du décès.

— Tu m'as bien dit que, le 7, il était allé travailler ?

— Oui.

— Crois-tu que... ?

William n'osa pas terminer sa phrase.

Katharine répondit à sa question informulée.

— Je ne sais pas. J'avais écrit à Davies pour lui dire de ne parler à personne de cette rencontre. Il aurait dû recevoir ma lettre ce soir-là, mais il n'est jamais rentré chez lui. Il est possible qu'il n'ait rien dit...

Elle marqua une longue pause avant d'ajouter :

— Mais il est fort possible qu'il ait parlé.

28

Le samedi suivant, alors que William et Katharine roulaient vers Ledstow, Abigail Salt prenait le thé chez son frère.

Celui-ci s'était imaginé qu'elle n'allait pas venir et était déjà prêt à prendre la mouche ; grippe ou pas grippe, il ne voyait pas pourquoi Abby devait s'occuper exclusivement de sa belle-sœur, alors que lui, son propre frère, encore convalescent, l'attendait impatiemment.

La nature humaine étant ce qu'elle est, il fut presque déçu de voir arriver Abigail à l'heure pile. Dès qu'elle eut ôté son manteau et ses gants, elle monta à la cuisine, qui se trouvait à l'étage, pour préparer le thé — Mrs. Bastable étant partie à Ealing rendre visite à la sœur aînée de son défunt mari, une ancienne maîtresse d'école primaire à la retraite.

En dégustant sa première tasse de thé, Abel se dit qu'il était tout de même extraordinaire que le chaud breuvage préparé par sa sœur fût meilleur que celui de Mrs. Bastable. Pourtant, elle faisait bouillir la même eau sur la même cuisinière, utilisait la même marque de thé et le laissait infuser dans la même théière ! Il en allait ainsi du café, de la soupe, du porridge; bref, tout ce que faisait Abigail avait meilleur goût. Il sentit son cœur fondre de tendresse et lui pardonna le péché d'omission que, par ailleurs, elle n'avait pas commis. Il n'avait pas été négligé, elle ne lui avait pas préféré Emily, et, de plus, elle venait de lui apporter des toasts beurrés absolument délicieux. Il se souvint avec un frisson que Mrs. Bastable lui avait proposé de les préparer avant de partir et de les lui garder au chaud, offre qu'il avait énergiquement repoussée. La gouvernante avait quitté la maison très vexée.

Il savoura les toasts avec délectation tandis que sa sœur lui expliquait que Miss Simpson avait eu la gentillesse de bien vouloir s'occuper d'Emily.

— Elle est venue prendre des nouvelles hier soir et, lorsque je lui ai dit que je devais te rendre visite aujourd'hui et que je ne savais comment faire à cause d'Emily, elle a aussitôt proposé de me remplacer. Ellen Simpson est une bonne amie, même si elle est parfois un peu fatigante, comme tout un chacun. Tu comprends, je ne pourrais pas laisser Emily avec n'importe qui ; elle va mieux depuis hier, mais elle n'est pas encore sortie. Je lui ai conseillé de rester allongée dans sa chambre pendant mon absence, et je lui ai monté la T.S.F. en disant : « Si vous avez besoin de quoi que ce soit, Ellen est dans le salon de l'autre côté du couloir, elle vous apportera le thé. Surtout, ne parlez pas trop, cela vous fatiguerait. » Tu comprends, je ne tiens pas à ce qu'elles se disputent...

Abel, qui ne s'intéressait pas plus à Ellen Simpson qu'à Emily Salt, avait hâte d'entendre sa sœur terminer son monologue. D'ailleurs, Abby savait qu'il se moquait bien de savoir laquelle des deux femmes avait été laissée à la garde de l'autre. Peu lui importait qu'elles fussent perdues dans le Grand

Nord ou sur une île déserte. Ellen Simpson était une personne acariâtre, au sourcil soupçonneux, qui passait sa vie à contredire les gens. Abel se souvenait qu'après la mort de sa femme, lorsqu'il venait rendre visite à sa sœur, celle-ci invitait souvent Ellen Simpson à l'heure du thé... Il avait fini par remarquer qu'Ellen avait cessé de le contredire, s'en était alarmé et avait demandé à Abigail de mettre un terme à ces invitations.

— Abby, tu n'es pas venue pour me parler de Miss Simpson, je suppose, dit-il en reprenant un toast. Tu as certainement une idée en tête...

Le visage frais et rose de Mrs. Salt demeura impassible ; ses yeux bleus — qui ressemblaient tant à ceux de son frère — gardèrent une expression paisible. Elle leva sa tasse de thé, but une gorgée et la reposa, avant de répondre :

— Vois-tu, je suis bien contente de pouvoir te parler seul à seul.

Abel dodelina de la tête. Ce mouvement lui était plus facile, depuis que la raideur de sa nuque avait disparu.

— Abby, tu savais bien que je serais seul. Je t'avais dit que Mrs. Bastable partait chez sa belle-sœur à Ealing. Elle reviendra complètement démoralisée, comme d'habitude. Sa belle-sœur la traite comme si elle était encore à la maternelle. Eh bien, qu'as-tu à me dire ?

Sans attendre sa réponse, il ajouta :

— Je suppose qu'il s'agit d'Emily...

— Oui.

Il poussa un grognement.

— Qu'a-t-elle encore fait ?

— Tu sais qu'elle a la grippe. Dans la nuit de mardi à mercredi, elle a eu une forte poussée de fièvre, pendant laquelle elle s'est mise à délirer. Je suis heureuse que personne n'ait été là pour l'entendre...

— Que disait-elle ?

Abigail hésita.

— Elle ne savait plus ce qu'elle disait. Il ne faut pas prêter attention aux paroles des gens quand ils ont la fièvre.

Abel fronça ses sourcils broussailleux. Ah, les femmes ! Abby était venue le voir précisément pour lui répéter les propos d'Emily. Alors pourquoi tourner autour du pot et faire tant d'histoires ?

— Vas-tu te décider à parler ? demanda-t-il, d'un ton irrité.

Une étincelle agacée brilla dans les yeux de sa sœur. Ils se ressemblaient beaucoup, dans ces moments-là.

— Oui. Mais je déteste être harcelée, tu le sais bien. Et ce ne sont pas des choses faciles à dire. Toi, tu n'as jamais aimé cette pauvre Emily. Moi, j'ai des obligations envers elle, j'essaie de faire de mon mieux et ce n'est pas toujours facile. Après toutes ces années passées à m'occuper d'elle avant tout le reste, j'en arrive à un point où j'ai besoin de parler à quelqu'un. Puisque tu es mon frère, tu es mêlé de près à mes problèmes.

Abel termina un toast et en reprit un autre. Il n'allait tout de même pas laisser Emily Salt lui gâcher l'heure du thé ! Ce serait trop dommage de ne pas manger ces bons toasts tout chauds.

— Qu'a-t-elle dit ? répéta-t-il, la bouche pleine.

Abigail ne mangeait pas. Elle croisa les mains sur ses genoux et regarda fixement son frère.

— Je vais te le dire. Mais auparavant, oublie qu'il s'agit d'Emily et efforce-toi de porter un jugement objectif, dénué de préjugés. Tu n'aimes pas Emily, mais tu n'es qu'un être humain, toi aussi.

Imagine que je te parle de quelqu'un que tu ne connais pas.

Abel secoua la tête.

— C'est impossible, Abby. On doit juger les gens selon ce que l'on sait d'eux ; s'il me faut la juger, inutile de me dire que je dois oublier ce que je sais d'elle. Le Seigneur désapprouverait une telle attitude. De toute manière, ce serait impossible ; mais je te promets de faire de mon mieux pour être impartial.

Abigail poussa un léger soupir. Son frère avait toujours eu des idées très arrêtées.

— Bon, très bien. Mais ne prends pas tout au pied de la lettre. N'oublie pas qu'elle délirait. Ses cris m'ont réveillée au milieu de la nuit. Quand je suis entrée dans sa chambre, elle ne m'a pas reconnue. Elle m'a regardée fixement en disant : « Je l'ai fait ; c'est moi qui l'ai fait. » Je suis allée lui chercher un verre d'eau. Et lorsque je suis revenue, elle débitait un tas d'inepties sans queue ni tête...

Tout en parlant, Abigail revivait la scène : Emily déchaînée, effrayante, les yeux fixes, étincelants, les mains tremblantes, brûlantes de fièvre. Sur le coup, elle n'avait pas eu peur — elle avait connu tant de gens malades —, mais rétrospectivement elle était effarée.

— Qu'a-t-elle dit ? reprit patiemment Abel.

Abigail pouvait répéter les mots, mais pas l'horrible façon dont ils étaient sortis de la bouche de sa belle-sœur : tantôt d'affreux chuchotements, tantôt de brusques hurlements, à vous glacer le sang. Elle avait remercié le ciel d'être seule dans la maison pour les entendre. Abigail Salt était plus perturbée que son apparence sereine ne le laissait entrevoir, mais elle expliqua néanmoins d'un ton paisible :

— Elle était en colère, à cause du testament.

— Elle n'avait pas à être au courant !

Abigail hocha la tête.

— Elle nous avait entendus en parler. Je ne suis pas parvenue à lui faire comprendre que je n'étais pas lésée et que, de son côté, elle n'avait rien à craindre. Dès qu'elle a une idée en tête, cela tourne à l'obsession. Elle s'est donc persuadée que William Smith nous dépossédait toutes les deux.

Abel sentait la colère le gagner. Tout en mangeant un nouveau toast beurré, il déclara avec mépris :

— Emily est folle ! En attendant, tu ne m'as toujours rien dit...

Abigail soupira encore.

— Abel, j'essaie de te faire comprendre...

Il lui tendit sa tasse, qu'elle remplit en prenant soin de verser la quantité exacte qu'il désirait. Même troublée, elle restait très maîtresse d'elle-même. Au fond, elle n'était guère pressée de lui rapporter les vaticinations d'Emily. Elle ne lui aurait même rien dit, si sa conscience ne l'avait empêchée de tout garder pour elle.

Abel but une gorgée de thé et fixa sur sa sœur un regard sévère.

— Je t'écoute, Abigail.

29

Maud Silver avait été très occupée durant ces deux jours. Le samedi matin, après une brève conversation téléphonique, elle mit son chapeau et son manteau et se rendit à Scotland Yard où elle fut reçue par l'inspecteur Abbott, qui la conduisit aussitôt dans le bureau de l'inspecteur principal Lamb.

Abbott, comme à l'accoutumée, se régala des rituelles civilités qui précédaient les entrevues entre son supérieur et la détective. Ceux-ci se saluèrent comme de vieilles connaissances — poignée de main vigoureuse contre poignée de main bien élevée —, puis Miss Silver s'enquit de la santé de l'inspecteur et de toute sa famille.

— Comment va Mrs. Lamb ? Et vos filles ? Le petit de Lily doit être adorable...

Les filles de l'inspecteur étant sa seule faiblesse, il s'autorisa à discourir sur les talents de son petit-fils Ernie.

— Ils ont voulu lui donner mon prénom, s'attendrit-il. Et il paraît qu'il me ressemble, le pauvre diable !

Un grand sourire éclaira le visage de Miss Silver.

— Il ne pourrait avoir de plus digne ambition. Et Violet, votre cadette ? Ses fiançailles avec cet officier de marine ?...

Lamb secoua la tête.

— Rompues. Finalement, ce n'est peut-être pas plus mal. C'était pourtant un brave garçon. Mais lorsqu'il est revenu, après deux ans d'absence, ils ont décidé de se séparer. Violet est secrétaire au ministère de la Marine ; elle a beaucoup d'amis et n'est pas pressée de trouver un nouveau fiancé.

— Et Myrtle ?

La plus jeune de ses filles était la préférée de l'inspecteur.

— Elle veut entreprendre des études d'infirmière. J'ai beau dire à ma femme qu'il n'y a pas de risque, celle-ci se fait un sang d'encre en pensant que Myrtle va attraper je ne sais quelle maladie.

Miss Silver fit remarquer que le métier d'infirmière était une noble profession puis, de fil en aiguille, ils en arrivèrent à l'objet de leur entrevue.

— Eh bien, que pouvons-nous faire pour vous ?

En guise de réponse, il obtint un délicat toussotement. Miss Silver réfléchissait à l'affaire William Smith, très droite sur sa chaise, les pieds au chaud dans des bas de laine noire et des souliers Oxford, posés sagement côte à côte sur le tapis du bureau, les mains gantées de laine noire croisées sur les pans de son vieux manteau. Elle avait mis autour de son cou une étole de fourrure d'un brun jaunâtre et piqué sur son chapeau un bouquet de pensées violettes.

— Je me trouve confrontée à un problème délicat, dit-elle finalement.

— Que pouvons-nous faire pour vous aider ? répéta Lamb, qui se montrait là sous son jour le plus favorable.

En effet, il lui était arrivé à plusieurs reprises par le passé d'avoir recours aux services de la détective. Or ses conseils judicieux, même donnés avec tout le tact dont elle était capable, avaient parfois altéré leurs relations. Il était donc ravi de l'entendre solliciter son assistance.

— C'est très gentil à vous, répondit-elle avant d'entrer dans le vif du sujet. J'ai des raisons de croire qu'un employé de bureau du nom de Davies a été assassiné le 7 décembre dernier. Cet homme est décédé à l'hôpital, sans avoir repris connaissance, des suites d'un accident de la circulation. Je crois que quelqu'un l'a poussé sur la chaussée.

Elle lui tendit une feuille de papier.

— Vous trouverez là le nom de son employeur, son adresse personnelle et le nom de l'hôpital où il a été transporté. Je désirerais lire le compte rendu de police, pour savoir si cet homme a dit quelque chose avant de mourir.

Lamb la dévisagea de ses yeux marron légèrement globuleux, que des collègues irrévérencieux comparaient parfois à de gros bonbons à la menthe appelés « œils-de-bœuf ».

— Vous pensez que cet homme a été assassiné ?

— Il venait de reconnaître une personne que l'on croyait morte depuis sept ans et dont la réapparition s'avérerait embarrassante pour ses associés.

Le visage de l'inspecteur principal prit une expression de tolérance vaguement condescendante.

— Votre explication est un peu tirée par les cheveux. Beaucoup de personnes âgées sont victimes d'accident de la route, sans pour autant, heureusement, avoir été assassinées.

Miss Silver toussota.

— Vous avez tout à fait raison. Mais dans ce cas précis, on a également attenté à la vie de la personne qu'a reconnue Mr. Davies, à trois ou peut-être même quatre reprises. L'inspecteur Abbott a été témoin de l'une de ces agressions.

Lamb bougea sur sa chaise, décocha un regard glacial à son subordonné et lui lança d'un ton désapprobateur :

— Ainsi vous êtes mêlé à cette affaire ? Vous auriez pu me tenir au courant !

— A vrai dire, monsieur...

Miss Silver intervint.

— Permettez-moi, inspecteur, de vous présenter les faits.

Elle lui résuma l'affaire William Smith en termes simples et concis ; lorsqu'elle eut terminé, Frank Abbott prit la relève et décrivit l'agression dont il avait été témoin. Il expliqua à son supérieur, tout comme il l'avait déjà fait devant la détective, qu'il était convaincu que, sans son intervention, le second coup porté à William Smith aurait pu être fatal.

— Mmm... Il n'y a pas grand-chose à tirer de cette histoire, grommela Lamb.

Miss Silver eut un toussotement de protestation.

— Pardonnez-moi, inspecteur, mais il est difficile de croire à une série de coïncidences : le comptable victime d'un accident mortel, l'agression, le même soir, contre Mr. Tattlecombe qu'on aurait pu confondre avec Mr. Smith ; deux attaques, à quelques jours d'intervalle, à l'encontre de ce dernier, qui justement venait de rendre visite à son employeur, dans Selby Street. Et dernièrement la tentative de sabotage de sa voiture. La difficulté de l'affaire vient du fait que nous suspectons deux individus, l'un appartenant ou ayant des liens avec la firme Eversley, l'autre habitant la maison de Selby Street. La question est de savoir comment un employé de la société Eversley pouvait être au courant des deux visites que William Smith a rendues à l'improviste à Mr. Tattlecombe ; ce qui fait naturellement porter les soupçons sur la personne de Miss Emily Salt, une créature psychologiquement fragile, que l'annonce des dispositions testamentaires de Mr. Tattlecombe en faveur de William Smith paraît avoir fortement contrariée. On me l'a décrite comme étant une femme grande et robuste. Si l'agresseur a emprunté l'imperméable de Mr. Tattlecombe accroché dans le hall, il aurait été, à mon avis, difficile de faire la différence entre un homme et une femme portant ce type de vêtement, par une soirée pluvieuse. La première attaque perpétrée contre William Smith a eu lieu quasiment devant la porte de Mrs. Salt. La seconde fois, Emily Salt aurait pu le suivre dans la rue, alors qu'il paraît fortement improbable qu'un employé de la firme Eversley eût pu agir de la même manière.

« D'un autre côté, on ne peut imputer la mort de Mr. Davies ni l'agression de Mr. Tattlecombe à Miss Emily Salt. En effet, dans la soirée du 7 décembre, elle participait, en compagnie de sa belle-sœur, à une réunion de leur congrégation. J'ai mené mon enquête dans le quartier, d'où il ressort que les deux femmes ont aidé aux préparatifs de la soirée paroissiale entre cinq et sept heures, puis qu'elles sont revenues avant huit heures, pour ne rentrer chez elles que vers dix heures trente. On ne peut donc imputer la responsabilité de deux des "accidents" à Emily Salt. D'autre part, le jour où l'on a desserré les boulons de la roue de Mr. Smith, Miss Salt était au lit, terrassée par la grippe, et sa belle-sœur s'occupait d'elle.

« Il m'est difficile d'accepter l'hypothèse de deux séries d'agressions indépendantes et sans relation aucune à l'encontre de William Smith, pourtant, à l'heure actuelle, il ne paraît plus possible d'attribuer la paternité de ces attaques à une seule et même personne.

— Si attaques il y a eu... rétorqua sèchement l'inspecteur, qui arborait un petit sourire ironique.

Il s'ensuivit un long silence, teinté de mécontentement, voire de reproche... Lorsqu'elle jugea qu'il avait assez duré, Miss Silver toussota et reprit :

— Je ne vous demande évidemment pas d'accepter des conclusions basées sur des on-dit, et dont je ne suis pas moi-même entièrement satisfaite. Je vous invite simplement à ouvrir une discrète enquête qui nous permettrait de savoir si l'un ou l'autre des associés de la firme Eversley, Cyril ou Brett, rencontre actuellement des difficultés financières. Inspecteur, je n'insisterais pas autant si je ne craignais pas pour la vie de Mr. Smith.

Lamb continuait à l'observer avec un sourire indulgent.

— William Smith et William Eversley ne sont qu'une seule et même personne, je présume...

— Précisément. Il est également le principal actionnaire de la société, dont il possède soixante pour cent des parts. Si j'ajoute que Mrs. Eversley n'a obtenu le paiement de ses derniers dividendes que grâce à l'intervention efficace de son troisième curateur — Cyril et Brett Eversley étant les deux premiers —, vous serez, j'espère, prêt à admettre que mes inquiétudes sont fondées.

Lamb fronça les sourcils. A maintes occasions, par le passé, Maud Silver avait éprouvé des appréhensions qui s'étaient, hélas, avérées justifiées.

Il tapota sur la table d'un geste agacé.

— Eversley n'appréciera certainement pas de vous voir vous immiscer dans ses affaires.

Miss Silver se redressa, indignée.

— Loin de moi cette idée, inspecteur Lamb !

Elle se détendit soudain et lui adressa son plus charmant sourire.

— Vraiment, inspecteur, j'ai bien trop confiance en votre délicatesse et en votre discrétion pour supposer — comme le laisse suggérer votre remarque — que vos services ne sont pas capables de mener une enquête discrète sans déclencher un scandale...

Lamb tendit les mains en avant et se mit à rire de bon cœur.

— Bien, bien, bien... Si vous le prenez ainsi ! Donnez à Abbott la liste des renseignements dont vous avez besoin et je verrai ce que nous pouvons faire. A présent, vous voudrez bien m'excuser, on m'attend pour une conférence. J'avoue que ce n'est qu'un prétexte, j'aurais peur de rester plus longtemps en votre compagnie. Un jour, vous finirez par m'attirer des ennuis !

Miss Silver toussota.

— Encore un détail, inspecteur...

Celui-ci avait reculé son siège et, la main posée sur le bras du fauteuil, s'apprêtait à se lever. Il interrompit son geste, réprima un froncement de sourcils et dit d'un ton jovial :

— Allons, allons, ne m'empêchez pas de partir, sinon j'irai droit au-devant des ennuis que je viens d'évoquer !

La détective adopta un ton bienveillant et amical.

— Votre temps est très précieux, inspecteur, et je n'en abuserai pas. Voilà : j'aimerais que vous placiez une personne qui est mêlée de très près à cette affaire sous surveillance constante.

Lamb déplaça sa main, la posa sur son genou et se pencha en avant.

— De qui s'agit-il ?

— De Miss Mavis Jones.

— Puis-je savoir pourquoi ?

Miss Silver lui soumit ses raisons, avec ordre et méthode, avant de conclure :

— Encore une fois, je n'insisterais pas autant si je n'étais pas persuadée de l'urgence de la situation.

Lamb plissa le front.

— Personnellement, je n'en vois pas la nécessité.

— Inspecteur... J'ai déjà, à plusieurs occasions, sollicité de vos services une intervention urgente. Je vous prie de vous en souvenir et de décider en votre âme et conscience si mes requêtes étaient justifiées ou non.

En son for intérieur, Lamb reconnut à contrecœur que, lorsqu'il n'avait pas tenu compte des recommandations de Maud Silver, les conséquences de ses décisions lui avaient fait perdre sa tranquillité d'esprit. Une petite voix lui rappela, en termes très crus, que certaines personnes seraient encore en vie s'il avait écouté ses conseils.

La voix douce de la détective interrompit le fil de ses pensées.

— Je crois très sincèrement que la vie de Mr. William Eversley est en grand danger.

Cette fois, il se leva précipitamment.

— Vous voyez, maintenant je suis en retard. De toute façon, vous obtiendrez gain de cause, comme d'habitude. Dites à Frank ce dont vous avez besoin, et nous nous en occuperons.

Miss Silver eut un sourire affable.

— Vous êtes toujours très gentil, inspecteur...

Ils échangèrent une cordiale poignée de main, puis Lamb s'en alla. Dès que la porte fut refermée, Frank Abbott observa malicieusement :

— Vous lui avez fait perdre son sang-froid. Il pense que vous gardez une baguette magique sous le coude, comme les sorcières; or une baguette magique illicite est une abomination pour n'importe quelle administration policière, qui préférera laisser les criminels en liberté plutôt que les voir neutralisés de façon non orthodoxe.

Miss Silver le regarda avec une indulgence mêlée de reproche.

— Mon cher Frank, vous dites des bêtises...

30

Vers six heures le samedi soir, le téléphone sonna au 15 Montague Mansions. Maud Silver décrocha le combiné et entendit une voix d'homme inconnue s'enquérir avec une trace d'accent campagnard :

— Pourrais-je parler à Miss Silver ?

Celle-ci émit son habituel toussotement, préambule à tout dialogue.

— C'est elle-même.

— Miss Maud Silver, l'agent d'enquêtes privées ?

— En effet.

— Je m'appelle Abel Tattlecombe. Mon nom vous dit-il quelque chose ?

— Certainement, Mr. Tattlecombe.

A l'autre bout du fil, Abel passa sa main dans sa tignasse grise. Ne possédant pas l'adresse de la détective, il l'avait choisie au hasard parmi les « M. Silver » de l'annuaire ; il y avait donc de fortes chances qu'il se fût trompé de numéro. Soulagé, il poursuivit avec affabilité :

— Je suis donc en droit de penser que vous êtes la personne que je cherche. Mrs. William Smith...

Un nouveau toussotement l'interrompit.

— Vous a-t-elle parlé de moi ?

— En effet. Elle travaille dans mon magasin. Je suppose qu'elle vous l'a dit. Il y a quelques jours, elle est venue me demander son après-midi, afin de pouvoir vous rendre visite. Je le lui ai volontiers accordé. Tout d'abord, je tenais à vous dire tout le bien que je pense de William Smith. Son épouse se fait beaucoup de souci pour lui, et moi aussi. C'est elle qui m'a donné votre nom, mais comme je n'avais pas votre adresse, j'ai dû chercher votre numéro dans l'annuaire. Voilà, je... je voudrais vous faire part d'un certain nombre de détails...

Abel passa de nouveau la main dans ses cheveux. Il n'osait pas penser à ce que dirait Abby en apprenant qu'il avait appelé la détective, mais cela ne servait à rien. Il y a des choses que l'on peut garder pour soi, et d'autres, non. Même Abigail avait éprouvé le besoin de venir lui raconter ce que lui avait dit Emily. Quant à lui, sa conscience ne le laisserait pas en paix tant qu'il ne serait pas délivré de ce fardeau. On ne joue pas impunément avec la vie des gens. En gardant le silence, il se faisait complice des criminels.

— J'ai beaucoup de choses à vous dire, reprit-il d'un ton raffermi, mais on vient de m'enlever une attelle et ma jambe n'est pas encore très solide. Je peux difficilement me déplacer. Pourriez-vous venir me voir ?

Miss Silver toussota.

— Très volontiers, Mr. Tattlecombe.

Abel raccrocha. Cette fois, c'était sûr, il ne pouvait plus revenir en arrière.

Il était descendu téléphoner dans la boutique. Il arrivait à descendre les marches de l'escalier une par une, en prenant son temps, si personne ne le pressait. En attendant l'arrivée de sa visiteuse, il prit plaisir à faire le tour du magasin et de l'atelier, mettant ainsi en pratique les conseils des médecins qui lui avaient recommandé de faire travailler sa jambe. Les nouveaux jouets de William l'enthousiasmèrent et, en consultant les livres de comptes, il se réjouit de voir que le volume des ventes avait considérablement augmenté.

Lorsqu'on frappa à la porte, il alla ouvrir en traînant un peu la jambe, mais pour rien au monde il ne se serait laissé aller à boiter. La vue de Maud Silver dans l'encadrement de la porte produisit sur lui un effet très rassurant. Abel, qui savait reconnaître les vraies dames, se dit que Miss Silver en était une.

Elle était habillée de la même façon qu'Abigail, à ceci près que ses vêtements n'étaient pas aussi chics que ceux de sa sœur et qu'ils paraissaient passablement défraîchis. « Pratique » était le qualificatif qui leur convenait le mieux. Elle n'était pas de ces femmes qui s'habillent trop jeune pour leur âge. Une personne d'un certain âge se doit d'être correctement vêtue. Comment aurait-il réagi si la détective qu'il venait d'appeler au hasard des pages de l'annuaire avait fait irruption chez lui en jupe courte, talons aiguilles, poudrée, maquillée et la cigarette aux lèvres ? Par bonheur, il n'aurait pas à subir une telle épreuve.

Une fois montés à l'étage, ils eurent le loisir de s'observer et de s'apprécier mutuellement, sous l'éclairage cru du plafonnier. Maud Silver jugea son hôte « charmant et très respectable ». Elle veilla à ce qu'il soit confortablement assis dans son fauteuil, la jambe bien placée sur son repose-pied et prit place à son tour en face de lui. Un agréable silence s'installa ; Abel fut le premier à le rompre.

— Eh bien, madame, c'est très aimable à vous d'être venue ici.

— C'est tout naturel, répondit-elle avec un sourire modeste.

— Comme je vous l'ai dit tout à l'heure au téléphone, je pense le plus grand bien de Mr. Smith. Pour moi, il est un peu le petit-fils que j'ai perdu en Allemagne, dans un camp de prisonniers. William l'avait rencontré là-bas. Tout ce qu'un homme peut faire pour remplacer un petit-fils dans le cœur de son grand-père, William Smith l'a fait pour moi— et même plus. Lorsqu'elle est venue vous voir, sa femme a dû vous dire que j'avais été victime d'une agression et que William à son tour avait été attaqué à deux reprises.

— Oui, je suis au courant.

Il y eut un autre silence, plus long que le précédent. Abel reprit enfin la parole en fixant sa visiteuse de ses yeux bleus et ronds.

— Aujourd'hui, ma sœur est venue prendre le thé chez moi, annonça-t-il d'un ton qui laissait présager le pire.

Maud Silver inclina la tête, sans répondre.

— Elle s'appelle Abigail Salt et habite au 176, Selby Street.

La détective inclina de nouveau la tête.

— En sortant de l'hôpital, je suis resté quelque temps chez elle, poursuivit Abel. C'est là que j'ai rédigé mon testament, dans lequel je déclare céder mon affaire à William Smith. Et c'est en sortant de chez elle que William a été agressé, par deux fois.

Miss Silver toussa.

— Oui, Mrs. Smith me l'a dit.

Le visage d'Abel Tattlecombe s'anima. Il frotta vigoureusement le haut de son oreille droite.

— Vous a-t-elle parlé d'Emily Salt ?

— Oui.

Il fit claquer la paume de sa main sur son genou.

— Comment ma sœur peut-elle supporter cette femme depuis tant d'années ? Cela me dépasse ! Ça ne peut plus durer. Cet après-midi, je lui ai dit : « Il faut faire quelque chose. Elle sera bien mieux dans un établissement spécialisé où elle ne fera plus courir de risques à personne. » Tout d'abord, Abby n'a rien trouvé à répondre, mais ensuite elle a prétexté que « cette pauvre Emily délirait parce qu'elle avait de la fièvre ».

— Si je comprends bien, déduisit Miss Silver, votre sœur est venue ici pour vous révéler certains propos tenus par sa belle-sœur au cours d'une récente maladie ?

Abel hocha la tête d'un air sinistre.

— La grippe, expliqua-t-il. La fièvre lui a fait perdre la tête.

Miss Silver, assise très droite sur une petite chaise de style victorien héritée d'une précédente génération de Tattlecombe, croisa les mains sur ses genoux et demanda :

— Qu'a-t-elle dit exactement ?

Abel se frotta encore l'oreille avant d'entreprendre son récit.

— Elle avait quarante de fièvre et gémissait sur son lit. Soudain, elle saisit Abigail par le poignet. « Il devrait être mort », chuchote-t-elle d'une voix propre à vous figer le sang, puis elle se met à répéter la même phrase en hurlant une bonne dizaine de fois, au point que ma sœur craignait que le voisinage ne s'imaginât qu'un meurtre était commis dans la maison. Abigail tente de l'apaiser. Tout à coup, Emily cesse de hurler et déclare d'un ton anodin, comme s'il s'agissait d'une banalité : « J'ai fait de mon mieux — les deux fois —, il devrait être mort à l'heure qu'il est, non ? » Ma sœur la prie de se calmer et de se reposer et va lui chercher à boire.

En revenant, elle trouve Emily allongée, les yeux fixes, qui lui dit : « Il n'a pas le droit d'avoir l'argent. C'est très méchant de la part d'Abel. » Ma sœur la berce en lui répétant une fois de plus qu'elle n'a pas besoin de cet argent, que son mari leur a laissé largement de quoi vivre et que William n'est pas un intrus. Emily la regarde fixement par-dessus sa tasse en disant : « Je croyais que tu m'avais dit de le faire... » « Je vous avais dit de faire quoi ? » s'étonne ma sœur. Emily détourne les yeux en murmurant : « Ah, c'est vrai, ce n'était pas vous... » Puis elle finit de boire sa tasse de thé et s'endort.

« Plus tard dans la nuit, elle a continué à parler et à gémir dans son sommeil, mais, d'après Abby, ses propos étaient incohérents. Au matin, sa fièvre était tombée. Vous pouvez toujours me rétorquer qu'il n'y avait pas là matière à s'inquiéter, puisque cette femme délirait, mais je savais qu'il y avait autre chose. Je connais ma sœur depuis trop longtemps pour ne pas deviner qu'une idée la tracasse, et j'ai fini par la lui faire avouer. Le soir où William s'est fait agresser devant la porte, Abby était descendue avec lui au rez-de-chaussée, et ils avaient bavardé quelques instants dans le salon. Ensuite, elle l'a raccompagné à la porte d'entrée, puis en revenant sur ses pas elle a remarqué que mon imperméable n'était plus à sa place. Étant donné que je le portais le jour de mon accident, je l'avais avec moi à l'hôpital et je l'avais ramené chez elle. Il était un peu déchiré. Abby l'avait raccommodé, puis accroché — contre mon gré — au portemanteau du vestibule.

« Bref, elle suppose qu'Emily l'a mis pour aller à la poste, et se dit qu'elle va lui en toucher deux mots. Elle monte à l'étage : personne. Soudain, elle entend du bruit en bas, redescend, trouve mon imperméable suspendu, tout mouillé, et voit Emily au milieu de l'escalier qui descend à la cuisine. Abby lui demande : "Où étiez-vous ?", Emily lui répond : "A la poste." Ma sœur s'apprête à lui parler de l'imperméable, mais Emily s'est déjà éclipsée dans l'office et fait couler le robinet, soi-disant parce qu'elle a soif. Boire de l'eau froide après avoir été à la poste un soir de janvier ! Enfin... Abby n'a rien dit, mais plus tard, en apprenant l'agression de William, elle s'est souvenue d'un détail...

— Oui, Mr. Tattlecombe ?

Il eut un mouvement de tête théâtral.

— Lorsqu'elle est descendue à la cuisine pour s'occuper du feu, elle n'a pas trouvé le tisonnier. C'est un petit modèle, très pratique, qu'elle garde toujours dans le râtelier. Or il n'était pas à sa place. Elle ne l'a pas vraiment cherché, mais, tenez-vous bien, le lendemain matin, elle l'a retrouvé dans l'office.

Il y eut un silence, puis Abel lâcha une dernière phrase, très lourde de sens :

— Rouillé. Le tisonnier était rouillé.

31

— Et maintenant, que faisons-nous ? demanda William. Nous avons toute la journée devant nous.

C'était dimanche matin. Ils venaient de terminer leur petit déjeuner. Katharine ressentit un immense soulagement à l'idée qu'enfin elle n'était plus seule à prendre les décisions.

— Ce que tu veux, mon chéri.

William repoussa sa chaise.

— A mon avis, nous n'avons guère le choix ! Le mieux est encore d'aller voir Cyril. Possède-t-il toujours la propriété d'Evendon ?

— Oui, mais je ne sais pas s'il y sera aujourd'hui.

— Autrefois, il allait là-bas tous les week-ends pour passer en revue ses collections. Mais tu m'as dit que sa femme était décédée...

Katharine hocha la tête.

— Oui, il y a cinq ans.

— Et Sylvia est mariée. Il ne va donc plus à Evendon ?

Elle hésita, puis répondit à contrecœur :

— Je crois qu'il a une liaison avec sa secrétaire...

William émit un sifflement.

— Ah bon ? Il me semblait qu'elle sortait avec Brett.

— Brett ? C'est une vieille histoire ! J'espère me tromper, mais lorsque Cyril et Mavis Jones sont dans la même pièce, il a une curieuse façon de quêter son approbation avant de répondre à la moindre question ; et Mavis s'adresse à lui d'un ton de propriétaire.

Il sifflota de nouveau.

— Pauvre vieux Cyril ! Un type sans défense, incapable de dire non. Tu sais, je suis à peu près certain que Mavis Jones m'a reconnu.

— Moi aussi, j'en suis sûre.

— Crois-tu qu'elle leur en a parlé ?

— Je ne sais pas, William.

Il se leva, se dirigea vers la fenêtre, regarda le ciel gris et se retourna, les sourcils froncés.

— Pourquoi les aurait-elle prévenus ? De deux choses l'une : ou bien elle essaie, depuis le 6 décembre, de se convaincre qu'il n'y a qu'une simple ressemblance entre William Smith et William Eversley — c'est fou comme parfois, lorsqu'on ne veut pas savoir la vérité, on arrive à se persuader du contraire — ou bien alors...

Il s'interrompit brusquement.

— Continue... dit Katharine.

— Davies, Tattlecombe, moi... Si elle a décidé de passer à l'action, elle n'en aura pas parlé à Cyril ou à Brett.

Soudain, il éclata de rire.

— Voyons, Kath, c'est ridicule ! Je me fais des idées ! Quel serait le mobile ? Et qui penserait à commettre de tels actes ? Non, c'est idiot. Écoute, voilà ce que tu vas faire : téléphone à Evendon et demande si Cyril est dans les parages. Ne parle pas de moi. S'il n'est pas là, essaie de savoir où il est. Peut-être chez Sylvia.

— Je ne crois pas. Ils ne sont pas encore installés.

Il revint vers elle.

— Allez, va vite téléphoner ! Nous ne pouvons rien faire tant que nous ne saurons pas où le trouver.

Ce fut Soames, le vieux majordome, qui répondit d'une voix suave et polie que Mr. Eversley était bien à Evendon, mais qu'il était absent pour le moment.

— Très bien, Soames, fit Katharine, soulagée. Lorsqu'il rentrera, auriez-vous la bonté de lui dire que Mrs. William Eversley doit absolument le voir et qu'elle est en route pour Evendon ? J'appelle de Cedar House, je serai donc là dans une heure et demie environ. Voulez-vous lui faire la commission ?

— Certainement, madame.

— Je suppose que Mr. Brett n'est pas là ?

— Non, madame.

— Encore merci, Soames, dit-elle avant de raccrocher.

Elle se tourna vers William. En le voyant ainsi, debout, les poings enfoncés dans les poches, elle se dit que, vraiment, quiconque l'avait connu auparavant ne pouvait le confondre avec quelqu'un d'autre.

— Le vieux Soames est toujours là ? dit-il en riant. J'espère que son cœur va supporter le choc, quand il me verra.

Elle s'approcha de lui et glissa la main sous son bras.

— Chéri, il vaudrait peut-être mieux leur annoncer d'abord la nouvelle par téléphone.

Il la regarda droit dans les yeux et répondit d'un ton grave :

— Non, je ne suis pas d'accord. Au contraire, il faut créer un effet de surprise, pour voir leur réaction.

Ils s'apprêtaient à partir, lorsque le téléphone sonna. C'était Sylvia, la fille de Cyril. Elle avait toujours cette petite voix charmante, mais paraissait dans tous ses états, à l'instar de l'héroïne d'une célèbre pièce de théâtre : « Entre Tilburina, folle de colère, dans sa robe de satin. »

— Allô, c'est toi, Katharine ? Soames vient de me dire que tu l'as appelé de Cedar House.

— Tout juste, ma chérie.

— Kath, il est hors de question que j'aille à Evendon. En ce moment, je suis à Hungletea avec Jocko, dans sa famille. Soames m'a téléphoné pour m'annoncer que tu allais déjeuner là-bas et savoir si nous venions aussi. Évidemment, c'est mon père qui lui a demandé de m'appeler. Vas-tu vraiment déjeuner à Evendon ou est-ce un traquenard pour nous attirer chez lui ?

— J'avoue que je ne pensais pas y déjeuner, répondit Katharine, interloquée. Mais je vais bel et bien là-bas. Je dois absolument voir ton père. Tu comprends, il s'est passé quelque chose d'important. Ensuite, tout dépendra de...

Sylvia l'interrompit, furieuse.

— Donc, tu es au courant ! C'est inouï ! Papa voulait que nous allions passer le week-end à Evendon pour nous la présenter ! Mais j'ai refusé !

— Sylvia, attends. J'ai l'impression que nous ne parlons pas de la même chose. Ton père voulait te présenter qui ?

Elle entendit une sorte de sanglot coléreux à l'autre bout de la ligne.

— Sa nouvelle femme ! Cette... Cette horrible Mavis Jones ! Il l'a épousée !

Katharine retint sa respiration.

— Comment ? Non, c'est impossible !

A quarante kilomètres de là, Sylvia trépignait.

— Mais si ! Papa m'a appelée hier soir. Le pauvre était tellement tendu qu'il n'arrivait pas à parler normalement. Pas étonnant ! Devoir annoncer à sa fille une telle nouvelle ! Je n'arrêtais pas de l'interrompre en répétant « non, c'est impossible ! », exactement comme tu viens de le faire. Il nous a demandé de venir passer le week-end avec eux. J'ai dit « non, pas question ! » et j'ai raccroché. Alors j'imagine qu'il a changé de tactique et a demandé à Soames de nous attirer à Evendon en nous faisant miroiter que tu allais déjeuner là-bas. Je voulais vérifier si c'était vrai. Je ne sais pas si c'est une ruse de mon père — ce n'est pas son genre — ou bien si Soames a pris sur lui de tenter une réconciliation. Tu sais combien il est attaché à la famille... En tout cas, je ne sais plus quoi penser. Jocko me dit : « A quoi bon te disputer avec ton père, sous prétexte qu'il vient d'épouser sa secrétaire ? » Mes beaux-parents sont d'accord avec lui. Ce sont des gens adorables, si paisibles... Comprends-moi, Kath, je ne veux pas me retrouver seule face à Mavis Jones. Jocko ne me sera d'aucun secours. Je veux dire que j'ai besoin du soutien d'une femme, donc il faut que tu sois là, sinon je n'y resterai pas ! Au revoir, mon ange, mais attention, si tu ne viens pas, tu seras pour moi un démon et je ne t'adresserai plus jamais la parole !

William s'était rapproché de Katharine et avait pu suivre la dernière partie de la conversation en appuyant son menton sur l'épaule de la jeune femme, de manière à avoir l'oreille collée au récepteur. Lorsqu'elle raccrocha, tout abasourdie, elle vit son regard pétiller.

— Eh bien, si quelqu'un n'a pas changé, c'est bien ma petite Sylvia ! Et Jocko, qu'est-il devenu ? J'en garde le souvenir d'un charmant garçon.

— Il l'est toujours. Ils sont merveilleusement heureux, tous les deux. A propos, as-tu entendu ce qu'a dit Sylvia ?

— En grande partie. Quelque chose à propos de Cyril et de Miss Jones.

— William, il l'a épousée !

Il émit un long sifflement.

— Sapristi ! Je suppose qu'il a dû l'acheter.

Katharine sentit un léger frisson la parcourir, sans en comprendre la raison. Cyril et Mavis — mariés ! Pourquoi l'avait-il épousée ? Qui sait, il n'y avait peut-être aucune raison particulière...

— Chérie, voyons, ne fais pas cette tête ! s'exclama William.

Il l'attira contre lui et l'embrassa.

— Je ne veux pas te voir faire cette tête-là, pour tous les Cyril et toutes les Mavis du monde !

Katharine fut bien obligée de rire aussi.

— Chéri, quelle horrible perspective !

32

La propriété d'Evendon avait été offerte en cadeau de mariage à Cyril par son beau-père, le défunt Alfred Sherringham Upjohn, qui, ayant amassé une fortune colossale, avait décidé que sa fille unique — sa seule héritière — pouvait très bien se passer de tout cet argent.

Il légua donc à son gendre ce qu'il nommait sa gentilhommière d'Evendon, mit sur le compte de Sylvia une somme considérable en fidéicommis et passa la fin de sa vie à faire construire des maisons de retraite pour personnes âgées et des jardins d'enfants pour les plus jeunes. Comme il avait toujours été persuadé du bien-fondé de sa conduite, jamais il ne douta de la sagesse de ses actions. Son seul regret fut que la guerre ait contrarié ses projets de construction. Il fut tué au cours d'un raid de fusées V1-V2, au début de l'année 1945, laissant à ses curateurs le soin de poursuivre son œuvre de bienfaisance. Selon Mavis Jones, un tel homme aurait dû être interné dans un asile d'aliénés, mais elle avait appris à garder ses opinions pour elle et n'en avait jamais parlé à Cyril.

La voiture de William passa le grand portail et s'engagea dans l'allée sinueuse qui menait à la maison. Les grands arbres, dans leur habit d'hiver, penchaient sur eux leurs branches dénudées. Les troncs gris ou bruns étaient parfois égayés par le vert d'un bouquet de résineux ou la masse luisante d'une touffe de houx, encore chargés çà et là de leurs baies rouges. La maison, construite à mi-pente du terrain, était entourée de terrasses étagées. C'était une belle demeure, conçue pour recevoir tout le confort moderne et de taille suffisamment raisonnable pour ne pas nécessiter trop de personnel.

En attendant que Soames vînt leur ouvrir la porte, Katharine songea qu'elle aurait donné cher pour ne pas être là. Elle avait peur, en particulier de la réaction de Cyril. Mavis Jones avait reconnu William, c'était certain, mais en avait-elle fait part à son mari ? Cyril pouvait-il savoir que son cousin était vivant et ne pas réagir ? Pourtant, quelqu'un qui savait William vivant était passé à l'action ; Mr. Davies tout d'abord, puis Abel Tattlecombe, et enfin William lui-même avaient été victimes d'agression. Mais en aucun cas il ne pouvait s'agir de Cyril. Elle le connaissait depuis trop longtemps. Ce n'était pas un homme cruel et sans pitié. C'était un être instable et rêveur, choisissant toujours la solution de facilité, plutôt que de chercher à trancher le nœud gordien.

La porte d'entrée tourna enfin sur ses gonds. En apercevant William, Soames perdit ses manières de majordome stylé et resta là, bouche bée, les bras ballants.

— Mr. William ! balbutia-t-il d'une voix étranglée.

Ce dernier lui tapota gentiment l'épaule.

— Remettez-vous, Soames, je suis bien vivant. Venez vous asseoir quelques instants. Où est mon cousin ?

Soames resta debout à côté de la chaise vers laquelle on l'avait conduit et s'agrippa au dossier, pour reprendre sa respiration.

— Dans son bureau, je crois. Je... je me sens mieux à présent. C'est... c'est le choc, vous comprenez.

William l'obligea à s'asseoir.

— Restez là, Soames. Nous le trouverons bien.

Mais déjà le majordome s'était relevé pour tendre les mains vers Katharine, qui les pressa affectueusement entre les siennes.

— Si vous saviez, madame, comme je suis heureux...

Cyril Eversley était seul dans son cabinet de travail. Il s'y était retiré pour échapper, dans la mesure du possible, aux complications d'un week-end agité. Quel qu'en soit l'usage, la pièce nommée « cabinet de travail » est en principe, depuis des temps immémoriaux, le domaine réservé du maître de maison, et les femmes y sont rarement tolérées. Quand, de surcroît, l'homme en question prend la précaution de s'entourer des journaux du dimanche, le sens du panneau « NE PAS DÉRANGER » prend alors toute sa valeur. Cependant, Cyril n'avait qu'une confiance limitée dans l'efficacité du symbole. Depuis quinze ans, Mavis allait et venait comme bon lui semblait dans les bureaux de la société Eversley, et en particulier dans le sien ; elle ne pouvait imaginer que cette interdiction pût s'appliquer à sa personne. Quant à sa fille, Cyril n'avait jamais songé à la tenir à l'écart ! Sylvia lui ferait une scène, c'était couru d'avance. Mavis ne s'était pas gênée pour lui en faire une, qui n'était, hélas, que la prolongation de celle de la veille.

Il tenait le *Sunday Times* grand ouvert devant lui,

sans le lire. Les dimensions du journal lui donnaient la vague sensation d'être protégé de toute intrusion intempestive. La scène de la veille avait eu pour thème l'annonce publique de leur mariage. Après avoir décrété qu'il n'y avait pas lieu de le crier sur les toits, Mavis avait soudainement insisté pour l'accompagner à Evendon et y être présentée sous le nom de Mrs. Eversley. Il avait donc été contraint, tout à fait contre son gré, d'annoncer son mariage à Soames, puis de téléphoner à sa fille pour lui apprendre la nouvelle. L'entrevue avec le majordome avait déjà considérablement détérioré l'atmosphère de la maison ; la conversation avec Sylvia l'avait proprement désintégrée.

Le nouvel éclat de Mavis le matin, si on pouvait le distinguer de celui de la veille, avait pour objet la réaction de Sylvia à l'annonce de leur mariage. Pourquoi diable les femmes aimaient-elles tant le drame ? Cyril détestait par-dessus tout les vagues et les remous. Les scènes de ménage le rendaient malade et celles-ci, malheureusement, n'étaient que les prémices de celles à venir, puisque Sylvia, Jocko et Katharine venaient déjeuner.

Katharine... En pensant à elle, une petite flamme d'espoir vint réchauffer son cœur. Sa cousine n'apprécierait sans doute pas la nouvelle, mais elle, au moins, ne ferait pas de scandale ; et avec un peu de chance, sa présence aurait un effet apaisant sur Sylvia.

En entendant la porte s'ouvrir, il jeta un regard craintif par-dessus son journal et vit apparaître sa cousine. Il ne trouva pas les mots pour décrire l'impression qu'elle produisit sur lui, tant elle lui parut éclatante de fraîcheur, radieuse, transfigurée. Il laissa choir son journal et se leva pour prendre les mains qu'elle lui tendait en s'exclamant :

— Oh, Cyril, il est arrivé quelque chose d'extraordinaire !

William entra derrière elle dans la pièce et referma la porte. La sensation d'irréalité que Cyril éprouva sous le coup de l'émotion s'effaça bientôt pour faire place à l'incroyable vérité : William était bien vivant. Mais auparavant, il aurait juré que Katharine avait réussi à créer l'illusion qui ne se produit en général que sur une scène de théâtre, lorsque l'imagination du dramaturge parvient à faire pleurer ou rire toute l'assistance.

Au moment où il posait la main sur l'épaule de son cousin et bredouillait « William » d'une voix mal assurée, Mavis fit son apparition dans la pièce. Avait-elle été prévenue par Soames ou bien entrait-elle par hasard ? Toujours est-il qu'elle afficha un calme et une impassibilité proprement stupéfiants. Sans se presser, elle s'avança vers son mari, accordant à Katharine un regard indifférent et toisant William avec hauteur*. Cyril laissa retomber sa main et recula d'un pas.

— Mr. William Smith, je présume, dit Mavis.

William lui adressa un sourire charmant.

— Je crois que vous faites erreur, Miss Jones.

— Je m'appelle Mrs. Eversley, corrigea-t-elle avant de se tourner vers Cyril pour lui demander : Que fait cet homme ici ?

Ce dernier porta la main à sa tête. Le charme était rompu. Il eut l'impression de tomber d'un nuage et de s'écraser au sol après une très, très longue chute.

— Mais... c'est William, murmura-t-il.

Aussitôt il sentit la main de Mavis se refermer comme une serre sur son bras.

* En français dans le texte. *(N.d.T.)*

— Voyons, mon cher, ressaisis-toi. Ce monsieur s'appelle William Smith, employé au bazar de jouets Tattlecombe. Il est venu me voir il y a environ six semaines pour proposer à la firme Eversley la fabrication en série de modèles de jouets qu'il avait fait breveter. Naturellement, j'ai été frappée, tout comme toi, par sa ressemblance — somme toute très superficielle — avec ton cousin.

Cyril s'écarta d'elle.

— Tu l'avais vu ? Pourquoi ne m'avoir rien dit ?

— Je ne pensais pas que les jouets t'intéresseraient et je craignais que cette ressemblance ne te bouleverse.

William eut un petit rire.

— Je suis désolé de contredire une dame, mais il ne s'agit pas d'une ressemblance. Je suis William Eversley.

— Dans ce cas, pourquoi ne pas vous être présenté ?

— Parce que j'ignorais encore mon vrai nom. J'ai été blessé à la tête pendant la guerre et je ne me souvenais plus de la période de ma vie antérieure à 1942. Désolé d'être importun, mon vieux Cyril, mais c'est bien moi.

Mavis le dévisagea longuement. Ses beaux yeux pouvaient fixer sur vous sans ciller un regard glacial.

— Votre fable aurait été beaucoup plus convaincante, Mr. Smith, si vous nous l'aviez racontée il y a deux mois, avant que Mrs. William Eversley n'ait le temps de vous faire répéter votre texte.

Katharine sentit ses joues s'enflammer. William répondit sans se fâcher :

— Vous parlez de ma femme.

Mavis se mit à rire.

— Personne ne prétend le contraire, Mr. Smith.

Je regrette d'ailleurs de ne pas l'avoir appelée par son vrai nom. Pour moi, elle est encore Mrs. William Eversley ; je la connais depuis si longtemps qu'il m'est naturel de l'appeler ainsi. Mais il est vrai que, depuis une semaine, elle se nomme désormais Mrs. Smith.

Elle se tourna brusquement vers Cyril et lui expliqua d'un air triomphant :

— Vois-tu, mon cher, ils se sont mariés samedi dernier en l'église St. James, au coin de Rasselas Mews... la rue où elle habite. Katharine a épousé un dénommé William Smith, que tu as devant toi. Frappée par la ressemblance de ce monsieur avec son premier mari, ce subterfuge lui est très vite venu à l'esprit. Elle a disposé de sept semaines pour lui apprendre son rôle, puis toute leur lune de miel pour mettre les points sur les *i* et les barres aux *t* ; bref un mari tout neuf, prêt à prendre la place de William Eversley à la tête de la société.

Chaque mot qu'elle prononçait heurtait douloureusement la sensibilité de Cyril, mais cette indignation était contrebalancée par le besoin de se préserver du drame qu'il sentait venir. Entre ces deux sentiments opposés, son sens de l'initiative, déjà peu développé, se trouvait complètement paralysé.

A ce moment, on entendit un bruit de pas précipités ; la porte s'ouvrit sur Sylvia, qui fit irruption dans la pièce comme une pouliche gracieuse et souple franchissant une barrière. Tout en elle, ses cheveux, ses yeux, son teint, évoquait la fraîcheur de la jeunesse. Son mari, un jeune homme brun qui paraissait un peu déconcerté, se tenait derrière elle. Sylvia embrassa rapidement la pièce du regard, aperçut William, poussa un cri d'extase, et se jeta à son cou.

— Sylly !

— Billy !

Ils s'étreignirent en se répétant ce jeu de mots affectueux, souvenir de leur complicité de jeunesse. Des larmes de bonheur coulaient sur les joues de Sylvia, qui, sans lâcher William, se tourna vers Katharine pour l'embrasser.

— Mes chéris, mes agneaux ! Mais depuis quand... ? Pourquoi ne nous avez-vous rien dit ? Jocko, regarde, c'est William ! Il est revenu ! Il est vivant !

Elle courut vers son père et le prit par le bras.

— Papa, que se passe-t-il ? Il faut fêter l'événement ! C'est William, mon William adoré ! Qu'est-ce que tu as ? Tu fais une drôle de tête.

La suite de l'histoire eût peut-être été différente si Mavis n'avait jugé bon d'intervenir. Malheureusement, elle fut incapable de se contenir.

— Je crains, Sylvia, que vous ne commettiez une grave erreur, déclara-t-elle avec un sourire hautain. Ce monsieur est le nouveau mari de Katharine, Mr. Smith.

Cyril sentit les ongles de sa fille s'enfoncer dans son bras.

— Qui vous a autorisée à l'appeler Katharine ? s'exclama-t-elle. Vous ne manquez pas d'audace ! Attention, ne vous amusez pas à jouer les belles-mères avec moi, car vous le regretteriez. Surveillez vos paroles, je vous prie. Et si quelqu'un ose dire que ce n'est pas William, il aura affaire à moi.

Ce dernier s'approcha d'elle et posa la main sur son épaule.

— Tais-toi, s'il te plaît. Cyril, ajouta-t-il en se tournant vers son cousin, ne trouves-tu pas que nous sommes trop nombreux dans ce bureau ? Je suggère que tout le monde sorte et qu'on nous laisse seuls. Je suis resté amnésique durant sept ans, mais la mémoire m'est revenue cette nuit. Je sais que tu ne doutes pas de mon identité, et je pense n'avoir aucune difficulté à balayer d'éventuels soupçons, à condition de pouvoir bavarder calmement. Kath, je propose que tu emmènes Sylvia en promenade.

Il marqua une pause, puis ajouta :

— Si ta femme aussi voulait bien quitter la pièce...

Sylvia se jeta de nouveau à son cou, lui murmura quelque chose à l'oreille, et sortit du bureau avec Katharine en tirant Jocko par la manche.

Mavis, en revanche, refusa de quitter le bureau.

— Cyril, ne fais pas l'idiot ! Tu n'as rien à dire à cet homme, et tu n'as pas à l'écouter. Il faut appeler ton avocat.

Cyril la regarda, détourna les yeux, puis lança à son cousin un regard où la tristesse se mêlait au désespoir.

— Voyons, mon vieux, s'exclama William, tu ne vas tout de même pas faire intervenir un avocat ! Si ta femme refuse de sortir, nous pouvons aller faire un tour en voiture, qu'en dis-tu ? Nous y serons à l'aise pour parler.

Cyril passa la main sur son front où perlaient quelques gouttes de sueur.

— Tu devrais sortir, Mavis, murmura-t-il.

Ce fut à son tour de subir son regard glacial et dominateur.

— Pour te laisser embobiner par de belles paroles ! Il te fera avaler des couleuvres et tu regretteras amèrement d'être tombé dans son piège lorsque tu te trouveras face à un avocat qui ne comprendra pas ton stupide comportement ! Non, je ne m'en irai pas. Et tu ne feras pas un pas hors de cette pièce sans moi.

— Très bien, intervint William calmement. Dans ces conditions, nous allons rentrer chez nous. Mais vous feriez bien de réfléchir, tous les deux. Cyril, ose prétendre que tu ne m'as pas reconnu ! Je sais que ma réapparition pose certains problèmes, mais je suis là, bien vivant, et, dorénavant, il te faudra compter avec ma présence, qu'elle te plaise ou non. A toi de décider de l'accueil que vous me réserverez. Nous avons de nombreux détails à régler : soit nous les réglons entre cousins, à l'amiable, ce qui serait évidemment la meilleure solution, soit tu fais appel à ton avocat — et moi au mien — et nous réglerons les problèmes au niveau de la société, entre associés. Brett sera obligé de prendre parti ; naturellement, il y aura de la bagarre, ce qui sera très mauvais pour les affaires. Si c'est ainsi que tu l'entends, libre à toi. Mais comprends bien que tu dois choisir : une fois les poursuites judiciaires entamées, il ne sera plus question de revenir en arrière et d'espérer un règlement à l'amiable. Alors, décide-toi, Cyril. A mon avis, le plus simple serait d'en discuter tout de suite ici tous les deux.

La colère de Mavis se tourna alors contre lui.

— Il n'est pas question qu'il discute de quoi que ce soit avec vous, Mr. Smith. Ne vous faites aucune illusion.

William répondit d'un ton qui se voulait le plus neutre possible :

— Ne vous couvrez pas de ridicule. Votre mari sait parfaitement qui je suis — et vous aussi. Cyril, voyons, un peu de cran ! Me reconnais-tu, oui ou non ?

Cette fois, dans le regard vaincu de Cyril apparut une sorte d'appel au secours. Il tendit la main et l'agita d'un air las en direction de son cousin.

— William, fais-la sortir, s'il te plaît...

33

— Si Mavis avait pu me tuer sur-le-champ, elle n'aurait pas hésité ! remarqua gaiement William.

Ils avaient quitté Evendon en début d'après-midi et roulaient paisiblement en direction de Cedar House. Le temps était doux et gris.

— Où est-elle allée, selon toi ? demanda Katharine.

— Elle a dû rentrer directement à Londres pour décider Brett à se rallier à sa cause. Elle a juste pris le temps de passer un superbe manteau de fourrure et a filé dans un cabriolet flambant neuf. Je suppose qu'elle a un pied-à-terre dans la capitale ?

— Un appartement, je crois. Très luxueux. J'imagine que Cyril paie le loyer. Enfin, ce sont des commérages, ajouta-t-elle en riant.

— Qui t'a raconté cela ?

— Brett.

William regardait la route, droit devant lui, le front soucieux.

— Où en sont leurs relations, ces derniers temps ?

— Je ne sais pas.

— A ton avis, lui a-t-elle parlé de moi ? Cela m'étonnerait, mais on ne sait jamais...

— Oh ! non, c'est impossible, répondit Katharine, précipitamment.

— Pourquoi dis-tu cela ?

— Parce que Brett a régulièrement continué à me demander en mariage.

Elle eut un petit rire.

— Rassure-toi, chéri — il n'est pas amoureux de moi. Il ne l'a jamais été ! Il pensait seulement au côté pratique de cette union.

— Tu veux dire qu'il a continué à te demander en mariage après ma rencontre avec Mavis ?

— Oui. Il m'a écrit à plusieurs reprises et même téléphoné la veille de notre mariage. Je ne sais d'ailleurs pas comment il s'était procuré mon numéro. Donc, tu vois, Mavis ne lui avait pas parlé de votre entrevue.

William demeura silencieux pendant plus d'un kilomètre, puis reprit :

— J'ai l'impression qu'il règne une fameuse pagaille dans les comptes de la société... Cyril était mort de peur et Mavis tenait manifestement à l'empêcher de parler. Pourtant, je ne l'ai pas harcelé de questions ; je voulais d'abord régler le problème que posait mon retour dans la famille. Mais ses nerfs ont craqué et il a laissé échapper une ou deux choses bizarres au sujet de tes dividendes : d'après Mavis, un mariage entre toi et Brett aurait permis d'arranger la situation. Les explications de Cyril m'ont paru très confuses, le pauvre garçon était dans tous ses états, mais il en ressortait que Mavis soutenait avec enthousiasme l'idée de ce mariage.

Katharine sentit le rouge lui monter aux joues.

— C'est très gentil à eux ! Mais je te rappelle que j'ai toujours refusé !

Il ne releva pas sa remarque.

— Vois-tu, j'ai dans l'idée que Mavis avait continué à œuvrer pour la réussite de ce projet — du moins jusqu'à aujourd'hui. C'est l'argument que Cyril a mis en avant pour me prouver qu'elle ne m'avait pas reconnu le 6 décembre, car, dans le cas contraire, elle n'aurait pas poussé Brett à t'épouser.

La jeune femme poussa une exclamation coléreuse.

— William ! Cesse de parler de moi comme d'un vulgaire objet à solder dans le coin des bonnes affaires, sinon je vais me mettre à hurler !

Il lui adressa un bref sourire, lui tapota la main pour la rassurer, puis redevint grave.

— Elle m'a certainement reconnu, mais elle s'est aussi rendu compte que moi, je ne l'avais pas reconnue. Étant en possession de mon adresse, elle a pu mener sa petite enquête, qui lui a permis d'apprendre que William Smith était amnésique. Je me demande si ce n'est pas elle qui, croyant avoir affaire à moi, a poussé Abel Tattlecombe sous cette voiture, le soir du 7 décembre. N'oublie pas qu'elle ne le connaissait pas. Elle avait peut-être simplement décidé d'aller vérifier la disposition des lieux ou bien elle avait prévu un stratagème pour me faire sortir de chez moi ; toujours est-il qu'à ce moment elle voit la porte s'ouvrir et un homme s'avancer sur le trottoir — à peu près de la même taille et de la même stature que moi...

Il s'interrompit, puis ajouta en riant :

— Je me demande au bout de combien de temps elle s'est aperçue de son erreur !

Puis voyant que Katharine ne réagissait pas, il poursuivit :

— Bien sûr, ce n'est qu'une hypothèse, mais elle est plausible. En tout cas, je suis presque sûr qu'il y a eu falsification des comptes de la société.

Mon retour signifiait donc l'épreuve de force. Imagine le choc que Mavis Jones a dû recevoir en me voyant entrer dans son bureau ! Je dirai à son actif qu'elle n'a pas eu un battement de cils. Mais leurs positions étaient menacées. Première ligne de défense, mon amnésie, élément sur lequel il était difficile de s'appuyer bien longtemps : n'importe qui pouvait me reconnaître, et lorsque l'on rencontre quelqu'un qui vous reconnaît, il n'y a pas de raison que d'autres n'en fassent pas autant. Deuxième ligne : Brett parvenait à te décider à l'épouser. Me connaissant, ils savaient que je ne chercherais pas à te compliquer la vie ; et si, par hasard, il m'arrivait un accident mortel, eh bien, personne ne viendrait remettre ce mariage en question.

— William ! Je crois que je vais vraiment me mettre à hurler ! Jamais, m'entends-tu, je n'aurais épousé Brett !

— Ils n'étaient pas censés le savoir. Brett a toujours été considéré comme un homme très séduisant...

Au même moment, Maud Silver franchissait l'enceinte hygiénique et glaciale de l'hôpital St. Luke, en compagnie de l'inspecteur Abbott. Celui-ci avait reçu l'accord de son supérieur pour qu'elle l'accompagnât, à la condition expresse qu'elle se fît passer pour une amie du défunt.

Après être passés par plusieurs services, ils trouvèrent enfin celui qui avait accueilli Mr. Davies le soir de son accident. Ils furent reçus par la sœur, vive et compétente, bientôt rejointe par deux jeunes élèves-infirmières ; toutes deux étaient de garde, l'une de jour, l'autre de nuit, pendant les heures qui avaient précédé le décès de Mr. Davies. Les trois femmes se concertèrent et tombèrent d'accord pour dire qu'il n'avait prononcé, hormis quelques grommellements, aucune parole intelligible.

Lorsque Frank Abbott se leva pour remercier la sœur, la plus jeune des deux infirmières lui jeta un regard plein d'admiration. Miss Silver toussota.

— Pardonnez-moi d'insister, mais les malades qui se trouvaient dans la même salle que Mr. Davies se souviennent peut-être de quelque chose...

Le gracieux sourire de la sœur se figea.

— Je crains qu'ils ne vous soient d'aucun secours. Son lit était entouré de paravents et, comme nous vous l'avons dit, le pauvre homme était inconscient.

— Auriez-vous l'obligeance de me donner leurs noms et leurs adresses, afin que...

La sœur l'interrompit.

— Certainement, mais encore une fois, je crains que ce ne soit inutile : l'homme qui était à sa droite est mort le lendemain. Mr. Yates, qui occupait le lit de gauche, avait fait une sévère rechute. Il est encore parmi nous. D'ailleurs, il sort demain.

Au regard appuyé que lui lança Miss Silver, Abbott comprit qu'il devait insister auprès de la sœur.

— Nous serait-il possible de rencontrer Mr. Yates ?

Une infirmière les accompagna auprès de ce dernier, un homme sympathique et bavard, à l'accent cockney très prononcé, qui fut ravi de recevoir de la visite. Après quelques préliminaires concernant son état de santé, Abbott lui demanda s'il se souvenait du vieil homme victime d'un accident de la circulation le 7 décembre.

— Sûr que j'm'en souviens ! C'est ma jambe

qu'est malade, pas ma tête. Il est resté que quelques heures, le pauv'vieux. Un gentleman comme lui, qu'est-ce qui f'sait dans la rue au milieu de toutes ces voitures, alors qui f'sait déjà nuit ? A c't âge-là, on n'a plus de bons yeux, on sait plus s'il faut avancer ou r'culer, et hop, on s'fait renverser. C'est-y pas dommage.

— Réfléchissez, Mr. Yates. A-t-il dit quelque chose ?

— Ben, y avait les paravents autour de son lit. On sait toujours qu'un gars en a plus pour longtemps quand y mettent les paravents d'vant son lit. Moi, on m'l'a fait une fois, mais j'vous jure qui z-y r'viendront pas. J'm'en souviens, c'était cette jolie p'tite infirmière rousse. J'lui ai dit : « Si vous me r'mettez ces machins, j'les fous par terre, compris ? » Elle a fait : « Oh, Mr. Yates ! » « Y a pas de "Oh, Mr. Yates qui tienne", j'ai répondu. Personne a mis un paravent d'vant moi quand j'suis né. On était huit dans la pièce, et si j'dois mourir, j'peux le faire devant tout l'monde, d'accord ? Mais j'suis pas encore prêt de mourir, alors allez le dire à la sœur, en lui donnant le bonjour de ma part. » Elle a encore fait : « Oh, Yates » et puis elle est partie chercher la sœur. Mais j'ai plus jamais eu de paravents !

Miss Silver se pencha en avant.

— Une résistance tout à fait digne d'éloges, dit-elle. Mr. Yates, êtes-vous sûr que ce pauvre Mr. Davies n'a rien dit ?

Yates pencha la tête de côté. Il avait un visage tout plissé, comme celui d'un petit singe. Une lueur amusée dansait dans ses yeux.

— Ben, disons qu'il a pas vraiment laissé de message, si c'est ça que vous voulez savoir.

Miss Silver inclina la tête.

— Même s'il n'a dit qu'un mot ou deux, Mr. Yates, essayez de vous en souvenir.

— Bah, c'était pas grand-chose. Normalement, j'aurais pas dû l'entendre, mais j'avais mal à la jambe et je pouvais pas sortir de mon lit. Y avait un type qui faisait des siennes à l'autre bout d'la salle et la sœur essayait de le calmer. A ce moment, j'ai entendu le bonhomme derrière son paravent qui parlait tout haut, enfin pas bien fort. « Joan », y disait, ou quequ'chose d'approchant.

— Joan ou Jones ? demanda Miss Silver.

— J'sais pas. L'un des deux. Vous jouez à pile ou face et vous verrez bien. Ça pouvait être Joan, comme ça pouvait être Jones. Vous avez qu'à choisir ce qui vous fait le plus plaisir, et on en parle plus, d'accord ?

Miss Silver toussota.

— A-t-il dit quelque chose d'autre ?

Il hocha vigoureusement la tête.

— Il a dit qu'elle l'avait pas cru, quequ'chose comme ça : « Elle ne m'a pas cru. »

Il fit bouger son front tout plissé, comme le font les singes.

— Mince alors, j'aurais pu lui dire que ça sert à rien de perdre son temps à raconter des histoires aux femmes, elles vous croient jamais. Moi, j'lui ai dit « C'est pas grave, mon gars, prends-le du bon côté. » Et il répond : « Elle m'a poussé. » J'lui dis : « Ah, elle aurait pas dû faire ça. » A c'moment, il pousse une sorte de grognement et commence à marmonner quequ'chose. Et puis, tout d'un coup, j'entends plus rien. Alors quand la sœur arrive, j'lui dis : « J'crois qu'il est parti. » C'est vrai, il était mort, le pauvre.

— Avez-vous dit à quelqu'un qu'il vous avait parlé ? demanda Frank Abbott.

Yates secoua la tête.

— Personne m'a rien d'mandé. Le lendemain, j'ai été opéré, et après ça, j'étais mal fichu.

En sortant de l'hôpital, Frank Abbott remarqua :

— C'est le genre de témoignage qui vous donne mal à la tête, mais au moins il a le charme de la spontanéité !

Maud Silver secoua la tête.

— Je vous conseille d'en faire un rapport plus nuancé à votre supérieur...

34

William et Katharine revinrent à Rasselas Mews très tard le samedi soir. Tant de choses s'étaient produites au cours de ce week-end que Katharine avait peine à croire qu'ils ne s'étaient absentés que trente-six heures. Tout d'abord, elle était redevenue Katharine Eversley, qui était à la fois le nom de jeune fille et de femme mariée qu'elle avait porté avant-guerre et au cours de sept sombres années de veuvage. Et soudain le chagrin et l'amertume s'étaient envolés, le bonheur inondait sa vie ; la journée de l'avant-veille lui avait rappelé de merveilleux moments oubliés.

Dans l'obscurité, William buta contre un colis déposé en haut des douze marches, devant la porte d'entrée. C'était une boîte en carton, enveloppée de papier kraft. Arrivés dans le salon, ils l'ouvrirent et découvrirent un pot de confiture d'un kilo, portant la mention « gelée de pommes au miel » ; autour du couvercle était nouée une petite faveur sur laquelle était libellé : « Avec toutes mes amitiés. Abigail Salt », d'une petite écriture vieillotte et serrée.

— Comme c'est gentil ! s'exclama Katharine. Rappelle-toi, nous en avions goûté, le jour où nous sommes allés prendre le thé chez elle. Elle était délicieuse. Nous l'ouvrirons demain.

— D'accord. Dis-moi, il est minuit ! Va vite au lit. Je vais garer la voiture. Il y a de la place en bas. Heureusement, car je n'aimerais pas être obligé de revenir à pied d'Ellery Street.

Katharine rangea le pot de confiture dans un placard et alla se coucher.

Ils avaient décidé de reprendre leurs activités dès le lendemain. William avait sept années de travail à rattraper, et ce sans savoir s'il pouvait compter sur Brett ; une visite à son avocat s'imposait par ailleurs absolument — car, bien que vivant, William Eversley était légalement décédé. Mais, en dépit de tous ces soucis, il pensait d'abord et avant tout à Abel Tattlecombe.

— Il y a un garçon très bien, un ami d'Ernie, que j'essaie de contacter depuis quelque temps. C'est un excellent vendeur, qui conviendrait tout à fait à Mr. Tattlecombe. Le magasin où il travaille vient de changer de direction, et il ne s'entend pas avec son nouvel employeur. Si j'arrivais à convaincre Abel de l'embaucher à ma place, cela atténuerait peut-être le choc qu'il va recevoir en apprenant ma démission. Voyons, tout ceci me prendra la matinée. Ensuite, nous pourrions profiter de l'après-midi pour nous occuper de la partie juridique de l'affaire. Mr. Hall travaille-t-il encore pour Eversley ?

— Oui.

— Tant mieux. Cela devrait faciliter nos démarches. Tu pourras lui téléphoner de la boutique et prendre rendez-vous avec lui. Nous irons le voir ensemble. Reste Brett. Je suppose que quelqu'un lui aura appris la nouvelle.

— Mavis, sans doute.

— J'ai dans l'idée que Cyril lui en aura parlé. Ils seront tous les deux au bureau.

— William, souviens-toi que nous devons rappeler Miss Silver.

— Eh bien, téléphone-lui tout de suite. L'adresse qu'elle t'a donnée est bien celle de son domicile ?

Ils étaient en train de prendre leur petit déjeuner. Une agréable odeur de café et de bacon grillé régnait dans la pièce. Katharine voulut se lever, mais il l'obligea à rester assise.

— Non, tu ne bouges pas tant que tu n'as pas fini de déjeuner. Il n'y a rien de pire que le bacon refroidi ! Miss Silver n'est pas à cinq minutes près.

Le petit déjeuner avalé, ils appelèrent le 15, Montague Mansions. La détective parut enchantée d'apprendre que William Eversley avait retrouvé la mémoire.

— Cela devrait vous simplifier la tâche. Vous dites que Mr. Cyril Eversley et sa fille l'ont reconnu ? Parfait, parfait...

— Miss Silver... reprit Katharine, hésitante.

— Oui, ma chère ?

— La... la secrétaire de Cyril, vous savez, Miss Jones, qui a reçu William le 6 décembre...

— Eh bien ?

— Cyril l'a épousée.

— Mon dieu !

— Je suppose que j'aurais dû m'en douter, mais je ne pensais pas qu'il serait assez idiot pour...

Miss Silver toussota.

— Ma chère, s'agissant d'histoire de cœur, il ne faut jamais compter sur le bon sens d'un gentleman. Un patron succombe souvent aux charmes de la secrétaire avec laquelle il passe toutes ses journées. Avec le temps, Mr. Eversley aura été amené à dépendre de Miss Jones.

— Elle le tient totalement sous sa coupe, cela saute aux yeux ! s'écria Katharine. Toutefois, elle n'est pas parvenue à lui faire dire qu'il ne reconnaissait pas William. Cela l'a mise hors d'elle et elle est partie en trombe au volant d'une voiture toute neuve, un cadeau de mariage, j'imagine.

— Mrs. Eversley, j'aimerais vous voir tous les deux, dès aujourd'hui, dit Maud Silver d'un ton grave. Est-ce possible ?

Katharine hésita, regarda par-dessus son épaule, quêtant l'accord de William. Celui-ci eut un signe de dénégation.

— Écoutez... je suis désolée, mais nous avons une journée très chargée. Nous devons rendre visite à Mr. Tattlecombe, puis contacter notre avocat. Ensuite William doit aller voir ses cousins...

— Je me permets d'insister, la coupa Miss Silver avec fermeté. Il est important que je parle à votre mari.

— Je ne sais pas... Peut-être ce soir ?

Katharine se retourna de nouveau, guettant un signe de William. Cette fois, celui-ci acquiesça.

— Disons, huit heures et demie, à moins d'un événement imprévu. L'heure vous convient-elle ? Oui ? Alors, à ce soir. Et merci encore.

— Que voulais-tu dire par « à moins d'un événement imprévu » ? demanda William d'un air taquin, dès qu'elle eut raccroché.

Aussitôt, Katharine regretta d'avoir prononcé ces paroles, qui lui revinrent comme un écho du fond d'une grotte obscure.

— Je ne sais pas, murmura-t-elle en pâlissant.

— Moi, je sais ! répondit-il joyeusement. Nous devons faire très attention de ne pas nous faire renverser par une voiture !

— William ! Je n'apprécie pas du tout ce genre de plaisanterie.

Il rit et l'embrassa.

— Allons, dépêche-toi, ma chérie, sinon nous allons être en retard !

35

Comme William l'avait prévu, Abel Tattlecombe prit très mal la nouvelle. Après avoir déclaré que c'était un rude coup mais que l'on ne pouvait s'opposer à la volonté du Seigneur, il passa la main dans ses cheveux, observa William et Katharine de ses yeux bleus tout ronds et remarqua :

— Oh, finalement, cela n'a guère d'importance. A mon âge, je n'en ai plus pour longtemps à vivre...

De là à suggérer qu'il se retrouverait seul sur son lit de mort sans personne pour lui fermer les yeux ni lui élever une pierre tombale, il n'y avait qu'un pas... A ce moment, Katharine comprit que, d'une certaine façon, le vieil homme s'amusait.

— Cher Mr. Tattlecombe, dit-elle en lui prenant la main, ne parlez pas comme cela, vous allez me faire pleurer.

La réponse parut visiblement le satisfaire ; assis sur son fauteuil, aussi rose et bien portant qu'un nourrisson, le cheveu en bataille, il poursuivit néanmoins sa complainte en disant qu'il était inutile de verser des larmes, que nous devons tous en passer par là et que, de toute manière, personne ne s'affligerait de son départ pour l'au-delà.

— Voyons, Abel, ne soyez pas injuste, intervint

William. Pensez à votre sœur, à moi, à Mrs. Bastable, à Miss Cole, à Katharine, nous vous regretterons tous, vous le savez très bien. Mais là n'est pas la question puisque vous êtes en parfaite santé. A présent, écoutez-moi : j'ai pensé qu'un ami d'Ernie, vous savez, Jim Willis...

Tandis qu'il lui expliquait son plan, Abel regardait droit devant lui, les yeux perdus dans le vide. Quand William eut terminé son exposé, il y eut un long, très long silence, qu'Abel interrompit par un profond soupir.

— C'est très gentil à vous de vous occuper de moi, William. Je ne doute pas que Jim Willis soit un garçon honnête et bon vivant — tous les amis d'Ernie le sont —, mais, voyez-vous, je n'aurai pas besoin d'être assisté dans la tombe.

— Tonnerre ! Je ne parle pas de votre tombe, mais de votre magasin ; vous allez avoir besoin d'un assistant. Ne vous imaginez pas que je vais vous abandonner ainsi ! Ce serait mal me connaître. Mais vous devez comprendre qu'une montagne de dossiers m'attend à la firme Eversley et que je dois m'en occuper personnellement. J'aimerais que Jim Willis commence son travail le plus tôt possible, afin que je puisse le mettre au courant de la tenue des affaires.

Un peu avant qu'ils ne prennent congé, le moral d'Abel commença à suivre une courbe légèrement ascendante. Il fit moins référence à sa proche mise au tombeau et aux estimations du roi David quant à l'âge où celle-ci devait survenir. Il montra même un vague intérêt pour la personne de Jim Willis et se souvint que celui-ci était déjà venu le voir à deux reprises avec Ernie. Finalement, le pire était passé.

Juste avant de partir, Katharine lui dit que c'était vraiment très aimable de la part d'Abigail de leur avoir apporté un pot de gelée de pommes.

Abel hocha la tête.

— Ah oui, elle m'en a parlé. Elle m'en a également donné un ou deux pots. Notre cousine Sarah Hill les lui a envoyés. Elle refuse de révéler son secret de fabrication, mais elle nous en apporte tous les ans. Abby m'a dit qu'elle viendrait prendre le thé avec moi demain — depuis qu'Emily va mieux, elle peut la laisser seule — et qu'elle en profiterait pour me laisser un autre pot pour vous. Vous verrez, vous l'aimerez.

— Oui, elle est délicieuse. Nous en avions goûté lorsque nous étions allés prendre le thé chez votre sœur. Nous avons trouvé le pot en rentrant chez nous hier soir. Je voulais appeler Abigail pour la remercier, mais William m'a dit qu'elle préférerait recevoir une lettre. Je lui écrirai dès ce soir. C'est vraiment très gentil à elle d'avoir pensé à nous.

Abel hocha la tête.

— Elle a sans doute préféré vous l'apporter elle-même. Mais c'est curieux, parce que le dimanche soir, elle va toujours au temple, qu'il pleuve ou qu'il vente. William a raison à propos du téléphone. Abby a mis du temps avant de se décider à le faire installer ! Elle ne l'aurait pas fait si je n'avais pas insisté en prétextant que si l'un de nous deux devait être emporté subitement, nous ne pourrions même pas en être avertis et entendre les dernières paroles de l'autre.

Il était midi et demi quand William gara sa voiture dans la cour de la firme Eversley. Il fit ensuite le tour du bâtiment à pied jusqu'à la porte d'entrée. L'usine était située à la périphérie de la banlieue londonienne. Elle ne paraissait pas avoir trop souffert des bombardements, mais, vue de l'extérieur, elle donnait l'apparence du délabrement. Lors de sa précédente visite, il faisait nuit; cette fois, il prit le temps d'observer les alentours, qui avaient beaucoup changé : on avait construit une grosse centrale électrique juste en face. La tour Marsdens, érigée à deux cents mètres de là, avait été détruite, et à son emplacement s'élevaient les fondations d'une nouvelle tour. Manifestement le site avait été bombardé.

Une fois sa visite terminée, William entra dans l'immeuble; aujourd'hui, Miss Jones n'allait pas lui mettre des bâtons dans les roues! Il monta l'escalier et entra dans le bureau d'accueil. En le voyant, une jeune fille leva le nez de sa machine à écrire.

— Mr. Cyril Eversley est-il là? s'enquit-il.

— Non.

— Et Mr. Brett?

— Oui.

— Parfait. Je vais le voir. Inutile de m'annoncer.

Laissant là la secrétaire stupéfaite, il franchit la porte et emprunta le couloir qui menait aux différents bureaux. Autrefois, Brett occupait celui du fond. En avait-il changé? Apparemment, non. L'écriteau portant son nom était toujours là. Il avait seulement subi l'usure du temps, comme le reste de l'usine...

Il tourna la poignée et entra dans le bureau. Brett ne serait pas surpris, puisque Cyril ou Mavis, mais plus probablement Cyril, avait dû l'avertir par téléphone. Restait à savoir comment il allait réagir.

— William! Mon vieux William! s'exclama-t-il. en s'avançant pour lui serrer la main.

Ce dernier poussa intérieurement un soupir de soulagement. S'il avait un peu vieilli, un peu grossi, ce cher Brett n'avait pas vraiment changé, toujours aussi charmeur et exubérant.

— Mon vieux, on peut dire que je n'ai jamais

été aussi content ! Cyril m'a appelé il y a une heure, pour me dire que depuis hier il cherchait à me joindre pour m'annoncer la nouvelle !

Il éclata d'un rire franc et chaleureux.

— Vois-tu, j'étais parti en week-end. Le lundi matin, il n'est jamais bon de se précipiter au travail. D'ailleurs, à propos de travail, je regrette qu'il y en ait si peu en ce moment. J'ai bien peur que les affaires ne soient plus ce qu'elles étaient...

— C'est ce que j'ai cru comprendre.

Brett haussa les sourcils. Ses yeux marron prirent une expression chagrine et moqueuse à la fois.

— Disons que nous avons survécu à la guerre ! ironisa-t-il avant de retrouver son sérieux et d'ajouter :

— Je n'irai pas par quatre chemins, mon vieux. Nous sommes dans un sacré pétrin.

— Quel genre de... pétrin ? demanda William.

Brett le regarda droit dans les yeux.

— L'argent de Katharine. Il n'y en a plus.

Celle-ci, qui était retournée à l'appartement, décrocha le combiné et entendit la voix de William, assez lointaine, à l'autre bout du fil.

— Allô, c'est toi, Kath ?

— Oui.

— Écoute, chérie, je ne pourrai pas rentrer déjeuner. Nous sommes dans les comptes jusqu'au cou... Oui, Brett est là. Je t'appelle de son bureau. Nous allons essayer d'éclaircir tout cela ensemble. Cyril est encore à Evendon. Oh, à propos, j'ai annulé mon rendez-vous avec Mr. Hall. Brett a pu le joindre avant qu'il parte déjeuner. Il sait que je suis de retour. Je le verrai demain.

— Quand penses-tu rentrer ?

— Disons vers cinq heures. Mais ne m'attends pas pour le thé.

— Bien sûr que si ! N'oublie pas que nous devons goûter la gelée d'Abigail.

Katharine raccrocha et retourna vers la table qu'elle avait dressée pour le déjeuner. Elle avait mitonné un savoureux ragoût en cocotte qu'elle gardait au chaud dans la cuisine. Le dessert, une crème au lait, était déjà sur la table, ainsi qu'une coupe en cristal emplie de gelée de pommes. Elle rangea la coupe dans le placard vitré, et la remplaça par un pot de confiture de framboises. Puis elle alla à la cuisine chercher le ragoût.

En fait, William rentra bien après cinq heures. Il regarda la table basse dressée pour le thé devant la cheminée et enlaça tendrement Katharine.

— Mmm, qu'il fait bon ici !

— Comment s'est passé ton après-midi, mon chéri ?

— Si tu savais ! Kath, c'est une véritable pagaille.

— Dans ce cas, n'en parlons pas tout de suite. Viens d'abord prendre le thé.

— Volontiers ! Tu sais, ajouta-t-il sans lâcher sa taille, j'ai l'impression que Brett est vraiment content que je sois revenu.

— A-t-il réagi... convenablement ?

William eut un petit rire.

— De façon tout à fait charmante ! Quel dommage qu'il ne fasse pas fonctionner plus souvent sa cervelle, car il est intelligent, contrairement à Cyril. Attention, je ne dis pas cela méchamment. Je veux dire que Brett est assez intelligent pour comprendre clairement la situation. Ou bien il me tenait pour un usurpateur cherchant à voir jusqu'où il pouvait mener la supercherie, ou bien il acceptait l'idée du retour du cousin prodigue et il se mettait immédiatement au travail avec lui. Il lui a suffi d'un regard pour se rendre compte qu'il n'avait pas devant lui un imposteur, mais bien son cousin William Eversley. Et il a réagi très élégamment. Il a eu raison de jouer cette carte, car, à force de malversations, Cyril et lui vont finir par avoir des ennuis avec la justice. Or Brett ne tient pas du tout à aller en prison ! En résumé, tu n'as plus un centime, Kath.

La jeune femme étouffa une exclamation de surprise.

— Eh oui, le jeu classique, reprit William. Ils ont commencé par puiser dans tes fonds pour remettre la firme à flot, puis ils ont continué pour relancer les investissements. Ils en sont arrivés à un point où ils auraient été ruinés si tu t'étais remariée. Brett a tenté de contourner l'obstacle en te demandant d'être sa femme.

— Il ne peut pas y avoir d'autre raison, n'est-ce pas, mon chéri ? demanda Katharine, dont les lèvres tremblaient.

— Tu m'as dit toi-même qu'il n'était pas amoureux de toi, fit William, rassurant. Dieu merci ! L'affaire est déjà assez compliquée. Je pense que, content ou non, Brett aurait de toute manière fait bonne figure en me voyant entrer dans son bureau, car il est suffisamment malin pour savoir où se situe son intérêt. Mais j'ai eu le sentiment qu'il était vraiment heureux. Je ne le crois pas capable de jouer une telle comédie.

Katharine hocha la tête. William ne se laissait jamais duper. Lui, si simple et si paisible en apparence, aurait vu clair à travers un mur de brique.

— Quelles décisions comptes-tu prendre ?

— Oh, Cyril peut se retirer de l'affaire et rester à Evendon, si ça lui dit. Il ne nous est d'aucune utilité dans l'affaire. Quant à Brett...

Il se mit à rire.

— Notre cher cousin pourra user de son charme légendaire auprès des clients pour leur faire passer des commandes de jouets ! Vois-tu, j'ai l'intention d'élargir le marché et je te promets qu'ils vont sauver l'usine. Chérie, j'ai une faim de loup ! Nous avons juste pris un sandwich en guise de déjeuner. Peux-tu préparer le thé, pendant que je vais faire un brin de toilette ?

Lorsqu'il revint de la salle de bains, il trouva Katharine immobile, la théière à la main, le regard fixé sur le bout de la table. A la voir, il eut l'impression qu'elle se tenait ainsi depuis un bon moment. Il s'approcha d'elle. La jeune femme posa la théière et lui fit remarquer, d'une voix dénuée d'expression :

— Regarde, il y a une mouche morte.

— Une mouche ? En cette saison ?

— Oui, il y en a toujours quelques-unes dans le quartier. Les gens ne prennent pas toujours soin de bien fermer leur garde-manger. Mais celle-ci est morte.

Soudain, elle tendit la main et prit la sienne. Il faisait chaud dans la pièce, mais ses doigts étaient glacés.

— Regarde, il y en a une autre. Attends...

Ils observèrent le manège de la mouche autour de la table. Sur le plateau vert laqué de Carol se trouvaient la théière, le sucrier et deux tasses. Plus loin Katharine avait disposé un pain complet, une assiette de scones, un gâteau au cumin, une soucoupe de petites coquilles de beurre et la coupe de cristal emplie de gelée de pommes. C'est là qu'était tombée la mouche morte. Le deuxième insecte tourna autour de la coupe en bourdonnant, puis se posa sur la gelée transparente et ambrée et y plongea sa trompe. Quelques secondes plus tard, il se mit à frémir bizarrement et tomba sur le dos, raide mort.

Les doigts glacés de Katharine agrippèrent avec force la main de William. Ni l'un ni l'autre ne proférèrent un son. A cet instant, la sonnerie du téléphone retentit. Katharine lâcha la main de William et alla décrocher le combiné.

— Mrs. Eversley ?

C'était la voix de Maud Silver.

— Oui, c'est moi.

— Avez-vous reçu un pot de confiture provenant de chez Mrs. Salt ?

— Oui.

— Surtout n'y touchez pas. L'avez-vous déjà goûtée ?

— Non.

La détective eut un toussotement soulagé.

— Je suis heureuse de vous l'entendre dire. Puis-je parler à votre mari ?

William prit le combiné tout en enlaçant la taille de Katharine.

— Mr. Eversley ? Je vous appelle de Selby Street. Les événements viennent de prendre une grave tournure. Nous attendons l'arrivée de la police. Je pense que vous devriez venir le plus rapidement possible, tous les deux. Cette affaire vous concerne de près. Pourriez-vous apporter le pot de gelée de pommes ? Manipulez-le le moins possible et remettez-le dans son emballage, de manière à préserver les empreintes.

— Très bien, fit William avant de reposer lentement le combiné.

Ils restèrent tous deux face à face silencieux.

36

Maud Silver avait sonné à la porte d'entrée du 176, Selby Street une demi-heure plus tôt, après avoir pris rendez-vous par téléphone avec Mrs. Salt, qui la reçut plus que fraîchement. Si, au cours de leur brève conversation téléphonique, la détective n'avait pas eu la présence d'esprit de citer le nom d'Abel Tattlecombe, Abigail n'aurait certainement pas accepté de la recevoir.

— Votre frère, Mrs. Salt, vous conseillerait sans aucun doute de m'accorder un entretien.

— Je ne suis pas toujours les conseils de mon frère, répondit Abigail, sèchement.

Miss Silver toussota.

— Dans ce cas précis, vous auriez tort de ne pas écouter ses recommandations.

— Puis-je savoir pourquoi ?

— Il vous dirait que vous préféreriez certainement ma visite à celle de la police.

— Venez donc à cinq heures, répondit Abigail d'un ton neutre.

A son arrivée, Maud Silver fut conduite au salon du premier étage. Elle prit place dans un fauteuil et l'entrevue put commencer. Calme et maîtresse d'elle-même, Abigail Salt paraissait redoutable. Elle s'assit sous l'austère agrandissement photographique de sa belle-mère coiffée de son impressionnant bonnet de veuve, et qui portait à son cou un collier de jais qui faisait irrésistiblement penser à une chaîne de forçat.

Le mobilier de la pièce provenait de la défunte Mrs. Salt. Il était ancien — sans toutefois mériter l'appellation de mobilier de style —, solide et élégant ; il avait dû coûter fort cher à l'époque. Dans cet environnement, Abigail se sentait très sûre d'elle. Les Salt étaient, depuis plus d'un siècle, une famille de gens riches et croyants. Il était donc inutile de remonter plus loin pour prouver leur honorabilité. La pendule posée sur la cheminée venait de la Grande Exposition de Londres de 1851.

Maud Silver appréciait à la fois l'atmosphère du salon et le maintien réservé de sa propriétaire.

— C'est très aimable à vous de me recevoir, observa-t-elle en inclinant la tête.

Ne recevant aucune réponse, elle poursuivit :

— Aimable, et, si je puis me permettre, très sage.

Mrs. Salt se tenait très digne sur son siège, les mains croisées. Elle avait revêtu pour l'occasion sa robe des dimanches et des goûters entre amies. Elle avait mis un col de dentelle Honiton et sa broche de diamants, détails vestimentaires qui étaient pour elle une sorte de soutien moral. Ce qu'elle ignorait, c'est que Miss Silver savait qu'elle en avait besoin...

Abigail examina la tenue de sa visiteuse. Celle-ci portait un manteau passé de mode, une étole de fourrure défraîchie, un chapeau de feutre noir qu'elle n'aurait jamais osé mettre sur sa tête pour sortir, et des gants de laine qu'elle compara mentalement aux siens, bordés de fourrure aux poignets, et qui étaient posés sur la commode de sa chambre. Cependant, en dépit de son application à noter tous ces détails, son regard se reporta instinctivement sur le visage de Miss Silver et, presque aussitôt, elle détourna les yeux.

La détective toussota.

— Je serai franche avec vous, Mrs. Salt. Votre frère m'a demandé de venir le voir chez lui samedi après-midi et m'a fait part, en substance, des propos que vous lui aviez tenus quelques heures auparavant.

Sans répondre, Abigail pinça les lèvres, si fort qu'on ne voyait plus d'elles qu'une mince ligne pâle.

— Vous devez, bien entendu, enchaîna Miss Silver, être consciente de la gravité de cette conversation. Ce que vous avez rapporté à votre frère équivaut peu ou prou à admettre que votre belle-sœur a attenté à la vie de Mr. William Smith. Vous avez dit avoir trouvé l'imperméable de Mr. Tattlecombe mouillé et le tisonnier de la cuisine hors du râtelier et rouillé.

Abigail desserra les lèvres pour répondre :

— J'ai parlé à mon frère en confidence.

— Mr. Tattlecombe est très attaché à Mr. Smith. Il pense que sa vie est en danger.

— C'est absurde.

— Je ne le crois pas. Après son accident, votre frère a déclaré avoir été projeté sur la chaussée à la suite d'un coup violent. Ce coup était, selon moi, destiné à William Smith. La deuxième attaque est celle à laquelle je viens de faire allusion. Tout porte à croire que Miss Salt est l'agresseur. Passons à la troisième, qui aurait pu s'avérer fatale. Ce soir-là, Mr. Smith sortait encore de cette maison lorsqu'il a été agressé. On l'a poussé dans le dos avec un genre de canne, alors qu'il attendait sur un îlot pour piétons de pouvoir traverser la rue. Il serait passé sous les roues d'un autobus s'il n'avait pas été retenu in extremis par son voisin. Et dernièrement, les écrous d'une roue de sa voiture ont été desserrés.

— Ma belle-sœur ne connaît rien aux voitures. Et sachez qu'elle est restée alitée toute la semaine dernière à cause d'une forte grippe

— C'est ce que m'a dit votre frère Je n'attribue pas son agression, ni le sabotage de la voiture à Miss Salt. Mais les deux autres agressions, en revanche, me paraissent de son fait. Vous en conclurez logiquement, comme je le soupçonne depuis le début, que deux personnes sont impliquées dans cette affaire. Miss Salt est l'une des deux. Je suis venue vous voir pour essayer de découvrir qui est l'autre et quelle est leur relation.

Dans sa jolie robe du dimanche, impeccablement coiffée, Abigail n'avait pas bougé d'un pouce depuis le début de l'entretien. Avec ses boucles grises, son teint clair et ses yeux ronds et bleus, elle ressemblait étonnamment à son frère. Elle entrouvrit ses lèvres pincées pour répondre :

— Je ne peux vous aider.

Maud Silver la dévisagea longuement.

— Je crois que si, au contraire. Comprenez-moi bien, je suis venue vous voir pour découvrir le lien entre le deuxième agresseur et Miss Salt. Nous connaissons l'identité de cette personne. Là où vous pourriez m'aider, en revanche...

— Je vous répète que je ne le peux pas. Je ne connais pas cette personne.

Maud Silver leva sa main gantée de noir.

— Mrs. Salt, je vous demande seulement de répondre à quelques questions. Si ce n'est pas moi, c'est la police qui vous les posera.

Les joues vermeilles d'Abigail virèrent au cramoisi.

— Posez toujours vos questions. Je verrai si je peux y répondre.

Miss Silver sourit avec gravité.

— Je suis certaine que vous ferez de votre mieux. Surtout ne croyez pas que j'ignore la difficulté de votre position. C'est une très lourde charge que de s'occuper de Miss Salt. Vous n'avez pu la remplir sans remarquer certains détails, les plus minimes soient-ils. Miss Salt a-t-elle toujours été encline à la violence ?

Il y eut un silence. Lorsqu'elle estima qu'il avait assez duré, Miss Silver murmura :

— Je vois...

Abigail détourna son regard.

— C'était il y a longtemps. Emily était jalouse. Mais je ne veux pas que vous imaginiez le pire. A l'époque, j'avais une femme de chambre — une jeune fille charmante, une vraie perle. Un jour, elle est venue me trouver pour m'avertir qu'Emily avait tenté de la pousser dans l'escalier. Depuis lors, j'ai pensé qu'il valait mieux ne pas garder de domestique à domicile, à cause de la jalousie d'Emily...

— Était-elle jalouse de William Smith ?

— Mon frère avait rédigé un testament en sa faveur. Emily était contrariée pour moi. Elle s'est imaginé qu'Abel me déshéritait.

Miss Silver inclina la tête.

— J'imagine le souci qu'elle a pu vous causer. Ces tempéraments instables sont enclins à la jalousie et à la passion et malheureusement ils tombent souvent sous la coupe de fortes personnalités. Dans le cas d'Emily, je cherche à savoir qui exerçait une telle domination sur elle. Et c'est là que vous pouvez m'aider.

— Non, s'entêta Abigail, qui reçut en retour un sourire grave.

— Je crois que vous le pouvez et si vous le pouvez, vous le ferez. Allons, Mrs. Salt, cherchez bien. N'y a-t-il personne dans la famille ou dans vos relations qui puisse exercer une telle influence sur votre belle-sœur ? N'hésitez pas à me le dire. Vous ne nuirez pas à une personne innocente et vous contribuerez à protéger Miss Salt et Mr. Smith. Si, comme je le soupçonne, les bizarreries d'Emily ont été exploitées par quelqu'un qui s'est servi d'elle comme d'un instrument, votre belle-sœur court un grand danger. L'assassin se débarrasse en général de l'arme du crime, dès qu'il n'en a plus besoin. Or si cette arme est un être humain...

La gravité du ton et de l'expression de la détective finit par avoir raison de l'immobilisme d'Abigail, qui murmura :

— Ce que vous sous-entendez est épouvantable.

— Et la réalité pourrait bien être pire encore, releva aussitôt Miss Silver. Réfléchissez, Mrs. Salt : quel genre de personnes fréquentait votre belle-sœur ?

— Emily connaît très peu de monde. Elle n'a pas d'amis. Toute sa vie, ma belle-mère l'a traitée comme une enfant. Elle se montrait très sévère à son égard et surveillait chacun de ses gestes. Elle n'aurait jamais admis le moindre écart. Parfois je me dis que si elle avait été élevée autrement, Emily aurait pu être différente. Tout ce que faisaient les jeunes filles de son âge lui était interdit. Elle ne voyait pratiquement personne en dehors du cercle familial, excepté au temple.

Maud Silver hocha la tête.

— Comme vous le dites, une mauvaise méthode d'éducation... Mais si elle n'avait pas d'amis, peut-être connaissait-elle quelqu'un de la famille qui...

— Vraiment, je ne vois pas... Ah si, attendez ! Il y a quelques années, Emily s'est prise d'un violent engouement pour l'une de ses nièces. Ce genre de toquade lui arrive de temps à autre ; dans ces cas-là, elle est particulièrement assommante. J'avoue avoir été soulagée quand cette histoire a pris fin.

— Une nièce, avez-vous dit ?

Abigail hésita.

— Oui, en quelque sorte... Je sais très peu de chose à son sujet. Mary, l'une des sœurs de mon mari, s'était mariée en secret, au grand scandale de ses parents qui ne le lui ont jamais pardonné. Je ne l'ai pas connue. Dans la famille, on ne parlait jamais d'elle. Juste avant-guerre, Emily a rencontré une cousine qui lui a dit avoir vu la fille de Mary. J'ai oublié par quel biais Emily a réussi à la retrouver. Elle m'a dit qu'elle ressemblait de façon frappante à ma belle-mère.

Abigail se retourna pour désigner l'agrandissement photographique accroché au mur.

— Ce portrait date de l'époque où je l'ai connue, mais il paraît qu'elle était ravissante étant jeune. On ne dirait pas, n'est-ce pas ? Ces agrandissements ne sont guère flatteurs, mais j'ai une photo d'elle dans un album où l'on peut voir qu'elle était très jolie. Je crois que son père était d'origine italienne. Il avait un restaurant italien à Bristol. Sa mère était anglaise. Mary, la jeune femme qui s'est enfuie, lui ressemblait beaucoup et apparemment, May, sa petite-fille, aussi.

— Je vous en prie, Mrs. Salt, continuez...

— Oh, je n'ai pas grand-chose à ajouter. Emily est allée voir May et s'est aussitôt entichée d'elle. C'était très agaçant. Elle volait des pots dans mon confiturier, du poulet, de la langue de bœuf, pour les apporter à sa nièce. Dès qu'elle avait un peu d'argent, elle achetait des gants pour May, des bas pour May, des sacs à main pour May ! Je ne pouvais rien dire, naturellement, et j'ai patiemment attendu que l'histoire prenne fin, car, cadeaux ou pas, personne ne peut supporter Emily bien longtemps — à moins d'y être obligé, comme moi.

Le silence qu'elle s'était imposé tout au long de ces années venait d'être brisé. A travers la brèche ouverte, Abigail Salt comprenait enfin tout ce que sa cohabitation avec sa belle-sœur lui avait coûté de temps, d'énergie, d'amitiés perdues.

Miss Silver résuma en quelques mots ce qu'elle n'avait jamais osé dire.

— Cela a dû être pour vous une terrible tension quotidienne...

— Oui.

Une expression de stupéfaction passa sur le visage de Mrs. Salt, due peut-être à la soudaine prise de conscience de cette tension ou bien à son étonnement devant l'intuition de la détective. Elle demeura un moment silencieuse, puis reprit :

— Bien entendu, May a fini par se lasser des attentions d'Emily. Il a dû y avoir une scène entre elles, car, un jour, ma belle-sœur est rentrée à la maison dans tous ses états. Je ne l'avais jamais vue ainsi. J'ai été obligée d'appeler un docteur, chose que je n'avais jamais faite depuis la mort de mon mari.

— Qu'a-t-il dit ?

— Que dans l'état où elle était, il se pouvait qu'elle cherche à faire du mal à quelqu'un, à commencer par elle-même.

En disant cela, Abigail changea de couleur.

— Je n'en avais jamais parlé à personne, reconnut-elle d'un air étonné.

— Le médecin a-t-il ajouté quelque chose ?

— D'après lui, j'aurais dû la faire interner. Mais petit à petit elle s'est calmée et a retrouvé son état habituel.

— Cela se passait avant-guerre ?

— Oui, juste avant. En juillet ou août 39.

— Savez-vous si elle a revu sa nièce par la suite ?

Mrs. Salt hésita.

— C'est difficile à dire. Parfois, j'ai des doutes. Ces deux derniers mois, voyant qu'elle n'était pas dans son état normal, j'ai pensé qu'elle avait peut-être rencontré May — ou quelqu'un d'autre. Nous sommes en plein hiver et pourtant elle a repris l'habitude de sortir subrepticement le soir. Si je la questionne, elle refuse de me dire où elle est allée et se met en colère. Un jour je lui ai demandé de but en blanc si elle revoyait May, elle m'a soutenu que non. Mais je vois bien que le même manège a recommencé ; elle dépense tout son argent et vole de la nourriture au garde-manger. Un soir, elle a emporté une jatte de crème au lait alors que j'avais du monde à dîner ; tenez, pas plus tard que ce week-end, elle a pris un pot de gelée de pommes que j'avais mis de côté pour l'apporter chez mon frère afin qu'il le donne à Mrs. Smith.

Miss Silver toussota.

— Comment s'appelle la nièce de Miss Salt ?

— Mrs. Woods, je crois. Oui, May Woods — ou Wood, je ne sais plus exactement.

— Et son nom de jeune fille ?

— Je ne le connais pas. Sa mère s'étant mariée secrètement, la famille n'a jamais mentionné le nom du père. Emily l'appelait toujours par son prénom. D'ailleurs au début, lorsqu'elle parlait tout le temps de cette May, j'ai pensé... Oh, c'est stupide !...

— Il vaudrait mieux tout me dire, déclara Maud Silver avec fermeté.

Une légère ride se forma sur le front lisse de Mrs. Salt.

— Eh bien, je m'étais dit que... que cette femme ne devait pas être très respectable. Elle avait un bel appartement, mais je n'entendais jamais parler de son mari, ni de ce qu'il faisait. Apparemment, il rentrait rarement chez lui, et dans ces cas-là, May téléphonait pour dire à Emily de ne pas venir. Je trouvais cela bizarre. Mais, très vite, Emily ne m'a plus parlé de ces visites et j'ai pensé que, peut-être, on lui avait demandé de tenir sa langue.

Il y eut un silence, puis Miss Silver déclara pensivement :

— Mrs. Salt, avez-vous jamais entendu parler de la société Eversley ?

Abigail demeura sans expression.

— Non. Mais je me souviens que le nom de jeune fille de Mrs. Smith est Eversley.

La détective l'observa avec insistance.

— William Smith s'appelle en réalité William Eversley. Il a retrouvé la mémoire et a été reconnu par des membres de sa famille. Il possède la majorité des parts de la société et certaines personnes peuvent considérer sa réapparition comme tout à fait inopportune. Avez-vous entendu parler de cette affaire ?

— Absolument pas. Pourquoi voulez-vous que je sois au courant ? fit Abigail, perplexe.

— Voyez-vous, j'aimerais poser la même question à Miss Salt, ajouta Miss Silver sans la quitter des yeux.

— A Emily ?

— Oui, s'il vous plaît.

Abigail se leva et sortit de la pièce en laissant la porte ouverte derrière elle. Miss Silver l'entendit traverser le couloir et frapper à une porte. Personne ne répondit. Abigail frappa à nouveau. Il y eut le bruit d'une porte qui tournait sur ses gonds, puis plus rien. Mrs. Salt ne tarda pas à revenir, passablement inquiète.

— Son manteau et son chapeau ne sont plus là. Je ne comprends pas pourquoi je ne l'ai pas entendue sortir.

— Peut-être ne tenait-elle pas à ce que vous l'entendiez. Si cela ne vous ennuie pas, j'aimerais attendre son retour. Vous m'aviez parlé d'une photographie de votre belle-mère. Auriez-vous l'obligeance de me la montrer ?

L'album de photographies était posé, comme du temps de feu Mrs. Salt, sur le guéridon qui occupait le centre de la pièce. Un napperon au crochet, à l'origine vert mousse égayé de rose saumon, mais dont les couleurs avaient pâli au point de lui donner l'apparence d'un lichen grisâtre, protégeait sa surface impeccablement cirée. L'album était relié de cuir gaufré, avec un gros fermoir doré.

Miss Silver rapprocha sa chaise du guéridon et observa avec intérêt les visages qui se succédaient au fil des pages. Toutes ces photographies sur papier glacé étaient parfaitement bien conservées, certainement parce qu'elles voyaient rarement la lumière du jour. Il y en avait de deux formats, album et carte de visite, chacune étant prise entre les bords épais des pages couleur crème. On y voyait des jeunes hommes barbus, d'autres, plus âgés avec des favoris en côtelettes et des hauts cols cassés popularisés par William Ewart Gladstone ; une petite fille en bas rayés, avec un peigne arrondi dans les cheveux, qu'on eût crue sortie d'une gravure de Tenniel illustrant *Alice au pays des merveilles* ; des femmes portant par-dessus leurs crinolines des jupes lourdement gansées ; des jeunes filles des années 1880 aux tournures de jupes rembourrées et petits chapeaux inclinés ; des bébés étouffant dans des pelisses et des petits garnements aux cheveux bouclés vêtus de costumes marins.

De temps en temps, Miss Silver murmurait « comme c'est intéressant », « très jolie », « comme ils sont mignons ». Alors qu'elle atteignait un moment crucial de son enquête, elle était encore capable de s'absorber dans les pages d'un vieil album de photographies, souvenirs en miniature d'une splendide époque hélas révolue : on avait sous les yeux la parfaite illustration de l'apogée de la grande bourgeoisie à laquelle l'Angleterre devait tant ; les rangs de cette dernière avaient été alimentés par ceux qui s'étaient battus pour s'élever socialement à force de persévérance, de dynamisme et d'intelligence ; et aussi par les fils de l'aristocratie et de la petite noblesse terrienne, qui avaient grossi ses rangs à la recherche d'une source de revenus dans le commerce ou l'agriculture.

En tournant une page, Abigail découvrit un espace vide. Son front lisse se contracta imperceptiblement.

— Tiens, elle devrait être là, murmura-t-elle, perplexe, avant d'ajouter, très vite, d'un ton fâché : Ça, c'est bien d'Emily ! Elle a dû vouloir la montrer à May. Elle répétait toujours qu'elle ressemblait de façon frappante à sa grand-mère. Mais ce n'est vraiment pas correct de sa part de l'avoir enlevée !

A ce moment, on entendit la porte d'entrée s'ouvrir et se refermer. Emily était de retour.

Il y eut un silence. Abigail referma l'album, le reposa sur le guéridon puis se leva et se pencha en avant pour verrouiller le gros fermoir de métal doré. Tout ceci ne prit que quelques secondes.

Après avoir refermé la porte d'entrée, Emily Salt

remit la clé dans son sac et en sortit quelque chose. Puis elle s'avança vers le bas de l'escalier.

A l'étage dans le salon, les deux femmes entendirent le bruit de sa chute. Alarmée, Abigail ouvrit la porte et se précipita vers la rampe d'escalier en criant :

— Emily !

Les mots étaient à peine sortis de sa bouche qu'elle dévalait l'escalier. Miss Silver se hâta derrière elle.

Emily Salt gisait sur la première marche. Sa main gantée était crispée sur une barre de chocolat entamée.

37

Abigail s'agenouilla auprès du corps, retroussa le gant de sa belle-sœur pour tâter son pouls, puis se redressa lentement et s'appuya contre la pile de l'escalier pour retrouver son aplomb.

— Elle est morte...

Miss Silver, qui s'était également penchée sur le corps, se releva, le visage grave.

— Je ne comprends pas, murmura Abigail d'une voix blanche. Son cœur était bon. Le médecin m'avait dit...

La détective s'approcha d'elle.

— Soyez courageuse, Mrs. Salt. Je crains que ce ne soit un empoisonnement au cyanure. Tout concorde : la rapidité du décès, l'apparence du corps, l'odeur caractéristique. Surtout, ne touchez à rien. Il faut tout de suite appeler Scotland Yard.

Les larmes coulaient sur les joues d'Abigail.

— Mais... pourquoi ? murmura-t-elle, très pâle, complètement hébétée.

— Ne voyez-vous aucune raison, Mrs. Salt ? Où se trouve le téléphone ? Je dois absolument prévenir la police.

— Là... en face, dans cette pièce.

Elle conduisit la détective dans le salon où elle

avait bavardé avec William Smith, le soir où il avait été agressé. Rapide et méthodique, Maud Silver composa le numéro de Scotland Yard et demanda à parler à l'inspecteur principal Lamb ou à Frank Abbott. En reconnaissant la voix de celui-ci, elle lui expliqua brièvement :

— Un événement tragique vient de se produire au 176, Selby Street. Miss Emily Salt, en rentrant chez elle, est décédée subitement. Je pense au cyanure.

A l'autre bout du fil, Frank Abbott émit un long sifflement.

— Suicide ?

— Je n'avance aucune hypothèse pour l'instant. A propos, avez-vous du nouveau au sujet de la personne que nous faisons surveiller ?

— Oui. Attendez... D'après le rapport de Donald, elle est rentrée à Londres hier midi.

— Je suis au courant.

— Vous savez toujours tout ! Bon, Donald l'a suivie jusque chez elle... Ah, vous ignoriez peut-être qu'elle vivait là sous le nom de Mrs. Woods.

Miss Silver toussota.

— Je l'ai appris il y a environ une demi-heure. C'était le chaînon manquant dont j'avais besoin. Merci, Frank.

Elle raccrocha le combiné. Le lien indispensable qu'elle cherchait depuis plusieurs jours était enfin établi : Mavis Jones, secrétaire particulière de Cyril Eversley et aujourd'hui son épouse, avait occupé durant une bonne partie de ces quinze dernières années un confortable appartement londonien sous le nom de Mrs. Woods. Or Mrs. Woods n'était autre que May, la fille de Mary Salt et donc la nièce d'Emily. Miss Silver pensait au comportement anormal d'Emily Salt, à sa folle dévotion pour cette nièce prodigue qui, d'elle-même avait mis un terme à leur relation plusieurs années auparavant. Dans ce cas, pourquoi diable May Woods avait-elle renoué avec sa tante depuis deux mois ?

Deux mois... Le 6 décembre, Mr. Davies, le comptable, avait reconnu William Smith, alors que celui-ci sortait de la firme Eversley ; le 7, Abel Tattlecombe avait été agressé ; le même soir, Mr. Yates avait entendu son voisin d'hôpital marmonner qu'une certaine « Joan » ou « Jones » l'avait poussé. La série d'agressions n'avait fait que commencer... et s'était soldée par la mort d'Emily Salt. Comment tout cela allait-il finir ?

La détective ne cessait de s'interroger sur les raisons du décès d'Emily. Elle était persuadée que cette femme n'était qu'un instrument dont on s'était débarrassé. Quand se débarrasse-t-on d'un instrument ? Tout simplement lorsqu'il devient inutile, encombrant ou dangereux. Et on avait eu besoin d'Emily pour supprimer William Smith. Mais par quel moyen ? Maud Silver eut une illumination.

Le cyanure.

Le cyanure, sans doute caché dans la barre de chocolat qu'Emily Salt tenait toujours dans sa main crispée. Mais ce poison peut être aisément dissimulé dans n'importe quel aliment. Aussitôt, elle revit Abigail en train de lui dire, quelques instants plus tôt : « ... un pot de gelée de pommes que j'avais mis de côté pour l'apporter chez mon frère afin qu'il le donne à Mrs. Smith ».

Elle se tourna vers Mrs. Salt.

— Vous m'aviez bien dit qu'il vous manquait un pot de gelée de pommes ?

Abigail tressaillit. La question lui paraissait tellement hors de propos, tellement insignifiante...

— Oui... Pourquoi ?

— Vous l'aviez mis de côté, si je me souviens bien. Était-il emballé ?

— En effet, il était prêt.

— Y avait-il un message ?

— Juste une ligne : « Avec toutes mes amitiés. Abigail Salt. » Dites-moi...

Déjà, Miss Silver ouvrait son sac. Elle en sortit un calepin, le consulta rapidement et, d'une main qui ne tremblait pas, composa aussitôt un numéro. Lorsqu'elle entendit que l'on décrochait le combiné, elle demanda d'une voix ferme :

— Mrs. Eversley ?

Quel ne fut pas son soulagement d'entendre Katharine répondre :

— Oui, c'est moi.

38

Une mort subite entraîne toujours une triste routine policière. Ceux qui avaient la charge de l'enquête investirent le 176, Selby Street : l'inspecteur Abbott, un médecin légiste, un photographe de l'identité judiciaire et un spécialiste des empreintes digitales se mirent donc au travail sans égards pour la propriétaire des lieux.

Maud Silver resta aux côtés de Mrs. Salt dans le salon du premier étage. Elles furent bientôt rejointes par Katharine, tandis que William faisait sa déposition au rez-de-chaussée. Ils avaient apporté le pot de confiture enveloppé dans son papier d'emballage, ainsi que la coupe de cristal contenant toujours la gelée et ses deux mouches mortes.

Katharine était calme et pâle. Elle se dirigea vers Abigail et lui prit la main.

— Je suis désolée, Mrs. Salt, sincèrement désolée. Emily ne savait certainement ce qu'elle faisait...

Abigail la regarda.

— Je l'avais mis de côté pour l'apporter chez Abel demain. Elle a dû le voler hier soir, pendant que j'étais au temple. Jamais je n'aurais pensé..

— Vous parlez du pot de gelée ? Oh, c'était très gentil de votre part.

En disant cela, Katharine frissonna. Elle lâcha la main d'Abigail, chercha une chaise des yeux, et alla s'asseoir.

— Aucun d'entre nous n'aura jamais envie de goûter cette gelée de pommes, soupira Abigail.

Katharine croisa les mains sur ses genoux, et se mit à parler à voix basse.

— William était en retard. J'étais en colère contre lui, mais finalement ce retard lui a sauvé la vie. J'avais gardé la gelée de pommes pour le thé, dans une coupe de cristal. Lorsque William est arrivé, nous avons bavardé. Soudain, j'ai vu une mouche morte sur la gelée. Puis nous en avons vu une autre s'approcher...

Elle frissonna à nouveau.

— Elle est tombée morte. C'est à ce moment que Miss Silver a téléphoné.

Celle-ci toussota vivement.

— Vous l'avez échappé belle, ma chère petite. Remercions la Providence de vous avoir sauvés tous les deux.

A cet instant, l'inspecteur Abbott passa la tête dans l'encadrement de la porte. Il croisa le regard de la détective et lui fit signe de le suivre.

— Écoutez, dit-il dès qu'ils furent sur le palier, le médecin est quasiment certain qu'il s'agit de cyanure. Dans le pot de confiture aussi. On trouve les empreintes d'Emily partout, sur le pot comme sur l'emballage. C'est très probablement elle qui l'a apporté à Rasselas Mews. William Eversley dit qu'ils l'ont trouvé en haut de l'escalier lorsqu'ils sont rentrés de Ledstow samedi soir. Mais à l'intérieur il y avait un message d'Abigail Salt.

— C'est normal, affirma Miss Silver, Mrs. Salt

avait l'intention de le déposer au bazar de jouets. Elle devait prendre le thé avec son frère demain. Le pot était déjà emballé.

Frank Abbott la dévisagea avec un sourire gentiment moqueur.

— Vous êtes une vraie mine d'informations ! Mais je vais vous apprendre quelque chose qui va vous intéresser. Je vous ai dit que Donald suivait Miss Jones. Heureusement que vous aviez réussi à convaincre le chef qu'il fallait la filer.

Miss Silver toussota.

— C'était de la première importance.

— Vous aviez raison. Elle est donc allée à Evendon avec Cyril Eversley samedi après-midi. On a appris la nouvelle de leur mariage et bientôt le village était en effervescence. Donald a pris un verre au *Duck*, le pub local. D'après ce qu'il a entendu, tout le monde s'accordait à penser que Cyril Eversley s'était ridiculisé. Le dimanche matin, il a pris son poste devant la propriété et a vu arriver William et Katharine Eversley — évidemment il ne les connaissait pas — puis un autre jeune couple, la fille de Cyril et son mari, d'après ce que m'a dit William. Donald ne les connaissait pas non plus. Et puis, tout d'un coup, il voit Mrs. Cyril Eversley sortir et démarrer en trombe au volant d'un cabriolet tout neuf. Donald saute sur sa moto et la suit jusque chez elle. Là, il s'aperçoit qu'elle loue un appartement sous le nom de Mrs. Woods. Il téléphone à Scotland Yard pour faire son rapport. Evans va prendre sa relève vers quatre heures. La dame ne s'est pas montrée, mais apparemment elle doit ressortir, car elle a laissé sa voiture garée dans la rue. Vers six heures, elle sort en effet de chez elle et s'engouffre dans son cabriolet. Evans la suit. Elle s'arrête dans Morden Road, juste au coin de Selby

Street. Une femme s'approche, un paquet à la main, ouvre la portière et s'assoit à ses côtés. Evans l'entend dire : « Ça y est, je l'ai. » La voiture démarre et roule jusqu'à un cul-de-sac, derrière Rasselas Mews. Mais Evans ignorait que William et Katharine Eversley habitaient là. On lui avait seulement dit de surveiller Mrs. Cyril Eversley.

— Et ensuite ?

— Evans est intrigué. Les deux femmes restent assises dans la voiture. L'endroit étant sombre et mal éclairé, il ne peut pas voir ce qu'elles font. Il passe nonchalamment devant le véhicule et croit les voir ouvrir un paquet. Il ne s'en préoccupe pas outre mesure. Au bout d'un moment, la passagère sort de la voiture et tourne le coin de la rue, son paquet à la main. Mrs. Cyril Eversley repart vers son domicile, rentre sa voiture au garage et ne ressort plus de la soirée. A minuit, Grey prend la relève. Rien à signaler. Ce matin, Evans le relaie. Mrs. Eversley ne se montre pas. A quatre heures, Donald reprend son poste. J'ai demandé à Grey et Evans de garder le contact avec lui et de me téléphoner son rapport ici.

Pendant qu'Abbott finissait son exposé, William Eversley était monté retrouver Katharine et Abigail au salon. Soudain, la sonnerie du téléphone retentit. Le policier et la détective descendirent ensemble au rez-de-chaussée et constatèrent que le corps d'Emily Salt n'était plus dans le vestibule. Un agent en faction dans le salon tendit le combiné à Frank Abbott.

— Pour vous, inspecteur.

Miss Silver, restée sur le seuil, entendit les intonations montantes et descendantes d'une grave voix masculine. Supposant qu'il s'agissait de l'inspecteur Lamb, elle tendit l'oreille.

— Oui, monsieur, disait Frank. Très probablement du cyanure. Comment ? Non, ils vont bien. Ils l'ont échappé de justesse — un pot de confiture empoisonné. Holt vient de l'emmener pour l'analyser. Oui, ils ont eu de la chance.

Il y eut une longue pause, puis Frank conclut :

— Parfait, cela boucle l'affaire. Très bien, monsieur, nous finissons notre travail ici.

Il raccrocha et se tourna vers la détective, qui avait pris soin de fermer la porte derrière elle.

— C'était le chef.

— Je m'en doutais.

— Avez-vous pu entendre ce qu'il disait ?

Elle lui lança un regard réprobateur.

— Voyons, mon cher Frank !

— Mais vous ne verriez pas d'inconvénient à ce que je vous rapporte ses propos...

— Je suis tout ouïe !

— Eh bien voilà, je crois qu'on l'a coincée. D'après Donald, elle est sortie un peu après cinq heures ; elle est allée chercher sa voiture au garage, situé derrière l'immeuble, puis est retournée dans Morden Road. La même femme est venue à sa rencontre. Donald ne pouvait pas voir son visage, mais la description correspond à celle d'Emily Salt — grande, maigre, vêtue d'un manteau informe et d'un chapeau tout aplati. Elle est montée dans la voiture. Il l'a entendue dire : « Je ne peux pas rester, Abby ne sait pas que je suis sortie. » Mrs. Cyril Eversley a répondu quelque chose que Donald n'a pas pu entendre. Elles sont restées ensemble environ cinq minutes, puis Emily en est sortie ; elle a tenu la portière ouverte en disant : « C'est très gentil à toi, May, j'adore le chocolat. » Mrs. Cyril Eversley s'est alors penchée vers la portière et, cette fois, Donald a parfaitement distingué ses paroles —

vous allez voir, son témoignage est plutôt accablant. Elle a dit : « S'il te plaît, Emily, ne le mange pas dans la rue, veux-tu ? » Miss Salt a répondu : « Non, non. Tu vois, je le mets dans mon sac et je te promets de ne pas y toucher avant d'arriver à la maison. » Puis elle a ajouté : « Nous nous verrons bientôt, n'est-ce pas ? » Mrs. Cyril Eversley a acquiescé. C'est tout.

« Emily Salt est rentrée au 176, Selby Street où elle est morte immédiatement après avoir croqué un morceau de la barre de chocolat. Mrs. Cyril Eversley est retournée chez elle avec l'agréable sensation d'être enfin débarrassée de tous ses soucis. Un drame affreux, mais prévisible : William Eversley mort après avoir goûté à la gelée de pommes envoyée par Mrs. Salt ; Emily suicidée par empoisonnement. Chacun savait que cette pauvre Emily n'avait pas toute sa tête ; elle en voulait à William parce que Mr. Tattlecombe avait rédigé un testament en sa faveur, au lieu de laisser son héritage à Abigail et donc indirectement à elle-même. Mrs. Cyril Eversley devait être certaine que jamais personne n'établirait de relation entre elle et sa tante. Et si vous n'aviez pas fait chanter le chef afin qu'il se décide à la faire filer, eh bien, son plan aurait parfaitement réussi.

— Mon cher Frank ! « Fait chanter » ! Quelle expression choquante ! s'exclama Maud Silver horrifiée.

Les yeux de l'inspecteur riaient.

— Révérée préceptrice..., murmura-t-il, avant de reprendre son sérieux : Le chef vient d'envoyer Donald l'arrêter.

39

Frank Abbott avait trouvé les mots justes pour décrire les sentiments de Mavis Eversley. Celle-ci était très contente d'elle. Jusqu'à présent, elle avait dû affronter de grosses difficultés — disons même essuyer de cuisants revers —, mais elle ne s'était pas laissé décourager. Sa persévérance avait payé et, maintenant, elle attendait la confirmation de son succès. En y réfléchissant, elle ne voyait pas où son plan pouvait échouer. Bien sûr, il était possible que le cyanure ait tué Katharine et épargné William — c'était une éventualité non négligeable mais tout de même très improbable. Katharine allait préparer le thé, le verser dans les tasses et William commencerait certainement à goûter avant elle. Il avait toujours eu un solide appétit. Dans la famille, on l'avait toujours plaisanté sur son adoration pour la confiture. Mavis était persuadée qu'il se hâterait de goûter la gelée de pommes. D'ailleurs, dès qu'Emily avait grommelé quelque chose à propos de ces pots de confiture, Mavis avait su qu'elle tenait là le moyen idéal de se débarrasser de William — et d'Emily par la même occasion. William Eversley devait mourir. Cyril et Brett étaient stupides de croire qu'ils pourraient parvenir à un arrangement à l'amiable avec lui. Pauvre Brett ! Le matin, au téléphone, il lui avait dit : « Nous sommes tombés dans les bras l'un de l'autre et nous allons bientôt tuer le veau gras pour fêter son retour. » Les imbéciles ! Et lâches, par-dessus le marché ! Dorénavant, ils étaient sous la coupe de William et n'oseraient pas élever la voix devant lui. Quand bien même elle accepterait cette situation, ce n'était pas cela qui la sortirait de ce mauvais pas. William n'était pas Cyril, ni Brett, et personne ne pouvait lui jeter de la poudre aux yeux. C'était un homme minutieux, qui connaissait les chiffres aussi bien qu'elle. Le jour où il mettrait le nez dans les livres de comptes, il ne lui faudrait pas longtemps avant de découvrir les falsifications — ou plutôt les détournements de fonds auxquels elle s'était livrée depuis sept ans ; une fois qu'il l'aurait démasquée, il serait sans pitié. Et elle savait que Brett et Cyril ne lèveraient pas le petit doigt pour l'aider, car ils n'avaient pas la conscience tranquille.

Donc, William devait disparaître. Par la même occasion, elle faisait d'une pierre deux coups. Il était grand temps de se débarrasser de sa tante, qui ne manquait jamais de lui téléphoner à chaque fois qu'Abigail s'absentait, pour déverser son venin sur les hommes, William en particulier — dieu merci, elle ne le connaissait que sous le nom de Smith — et sur Abel Tattlecombe et son maudit testament. Emily était assommante. Qui plus est, elle pouvait devenir dangereuse si, dans un moment de folie, elle se mettait à tout raconter à Abigail. Jusqu'à présent, elle s'en était bien gardée, car elle était très cachottière ; elle tenait à ce que personne ne soit au courant de l'existence de « May ». Dieu, qu'elle détestait l'entendre l'appeler par ce prénom ! Elle ne pouvait plus supporter sa folie, sa flagornerie, ses jérémiades et cette voix, cette horrible voix au téléphone. Oh, comme elle haïssait Emily Salt !

Bientôt, la chance aidant, elle serait débarrassée d'Emily et de William, et ce sans avoir pris aucun risque. En effet, jamais elle n'avait autorisé sa tante à venir dans son nouvel appartement. Emily était souvent venue dans l'ancien, sept ans plus tôt, à l'époque où Mavis entretenait une liaison avec Brett, mais dans celui-ci, jamais. Lorsque c'était absolument nécessaire, elle la rencontrait dans un discret salon de thé et encore, le moins souvent possible. Une femme qui a perdu la tête peut très bien empoisonner quelqu'un et ensuite se suicider. La seule à blâmer serait Abigail Salt, qui aurait dû faire interner sa belle-sœur depuis longtemps. Quel extraordinaire épilogue : William et Emily disparus, voir enfin l'orgueilleux clan des Salt mordre la poussière... Ils avaient rejeté sa mère et ne s'étaient même pas souciés de son enfant. Or devinez qui maintenant allait régner sur la famille ?

Ses pensées glissèrent vers Katharine. Celle-là, elle l'avait gardée pour la bonne bouche. La jolie voix coléreuse de Sylvia lui disant : « Qui vous a permis de l'appeler par son prénom ? » résonnait encore à ses oreilles, comme une gifle. A supposer que les visées criminelles de Mavis aient été ce jour-là encore à l'état de projet, la petite phrase de Sylvia avait donné un coup de pouce au destin. D'un point de vue purement financier, elle aurait préféré voir Katharine rayée de la carte, ainsi, il n'aurait plus jamais été question de ces maudits fonds en fidéicommis — ils reviendraient définitivement à Cyril et à Brett. Mais d'un point de vue strictement personnel, elle tirerait une grande satisfaction à voir Katharine vivre et souffrir. Très longtemps.

Elle se mit à penser à l'avenir ; elle composerait avec Cyril, bien entendu. Ils parviendraient à sortir la firme du marasme. C'était réalisable, grâce aux jouets de William, dont ils reprendraient la fabrication. Avec une campagne publicitaire correctement menée, ils pouvaient leur rapporter une fortune. Chaque enfant de ce pays réclamerait un de ces jouets. Même sous la pression urgente du danger, son sens des affaires avait souffert d'avoir dû décliner la proposition de William, au mois de décembre. Dorénavant, plus rien ne les empêcherait de les commercialiser. Elle se voyait déjà avec les rênes de l'entreprise Eversley en main. Pour cette femme qui avait la folie du pouvoir et de la domination, la route du succès était enfin ouverte. Elle n'avait jamais compté que sur sa propre sagacité, son courage, sa capacité à modeler les événements pour servir ses desseins. Et elle était arrivée à ses fins.

La sonnette de la porte d'entrée vint briser le silence de l'appartement. Durant quelques secondes, elle crut qu'il s'agissait de la sonnerie du téléphone. Elle pensa que Brett, ou Cyril, l'appelait pour lui annoncer la mort de William. Puis la sonnette retentit à nouveau, et elle comprit qu'on sonnait à la porte.

Cyril, peut-être ? Non, Brett lui avait dit que son cousin était encore à Evendon le matin et qu'il n'avait pas l'intention de rentrer à Londres. Alors, Brett, peut-être ?

Elle ouvrit la porte et se trouva face à deux inconnus. L'un d'eux fit un pas en avant. Sa main se posa lourdement sur l'épaule de Mavis. Il prononça son nom et eut à peine le temps d'ajouter : « J'ai un mandat d'arrêt contre vous », que déjà elle se débattait pour se libérer de son étreinte. Tout son être hurlait intérieurement « non, non, non ! ». Elle courut jusqu'à sa chambre, claqua la porte et eut juste le temps de s'enfermer à double tour.

Lorsque les policiers parvinrent à faire sauter la serrure, elle gisait sur le sol, morte. Empoisonnée, comme Emily Salt.

40

Au cours des journées qui suivirent, deux brèves enquêtes criminelles furent menées dans deux districts londoniens. Elles n'attirèrent pas l'attention des journaux et, dans les deux cas, conclurent au suicide de personnes déséquilibrées. Aucune relation ne fut établie entre May Woods, trente-neuf ans, mariée, et Emily Salt, cinquante-huit ans, célibataire, excepté le fait qu'elles s'étaient toutes deux empoisonnées au cyanure.

Lorsque la justice estime que le décès interrompt la procédure pénale, il n'est pas dans les habitudes de Scotland Yard de livrer en pâture au public un tel drame familial, aux dépens de survivants innocents. Dans la mesure où ni Donald ni Evans ne furent appelés à témoigner à la barre, aucun élément ne permit de relier les deux affaires.

Dans le cas d'Emily Salt, le médecin appelé par Abigail pour soigner sa grippe déclara que, selon lui, cette femme ne possédait plus toutes ses facultés et qu'il avait conseillé à sa belle-sœur de la placer dans un asile. Dans leurs dépositions, Mrs. Salt et Miss Silver attestèrent l'avoir entendue rentrer et l'avoir trouvée morte au pied de l'escalier. Le médecin légiste donna les preuves de la cause du décès, et ce fut tout. On ne mentionna pas l'existence du pot de gelée de pommes.

En ce qui concernait Mrs. Woods, il ressortit de l'enquête que, à l'arrivée de la police dans son appartement, elle avait couru s'enfermer à clé dans sa chambre et qu'une fois la porte enfoncée, on l'avait trouvée morte, empoisonnée par une dose fatale de cyanure. Le coroner demanda si Mrs. Woods avait des raisons de supposer qu'on allait l'arrêter. Recevant une réponse affirmative, il demanda si la police avait d'autres preuves à fournir; il lui fut répondu que non. La défunte fut identifiée par le gardien de l'immeuble où elle résidait depuis cinq ans comme étant Mrs. Woods.

A la firme Eversley, on ne tarda pas à apprendre la nouvelle du décès de Miss Jones. En signe de deuil, Cyril mit une cravate noire et n'apparut plus au bureau. Il était encore trop profondément choqué pour réaliser l'infini soulagement qu'il n'allait pas tarder à ressentir.

Le lendemain de l'enquête, Miss Silver convia Frank Abott, William et Katharine à venir prendre le café chez elle. Dehors soufflait un vent du nord glacé, chargé de petits flocons de neige qui picotaient la peau; mais dans le confortable salon de Maud Silver, les rideaux de peluche bleue étaient tirés, le feu brûlait dans la cheminée, les petits gâteaux et le café fumant attendaient les visiteurs. Une lumière chaude et gaie dansait sur les motifs de la tapisserie, sur les photogravures encadrées d'érable jaune et sur la collection de photographies.

Miss Silver ce jour-là avait revêtu une blouse de soie achetée à la fin de la guerre et qu'elle avait portée pendant un an tous les dimanches, puis chaque jour de l'année suivante et qui lui servait à présent de tenue d'intérieur pour les soirées hivernales. Par-dessus, elle avait enfilé une jaquette de velours noir — vêtement douillet qu'elle chérissait depuis des temps légendaires.

Frank Abbott, très décontracté — comme toujours lorsqu'il n'était pas de service —, s'adressa à William, assis en face de lui.

— Beau travail, n'est-ce pas? Pas de remous, pas de scandale, pas de gros titres à la une des journaux. « Qui rien ne sait, de rien ne souffre », comme dit le proverbe.

— Oui, vous avez raison. Scotland Yard s'est très bien débrouillé et nous vous en sommes très reconnaissants. Un chef d'entreprise ne peut faire les frais d'une telle publicité lorsqu'il est en train de travailler au redressement de sa firme.

Frank porta sa tasse de café à ses lèvres tout en tournant son regard vers Katharine.

— Eh bien, bonne chance à tous les deux !

La jeune femme lui sourit.

— Viendrez-vous nous rendre visite de temps en temps ?

— Volontiers, si ma présence ne vous rappelle pas de trop mauvais souvenirs ! Vous venez de vivre des moments bien pénibles.

Katharine secoua la tête.

— Le pire est passé. Nous garderons de bons amis, Mr. Tattlecombe, Mrs. Salt, Miss Silver et vous-même.

Maud Silver sourit, puis toussota avant de leur dire qu'elle avait revu Abigail Salt dans l'après-midi.

— Elle m'a appris deux ou trois choses fort intéressantes. J'essayais de comprendre depuis quand cette série d'assassinats — ou de tentatives d'assassinats — avait commencé. Dans la plupart des cas, on constate que la graine du crime est longtemps restée à l'état de semence dans le cerveau du criminel, avant de germer, c'est-à-dire avant qu'il décide de passer à l'acte. Il s'écoule parfois des années durant lesquelles les tendances égoïstes, cruelles, ambitieuses et despotiques pourraient — et devraient — être décelées et éliminées. Dans le cas d'Emily Salt et de Mavis Jones, il faut remonter loin dans leur passé. Lorsque je suis allée voir Mrs. Salt, j'ai été frappée par le portrait de Mrs. Harriet Salt, mère d'Emily et grand-mère de Mavis Jones. Cette femme avait des traits extrêmement accentués. Selon Abigail, Harriet Salt était très belle étant jeune, mais, l'âge venant, le modelé de son visage s'est durci. La photographie accrochée dans le salon était celle d'une créature despotique et cruelle. J'ai appris cet après-midi que le cliché ne l'avait pas enlaidie. Sa domination de fer a perverti l'esprit de la pauvre Emily. Celle-ci n'était peut-être pas une enfant très brillante, mais elle n'avait pas besoin d'être à ce point réprimée, contrecarrée et persécutée. Une éducation plus souple lui aurait permis de se développer plus harmonieusement et de se trouver des occupations intéressantes. N'ayant jamais été autorisée à avoir des amis, ses capacités d'affection s'en sont trouvées contrariées et altérées ; elles se sont alors transformées en crises de folle dévotion qui ne pouvaient qu'être repoussées par la personne qui en était l'objet. Un cas très triste, en vérité.

Frank Abbott leva un sourcil narquois.

— Pouvez-vous en dire autant de Miss Mavis Jones, alias May Woods ?

Maud Silver lui rendit un regard grave.

— Mais oui, mon cher Franck. C'était une femme méchante et sans scrupules, mais elle aurait pu être différente. Mary, sa mère, était, comme vous le savez, la fille aînée d'Harriet Salt. Au dire de tous, c'était une jeune fille charmante et pleine d'entrain, qui, physiquement, ressemblait beaucoup à sa mère. Abigail Salt m'avait au départ parlé d'un mariage clandestin, mais cet après-midi elle m'a avoué qu'en fait il n'y avait pas eu de mariage : Mary attendant un bébé, Harriett Salt l'avait chassée de la maison. Pendant plusieurs années, personne n'a entendu parler de la mère ni de son enfant. La famille a resserré ses rangs et son nom n'a plus jamais été mentionné. Pour la suite, Emily Salt est notre seule source de renseignements. A l'époque où elle fréquentait beaucoup sa nièce, avant-guerre, Emily avait raconté à Abigail que Mary, après s'être usée au travail pour élever sa fille, avait épousé un ancien maître d'école du nom de Jones, un homme âgé, à la santé précaire. Mavis a pu ainsi fréquenter le lycée et terminer ses études secondaires ; ensuite, elle s'est inscrite à un cours de sténodactylographie. Sa mère est décédée lorsqu'elle avait seize ans. A ce moment-là, Mr. Jones était pratiquement invalide et sa sœur, qui était venue s'occuper de lui, a chassé Mavis. C'est du moins ce que celle-ci a raconté à Emily. Elle devait avoir vingt-trois ans lorsqu'elle a été embauchée dans votre société, Mr. Eversley. Sa compétence, son assurance ont favorablement impressionné votre cousin Cyril dont elle est devenue la secrétaire particulière. En quelle année, déjà ?

— En 1937 ou 1938, je crois. C'était une excellente secrétaire.

— Oui, tellement intelligente et méthodique qu'elle s'est hélas laissé dominer par ces deux qualités. J'ignore si vous avez eu le temps d'examiner à fond vos livres de comptes, mais je vous conseille de le faire rapidement. D'après moi, si Miss Jones cherchait à vous supprimer, c'est parce qu'elle craignait que votre retour ne l'exposât à des poursuites judiciaires.

— C'est aussi mon avis.

Miss Silver toussota puis poursuivit :

— Son mariage avec Cyril Eversley lui offrait une certaine protection, mais en aucun cas suffisante. Les fonds qu'elle avait détournés devaient être si importants que vous n'auriez pu fermer les yeux et lui pardonner. Nous en arrivons maintenant à la tragique disparition de Mr. Davies. Imaginez, Mr. Eversley, le choc qu'a dû recevoir Miss Jones le jour où la lettre dactylographiée sollicitant un rendez-vous, signée « William Smith » de votre main, est arrivée sur son bureau. Elle avait trop souvent par le passé vu votre signature pour ne pas être frappée par sa ressemblance avec celle figurant au bas de cette lettre. Bien sûr, un simple prénom ne suffisait pas à étayer ses doutes, aussi vous a-t-elle fixé un rendez-vous à une heure où en principe tout le personnel de la firme a déjà quitté les lieux.

— L'une des secrétaires se souvient d'avoir entendu Mavis demander à Mr. Davies de partir plus tôt ce soir-là, remarqua William. Finalement, elle a obtenu le contraire de ce qu'elle souhaitait : elle l'a tellement bousculé que le pauvre homme a oublié des papiers sur son bureau et qu'il est remonté les chercher quelques instants plus tard. C'est bien ce qu'il t'a dit, au téléphone, n'est-ce pas, Kath ?

— Oui, répondit Katharine.

— C'est à ce moment-là qu'il a buté contre moi en bas de l'immeuble. Évidemment, je ne l'ai pas reconnu. Mr. Davies est reparti complètement bouleversé et a appelé Katharine d'une cabine téléphonique. Katharine ne se souvient plus si elle lui a conseillé de n'en parler à personne. Elle le lui a écrit le lendemain, mais il n'a jamais reçu la lettre.

Miss Silver commençait un nouveau tricot. Les culottes longues et la brassière bleue étant terminées et prêtes à être expédiées par la poste, elle tricotait un cardigan pour la mère du bébé, sa nièce Ethel Burkett. On voyait déjà sur ses aiguilles un centimètre ou deux d'un lainage rouge cerise, chaud, gai et confortable. Après avoir jeté à son ouvrage un regard satisfait, elle reprit le fil de la conversation.

— Si votre comptable s'était montré plus discret, il est plus que probable qu'il serait encore vivant. Je suis certaine qu'il est allé trouver Miss Jones pour lui faire part de sa rencontre. Elle a certainement essayé de le convaincre qu'il s'était laissé abuser par une ressemblance fortuite, tout comme elle avait pu le croire un moment elle-même en vous voyant entrer dans son bureau. Mais lorsqu'elle s'est aperçue que Mr. Davies possédait votre adresse, elle a dû penser qu'il devenait dangereux.

« Considérons à présent le témoignage de Mr. Yates, qui occupait le lit voisin de celui de Mr. Davies à l'hôpital. Le rapport de police spécifiait qu'il était décédé sans avoir repris conscience, ce qui veut seulement dire que les infirmières ne l'ont pas entendu parler. Mr. Yates, lui, l'a entendu dire trois choses — tout d'abord un nom, "Joan" ou "Jones", puis deux phrases décousues : "Elle ne m'a pas cru" et "elle m'a poussé". Il ne fait aucun doute que Mavis Jones a suivi Mr. Davies à sa sortie du bureau et a attendu le moment propice de le pousser sous une voiture. Le même soir, Abel Tattlecombe a eu un accident similaire, heureusement moins grave. Ici, nous n'avons pas de preuves directes. Nous ne pouvons que procéder à des déductions à partir de probabilités. D'après moi, Mavis Jones s'est rendue ce soir-là dans Ellery Street pour repérer le terrain, sans dessein particulier. Il se peut qu'elle ait eu un projet criminel en tête, mais c'est peu vraisemblable. Il était environ dix heures et demie, elle n'avait pas une idée exacte de l'endroit où habitait William Smith, mais, si l'on peut dire, la chance a souri à cet esprit pervers. La porte s'est ouverte, un homme est sorti de la maison et s'est approché du bord du trottoir. Elle a dû voir se découper dans l'embrasure de la porte une silhouette qui, par la taille et la corpulence, rappelait celle de William. Pour votre gouverne, sachez que, bien qu'elle sût que Mr. Tattlecombe était le frère d'Abigail, elle ne l'avait jamais rencontré. Donc, elle aperçoit cette haute silhouette dont la tête est éclairée par les lumières de la maison. Dans la nuit, des cheveux blonds ou gris se confondent aisément. Mr. Tattlecombe a toujours maintenu avoir été projeté à terre par un coup violent. Je crois que Mavis Jones l'a poussé, comme elle avait poussé Mr. Davies.

— A vous entendre, dit Katharine, elle a vraiment agi de sang-froid.

Maud Silver continuait à tricoter avec vivacité.

— C'est un lieu commun que de dire qu'un crime en entraîne un autre — « l'appât du gain dans le cœur de Caïn », comme l'écrit avec justesse Lord Tennyson. Permettez-moi de citer également un auteur moderne, « si vous faites le premier pas, vous ferez le dernier ».

D'entendre parler de Kipling comme d'un auteur moderne, les trois jeunes gens restèrent muets. Insensible à ce silence, Miss Silver poursuivit :

— Nous ne savons pas à quel moment Mavis Jones a découvert son erreur. Elle a dû penser qu'il était dangereux de renouveler sa tentative trop vite ; d'autre part, elle paraissait ignorer que Mrs. William Eversley était employée au bazar de jouets.

Katharine eut un faible sourire.

— J'avais dit à ma famille que j'avais trouvé du travail et que je déménageais, sans toutefois lui donner mon adresse. Mais...

Elle eut un instant d'hésitation.

— Ils ont fini par savoir où j'habitais. Du moins, Brett l'a su... je ne comprends pas comment.

Les aiguilles de Miss Silver cliquetaient.

— Mr. Brett Eversley vous a téléphoné un vendredi soir — veille du jour où vous avez épousé William Smith ?

Elle prononça le nom de Smith avec un sourire.

— Oui, dit Katharine.

— Vous aviez, je crois, pris le thé chez Mrs. Salt en compagnie d'Abel Tattlecombe, cet après-midi-là. Celui-ci possédait déjà votre adresse et, par conséquent, Emily aussi.

— Je ne vois pas d'autre explication.

— Mr. Tattlecombe avait l'adresse de Katharine depuis un jour ou deux, intervint William. Miss Cole l'avait notée lorsque nous l'avions engagée. Or cette dernière était allée se plaindre à Mr. Tattlecombe de mon inconduite : je passais mes soirées avec Katharine ! Cela ne la regardait pas, bien entendu, mais Mrs. Bastable avait dû lui faire des confidences ; comme Miss Cole dramatise toujours tout, elle est aussitôt allée trouver Abel. Emily a certainement entendu leur conversation. De toute façon, Abigail étant témoin à notre mariage, notre adresse n'était plus un secret pour personne.

Maud Silver examina la bande de lainage rouge

cerise qui s'était considérablement allongée sur ses aiguilles avant de répondre :

— Précisément. Selon moi, Emily Salt a communiqué votre adresse à Mavis Jones, qui s'est empressée de la transmettre à Brett Eversley. J'ignore si c'est pour se venger de lui ou au contraire si elle pensait qu'une éventuelle union avec Katharine améliorerait sa position au sein de l'entreprise.

— Un peu des deux, à mon avis, répondit William. Ils avaient eu une liaison, autrefois. Mais je tiens à préciser que Brett ne se serait pas plié à ce genre de manigance s'il avait su que j'étais en vie. Mes cousins ont bien accueilli mon retour, même si celui-ci les mettait dans une position financière délicate. Mavis Jones a tout combiné sans les mettre au courant.

Miss Silver inclina la tête.

— D'après ce que m'a dit Mrs. Salt, il est évident que Miss Jones n'est pas restée longtemps inactive. Elle a repris contact avec sa tante Emily début décembre, ce qui lui a permis d'apprendre qu'Abel allait passer quelques jours de convalescence chez sa sœur et de suivre les évolutions de William Smith. Il lui a certainement été facile d'exciter la rancœur d'Emily à propos de ce testament de telle façon que cette pauvre déséquilibrée a décidé par deux fois d'attenter à votre vie.

— C'était donc elle, soupira William. Remarquez, je m'en doutais depuis longtemps. J'avais ramassé un petit bout de papier sur le trottoir, après la première agression. C'était un mot de Mrs. Salt, adressé à son frère, et je ne comprenais pas comment il était arrivé là.

Miss Silver toussota.

— Emily avait mis l'imperméable de Mr. Tattlecombe et pris le tisonnier de la cuisine. Plus tard, Abigail a retrouvé l'imperméable mouillé et le tisonnier rouillé. Vous l'avez échappé belle cette fois-là, et aussi lorsqu'elle vous a frappé dans le dos. Le sabotage de votre voiture était, j'imagine, l'œuvre de Mavis Jones. Celle-ci avait une grande habitude des voitures. J'ai volontairement dit « j'imagine », car la seule preuve que nous ayons est une preuve par défaut. Il ne pouvait s'agir d'Emily Salt puisqu'elle était au lit, terrassée par une forte grippe. L'une des difficultés majeures de cette affaire était que deux mobiles séparés apparaissaient en même temps et que les deux suspects n'avaient à première vue rien en commun. En effet, pour quelle raison Emily Salt aurait-elle attaqué Mrs. Davies ? Ce soir-là, elle se trouvait avec sa sœur à la soirée paroissiale et, le jour du sabotage de votre voiture, elle était alitée. Il paraissait également impossible de faire la liaison entre Mavis Jones et les deux agressions contre Mr. Eversley, puisque ses deux visites à Mr. Tattlecombe étaient inopinées, et que par conséquent Miss Jones n'avait pu les prévoir. Mais je me refusais à croire qu'il n'existait pas de lien entre ces deux séries d'agressions. Il devait absolument y avoir une relation entre elles. C'est pour essayer de la découvrir que je suis allée voir Mrs. Salt.

Elle se tourna vers Frank Abbott en souriant.

— Vos deux inspecteurs ont fait un excellent travail, qui nous a permis de clarifier la situation. Au vu de leur témoignage, je pense que l'on peut assurer sans se tromper que Mavis Jones a téléphoné à Emily Salt le dimanche soir, sachant qu'elle serait seule chez elle, Abigail ne manquant jamais la messe du dimanche soir. Elle a proposé à Emily de la retrouver à l'angle de Morden Road, afin d'éviter que l'on ne voie sa voiture dans Selby Street. Soit cette fois-là, soit précédemment, Emily avait dû lui dire qu'il était vraiment dommage de donner une si bonne gelée de pommes à des gens qu'elle jalousait férocement. Il est certain que Mavis lui a ordonné d'apporter un pot, ce qu'Emily s'est empressée de faire. L'inspecteur Evans a bien vu les deux femmes assises dans la voiture garée non loin de Rasselas Mews, en train de déballer le pot. Miss Jones a certainement évité de le toucher, mais elle a supervisé l'injection de cyanure. Comme l'a observé le laboratoire d'analyses, la presque totalité du poison se trouvait dans la partie supérieure du pot, celle-là même que Mrs. Eversley a versée dans une coupe de cristal avant de l'amener sur la table à l'heure du thé. Comment s'était-elle procuré le cyanure, nous l'ignorons.

William fronça les sourcils.

— Mes cousins m'ont appris que, l'an passé, on avait trouvé un nid de guêpes derrière une fenêtre de l'usine et qu'ils s'étaient alors procuré du cyanure pour s'en débarrasser.

Maud Silver eut un toussotement réprobateur.

— Tout de même, on devrait mieux contrôler la vente de ces poisons dangereux. Le code de procédure est vraiment par trop laxiste. Nombre de drames seraient évités si l'arme du crime n'était pas à la portée de la main de tout un chacun. Miss Jones n'avait peut-être pas encore de projet diabolique en tête lorsqu'elle a rangé le surplus de cyanure destiné au nid de guêpes. Il se peut qu'elle ait retrouvé le flacon par hasard ou qu'elle s'en soit brusquement souvenue — nous ne le saurons jamais. Mais si elle n'avait pas eu le poison à sa portée, elle ne se serait peut-être pas décidée à mettre en œuvre cette horrible machination, qui lui permettait de vous éliminer ainsi qu'Emily Salt, en lui garantissant, pensait-elle, une totale immunité.

Elle s'interrompit un instant et soupira.

— Le triomphe du méchant est de courte durée... tout ceci est bien triste et bien regrettable, mais, désormais, nous savons ce qui s'est passé. Comme je l'ai dit tout à l'heure, la police a fait un excellent travail. J'espère que l'inspecteur principal Lamb sait combien j'apprécie son aimable coopération.

Frank Abbott, qui était penché vers l'âtre, le tisonnier à la main, réprima difficilement un fou rire. Il imaginait son chef, les joues cramoisies, les yeux exorbités, en train d'être gracieusement remercié pour son aimable coopération. Maudie était vraiment merveilleuse ! De ses phrases moralisatrices à ses citations d'auteurs modernes (!), en passant par le petit filet à résille qui retenait ses cheveux et ses souliers aux bouts emperlés, elle était unique, et il l'adorait !

Un toussotement réprobateur lui parvint.

— Mon cher Frank, laissez ces pauvres bûches en paix. Ce feu brûlait très bien avant votre intervention.

William et Katharine rentrèrent chez eux à pied. Il est curieux de constater qu'un appartement devient très vite un chez-soi lorsqu'on y est heureux. Ce n'était plus l'appartement de Carol, c'était leur maison. Partout où ils iraient désormais, ils seraient chez eux. En franchissant la porte, William eut exactement l'impression qu'il avait eue dans son rêve : la sensation de sécurité, de partage, que l'on a en rentrant chez soi avec l'être que l'on aime. Mais il lui était difficile d'exprimer cette impression. Sans un mot, il passa un bras autour de la taille de sa femme et l'enlaça tendrement.

Cet ouvrage a été réalisé par

FIRMIN DIDOT

GROUPE CPI

Mesnil-sur-l'Estrée

pour le compte des Éditions 10/18
en mars 2003

Imprimé en France
Dépôt légal : septembre 1996
N° d'édition : 2688 – N° d'impression : 63321
Nouveau tirage : mars 2003

GW01608025

GOD'S FRONT LINE

GOD'S FRONT LINE

MICHAEL TURNBULL

MOWBRAYS
LONDON & OXFORD

ISBN 0 264 66448
First published 1979
by A. R. Mowbray & Co. Ltd
Saint Thomas House
Becket Street, Oxford OX1 1SJ

Printed in Great Britain by
Fletcher & Son Ltd, Norwich

FOREWORD

by the Archbishop of Canterbury

I have had a liking for the Church Army for about half a century.

I first came across it at close quarters when I was an undergraduate. A party of us from a number of Universities would converge for a weekend on the Army's headquarters, then at Marble Arch, for what were called evangelistic weekends. Little mercy was shown to the young men. From the clarion call to 'show a leg' in the early morning to open-air services in Hyde Park or 'fishing' expeditions on the Edgware Road at night, we were kept unceasingly at it. Talk about being thrown in at the deep end. . . !

Since then I have come across the Church Army in all sorts of places, at home and abroad, and I find myself always feeling better when I greet someone in the familiar grey uniform. I can make a pretty good guess that the inhabitant of that uniform is doing a worthwhile job for Christ and His Church and for human need. I am very proud to be its President.

The work of the Church Army, in its wide variety of compassionate and Christ-like service, is not as widely known and understood as it should be. That is one reason why I welcome the appearance of *'God's Front Line'*.

I have only one quarrel with it. The typescript arrived at a time when I was very busy, and I found the chapters of the book so interesting that I could hardly put it down.

I am glad that Michael Turnbull, the Chief Secretary, has written the book, for in it he shows us some of the most interesting facets of the Church Army's work at home and overseas.

May many read it, many support its efforts, and many more come to serve Christ in the front line under its banner.

DONALD CANTUAR

CONTENTS

PREFACE

It would be embarrassing for either Church Army officers or their friends and contacts to be mentioned by name in this book. Personalities, therefore, have been heavily disguised. Actual stories have been transposed, conflated and elaborated. But the inspiration for each character and his or her situation comes from life. My thanks must first be to the many Captains and Sisters and those amongst whom they work for providing the raw material on which I have worked. From personal experience I know they are a forgiving band of saints who will generously overlook the many shortcomings they will no doubt find in these pages.

For the actual production of the book much of the credit must go to Canon William Purcell who has been a patient but firm tutor. The Society will be grateful too to Derek Hailes, a Church Army student, who designed the cover, and to the Church Army photographer, John Ray, for his skilled contributions. Daphne Warren and Terry Burns have conscientiously typed the script and my thanks are also due to Sister Joan Wilbourne of the Church Army Archives Department.

For any errors that now exist, I take full responsibility. My hope is that these tales of the gospel in action will stimulate others to offer themselves for service on God's Front line.

1

HOSTEL — MORNING

'Christ, it's Wednesday.' It was a mixture of blasphemy and penitence. In the moment of exclamation Harold had swung his legs out of bed and sat there pulling his socks on. From long experience he had proved that it was easier to get dressed sat down on the bed as he could then open his small wardrobe door and reach into it without moving the table. He could also swing his arms without scattering the photo-graphs and trinkets of a lifetime. The tiny room was made to look even smaller by the walls crowded with flower photographs from old copies of the gardening magazines. Harold was so rushed that he was out of breath by the time he opened the door, squeezed round it and locked it behind him.

As he walked through the dining room there was a curious combination of disinfectant, stale tobacco smoke and H.P. sauce in the air. The walls were spotless though the gloss had long since been Vimmed from the paint and a modern poster held the hopeful caption 'Growth is the only evidence of life.' Bobby, one of the house staff and an ex-psychiatric patient, glanced nervously at Harold as he dashed, brush in hand, into the kitchen. Harold had been woken by the first verse of 'Through all the changing scenes of life' and the last verse was just coming to an end as he shuffled into the chapel. The Church Army had added the chapel forty years ago and though the air was fresher here than anywhere else in the Hostel, the windows were small and the lighting ineffective. At that time of day the two candles on the altar beckoned with welcome warmth and light. Though the other eight people in the chapel were standing Harold sat down at the far end of a row. He opened his prayer book. Jutting out from the top of the pages was a photograph scarred at the edges by years of handling. It was of a young boy, standing squinting against the sun and backed by carefully caned sweet peas, which were noticeably more in focus than the face of the boy.

Harold's scene had not changed for the past eight years when he had presented himself to the officer in charge of the hostel with a cider-scented plea for a bed for the night. Even to Harold it was predictable that the first room he visited in the hostel was the bathroom. Several weeks sleeping in bus shelters and field barns had not commended him to anyone within a ten yard range. In that time Harold had had plenty of 'friends' who had generously pointed out the need for personal hygiene but had not troubled — or dared — to ask why.

The truth was that it had all begun with worry. He was manager of a small department store. Respected as a responsible citizen and happy enough with wife and eight year old son, he wasn't ambitious and reckoned he would be content to run a successful business for a well-known local family who had a string of nine shops in the neighbouring towns. His great love was his garden an immaculate and colourful 500 square yards behind their three bedroomed semi only a ten minute bus ride from the shop. Sweet Peas were Harold's obsession and each year he would dig yet deeper trenches and plant the latest strains of seed. At the end of August it was said the scent was almost overpowering in the garden and in the house.

The journey from sweet peas to cider began when a

well-known chain of supermarkets bought out the family business and although Harold was retained as manager it was clear from the weekly visits of the regional director that he was being watched closely. The pressure grew, the staff were becoming restive and the climax came when, without warning, shopfitters arrived. They pulled the place apart, stock, displays, offices, and changed the atmosphere of a family store into a shopping clinic. That night Harold took home from the store a bottle of whisky and before the end of the evening most of it had gone.

The little men in Harold's head marched like an army as he tried to run to the store from the bus stop, next morning. He had not had time to shave so he hoped to creep to his office without being noticed by the woman at the till. But there were few customers about and as he stumbled in it seemed that every face in the building turned towards him. The only sound was the stampede in his head. He tried to straighten up and, looking straight ahead of him, he walked down the length of the store and slumped into his chair in the office.

Staring at him on the desk was a bottle of whisky standing on a pencilled note. 'cracked neck from crate opened this morning.' Harold had often joked with his customers about the hair of the dog that bites you. He had now the opportunity to test whether a drink in the morning would disperse a hang-over from the night before. He glanced through the window into the store. The staff were huddled together, talking urgently but apparently not coming near him.

Very carefully, so as not to widen the crack in the bottle, Harold pushed the whisky up the sleeve of his coat and walked from his office across the corner of the store to the lavatory. The huddle of the staff broke like a scrum and furtive eyes followed his deliberate journey. The gents had been done up in the rebuilding and now sported a wide mirror and linen towels. Harold avoided looking at himself and focussed on the taps. Gingerly he recovered the bottle from his sleeve and removed the foil. The cork squeaked. The thought of the neck breaking off altogether was so vivid that his skin prickled and the little men drummed in time with their march. As soon as the cork popped Harold had the neck to his lips. He was alarmed that his hand was shaking but a second gulp gave him the courage to view himself and contemplate a shave.

He never got as far as his own face. His eyes were dazzled by the pinstripes on the suit of the regional director. Harold pulled his mouth into a smile. 'Cheers', he said. The word echoed through his brain and into his eternity so that eight years later he was to dream, through his sweat, of a thousand 'cheers' vibrating and mocking into the rushing mighty winds of his mind.

'Lord have mercy, Christ have mercy, Lord have mercy.'

The service was taking its course but Harold was frozen to his seat and locked into his past. He had never gone home again. The road from whisky to cider was short. Harold knew that his wife had divorced him but he didn't know that the squinting boy was now in a Borstal and the sweet peas had gone to seed.

By force of habit Harold came to at the words '. . .this is my blood which was shed for you. Do this in remembrance for me.' Still holding the photograph in one hand he held out a palm for the bread and the wine touched his lips.

Tony Silk, the Church Army officer in charge of the hostel, cast a firm and knowledgeable eye around the dining room as he emerged from the chapel. 'Did you say one for me, Captain?' grinned a rotund figure in the corner, knife and fork vertically poised above his beans and toast. 'Time you started saying them for yourself.' And then Tony turned to put a hand on the shoulder of Charlie, who had only arrived at the Hostel the day before. 'We try to make it a rule that we shave before breakfast, Charlie.' At the far end of the room, nearest the hatch to the kitchen, were three men bending low over the table as if about to begin a seance. 'There's no time for cards at this time of day', said Tony, 'and if you want to keep that new job of yours, Frederick, it's time you were off. Perhaps you two would give a hand in the kitchen this morning.' There was the briefest glimpse of defiance before the trio split up.

Tony's wife, Maureen, put her head through the door linking their flat with the hostel. She announced that the boys were just off to school and Tony went through just in time to straighten a cap before the door banged behind them. He picked up his mug of coffee and there was a knock on the door leading to the hostel. Predictably it was Sid — scrounging money to 'send my old woman a card on her birthday.' At one time Tony would have been taken in by this but he now realised that this was Sid's way of engaging in a conversation so he threw the line to him. Sid grasped it and was soon in full flow about the rise in bus fares, the cost of tobacco and the man behind the counter at the local DHSS office. Maureen looked tired. They had had a disturbed night. They both showed signs of the agonising decision they had had to make in the middle of the night. Ed Wootten had nearly knocked the place down banging on thedoor at 11.30. Tony had invited him in and sought to sober him with coffee in the office. Only two months previously Tony had had to resort to the police to get Ed out of the hostel because he was becoming violent and destroying some of the treasured possessions of the residents. He had had to spend a night in the cells and had subsequently been released. Christian love should go on loving even when there is nothing in return, but could Tony impose that kind of love on the other residents? Economically there was pressure from Church Army headquarters to fill all the beds and Ed with his DHSS chit could certainly pay. Eventually Maureen had come down for Tony at half past three in the morning and half an hour later Ed had disappeared into the night. But Tony had felt like the Priest or the Levite on the road from Jerusalem to Jericho. He knew he would feel even worse when headquarters noticed his bed vacancies.

Maureen persuaded Tony to sit down. He glanced round the room. It said a lot about the Silks' determination to keep their own family life in spite of the constant impositions of the hostel. Some of the furnishings were second-hand and the carpet was beginning to show its thread but there was no ostentatious poverty. Maureen had carefully arranged some flowers on the sideboard and the metronome and half finished galleon model on the piano were reminders of the two whirlwinds who had just gone to school.

Tony was about to launch into a justification of last night's episode when the phone rang. It was a vicar from the outskirts of the town where the greys turned to greens and the grass actually grows. His trouble was that it was growing too quickly in the churchyard. Tony just managed to swallow a sarcastic remark as the vicar went on to explain that if something wasn't done soon the whole area round the church would become a jungle.

'Just wondered if any of your chaps down there would like to earn themselves a bob or two.' Tony thought for a moment as the names of the fifty-eight men in his hostel ran through his mind. He put his hand over the mouthpiece of the telephone and had opened his mouth to call Maureen for any ideas when an inspiration hit him.

'Would you like to see sweet peas growing up the church wall?' The vicar laughed. 'I don't want to make a country garden of it,' he said, 'but if the chap will work he can have a pretty free hand.'

'I think I have got your man', said Tony and as he put the phone down he reflected that the day had begun with a little more hope than the despair which had ended the night.

Ed had had to be thrown out of the hostel. A new opening had been found for Harold. Such is life as it is lived in a Church Army hostel very often. Gains and losses, a continual battle, a continual movement between sadness and hope. The vision for this work began almost a hundred years ago.

2

MAN WITH A VISION

On the wall of Tony Silk's office in the hostel is a photograph which gives a clue to the inspiration behind the work that goes on there. It is of an elderly man with silver hair receding over his forehead. He wears metal framed spectacles and under an ample nose sports a grey moustache of a certain military style. His uniform is almost identical to the one which Tony wears when he is on official business outside the hostel. It resembles a first World War officer's uniform with four flapped and pleated pockets on which the buttons match the four down the front of the tunic. On each of the lapels is embroidered the monogram 'C.A.'. The old man is holding, improbably, not a baton but a trombone, and underneath the photograph is a flamboyant fading signature — Wilson Carlile.

The founder of the Church Army died in 1942, before Tony Silk was born. The fact that those who knew him and served under him had been able to pass on the impact of his personality is a measure of the might of the man. Officers of Tony Silk's generation *feel* as though they know Wilson Carlile. Such a tradition is not always healthy if it gets in the way of progress or if it comes between the man and his God. But it is the dynamic of Carlile that lives on in the Church Army.

His own spiritual motivation dates from a period of

black despair not unlike that which afflicted Harold. The young Wilson Carlile had amassed quite a fortune in the business world, had travelled widely and already showed a taste for life which was sometimes eccentric and even bizarre.

At the age of 26 his business fell about him like a pack of cards when a series of bank suspensions in London and New York reduced his wealth from close on £30,000 to just over £1,000 within a few days. He had worked forcefully and with great single-mindedness to build up his business to that pitch. He was becoming known as a young man of real talent in the business world and though other family money could have bailed him out of his plight, he fell into depression and physical collapse.

Lying on his back at home in Brixton, the visits of a religious aunt were an irritation. Her urgent pleadings with him to give his life to Christ met with a blank response. But certainly she had caught him at an extremely low time when his self-confidence had left with his fortune and he had the opportunity to review the direction that his life was taking. As a last resort the well-meaning aunt left by his bed-side a copy of MacKay's *Grace and Truth*. What processes his mind and his spirit went through can only be speculation but Carlile was afterwards to write, 'At the beginning of the chapter I was a rank outsider. Before I got to the end I had thrown myself at the feet of Christ and cried 'My Lord and my God'.

For most of us, the moment when we are conscious that the Spirit of God has fertilised our personality is a big enough event. When the person is bestowed with the kind of natural gifts which belonged to Carlile, the period of conversion takes on a cosmic significance. There is no doubt that before this turning point Carlile's natural intelligence and energy had marked him out as a giant amongst men. but nowthat he had given himself unconditionally to the entire disposal of his Creator it was a question of what particular course his discipleship should take.

Though of Nonconformist background, he was soon to join the Church of England and after some agonizing he was ordained. Even at theological college it had become apparent that Carlile's ministry would not be commonplace. Indeed it was quite predictable that the conventions of Holy Orders in the nineteenth century should prove to be too restrictive for a character so dynamic and imaginative.

There were ten curates at St Mary Abbot's, Kensington, when Carlile joined the staff as a raw deacon, and yet he was older than any of them including the Vicar, and the only married one. It was in the days when churchmanship and party lines were rife within the Church of England, and yet a large staff in the West End of London could afford to span the spectrum of theological debxte. Carlile probably owed a great deal to the vision of this team of dedicated men, and throughout his life he maintained an ability to get on with High and Low and Broad equally well. Typically he could not show the same amount of patience for the shallow or the disloyal. In spite of the Oxford D.D. with which he was honoured later in life, he would have been the first to admit that he was not conversant with theological niceties nor could he put together a sermon which could be described as a literary masterpiece.

Into the void of traditional scholarship he placed enthusiasm and single-mindedness. He was acutely aware that the Church of England at the time was largely geared to the provision of jobs for clergymen and the serving of middle-class consciences. With great perception his vicar gave him three pieces of work which took him beyond the social life of the average member of the congregation. He was to work among soldiers in the barracks, to act as work-house chaplain and to take the weekly police service which had become a feature of the parish since the ministry of Dr. Maclagan who, by Carlile's time, had risen to be Archbishop of York.

His method of communication followed the New Testament pattern. He did not speak in terms of ideas or arguments but gave vivid stories and illustrations into which he wove a simple but penetrating message. His objective was clear-cut. He realised that for many people with whom he came into contact, he would not have the time to woo over a long period into the Kingdom of Heaven. Instead the message of repentence, belief and commitment was delivered in the style of a surprise attack. While this would have offended the complacency of many Evensong goers, there seems to be no doubt that it had an explosive effect on the ordinary man to whom the inside of a church was as strange as a palace.

The effect was two-fold. In the first place it angered many to such a degree that Carlile was frequently physically assaulted. The stories are legion of gangs of men deliberately breaking up Carlile's meetings and sometimes delivering blows on him and his followers.

But the other effect was that many ordinary working men and women were helped to faith in Christ. Carlile was soon taking services in the open air and in other unusual places and he discovered that if there was a better communicator of the Gospel than himself it was the working man to the working man. They were encouraged, even bullied, into standing up and speaking about their own faith at large open gatherings. The fact that a well-known local drunk or a member of a notorious gang of thieves was speaking about his faith in a forgiving God and showing by his life that it worked, had an effect more telling than a thousand sermons from middle-class clergy.

It was in this haphazard way that the Church Army was born. It is worth noting that it was not first conceived as an organization on some ecclesiastical drawing board. It sprang from 'one beggar telling another beggar where he had found bread' and this gossiping of the Gospel is still at the heart of the Church Army dynamic.

In days when the Church is more enlightened about its evangelistic task it is difficult to understand the questioning from the established Church which Carlile's methods brought about. The Reading Church Congress of 1884 turned Carlile out for venturing to suggest that trained laymen might be of any use to the church's ministry. Gradually, however, bishop after bishop saw the value of the new movement and the office of Church Army Evangelist was recognised by Convocation in 1897.

Before that could happen the recognition of Church Army training had to be won and from its start in Oxford and later in London, this was designed to be a blend of Christian knowledge with practical experience of helping and serving. It is interesting to note that all candidates for the Church Army in those early days, as well as being asked the conventional questions and the names of referees, were also asked some of the following questions.

> Can you take a back seat and play second fiddle with a happy heart?
>
> Can you use the same homely language in speaking for Christ as for your trade?
>
> How much indoor and outdoor persecution can you stand without being angry?

Can you turn a disturber out of a meeting in a smiling and kindly manner?

Have you ever kept an open air meeting going for an hour without one person to help you?

These are an indication of the kind of person that Carlile was seeking out and recruiting for the Church Army and ultimately for the Church of England as a whole. It is still the same today and in the next chapter we shall be looking at that blend of training which makes a twentieth century Church Army officer. But first it is worth noting that from early days Church Army offered special opportunities for women's ministry.

In the current debate about the ordination of women there is the temptation to proceed from the argument that there is no difference between men and women. The experience of Church Army across almost a hundred years of partnership in ministry is that there is a difference! It is true that for the bulk of Church Army history men and women officers were encouraged to think there was too much of a difference. The Sisters were subject to separate training, different disciplines and seldom allowed contact of any kind with the Captains. Now all that has changed and the proper differences are perhaps more apparent.

Wilson Carlile's sister, Marie, was responsible for the first fifty years of history of the sisterhood which was one of the few openings in the Church of England for full time service for women. Small of stature, determined in outlook and loving in crisis, she has certainly stamped successive generations of Church Army Sisters with a discipline and sacrifical devotion which the men would find hard to match. From the beginning the women took on tasks equally dangerous and forbidding as the men's. But it soon became apparent that there were things which a woman could do which few men could attempt. In the early days, what was known as rescue work was chiefly concerned with homeless women, prostitutes and unmarried mothers. It was also reported from many parishes that Sisters had a sympathy and a listening ear which few men could match. In more recent years some of them have become able administrators, and sound preachers. Most, for the sake of their calling, have remained celibate but others have made equal sacrifices as vicars' wives and the helpmeets of Church Army Captains.

Perhaps the most significant discovery of recent years has been that men and women working together in teams – perhaps in a mobile mission situation or in residential social work – can provide the most complete ministry of all. As the opportunities for women's ministry in the Church broaden there will always be a distinctive place for those who are called to a lay ministry as an evangelist. Gossiping the Gospel is as necessary today as it was in the late nineteenth century when the Founder and Miss Carlile first caught their vision.

The conditions of the 1980s will be very different from the 1880s. The problem facing the Church Army as for any other movement is how to retain the early dynamic without hardening into an institution which clings to traditions for sentimental reasons. That dilemma is worked out in the lives of men like Tom Jarvis. We are going to meet him next.

3

ONE DAY IN THE LIFE OF TOM JARVIS

Tom was supposed to be praying. Instead he was thinking about his friends along the corridor of the men's wing of the Church Army Training College. The early morning Quiet Time had brought a strange hush and everyone was in chapel or their bed-sitters praying. Or were they? Everyone assumed that everyone else was talking to his Maker. But supposing they were all like him. Tom found it difficult to pray to order. Everyone else seemed much more holy than he was. His mind would light on a verse from the Bible and then go off on some unholy tangent. He glanced out of the window across the broad grass quadrangle to the wing-like roof of the modern chapel. It was easy to pray in there when everyone else was praying. But now the very solitariness which he had heard was at the heart of prayer seemed a barrier to his concentration. His room was untidy and he supposed he could better occupy his time by straightening the bed and clearing up the pile of papers which littered his desk. There were some rough notes on his latest essay on which he had worked too late the night before. He mused as he glanced at the papers and the doodles which surrounded the margins. Probably the last hour that he had worked last night had been entirely useless.

At least he could clean his shoes. He could do it

quietly so that everyone else would think he was praying. They were his only pair of black shoes and he eyed the creases in the shiny leather with some affection. The brush whispered across the surface and then he stood up to admire the shine in the light. 'Cleanliness is next to Godliness' he argued as he next took down his tunic uniform and began to brush away the suggestions of yesterday's dandruff. The Church Army label caught his eye and told him again of the fact that he still found difficult to believe. He and the grey uniform did not seem to match. He could not fit the image of hearty Christianity which so many people associated with uniformed religion.

Six months and a world ago Tom had been happy working as an apprentice electrician. He enjoyed his days at the technical college and got on well with Bob. He hadn't got much further than fastening the buckle clips and stripping the wires but Bob had been painstaking in teaching him the finer arts and dangers of domestic wiring systems. Tom compared his day now with setting off to work on the 7.55 bus with his lunch strung over his back.

Tom's mother had a knack of packing a lunch which was never quite the same as the day before. She seemed proud to be packing two lunches — one for his father who cycled to work at the local foundry. He pictured them now eating their bacon in the back room of the terrace house typical of hundreds of others in that part of South Yorkshire. The smell of fried bacon would never quite leave the room all day. The front room always smelt of furniture polish and the sound there of the ticking grandfather clock would only be drowned on the special occasions when his grand-parents came over. But the back room was the place where he could remember everything of any importance taking place in his life. He could picture now the inner recesses of of the tiny cupboard in the corner where he was allowed to keep his toys. The big biscuit tin full of Lego parts was still there and he remembered playing in the corner as his parents watched television and the fire of locally hewn coal was crackling up the chimney. In the hearth would be a tin or two of home-made bread rising in the warmth and conjuring up some future feast of dripping with its tasty black streaks on the newly baked bread.

Tom's parents had been embarrassed when he first tentatively mentioned his desire to join the Church Army. There was no question of keeping up with the Joneses for his father was an independent man with little chance of promotion. He had steeled himself to be content with a clean hard-working life punctuated by a weekly visit to the club and an annual visit to Cleethorpes. They rarely went to church, though Tom was mature enough to see much of a Christian lifestyle about them. The local vicar would occasionally call and Tom remembers those times for the cups that were normally at the very back of the cupboard and the grunt of his father at the end of the prayer which marked the end of the visit.

The church was something that the Jarvis family could cope with. The square tower stood over the town immediately surrounded by a gaunt churchyard which contained a number of the Jarvis predecessors. Mr. & Mrs. Jarvis had been married there and Tom had seen his own name on the cradle roll. Mrs. Jarvis would proudly bake some bread and make some blackberry jam for the Christmas Fair. To that extent it was all part of their life. But the Church Army they had never understood and thought that Tom's inclination towards it would be a passing phase and that one day they would proudly call him an electrician with Body's, a well-known local firm.

Sheila Body was the boss's daughter. She and Tom had been in the same class at school together and then they had belonged to the same gang at the youth club. It wasn't until Sheila came home for her first holiday from college that Tom had noticed anything special about her. Now he recalled the time when they had been to the cinema and finished up at the fish and chip shop. The following Saturday they had walked along the canal bank and Tom's stomach still curled tightly as he thought of the first touch of Sheila's hand in his. They had had to be careful as Sheila's father cooled at the thought of his daughter going out with a young apprentice of his. But they found plenty of opportunities of getting away from the gang of friends and spending time alone together. Since he joined the Church Army Tom had heard only once from Sheila in spite of four or five letters from him. In it she had written of a world which he did not know and perhaps she had been frightened by the new turn in his life.

Tom had often asked himself why he had turned his back on so much that he enjoyed. Why had he swapped the security and predictability of life at home for the unknown path of an evangelist? He wished he could talk in the language of some of his fellow students who could name a time and a place when God had spoken to them and irresistibly called them to this ministry. All he could do was stammer uncertainly about an inner nudge which he felt he couldn't ignore. Perhaps it had begun when the gang had been invited to the vicarage to meet an old friend of the vicar's. 'He'd like to meet you', the vicar had said and if they were all going it didn't seem frightening to enter that large vicarage drawing room. He'd forgotten the vicar's friend's name by now but he did remember that he had spoken about God in a way which Tom could understand and for several weeks after that he remembered that everything seemed to speak to him about God. He noticed the poppies on the side of the canal and the toll of the church bell on Sunday mornings. Even the squeeze of Sheila's hand had seemed like a morse code from his Maker. Most especially the vicar had given him a part of the Bible which looked like a booklet and to his amazement Tom had not only understood it but enjoyed it. The Jarvises were both pleased and surprised when Tom had decided to be confirmed and it was not long after that that Tom had it out with the vicar about what his future should be.

The vicar had said that Tom should contine to be an electrician. This surprised and rather hurt him because he couldn't get away from the nudge. Then at Cleethorpes one year he had met Beryl. His feelings for her were not at all like those that he had had for Sheila for Beryl was a Church Army Sister and Tom had spotted her singing with her guitar, on the front. She had introduced him to Brian and David and since then the three Church Army officers had kept up quite a correspondence with Tom. They were letters which had eventually led him to his bed-sit in the training college.

There were noises now in the corridor and Tom knew that the Quiet Time was over. He had come all too late to realise what it was he had to pray about. He hurriedly knelt down by his pillow and the words flowed. He still did not know much of the Bible by heart but for some unknown reason the words 'In my Father's house are many mansions' came into his mind. He was grateful in his prayer for the home that he had known and the friends . As he looked back he could see each part of his childhood as being something of a preparation and a tender leading of God. Much as he had loved and cared for that home he realised gladly that it was something that had to be forsaken for the homes perhaps mansions — which God had in store for him. It briefly crossed his mind that his interpretation of the verse was probably wildly out but his inner self was now strangely excited in the way that one is at the beginning of a journey. After twenty minutes of household duties, affection-ately known as 'scrubology', he was still dancing inside when he entered the lecture room to begin his working day

He sat down next to Terry Fender. Terry was everything that Tom wished he could be. In the first place he was a good four inches taller than Tom and his athletic appearance was matched by a sparkling extrovert personality. In spite of their differences Tom and Terry had been firm friends ever since they had first met at the selection conference. The fact that Terry was a Lancastrian wasn't his fault and they did feel that there was some bond between them in this heathen part of South East London. Terry had played Rugby League at home and he was constantly moaning that he couldn't see any in London. But he was still extraordinarily fit and when it came to loading up the equipment to take into the open air or packing luggage to go on a college mission Terry was at the forefront of things. He was always positive in his Christianity and Tom imagined that he had a very keen prayer life.

'Good morning, brother' said Tom with a twinkle in his eye.

'Don't brother me.' Terry's gloom seemed out of character. He went on to explain that he had just heard that his next field placement was to be in a men's hostel in the South West of England. Terry didn't take kindly to the social work of the Church Army. He was here to preach the Gospel and that could best be done directly by speaking to people on the street, in the pubs and in the churches. There was no doubt that his personality was a gift which enabled him to talk in a direct but inoffensive way about his own Christian faith and to encourage others to take theirs seriously. He somehow regarded social work as very secondary and at best the prelude of proper evangelism. He didn't see it as Tom was beginning to understand it as a means of evangelism. Tom wasn't going to enter into the old argument at this time of the morning so he tried to pass on to Terry some of the effervescence with which he himself had come away from his prayers. Usually the roles were reversed but Tom stuck to his task and even found some encouragement from the fact that this was an opportunity for him to help Terry who so often had been a source of strength to him. Terry admitted that he hadn't been able to pray that morning because of the disappointment about his field placing. It was the first time that Terry had ever admitted any weakness in his spiritual armoury and Tom felt that this was an encouraging sign. He was beginning to warm to his task of comfort and encouragement when the lecturer walked in.

'The origins of the gospels' was the title of this new lecture series and the students were keyed up to know whether it was something which they would have to endure for the next eight weeks or something they could genuinely regard as a piece of useful preparation for their future ministry. Within five minutes they had recognised that this lecture was to be something special. Here was no dry academic catalogue of documents behind the New Testament books but in the hands of this lecturer the pages of the New Testament sprang up as clearly as if it was only yesterday they had come off the press.

For the first time in his life Tom began to understand why it was important to know the differences between the Gospels. This is what he came into College for, thought Tom, as he found confidence again in his vocation. He began to see too that the qualities of an evangelist can be many and varied. The fiery Peter who lies behind St Mark's Gosepl is no more of an evangelist than the quieter but thoughtful Luke or Matthew, the man with political leanings. He could see around him even in the lecture room characters who went to make together the mosaic of people similar to those through whom Christianity first took off.

Exhilarated in prayer and lecture, Tom's last hour before lunch threw him to the brink of despondency. He was working at an essay for his 'Man in Society' section of studies about the relationship between poltics and social action. How he longed for some simple equation such as watts over volts equals amps. There seemed to be no way through the forest of fact and opinion which he had picked up from the various books suggested to him. Tom's own home background had not provided him with any critical political judgement. Nor indeed, though predominantly living in a working class area, had there ever seemed much need for social action. There were very few really poor people about and accidents and sadnesses still seemed to be absorbed by the extended family of sisters and cousins and aunts. But again enlightenment was coming to Tom that if the Gospel was to be proclaimed it must be done so by word and action. So often it seemed that there were forces within society which seemed to prevent loving action and to this degree the Gospel could not be separated from politics. Tom was reluctant to take this line of thought very far. He longed to be able to cling to the simple understanding of God that he had when he came into college. But even after six months he realised that in the future he would be working in areas and amongst people to whom life was not so simple. At first he had thought that three years in college was a long time. He now began to see that it might be all too short a time for him to work through this process of remaining clear in his message while learning to think with sensitive realism.

He was relieved when it was lunch time and he had the excuse to close the books for the time being. There was the usual buzz of activitiy in the dining room. Those whose turn it was to wait and serve moved about deliberately. Perhaps it was the best opportunity of all to get to know some of the staff as people when they sat amongst the students. There were often people from headquarters about too and Tom could learn about some of the thinking and the planning that was going on. It was reassuring when he was called by his Christian name and he was beginning to feel part of the community of Church Army.

After lunch he often had a game of table tennis with Geoffrey Chamberlain. Geoffrey was a third year student — due to be commissioned in fact in a few months time. Apart from playing a game with him Tom had little time for Geoffrey's cynicism. It was as though three years in college had put out the spark in the man and Tom often feared for the kind of work that Geoffrey would do when he was commissioned. Tom hoped that Church Army would not have that effect on him. Geoffrey always seemed critical of the organisation within the college, of the quality of the lecturers and of the direction that Church Army was going. His attitude was so negative that Tom often wondered why Geoffrey had come into Church Army at all. Even as they threw themselves into their table tennis the gloom came over from Geoffrey in sharp machine gun bursts in between rallies. Somehow, Tom thought, as he battered away that he could not have fitted Chamberlain into any of the New Testament patterns he was thinking about that morning. Tom also realised that in the course of a Church Army career it is very likely that you will be asked to do a piece of work alongside most of your own contemporaries. He couldn't help but hope that he might be spared from working closely with Geoffrey Chamberlain.

He was moved to mention this line of thought when he met later that afternoon with his tutotial group. It contained one member of staff together with seven other students. The idea was that the group would provide the opportunity for intimate sharing and learning in a way which was not possible in the larger college context. Tom was able to say to this group that there was one person in college whom he found very difficult to like and could not imagine anything worse than actually working with him. He was relieved to discover that most people had their *bête noire* too. It would be interesting, someone guessed, to ask the other person whether they found Tom equally difficult. That came as something of a surprise because Tom had never thought of himself as being anything but likeable. He was easy going, not too forthright in his convictions and had a broad catholic taste which could accommodate most people. As the group began to explore this more Tom began to understand that it could be him who was bringing out the worst in Geoffrey Chamberlain and perhaps he should simply seek to avoid very much contact with him.

Later that evening the corporate worship of the college meant a great deal to Tom. He loved the lines of the college chapel. The roof like an upturned boat and the whole building was like a diamond with a large blue window in the shape of a cross over the altar and a gold cross over the door. In the walls were large areas of plain glass. The acoustics of the place meant that Tom was very conscious of everyone else worshipping in the chapel and he found himself praying especially for Geoffrey Chamberlain.

Little did Tom know then that in three months time he and Geoffrey would be standing together in front of a large crowd on the beach at Bridlington.

4

THE BINGO BRIGADE

When the dark satanic mills of Leeds and Bradford close for their annual Wakes Week a fair proportion of the work force finds its way to the front at Bridlington. Many will have tried the Costa Brava and Majorca but return because there's 'nowt quite like Brid.' For months a pound or two a month would have been put away in preparation for the great migration. New dresses will have been bought and figures trimmed. Landladies having scrubbed the paint and polished the front door step, will be ready with their welcome mats and be proud to be the first to put up the 'No Vacancies' sign.

On a sunny day the beach is like a tropical aviary. Close your eyes and cup your hands over your ears and you can hear the calls of the large and small, the old and young, crescendo in determined enjoyment. Birds with as little plumage as possible are out in force. To catch a fellow early in the week could make all the difference to the holiday. The young ones huddle and titter in small candy-flossed groups. The confident ones pick their way amongst the burning bodies in mobile exhibition. And the young men themselves chew gum and eye the talent like farmers round an auction ring.

For those who made it — met perhaps on this very beach years ago — it's sandcastles and rock and spilt icecream and sandy tears. For Dad a bit of fishing when he's let off the hook, and a week without washing for Mum.

Just above, beside the geraniums, the geriatrics sit. Out of the wind in the glass shelter they catalogue the changes of the last forty years and watch the clock for teatime. Everywhere there is the noise and bustle of people taking their rest. The transistor radios with David Hamilton or John Arlott, the tannoys of the Bingo halls with their monotonous concentration and the cars edging along the front all combine to orchestrate the fun. To walk a hundred yards is to treat yourself to the contrasting smells of fish and chips and candy-floss, of winkles and sun tan lotion and of the salty breeze and perspiration.

People change on holiday. The rules of life in Pudsey are set aside for a glorious week of freedom. In exchange for the routine of clocking in and waiting for the bus home, there is all the anticipation of the unexpected. Who's on at the Winter Gardens this year? It is an escape. But which end of their lives is the reality?

Tom and Geoffrey are there to find out. In the midst of the beach activities Tom is holding hands with two small children and trying to collect some more for a beach game. His Church Army T-shirt means that he can be trusted and parents gladly encourage their children to lengthen the human chain. If he could he would pinch himself to make sure it was all real. It had begun in a Midlands cathedral when, with forty other Church Army officers and students, he had spent a week of mission and then quiet preparation for the summer activities. In his sermon the bishop had likened them to the early Christian missionaries – travelling light, speaking to all on the way and going where the people are. It was dark before Tom and Geoffrey and two Church Army officers had reached their first night's destination. It was a country vicarage where they used their sleeping bags and the following day was spent walking round the village knocking on the doors, going into the shops and the pubs telling people of their missionary journey. Another night and they were off again, this time to a market town and an open air meeting in the shopping precinct. Tom had been impressed with the friendly reception and hospitality they had had wherever they went. But he felt the strain of constantly meeting new people, of saying some of the same things over again. After two more stops he was also longing for privacy, which he knew that he wouldn't get again until the end of the summer campaigns. He gradually began too organised and used to living out of a rucksack, to accepting food when it was offered and snatching sleep in odd moments in arm chairs.

Eventually they had reached Bridlington and here they were, their first day on the beach. The team had been joined by seven or eight students and some helpers from the local church. Tom was being blooded in slowly. He was not going to be required to speak at the open air beach meeting for the first two days. His job was to make contact with the people and especially the youngsters. He was to build up confidence in the Church Army team and when he was asked what they were doing to make the most of that opportunity to speak of Christ as well as of himself. In the planning sessions Tom had been worried as to whether the exercise was not an intrusion into people's holiday. Even on this first afternoon he was beginning to see that many people regarded them as part of their holiday. They loved the hymn singing and some would open up quite freely about their own faith or lack of it simply because they were relaxed and the faith which the Church Army proclaimed seemed a far cry from the fund raising activities of the Victorian church back home.

The fortnight on the road had brought Geoffrey closer to Tom than ever before. Amidst all the activity there was little time for Geoffrey to grumble and no energy left at the end of the day except for sleep.

One of the students had brought a sketch board and was sitting on the sand gradually putting together a drawing and talking to those who gathered round. The Church Army Captain had a couple of glove puppets with which he delighted the children and the Sister had brought her guitar so that the shouting and the talking and the music became a part of the cacophony on the beach. The chain of children was now some thirty long and as Tom danced in and out of the castles and the games of cricket and jumped over the uncles and aunts he was surprised to be enjoying himself. He suspected Geoffrey was too but he didn't mention it.

The base for the weeks in Bridlington was a local church hall. It was easier for them all to be together and to rig up some simple sleeping arrangements than to be farmed out in all quarters of the town. In any case, probably every bed in the town was filled. Tom was glad about this as it provided a home and an opportunity to get to know the whole of the team. The local church had given much preparation and planning for the Church Army visit. Though many of the congregation were now totally immersed in the holiday industry, they had spent the winter months praying and planning and paving the way for the Church Army team. Sites for the drama and the meetings had been booked, food had been ordered, leaflets had been printed and prayer had been offered. The congregation saw this as part of their missionary enterprise. It was not a question of planning to catch people in a relaxed moment and stuffing the gospel down their throats. From long years of contact with holidaymakers they knew it was the only time that some of them read or listened or pondered. They knew some who came regularly to Bridlington churches when they were on holiday and never went at home. It seemed to them that this provision for thinking of the things of God was part of the holiday parcel which the whole town had prepared ready for its guests. There was scarcely a person in the town that was not involved in publicity or laundries or food or entertainment. It was as important for them that the total holiday package was an expression of their Christian faith as much as the message which the Church Army team would give.

During the second week it was planned that after their chores and prayers together the team should split up into two and each visit neighbouring caravan sites. This was to prove the sharpest test of Tom's short career as an evangelist. The plan was that every caravan was to be visited in the late morning after people had finished their breakfast but before they disappeared to the beach. The point of contact was an invitation by word and by leaflet to an open air service the following Sunday evening. It was hoped that this excuse for visiting might lead to longer conversations and to friendships which would enable the team to speak of the relevance of God in a personal way. In addition to this, for an hour in the early evening of each day there was to be a pioneers' club for older children which would consist of ball games and treasure hunts which again would provide a source of contact with the children and their parents. Tom was very nervous. He had never before knocked at a door without knowing at least the name of the person behind it. Caravans were not his scene and he knew he would feel awkward if he was invited into one. Still worse was the possibility that he would strike a vein of agnosticism and blunt anti-church people. When he arrived on the site he was allocated a group of about twenty caravans in a corner of the cliff-top site. The invitation leaflets he was carrying stuck to his damp fingers. The rest of the team dispersed in the other directions and he suddenly felt the loneliest person in Yorkshire. He would have crept down the cliff path for a few minutes to summon his courage had it not been for a group of small children who saw him standing there and rushed up to him with ferocious excitement. Tom smiled with tight lips as they peppered him with questions about the reason for his sudden appearance. Partly because of the children tugging at his trousers and partly because his legs suddenly went like those of a rag-doll, his walk was unsteady towards the first caravan. Panic tingled through his veins as he wondered whether you knocked on a caravan door or just shouted. He needn't have worried because as he approached a man appeared bucket in hand from the far side of the caravan. He was almost completely bald and wore a blue vest tucked into his trousers.

'Hello', said Tom, rather weakly. There was no reply as the man peered intently at Tom's T-shirt trying to work out the Church Army monogram, which was printed in semi-circular lettering on it. 'I am from the Church Army.' Tom was relieved that this at least provoked one syllable which proved he had not been burdened with a deaf mute on his first visit.

'Ah.' This word was repeated twice in the course of Tom's spiel about the Sunday evening service and the pioneers' clubs. Tom made his farewells and 'Ah' for the fourth time was the cue for him to turn to the next caravan. He had almost reached the corner of it when the bald-head in the blue vest broke into English.

'You're a Yorkshireman?'

'Yes.'

'Then we'll be there on Sunday.'

When he later pondered on this conversation, Tom

wished he had made more of his Yorkshire affinity. But at the time the triumph of his very first visit gave him the springy confidence he needed to go on to the next caravan. He might have been Billy Graham counting converts in a football stadium. What would the rest of the team think of that, he thought, and then, humbled by his own pride, he whispered an almost audible 'thank you, God.'

It was when he was walking the couple of miles back into town and lunch at the church hall that Tom first encountered Nigel. The two were to become firm friends but Tom's first thought was one of concern for a twelve-year old boy wandering about in such solitary fashion. It turned out that Nigel's mother was a landlady and the long weeks of the school summer holiday were to him as much a bore as for others they were excitment. His mother was too busy to notice whether Nigel was there at all during the day and he crept back only to nibble in the kitchen and on his mother's instructions to keep away from the guests. Tom took him back for lunch with the team and he soon began to thaw out and to be willingly useful in the many practical tasks that had to be done for the day's events. Tom took Nigel home that night and explained to his mother where he had been and asked at Nigel's request whether he could join them another day. Throughout the Team's stay in Bridlington Nigel became one of them. He gave confidence to Tom in his many new tasks and Nigel was pleased to be needed and to have company. It was on the fourth day after their meeting that Nigel began to ask questions about God. He had sat there rather puzzled during the Bible studies and the prayers of the early mornings. He had obviously listened intently to the short bursts of preaching on the beach and the conversations of Tom at the caravans and now in his questioning he revealed his utter ignorance of the Bible and sat enthralled as Tom put the story of the Prodigal Son into a Bridlington context. A week later, Nigel with his head up but his eyes tightly closed, was able to pray, 'Thank you, God, for what you have done for me. I want to do a lot for you.'

Tom had always been nervous of children's evangelism. He knew that Nigel had a life before him when more and even deeper questions would be raised. But Tom was confident that Nigel had made a true beginning and that with the encouragement of local Christians and some letters from him, Nigel would never be the same again.

Some of the students in the team had been preparing a dance drama and the Thursday of the second week was to be the evening when it was first performed in the open air. It was to be a simple but moving production based on the Sermon on the Mount. It relied heavily on mime and was designed to get onlookers who perhaps only watched a small section of it asking questions 'What's it supposed to be?' was a question which could lead from curiosity to Christ. Tom and Geoffrey were to be together on the fringes of the small moving crowd encouraging people to stop and look, and if possible getting into conversation. It was in the the course of this activity that they found themselves engaged in banter with a crowd of young people who were on course for the bar round the corner.

Tom and Geoffrey felt more at home with this age group than any other and it was with some relief that they left the drama for the dim lights, the smoke and the pool tables of the bar. Still wearing their Church Army uniform their presence caused a mild stir as they walked in but it was clear to all that they had made friends and were not there to lead a round of choruses. It was in this context that Tom was pleased to note

Geoffrey's loyalty to the Church Army and to his own faith. The questions came thick and fast. How much money do you get paid? Are you allowed to have girl friends? What made you do it in the first place? What's the difference between you and the vicar? There was ample opportunity for witness in a very natural way. The two students felt under fire but they felt they held their own. Any challenge which they threw out to the young people was evaded with banter and guffaws of laughter. It soon became clear that there were to be no conversions that night in that group but Tom and Geoffrey had enjoyed themselves and who knew what seeds had been planted? What they both realised more than ever before was the gulf that was fixed between the modern culture of young people and the conventional ways of expressing the gospel.

Perhaps the most important thing that happened that night was known but not expressed by Tom and Geoffrey and couldn't have been known by the young people who were responsible for it. The mistrust between the two students expressed over countless games of table tennis in college was broken down as they found themselves in the front line together. Far from the rivalries and sometimes the pettiness of residential life, they were bound together as they parried the teasing and the blows. They could never be close friends but they knew now together the meaning of fellowship.

In the course of the weeks at Bridlington a number of holiday-makers took serious steps in a new pilgrimage of faith in God. It was these commitments which made all the effort worthwhile. It seemed to the team that some visitors had come for escape and had found reality. But of those who had found new faith, what opportunity would they have to grow in it?

The officer in charge of the Bridlington team put it

well when Tom asked this question. 'We are on the front line here. Now it's over to the Home Front.'

5

THE HOME FRONT

Nancy Everett smiled nostalgically as she picked the letter up from the dormat. After fifteen years she still recognised George Bryant's handwriting. In the days when they were young Church Army officers together on a mobile mission team, there had been definite indications of romance. Their ways had parted when Nancy left the Mission Department and opted for the 'Home Front' in the parishes. They were both now well into their forties and it seemed to Nancy that they had drifted into celibacy. The over-riding demands of their calling had not left much opportunity for the development of personal life. They had occasional news of each other through mutual friends and the gossip columns in the in-house magazine known as *Cross Swords*. 'Once every year they met at the Church Army conference. They were always friendly enough and exchanged news of their work. But it had always seemed to Nancy that they both quickly retreated whenever the conversation began to touch on personal life. In the early years of their separation Nancy had sometimes wondered whether it was all worth while. After all, wouldn't she have had just as valid a ministry being married to George and providing a home for him to return to from his missionary sorties? When she was low and the work was not going well that touch of sadness crept back. But the memories were dimmer now. And George rarely entered her mind. They had both found a larger family and fulfilment in their response to vocation.

What then could he be writing about now? She walked back into the kitchen and put the letter down on the table. Deliberately delaying opening it, she filled the kettle and put a couple of pieces of bread under the grill. In her heart she knew it was wrong to think that at this stage of life George would be taking up anything of a personal relationship that had existed. It was as impossible as thinking that a drop of oil could start an old piece of farm machinery overgrown in the corner of a field. But she went on musing and playing with her fantasy. It was not until she realised with an open grin that, even if George pledged lifelong love and the offer of marriage, she would refuse it, that she sat down with her coffee and toast and pulled open the letter.

Typically, perhaps deliberately, it had been written in a hurry. The only indication that letters might have flowed much more frequently fifteen years ago was a brief 'love, George' at the end. The purpose of his writing was to pass on the name of a family in Nancy's parish. Apparently there was a Mr and Mrs Rose in Church Street whom George had met on a beach mission. They had had little or no connection with the church but had agreed to George passing their name on to Nancy. The letter showed how one night at a fairground George had stopped the Roses with their children and begun a conversation which he had continued on two subsequent days in the course of their holidays. He mentioned that there was a domestic problem and that the Roses were in need of support but perhaps wisely in the letter he did not go into details.

A glance at her watch told Nancy that she was already late for the Monday morning staff meeting at the vicarage. In three minutes flat she was out of the house and alternatively walking and trotting the half mile that she had come to know so well during her three years in the parish. She was out of breath and her face was pink as she walked into the vicar's study.

Jack Lund and his curate, Terry Kenyon, were half way through Mattins. Apparently Jack was reading the second lesson. He paused slightly as Nancy came in and then went on, 'and lo, an angel came and stood in the midst of them with a face like the setting sun.' There was a moment before the two clergymen burst into laughter and Nancy sank down into a deep chair with mock anger. Being the only woman on a staff of three, Nancy was used to being the object of practical jokes. Jack Lund's full frame wobbled jovially under his cassock. He was an experienced priest with High Church inclinations and brought up in a school which believed that a priest ought to be seen as a priest in the community. He had wide experience in city parishes and had been brought here by the bishop on the amalgamation of three town centre parishes which now amassed a population of about thirty thousand.

He had hand-picked Terry and Nancy to form a team for this formidable task. Nancy was senior to Terry both in years and experience in the ministry. Jack recognised this but the young curate sometimes found it difficult to acknowledge a woman as knowing more than he did. He was artistic and musical and his great work in his two years in the parish had been to draw out the hidden talents of the young people. There were some tensions within the team but Jack Lund's philosophy that humour is next to godliness was gradually building them up into a formidable working force and they were satisfied to see some of their plans in the large parish beginning to take shape.

It was some time before their devotions were under way again but the prayers were said with vigour and enthusiasm and finished precisely as Jack's wife brought in a welcome cup of coffee. In the couple of hours that followed the three of them gave account to each other of the particular areas of responsibility which they had assigned to each other in the context of the overall plan. And they had agreed early on in their team work together that there were huge problems and large tracts of the parish which they could but touch superficially. Instead they had agreed to major on particular things which their individual and combined gifts could reasonably hope to meet.

One of Nancy's tasks was to seek to penetrate the small immigrant communities which had become a feature of the life of the town over the last ten years. It had seemed to the three ministers that the problems arising from this new racial element within the town was something that they could tackle better than anyone else. The English people were generally suspicious or embarrassed by the coloured presence and the social services were too busy to tackle anything but the worst of the problems which had arisen. After discussing it with Jack and Terry, Nancy had understood that the problem had to be tackled from two sides. In the first place there was the education of the congregations of the churches to get them to understand that part of their total Christian ministry was to welcome the newcomers from overseas into the community and to seek to understand something of their culture patterns. The other side was to build up confidence amongst the immigrants themselves and to reassure them that there was no need for them to isolate themselves in particular parts of the town or to set up para-organisations for a separated community life.

Nancy reported to the team that she had begun a visiting programme in the coloured homes with the help of three members of the Mothers' Union. They had been given a friendly if cautious welcome by the immigrants and already had opportunities to help with practical advice about education and health services. One question which arose had far-reaching implications for the life of the parish. She and her visitors had discovered amongst the immigrants quite a number of Anglican Christians who nevertheless felt ill at ease when they came to any of the Anglican churches in the town. They were at the moment involved in trying to isolate the particular areas of English Anglican worship with which the coloured people were least comfortable. The conversation at the staff meeting began to roam around the whole question of how much it was right for English Anglican worship to reflect the culture patterns of middle-class English society and whether in fact some of the questions which the immigrants were raising were not also the problems of many working-class people in the town who, while sympathetic to the churches, rarely came to the services. Terry quite clearly saw the possibility of some of the English young people learning something of the vibrant musical traditions of the West Indians and it was agreed that he should pursue that possibility of integration.

Each of the team also shared some of the more difficult pastoral problems which they had encountered in the course of the previous week. Nancy raised the question of the Rose family which George Bryant had written about and when she discovered that neither Jack nor Terry had heard of them she was determined to visit Church Street that afternoon.

It was a row of terrace houses hidden away at the back of the church in the centre of the town. So far it had missed the new town-centre development and although the modern shopping precinct was only a short walk through the churchyard it seemed a century away. As Mrs Rose opened the door her face lit up as she recognised Nancy's Church Army uniform. Over a cup of tea she spoke warmly about George Bryant's friendship with the family. She proudly displayed to Nancy the New Testament which George had given them and grinned as she admitted that she and her husband had read it together for the first time and had kept it up each day since they had returned from holiday. Nancy was unsure how to broach the question of the domestic problem which George had touched on in his letter. There were pictures on the sideboard of two very healty looking children and the tiny house had about it an air of order and relative prosperity. She learned that Mr Rose worked as a van driver for a local furniture firm and seemed to be secure in it. Nancy was surprised to note that at the back of the house there was a very long garden which had been intensively cultivated with row after row of vegetables.

Nancy complimented Mrs Rose on the house and the garden and it was then that the serious problem came to light.

When the Roses had been married eight years ago they had been able to put down a deposit on the house and take out a small fifteen year mortgage. Until the children had arrived Mrs Rose had a full-time job and they had been able to keep up the payments. Since then it had been more difficult but Mr Rose had found it possible to work some overtime and he had even been able to sell some of his vegetables to supplement their income in the summer and enable them to take a week's holiday. Three days before their holiday they had been visited by a Council official who had told them that in two years time the houses would be demolished and work begin on a multi-storey carpark as the next phase of the town centre development.

They had been promised a capital sum equal to the present market value of the house and told that a Council house would be available to them on a rental basis if they wished. It was clear to the Roses that they would not find a comparable house for size, together with the garden, for the money which was being offered to them. Moreover they did not want to move to the edge of the town into a Council house where the gardens were much smaller. In any case they wanted to own their own house.

The problem had proved too big for the Roses to bear themselves. Though they had continued with the holiday for the sake of the children they had been full of gloom and that is why they had so readily shared the problem with George Bryant. From long experience Nancy knew that there was nothing whatsoever that she could do to solve the practical problem. It might be possible to mount a campaign for all the residents in Church Street to seek to stop the compulsory purchase. She knew that this would take up an immense amount of time and that in the end it would prove fruitless. The town centre development was the pride of the Council. They had been given large government grants in order to achieve it but the parking facilities at the moment were impossible and the Church Street site was probably the only one available in order to provide parking within an acceptable distance to the shopping precinct. She had to be careful, therefore, not to raise Mrs Rose's hopes that the befriending of George Bryant or anyone else could stop the inevitable. As she quickly summed up the situation in her mind there were two large positive elements in it. Clearly the Roses were people of character and self-respect. The way that they had bought and cared for the house was good evidence of that. But secondly the way of active Christian faith which they had begun on their holiday was clearly going to be of immense significance to them in all the turmoil that lay ahead. There were no short answers to their problems, no avoidance of difficulties, but they had come to see though in a blurred fashion that life had a perspective beyond the immediate securities.

As Nancy walked away from Church Street she pondered ruefully about the jibes she had once poked at people who worked in parishes. She had understood all the excitement of mission work as being the true sphere of the evangelist. It was the spearhead of the attack, god's true front line. She was discovering that Christian mission had its opportunities in many settings. If a beach mission was a spearhead of attack, parish life had its own wars of attrition — no less part of the front line because they were long term. The Roses would need her as they continued on their Christian way. They would also need the support and fellowship of the congregation. How ready was that to welcome the Roses? How prepared to give them the kind of support that they were surely going to need? It was a difficult one which she would have to share with Jack and Terry.

As she walked down the street, Nancy was already beginning to adjust her mind to the rest of the afternoon in the hospital. Jack was very firm about setting aside one particular part of the week for hospital visiting. He was well aware that without that discipline it could easily be pushed aside amidst the pressure of other visiting and activity. Nancy quickened her pace as she aimed to cut across the churchyard and then noticed an unusual sign outside No. 4 Church Street. She knew the house very well as the home of Mrs Marshall, a stalwart of the church for many years and who was always a great encourager of Nancy whenever she felt down in the dumps. Mrs Marshall's husband had been churchwarden thirty years ago when the streets clustered round the church and when it was said the church pews were full each Sunday. Mrs Marshall was now 78 – a wiry bundle of energy though with hands gnarled with arthritis and with a back so bent that you had to sit down before she could see you in comfort.

Mrs Marshall would normally have been at the window at that time in the afternoon ready to give Nancy a cheery wave on. But all that was there today was the huge green fern in its brass holder. On the doorstep was a bottle of milk and the upstairs curtains were still drawn. Nancy tried the front door and then with increasing alarm walked round the end of the block and through the small backyard to peer through Mrs Marshall's kitchen window. She rattled the back door but there was no response. Just across the yard was the coal place door and Mrs Marshall had once confided in Nancy that she always kept a key under a brick in the coal place 'just in case anything ever happens to me.'

With mounting anxiety Nancy opened the door and went in. Through the kitchen the back room was neat and tidy and the grate, where often a fire roared, was cold. In the corner of the room was a door which led immediately to the staircase. Nancy opened the door and called up the stairs. Much to her relief Mrs Marshall's thin voice piped down.

Nancy found her on the floor of her bedroom leaning with her back against the bed. She protested that she was not in any pain but that she just couldn't move. As Nancy bent down her hands felt cold and she noticed that Mrs Marshall was half dressed for bed and half dressed for day. She was having difficulty putting her words together and Nancy quickly realised that a doctor and perhaps even an ambulance were necessary. She ran to a neighbour and by the time the kettle had boiled Dr Morgan had arrived and pronounced that Mrs Marshall would have to go to hospital. He said it was a mild stroke and that she should be well again in a few weeks time. As she saw her being carried out Nancy wondered whether she would ever come back to her own home and the look on Mrs Marshall's face, brave though it was, signalled the same doubts.

The ambulance men left Nancy with the job of making the house secure and of letting Mrs Marshall's son know about the situation. As she brought the milk in and locked the doors, Nancy realised with a pang of guilt that although she felt she knew Mrs Marshall very well, she had never talked to her of God or even prayed with her. Indeed she had probably learned more from Mrs Marshall than she had ever given her. But how do you act as an evangelist with very old people she questioned. She had never been taught this and yet she knew that many of her colleagues in the Church Army worked full-time with old people. She narrowed her questions down to one key query — what is the Gospel for the elderly?

In answer to this the story must pass from George Bryant on the mission team and Nancy Everett in the parish to a Church Army home for the elderly.

6

THE MIND OF SARAH

Mrs Ogden is a 75 years old lady living in a Church Army Home who enjoys writing letters. One of her favourite correspondents is Anne, her teenage granddaughter.

Dear Anne,

You are always telling me that in your sixth form work at school you do a lot of projects which seem to tire you out and occupy a good deal of your time. Now, in the Home here I have a lot of what you don't seem to have – time. So I thought I would begin a project of writing a very long letter to you which might take me several weeks partly because I write very slowly and I tire very quickly. It will also take me a long time because I really want to think about what I am writing, and I find these days I can't think about one thing for much at a time. It doesn't seem quite fair, does it, that at that period of life when you have most time you have least energy in mind or body to do much with it? But I must be careful not to be bitter because one or two of the old ladies who are here with me do show signs of bitterness. And that's horrid. Indeed I have a theory that as you grow older you grow more like your true self. So that if you find a bitter and jealous old lady she has probably been bitter and jealous all her life but up to old age has managed to conceal it. If, on the other hand, you discover an old person who is beautiful in mind, it is the result of a lifetime's positive thinking and a dwelling on those things which are worthwhile and constructive.

When I first came here Church Army had an unfortunate name for its Homes for the Elderly. Sunset and Anchorage they called them. I suppose that it was meant to sound like the end of the road. Both the words 'Sunset' and 'Anchorage' seem to assume that old age is peaceful. I find it is anything but peaceful here. I wouldn't want it to be peaceful in the sense of just doing nothing as if the sun has set and the boat has come home. All sorts of things are going on in the Home, all kinds of people live here, and there's certainly all kinds of activity going on inside of my mind and my body. I have been trying to think of a better name for Church Army old people's homes and the best idea I have come up with so far is to call them Post Houses. I expect that you have seen the new hotels called Post Houses but of course it is a very old name where the staging coaches used to stop for letting down and picked up post and where people used to be able to spend the night before passing on to the next stop. Well, I don't think that I've arrived when I've come here. If I did, I don't think I should stay for very long. I think it is really a staging post. I think I know where I have come from (though that gets a bit hazy sometimes) and I think I Know where I am going. But as for anchoring here, I couldn't bear the thought.

I am going to be a little critical for a moment because, to be honest, there are some things I don't like about this Home. Of course, I wouldn't say so except to the closest of people who I know would understand. I wouldn't write the criticisms to people who thought I was being ungrateful. Because I am very grateful and I know that if I wasn't here I would probably be in some geriatric ward in a crowded hospital. I know also that I couldn't live on my own and so many of the things that don't like about here are really things that I don't like about growing old. In the first place, believe it or not, this place is full of old people. There are about thirty of us all over 70 and some of the poor old dears are in their nineties. But you see I happen to think that human beings are meant to live with people of different ages. I expect when you are 17 like you, you think it would be bliss to live with nobody but 17 year olds but I think you would soon find it dull if there weren't small children around, and even older people can sometimes be very interesting. I think that young people benefit from having the very old around them.

One of the reasons why it is not good for all we elderly people to be together is that it makes us selfish. You see the whole day is geared to our needs and even every piece of furniture is for old people. The menus are geared to our digestive systems and the music that we hear is usually about forty years out of date. It would do us good sometimes to have to put up with the taste of younger people and any discomfort that brought would be compensated for by the new variety of life.

Another thing I don't like about the Home is the visitors. That sounds awful, doesn't it? There are so many kind people who come in here to pass the time of day and to talk to us. Some of them are very good about bringing news from outside and talking about themselves. Others are a bit embarrassed and are always looking at their watches. They make kind remarks about the bits of knitting that we do when we know that a lot of it is not much better than a young schoolgirl's. Sometimes I feel that I am being treated like a child who is thought to need protection from hard and horrid things which go on in the world. But I don't want to be wrapped up in any kind of cotton wool, I want to listen and be listened to as a grown-up person.

Of course there are many things that I do like about being here. It is warm and comfortable, and in spite of all the people here being old we are all different. I expect when you walk into a room full of old people you think they have all got to be treated the same. Some of the visitors here think like that because they go round the room asking us all the same questions. But when we are just left on our own we do talk and argue and play practical jokes on each other. We talk a lot about the past but we have no illusions about it being better than the present. Usually I like the food here. In spite of it being cooked for thirty people it tastes as though your mother had made it in her own kitchen. There isn't a routine of food and every day seems to bring some special surprise. Although I have to use my magnifying glass I still do a lot of reading and I like the time and the comfort to be able to do that. It is lovely too to be in a house where there are daily prayers. Many people think that when you grow old you become naturally religious. That's just not so for the religious habits of a lifetime come into their own when you are old and although it is sometimes difficult to follow new services and to get to know new hymns, the pattern of prayers that you have been used to all your life is very useful too.

Perhaps the thing I like most about the Home is Sister Margaret herself. In this part of the project I am going to describe her in some detail because I think you will agree that she is a remarkable woman. She is 46 on the 25th October. I remember the date because every year it is always the excuse for a rather special party. Her own mother always comes down to stay for a few days and last year her brother and young nephews spent the week-end with us. Sister Margaret tells us many stories of when she was first made a Church Army Sister. Would you believe it, she used to live in a caravan and travel about the country from village to village holding missions and telling people about God. After every stop they used to have to ask somebody with a tractor to pull their caravan on to the next village. She then worked for time helping the chaplain at a very large hospital in London. She told us that she spent most of her time there looking after people who were dying of some dreadful disease. She once sat beside somebody's bedside for three whole days because they had no relatives to comfort them. Then the lucky girl went to Australia to work for the Church Army there. It is difficult to believe this but she was posted to some mining district where there were 150 men to every one woman. We tease her about that sometimes and ask her why she never got married. She usually brushes the question aside lightly but she is such a lovely person now that I can't think that nobody was ever wanted to marry her. I suspect that she thinks of herself a little bit like a nun. She is so natural and fulfilled in her work that she is married to it. It would be easy for her to go hard and bossy, working with a lot of old fogies like us. But she has a marvellous sense of humour and the only time I have seen her really annoyed was when the plumber flooded the bathroom and brought down the dining room ceiling.

Most of all, Sister Margaret has a very natural way of talking about God. With some people you know they put on a very special voice when they are talking about God. But with Sister Margaret he comes into her everyday conversation as if she was talking about a good friend whom she had met that morning. I think it is this combination of good humour, a longing to help people, and speaking so naturally about God that has made me surer than ever before of my own faith. Indeed one of my friends here has told me (though she would never tell Sister Margaret) that she came here fearing that there would be too much pious talk and we would be singing psalms and hymns all day. She said that any religion she had was really based on fear and for the first time in her 78 years she has come to realise that God is close and God loves her. She told me confidentially the other day that the bishop is coming soon to confirm her. So new things really can begin when you are over 70.

One of the things that I have found it hardest to learn about growing old is how to be helped. Thankfully in my case it is certainly not a question of persuading people to help me. There are so many around who are willing do it. No, the real problem is how to persuade myself that I need to be helped. After 70 years of a reasonably independent life and of seeking to help others it takes a certain amount of humility to acknowledge one's need of help. Believe me, humility gets harder the older you get. Of course, it is quite possible for me to get up out of a chair with the help of my own stick. When somebody comes over to put a hand under my elbow my first reaction is to wave them away. I suppose it is because I think it makes me look old. I am trying hard to cultivate that graciousness which allows people to help me even when I don't think I need it and to leave them feeling that they have done a good job. In this respect I suppose that the most difficult times are yet to come. I am just beginning to find difficulty in getting my own shoes on and off. It is a battle and I like to do it myself but when one of the staff offers help I must learn to accept it. The time may not be far short when they have to take my shoes off and do all sorts of unmentionable things for me and I must not only cultivate a few helpers around the place but acknowledge my own dependence.

The problem is in reverse when it comes to helping others. For I have a great desire to help but nobody thinks I am capable of it. It is true that I don't think straight for long at a time but when I am thinking straight I think my thoughts might be useful to other people. But often all I get is a patronising nod and a sweet smile which probably means that somebody either hasn't been listening or can't bring themselves to understand that I have something useful to say. I would like to make things that were useful for other people. Not just things that people will buy because they think they have got to, but I'd like to make things to give away. One of my greatest delights is that every now and again I am allowed to wash up in the kitchen, and though I've been doing it all my life I have never derived such satisfaction from it as I do now.

You might be surprised at the varied activities that do go on here. Some of the ladies have won prizes for their knitting. One lady recently learned tatting. Another alters and repairs clothes for her daughter's family. Four of the ladies are keen Scrabble players and one or two goout to the cinema and the theatre from time to time. Last year while I was having a holiday with your mother and father and you, seven of the ladies went on holiday with Sister Margaret. Two of the ladies have a special responsibility in the lovely conservatory here and I must say they make a very good job of it.

There is one great area where old people will always have the upper hand. People will sometimes say to me, 'you have your memories.' It's as though I was expected to keep all my memories to myself because I am in danger of boring to death anybody who is in earshot. My memories are of vital interest to me and treated rightly I think they could be to others. I don't mean the sort of memory which is always turning some present event into a comparison with the past. Nor do I mean sentimental memories which I am prepared to keep private. But we have had some conversations here when some great event of fifty years ago was remembered with great clarity by a dozen people. We were all in different parts of the country then. Some were abroad. Some are from very poor backgrounds indeed and others of us were more lucky. But twelve people with vivid memories of the years of the Depression in the 1920s and 30s could provide a more instant history lesson than any of your old films and wall charts.

The danger with memories, of course, is that they can become monsters and become things of the future as well as things of the past. What's the future about for an old lady of 75? Like anybody of any age it's about God. Not a God who runs a geriatric ward full of couches for inactivity but a God who has a job for me to do at the next Post House. And in preparation for that I am simply at the 'A level' stage. And that at least, my dear Anne, is something we have in common.

With love from Granny.

Anne reached the end of the letter with a tear in her eye, not only because she thought she must have the most wonderful Granny in all the world, but because the mention of Church Army had made her think of her friend Linda. Linda's contact with Church Army seemed a thousand miles from an old people's home. In fact it involved the very opposite end of life. But if Granny's old age was full of hope, Linda was bringing a baby into the world which seemed a tragedy.

7

THE PLIGHT OF LINDA

As Linda pushed the brass doorbell the worst possible thing happened. Trying to hold two bags in one hand, the small one slipped, bounced down two steps and burst open. She hesitated for a moment, not knowing whether to run after the scarf and magazine which were already beginning to blow down the drive, or to turn and wait for the door to open. This seemed the last straw. She had wandered up and down the road outside for half-an-hour plucking up courage. She hoped she would never find the place but 'St Hilda's' was written in large neat letters on the wall. There was no escaping. Ever since she knew she was pregnant Linda had dreaded this moment almost as much as the birth itself and now with her bulge growing bigger every day she had struggled with a heavy case and somehow found the will power to walk up the steps. It seemed as if the punishment she was getting was just too hard to bear. She couldn't even keep her privacy within the confines of a suitcase. Here was her life being strewn across the drive for all the world to see. Some underclothes had reached the gate and a bundle of letters slipped from their ribbon and were cartwheeling into the rhododendrons. A small mirror lay smashed on the bottom step and a lipstick rolled past it to fall over the edge. Normally a girl of spirit to cope with most crises, Linda sat down on the top step, put her head in her hands and unashamedly cried.

It was this scene which greeted the Church Army Sister as she opened the door of the Mother and Baby Home. She was not by nature a fearsome person but she must have appeared so to Linda. She stood framed in the doorway in her grey sleeveless dress over a white polo-necked blouse. Her full figure seemed all the greater to Linda as she looked up through the blur of tears. Linda felt that if she was either angry or smotheringly soft she would want to scream. Thankfully she was neither but simply invited Linda in by name and a minute later followed her in with an armful of Linda's things which she had gathered from the garden. She piled them in the hallway near the case which had snapped open and left them there as she took Linda into her small office.

Linda put her hands round both sides of the mug of coffee she was offered and then thankfully, just as she was expected to say something, the phone rang and then Sister was engaged in conversation. This gave Linda an opportunity to glance around the room and to notice on the desk a thin brown file labelled down the edge in blue felt pen – Linda Morrison. Linda felt resentful that as far as this Sister was concerned she was just another case. Another silly girl who had got herself into trouble. There would be really no need to say anything at all since all the details she would be interested in would be neatly listed on the form inside the file.

But would the Sister know or care about the real features of this short life which seemed to have taken such a tragic turn? Until seven months ago she had always thought babies were wonderful and indeed she had helped to bring up three younger brothers and one younger sister in a three bedroom council house. She suspected that the youngest brother was only a half brother because her father had walked out on her mother after the fourth child was born. Since then Linda had spent her evenings bathing babies and doing the washing while her mother did night shifts packaging at a local newspaper office. Somehow Linda had managed to do some homework amongst the ironing, and was taking five 'O' levels at the local comprehensive. That would be enough to take her into the sixth form and a launch pad which would put her into orbit in the world beyond the high rise flats of South East London.

Linda's one grasp at freedom had also been the one piece of security. She had been going out with Geoff for two years since she was 14 and in that time they had hardly missed one Saturday night at the disco. They were accepted in the local gang as a firmly established couple and Linda had known no other boy friends. Even when she tried to view him in a detached way she thought that Geoff was a cut above the rest of the boys. He was clean shaven and something of a hero in the school football team. His short-cut sleek black hair bounced a little with a recent shampoo and he had an engaging habit of running his fingers across his forehead to put his fringe into place. Seeing Geoff's handsome and infectious grin at the end of her own nose offered Linda an escape from her own background and the true affection which no one else offered her. In spite of all the precautions Linda had found herself pregnant and although Geoff might in himself have remained loyal, his family had wider ambitions for him than a teenage marriage.

When the Sister put the phone down Linda was relieved that there were to be no more questions at this stage. She was shown round the Home. It was quite different from anything that Linda had seen before. At one time it had probably been the town house of a rich Edwardian family. There was a garden at the back large enough to take two spindle washing lines for nappies in one corner and a large area of well groomed grass. The passages in the house seemed as wide as the front room of her own home and she noticed that the rooms were very high with plaster mouldings all over the ceiling. At first glance it seemed to Linda that it was a curious mixture of school, maternity hospital and boarding house. The two classrooms were very much like the ones that she was used to, except that there were only about twelve desks in each of these. It seemed to Linda from the posters on the wall that some of the girls must be much younger than she was. She was soon to discover that the youngest girl there was 14 and that even some of the older girls could hardly read.

The Sister explained to her as they left the classroom that it would be possible for work for her 'O' levels to be sent to her from school and she would be helped with this by the two teachers in the Home. Linda was cheered at this as she had imagined all her learning days were behind her now that she was soon to become a mother. They entered a room which indicated that she was also to learn a good deal about looking after a baby in the course of the next few weeks. She was well experienced in changing nappies and making up bottles and washing soft little woollies. But the pictures on the walls of the nursery room and the countless gadgets on the work tops told her immediately that there were many more things to do with a baby's well-being than she had ever learned at home. Thankfully, she thought as she glanced at two of the babies in neighbouring cots, she was genuinely fond of children and she didn't think she would have much trouble in caring for and cherishing the baby.

The Sister showed her to her bedroom and left her there to unpack with a friendly smile saying that she could come down to the dining room for tea in about half-an-hour. Linda sat on the bed and glanced around. It was a very large room. It almost looked like a ballroom to Linda for it had two huge bay windows on two sides and there seemed plenty of room for the three beds each with its own chest of drawers and wardrobe. As she opened the drawer and began to unpack she wondered who the other two girls were living in the room. Much would depend upon that, she thought, and she glanced across their beds to see if there was any indication as to the type of persons they were. She caught sight of a magazine called *True Love Stories* and wondered how the mind that absorbed that would mix with her 'O' level economics. Her mind was put at rest almost at once when Pat came bursting in at the door. She was excited about meeting Linda. Perhaps the whole home had been alerted for her arrival. She was a dark-haired, brown-eyed, rather wild creature but obviously full of life as she bounced on to the bed and lay on the top of the True Love Stories. She was quick to explain to Linda that when Peggy, one of Linda's room-mates, arrived she was not to take too much notice of her. She explained quickly to Linda that it was Peggy's second time in the Home and that anyone who could go through this routine more than once must be a little bit simple.

As Linda continued to unpack Pat continued a rather one-sided conversation. Linda was grateful for that because she couldn't face too many questions at the moment and in any case she was learning quite a lot about life in the Home along with some of the more lurid details of Pat's background. Oddly enough it had not appeared strange to Linda that Pat was a normal shape and so it came as something of a shock when Pat invited Linda to go and see her baby. It was going to be useful knowing somebody who had been through it all and it was obvious that Pat would not be slow at providing any information which Linda wanted.

Pat's baby was in the far corner of the nursery raising quite a din. It looked rather like a small golliwog, for its hair stood out at all angles from the top of its head and the whites of its eyes stood out against the angry red of its face. Linda would have guessed that this was Pat's baby. The young mother lifted it out of the cot and passed it to Linda to hold while she mixed a bottle. With the practice that comes with bringing up four brothers and sisters, Linda put the tiny head on her shoulder and gently patted its back. When the noise had subsided Linda asked whether it was a boy or a girl and what its name was. As she gently tipped the warm milk into the bottle Pat said deliberately and slowly, 'It's a boy and just for the moment he's called John. But I expect his new mother will find a different name for him.'

Linda did not expect so much information to be derived from a simple question. Pat was not keeping the baby. That was why she was not breast feeding it and it was likely that Pat would be leaving long before Linda's own confinement. She didn't question Pat around these subjects any more. She hoped that there would be an opportunity to discuss with Pat the reasons why she was not keeping the baby but that would have to wait until they knew each other better. For the moment it was enough for Linda as she cradled the baby in her arms to wonder how somebody who had given birth to such a perfect baby could contemplate being parted from it for ever.

It was soon time for tea and when temporary John had had his fill he was hurriedly changed and laid in his cot. Sister had kept a place for Linda next to her and she introduced her to the four girls sitting round the table. Linda was surprised at the natural way in which the girls behaved in front of the Sister. She had always expected religious people to talk about God all the time. But she had never met even a vicar except at her younger sister's baptism when there were five other babies being done. She didn't quite know what she expected of this religious Sister. But as the conversation progressed it became clear that Sister knew her way through the Top Twenty and had a working outline of the films that were on at the local cinemas. She wondered what it was that made her tick and why she had chosen to look after other people's babies rather than get married and have them herself. At one point in the course of the meal she excused herself in order that she might take tea up to one of the girls' rooms. That impressed Linda. The Sister could easily have asked somebody else to do it but she seemed to know how that girl would be feeling all alone and, for all Linda knew, expecting a baby tomorrow. Linda nearly died when one of the girls very cheekily asked the Sister where she had been last week — even suggesting that she might be having an affair. She nearly dropped her fork when the Sister answered that she was having an affair. She said that she was in love with God and every now and again she felt they should be alone together. So she had been to some place in the country where it sounded as if she had done nothing but sleep and pray.

Sister's personality began to fascinate Linda more and more. She could talk about God and prayer and things like that without sounding too good. She could have a good laugh and you could pull her leg without her getting pompous. And she could tell you off without getting angry or bitter about it. Linda remembered how she had teased the religious people at school because they just didn't seem genuine and it had seemed far more immportant to her to join a political group rather than going to a prayer meeting. But as the weeks drew on Linda watched the Sister closely. She wasn't perfect but she didn't think she was perfect either. Linda had proved that when one day she had asked her about prayer and what she said when she prayed. The first thing that the Sister said was that she repented. And she explained that by saying she thought repentence was something like taking stock. And every night she took stock of the day and realised that although she had done some things wrong or inadequately, it was possible to begin a new day on the right lines again. She could do that because she believed that God loved her and trusted her even when she went wrong.

Linda had never heard prayer being talked about like that before. She thought you had to have a special voice for it or be in some really desperate need before you could use it. She began to try using the Sister's technique as she lay on her bed at night. She found it difficult to use words but she could take stock of the day and she knew that even in those times when she had clearly let herself down by losing her temper or by being catty to one of the other girls, the Sister, though firm, bore no grudges and each day began with a clean sheet.

Linda began to understand that the trust which Sister had in her, even when she went wrong, must be something like the trust which God had for her. That it was possible to begin again and to go on beginning again.

Linda had come to this Church Army Home thinking only of the shreds into which her life had been cut. As the weeks went by she began to welcome the life stirring within her as a sign of the new life that was dawning for her. Their difficulties were far from being solved. The great decision about whether to keep the baby or not had not been made. Whether it would be possible for her to sit her 'O' levels this year could not be decided. Her heart still burned when she thought of Geoff. She dreaded the possibility of going back home. But the problems seemed to matter less than the possibilities. She had known God reaching out to her in the depths of despair. She had taken stock and life had begun again.

8

KEVIN AND THE GANG

Anne, receiving the letter from her grandmother, and Linda, about to give birth to an illegitimate baby, are just two examples of the dilemmas which can face young people. For the bright and the fortunate, the cut-throat competition of examinations can put an adult pressure on young people long before they are able to bear it emotionally. Inside every young teenager are the cravings which pull them in opposite directions. They long to be grown up, capable of making their own decisions, and independent of authority. With very different kinds of expression they would yearn too to remain as children, to have the love and affection of home and parents and to be protected from the commercial and biological pressures which war within and without. Many of today's parents were teenagers in the early sixties when adolescent money was plentiful and jobs were easy to find. It is difficult for them to appreciate the problems of young people of the late seventies. Except for the lucky minority the educational system is in a chaotic transition. The economy of the country is struggling in recession. Few people seem quite sure what they are training young people for and at the end of a comprehensive pipeline looms the real prospect of unemployment.

It is not surprising, therefore, that the front line amongst young people is having to face violence and vandalism. While the sociologists theorise about it someone has to be there on the front line. Often it is a probation officer or a social worker. With one or two glorious exceptions it is seldom the church.

It was dusk on a damp November evening. The new town had hardly been born. Street lights outlined the new concrete of the town centre set, it seemed, in a sea of mud. What one day the planners hoped would be a hub of prosperous urban activity was still. The countryside was taking its last gasp before the bulldozers and the pile drivers tore and beat it to death. The only sound that could be heard was the angry snarls of motor bikes.

The Kamasakis were roaring their way round a building site which in the glorious days to come would house the hub of local government administration. They snarled round a cement lorry spattering it with pats of mud. Up and over a step mound of recently dug earth and down into the hollow which was to be the footings of authority. The face of each of the riders was masked like a desert raider and the goggled eyes were expressionless in concentration. As they whizzed round the circuit the wheels dug deeper into the mud, and one by one the riders gave up exhausted, or to dig their machines out with shovels from a shed behind a broken padlocked door.

Kevin was there on his own at the last doing a few exhibition circuits for the benefit of his admirers. The acknowledged king of the gang and master of the dirt track. He was descending into the bowels for the last time when the police arrived. As their little white Ford Escort drew to a halt it looked in its virgin white and practical scale incongruous amidst the snarling power of the bikes as they angrily revved up. The two fearless policemen waved them down.

The constables were not strangers to this kind of thing. They had already agreed as tey pulled in to the building site that there was little they could do. The most the boys could be had up for was trespassing. They were clearly not there for theft but for thrills. If they took action against them and sent them to court they might be served with fines which they could not pay, or take up more time of an overworked probation officer. So they gave them the usual routine of stern warnings, and the gang, knowing in this case the wisdom of diplomacy, listened solemnly. It was only Kevin who with a cheeriness verging on audacity wished them a cheery goodnight.

The Wimpy Bar was their home base and over a plate of chips apiece, the gang furtively planned their next piece of irresponsibilty as if it were a great train robbery. The new Church Army Youth Centre was to be the target. Everything that was going up in the new town seemed to be for somebody else and about somebody else. They did not even associate themselves with the word 'youth', less still with the Church Army. The image was of 'them' wanting to organise 'us'. It would therefore be something of a retaliation against all the planning concepts which had left them out of it all to give the youth centre a doing over.

Perhaps it was true that the initial planning of the Youth Centre had begun in Church Army Headquarters four years before. It was when the new town was green fields and planners dreams. The concern of Church Army also arose from the knowledge that among the new town's first inhabitants would be a fair proportion of young people. It was assumed that the facilities available for them would be few in the early days and that though a great deal was being done to attract industry the jobs would be few until the full momentum was felt. The Church Army had been in full consultation with the local churches and especially with the local county authority from whom a good deal of money had come. Now it was there in its pristine glory with multi-purpose sports hall, hobbies rooms, coffee bar and outside courts for ball games of many kinds. The concept was one of a community centre as much as a youth centre for it was planned that the local churches would have use of it as well as providing nursery facilities during the daytime.

But just as important as the building was the man that the Church Army was able to put in charge. It was upon him rather than the distant planners that the success of the concept would depend. Captain George White did not look like a youth leader. Though his thick grey hair might have made him look older than he was his dapper frame suggested a sportsman who had taken the trouble to keep fit rather than one who was currently at his peak. His Church Army colleagues knew George as someone who would make things awkward for the Church Army administration in order to get what he wanted. The administrators had breathed a huge sigh of relief when the youth centre was finished and George was reasonably satisfied. He had joined the Church Army soon after the war when the spirit of Wilson Carlile was still strong and he had that air of purposeful directness which one imagined was part of the old man himself. But George had taken the trouble to keep himself up to date and with his statutory qualifications in youth work behind him, he had been appointed unanimously by a committee at which the county authorities were well represented. He confessed to an interest in individuals rather than in organised events. The prospect of being one of the first citizens in the new town had attracted him greatly, and in his weeks of preparation before the building actually opened he took special care to attract around him paid and voluntary helpers who shared his ideals. George believed simply that his primary task was to win young people for Christ. He believed that all his skills, both natural and trained, were in the end to be directed towards this aim. But he had been in the business too long, to know that this was no simple and straightforward task dependent upon conditioning young people at an impressionable age. He recalled many young people who had begun to follow the Christian way merely to become popular, accepted by others and successful. Amongst the middle classes it often worked like that. In the sort that George White went after, it usually worked the opposite way, and he knew that the pastoral encouragement of young Christians was equally as important as taking them through the first steps of Christian discipleship.

On the night of the attack Kevin and his gang crouched in a new but unoccupied house across the road from the youth centre. Their determination to make it a good one increased as they saw the crowds of young teenagers leaving the club. Some had parents who called for them in their cars, others drifted off into the night, singing. Yet others sped away on motor cycles. Finally George White and his henchmen checked the doors and the high wire gates which surrounded the whole complex. George's car had barely turned the corner and gone out of sight when the first move was made. The two look-outs were to scan the building for burglar alarms which they hardly thought were there and then, at a pre-arranged signal, the boy with the crowbar was quickly to prise open the back door which they knew from one purposeful visit led into the kitchen. A signal was to be relayed back to the final two still waiting in the house and watching over the scene. Kevin gave strict orders that nothing in the place was to be touched until he arrived.

The plates and the mugs were still warm from the recent washing up when they were hurled pile by pile across the kitchen. They were unbreakable but the glass partition leading to the coffee bar was not. The sound was deafening as window after window exploded at the impact of the hard plastic. The large catering tins of coffee and cocoa were emptied into the centre of the kitchen floor and a pipe of rubber tubing led from the tap, making a huge pile of coffee and cocoa slime which gradually oozed its way across the floor. The knives in the drawers were jammed one after the other into the new surface of the worktops.

For a moment the whole gang lay, as pre-arranged, silently on the floor of the sports hall. They wanted to know whether anyone had heard them and were waiting to see through the windows whether there was to be a distant blue flash of a patrol car. Stillness. Kevin alone then stood up and ceremoniously taking his can of spray paint walked the whole length of the sports hall carving in glittering gold across the brickwork and the mortar which had hardly set. At the end of his artistic walk the whole gang roared and applauded as they read the message, 'GEORGE WHITE IS BLACKED.' The floor winced as each of them in turn in their nailed boots and high heels made a skating rink of the new surface and the mats and the ropes and goal posts were ceremoniously piled in the centre. So it was room after room, woodwork, table tennis, nursery chairs, children's paints, workmen's oils were all mixed and used to decorate the building. There was even a suggestion that the gas from the cookers should be left on and the place blown up but that was abandoned on the grounds that they wanted more fun another night when the place was all straight again.

It was half past three in the morning when an apologetic police officer drove George White with his overcoat and his wellingtons over his pyjamas down to the centre. He was as near to tears as his 50 years of

Wilson Carlile

1. The Founder. Prebendary Wilson Carlile

2. Early troop movements: Mission Caravan in Oxford Diocese c. 1900.

3. Morning in a hostel (Chapter 1)

4. Struggling with the essay. Church Army Training College, Blackheath (Chapter 3)

5. The end of the beginning. The Archbishop of Canterbury admits a student to the Office of Evangelist in Southwark Cathedral.

6. 'On a sunny day the beach is like a tropical aviary' (Chapter 4)

7. 'The invitation leaflet he was carrying stuck to his damp fingers' (Chapter 4)

8. One of the tasks is to penetrate immigrant communities. (Chapter 5) This officer had worked for 15 years in Kenya.

9. What's the future for an old lady of 75? (Chapter 6)

10. 'The careful building up of his membership could be ruined in an evening if there was an outbreak of violence' (Chapter 8)

11. 'Like any warfare the fear of the individual soldier is not only the danger of battle but the strain of leaving his wife and family' (Chapter 9)

12. 'Within these walls' (Chapter 13)

13. '. . . .an opportunity for Christians working out their mission in their own parish' (Chapter 14)

14. The Rt Rev Crispus Nzano, Leader of Church Army, East Africa (Chapter 16)

15. A moment of encounter

16. The homecoming (Chapter 17)

hardening would allow him. Kevin and his gang would have been satisfied to know that even for a moment he considered giving up and leaving. But even as he stood in the midst of the chaos and the litter and the filth he realised this was what he was here for. His main purpose was not to keep the youth centre spick and span but in the end to see lives changed and redirected. The police had very strong suspicions that the gang had done it. Kevin had worked out some superficial alibi which could not be broken. The gang had not actually taken anything away from the centre. The case could not be proved and the gang knew it. They celebrated with a triumphant dash up and down the motorway on the following night. Kevin, supreme on his throne, seemed invincible.

George White had two nights off every week and for the next three months he spent one of them every week at the Wimpy Bar. He took friends and one or two lads from the youth club. He'd sit and talk and drink his coffee and for most of the time at the other end Kevin and his gang eyed him suspiciously. There were occasional bursts of nervous half-embarrassed, half-provoking laughter. At the end of three months George had spoken his first word to Kevin taking care that it was a moment when only two of the gang were there and giving Kevin the oportunity of responding without losing too much face. Two weeks later Kevin issued a double-edged challenge. He wanted George to square it with the police that a motor cycle race could be run between Kevin's gang and the youth centre set. Kevin could see that this was a one-sided affair and so put alongside it the suggestion of a five-a-side football match at the youth centre.

George knew that a sane youth leader would be very wary of letting boys like Kevin and his gang anywhere near their premises. The careful building up of his membership could be ruined in an evening if there was an outbreak of violence. Some of the confidence which was building up amongst his younger leaders could be ruined by the fear of intimidation by Kevin and his gang. But in George the 'go for the worst' instinct was strong and he decided to take a risk.

After the football match, which like the motorbike race, the gang won easily, Kevin walked into the youth centre with his henchmen behind him. George noticed ruefully how they seemed to know their way around. But they were there and peace for the moment reigned. They declined to become members. Possibly, George thought, because they could neither read nor write effectively. But little by little they melted into the atmosphere of the club. They still came and went together and George noted in his own mind that though a battle might have been won the war was still on. Perhaps even the front line had edged forward to a yet more dangerous position.

9

WAR AND PEACE

'I remember the Church Army. This cup of tea on the Western Front. Hitler was putting up some pretty fierce resistence at the time. Quite a clatter going on all round and then in the middle of a lot of smoke there was this canteen thing on wheels. Seemed like a mirage at the time.' So prattled the old Colonel after Morning Prayer in a small village in Hampshire.

Not many miles from where the Colonel experienced the Church Army mirage canteen is a small town in Western Germany which formed part of the line of the Western Front, garrisoned by the Germans and the allied armies in quick succession. If the Colonel passed through it nearly forty years ago it is doubtful whether he would recognise it now. Then it was flattened and smouldering, a place where the wounded could be brought and prisoners assembled and where with luck the Church Army canteen could fill up with water.

Now it has been rebuilt and though some of the mediaeval shop fronts have been restored and re-painted, the shopping precincts forbid any cars let alone guns. To visit it just before Christmas is to enjoy a wonderland which only the Germans can create. The pedestrian ways are lit by rows of Christmas trees laden with white lights. The stalls in the market place smell of candies and fritters and chocolate. Shop windows glisten neatly with jewellery and watches, with thick cream cakes and mechanical toys. The air is sharp with frost, and the smart ladies walk erect in their fur trimmings and fasionable boots. The men pause for business in staccato conversation, and children bustle excitedly in and out of the forest of grown up legs.

And then down the street comes first the tinkle and then the boom of the local band ready to take up its stance at the corner, wishing the earth peace and goodwill with strident carols. As if to emphasize that this is just a living fairy tale, a cocked ear can pick out the distant but unmistakable noise of artillery fire. Let peace be for the wishful thinkers but the reality is war.

Corporal Jim Hutchings serving with the British Army of the Rhine knows only too well that the war continues. He was born twelve years after the war with Germany ceased. And now he finds himself in Germany preparing for the war. He knows that if the Russians made a move he would be on the front line without moving at all. But more in his mind at the moment is the fact that tomorrow, just a week before Christmas, he will be patrolling the streets of Belfast with his gun at the ready.

A fair proportion of the total British Army is based in Western Germany and this will be Jim Hutchings second tour of duty from Germany to Northern Ireland. While the great guns of modern technological warfare are practising on the ranges and sending their warning thunder across the German sky he has been training to have eyes in the back of his neck, prepared for a sniper from every upper window and knowing how to sniff out a bomb amongst children playing in the street.

Like any warfare the fear for the individual soldier is not only the danger of battle but the strain of leaving his wife and family. Jim has been fortunate in having Jenny and the young baby in Germany with him. He has been able to go about his training and his work like any family man, with the happy prospect of returning home to them in the evening. But now comes the crunch of a soldier's life. He must board the plane tomorrow and be whisked away to barrack room life, and the street patrols which require of him not only the gifts of a soldier but the patience of a policeman and the sensitivity of a social worker.

It is amongst men like Jim that the Church Army in Germany still works. The Church Army base in most garrisons is a canteen and a bookshop. The canteens are favourites with the men who come in straight from the ranges and the training bouts. The bookshops selling all manner of household goods are gathering grounds for the wives.

Bill Turner of the Church Army has been up since 5.30 slicing and filling five hundred ham rolls. As he settles down now to his own breakfast at 9.30 he notices with some satisfaction that half of them have already gone. The canteen is full of soldiers having been on a night exercise, popping in for breakfast. Bill has often thought that uniform can be very dehumanising and it is sometimes difficult to think of soldiers as people, but as he wends his way, coffee and roll in hand, amongst the tables he recognizes each of the young men in person. There's Tom from Blackburn and Eric from Ealing. For most of them soldiering is a way of life and a means of earning a living, but, like any job, it has its boring and tedious aspects. Bill selects a table where there is one soldier on his own. He doesn't think he has seen him before and wants to get to know him.

He has made the first attempt at conversation and sunk his teeth into the ham roll, when a call from the other end of the canteen announces that there is a phone call for him. Displeased at this disturbance, he pushes his way to his office which is little more than a screened off section of the main canteen. The walls are papered with staff rotas, notices of troop movements and chapel services. When Bill discovers it is the chaplain on the phone he jokingly moans at having been disturbed at his breakfast. The chaplain suggests he should get up earlier and then begins to tell Bill something of the plight of the Hutchings family.

As it happens Bill's wife knows Jenny Hutchings pretty well from the time that Jim did his last tour in Ireland. He suggests to the chaplain that they visit the Hutchings tonight just before the Bible Study which Bill is leading.

As Bill puts the phone down he is thankful that the chaplain trusts him with needy visits like this even though it will mean re-arranging his tea-time rotas a little bit. When he returns to his breakfast he discovers that the lonely soldier has gone, but has been replaced by three extroverts whom he knows well. They are full of fun and noise looking forward to their Christmas leave in England. He thinks it is just as well that Jim Hutchings is not here to hear them.

Before they set out for the Hutchings' flat, Bill Turner and his wife pray silently together. It is not the kind of complacent prayer which knows what it wants and tells God to provide it. They are not quite sure what the need of the Hutchings really is. They use the silence to try to think their way into the Hutchings' feelings. Here is a young couple not much older than adolescents themselves, and still with a childish excitement about Christmas. They only spent one Christmas together before. And that was in the warm glow of Jenny's parents' fireside. In Jenny's home it was always a time when the family got together and all the paraphernalia of Christmas was enjoyed to the utmost. The Christmas tree always occupied the same place in the living room and the presents gradually piled around it. Jenny's father played the violin, and a time of carols together followed the ceremonial opening of presents on Christmas afternoon. She remembered vividly the party games they all played all over the house, and the hats and the crackers and wine with the turkey.

In their prayer the Turners reminded themselves that Jenny Hutchings had probably conditioned herself to think of Christmas without her parents for the first time. It had not been difficult to do, as there was this year the compensation of her own little baby which would bring its own special joy to the flat. And Jim was looking forward to being the man of the house and carving the turkey on Christmas Day. Now all this had been shattered with the news of Jim's second posting to Ireland. It had been bad enough in the very early months of their marriage for Jim to be away for so long. The separation was agonizing. She had felt very much alone in a strange country, across the world it seemed, from her parents. And then, during the last Irish tour, the whole camp had been stunned by the maiming of one of the young officers. Jenny had seen the wife about but not known her personally. She had had to fly back to England to meet only half a husband. The news had preyed on Jenny's mind the whole time that Jim was in Ireland. She remembers now the relief and the tears, and the sound of his heart as she put her head against his chest on his return.

And how she was to face all that anxiety again. Though everyone assured her that the odds were on Jim returning hale and hearty, she couldn't help wondering how many pieces of him there would be when he returned. And on top of that she faced the prospect of Christmas with friends trying to be kind and not really understanding. She was thankful for the tiny baby but he couldn't talk, he couldn't know, and he couldn't enjoy the wonder of Christmas. And even after that there would be the weeks of waiting and wondering, and of crying herself to sleep and putting on a brave face to her friends.

The Turners, their heads bent in prayer, could only admit that they wouldn't know what to say. Every sentence that they rehearsed seemed either pious or patronising. They could rely only on God to put the right words into their mouth, and to persist in their visits and friendship even when Jim Hutchings had gone to Ireland.

They climbed up the stairs to the second floor flat. Although, as Jenny opened the door, they could see red rings round her eyes, she seemed genuinely pleased to see them. Jim stood as they came in and looked down at his feet, clearly finding it just as difficult as they did to find the right words. Gradually, over a cup of coffee, the atmosphere began to thaw. Jim admitted that Northern Ireland seemed far worse an assignment from home than it did when you got there. He told some funny stories about his last visit. Bill was especially pleased to hear from him what a splendidly courageous job the chaplains in Northern Ireland were doing. Then he played with his thumb nail as he said that it was in Northern Ireland last time that he had first begun to know what prayer was about. He had begun by asking what good it was and then, when he was about to go on a particularly difficult patrol, he had blurted out a prayer, not for himself but for Jenny. It had been done with no formality. He wasn't on his knees and his eyes were'nt shut, but he remembers distinctly a feeling of peace. Even the butterflies in his stomach stopped moving. He was convinced that there was some kind of third party that was interested in Jenny, and that that interest linked the two of them. He realised without anybody ever having to tell him that the third party was just as interested in Jenny as he was. He admitted that he hadn't prayed every day since, but did say that every time he did consciously pray the same assurance filled him.

Jenny showed surprise at this confession of her husband's. She admitted that he'd never had the courage to talk like this to her before, but it was a help having the Turners there. Jenny understood for she said that she had been praying intensely every day for Jim, and that this had been one of the great comforts which had prevented her from going to pieces.

Bill Turner and his wife felt that they were witnessing an important moment of deepening in a marriage. The Turners had always prided themselves, being members of the Church Army, of being on the front line. They were learning, too, that it was God that was on the front line often when they did not recognise him. They had done absolutely nothing except take the little trouble to visit the Hutchings. They thought they might have been able to bring God to them, and they realised humbly that God had been there already. And what was so astonishing was, that right on the front line where the pain was most intense, God had brought peace. It almost seemed as if it was necessary for there to be war for men to appreciate what peace really meant. The four of them were able to say the Lord's Prayer together, before the Turners left the Hutchings for their last evening together for several months.

Bill and his wife walked back across the garrison. They walked silently deep in thought. Bill was sure that the Bible study would be an anticlimax after that. God has so many ways of communicating, he thought. Words are only one small part. He mused that when God wanted to communicate supremely, he not only spoke but demonstrated his love. He acted it out. He gave us a visual aid.

Bill noticed that the lights were on in the garrison Church. Nearby a platoon of soldiers was unloading the hardware of war from some trucks. And from inside the church the choir was practising its carols.

'Hark! the herald angels sing, Glory to the new-born King; Peace on earth and mercy mild, God and sinners reconciled.'

10

SHOT IN THE ARM

While Jim Hutchings was still in Northern Ireland a vicarage household in the suburbs of Birmingham was trying to enjoy its post-Christmas break. There was quite a lot at stake. On the success of the holiday hung the health of a man, the happiness of a marriage and the future of a parish.

Timothy Young had been ordained ten years. He had been a leading student at theological college and since then had made a name for himself as a vigorous and hard-working priest. He had met his wife, Betty, during his first curacy when she was the daughter of a churchwarden. The two were a good partnership together and regarded their ministry as one. They were marked out by the Church authorities as having considerable promise and Timothy had been used by the Bishop for a number of diocesan jobs.

But even in his mid-thirties, Timothy was beginning to show signs of the initial vigour waning. He and Betty had driven themselves to the limit several times over the last few years and this had had a gradual cumulative effect on their health. They hadn't realised the pressure of the last five months until Christmas afternoon. It should have been a moment of relaxation. For Tim the Christmas services were over and for Betty Christmas dinner was washed up. Then a small insignificant incident involving the three excited children blew a fuse in Timothy's mind. It grew to the proportions of a first-class row, which the children had not witnessed ever before between their parents.

The months of work which had conspired during the autumn to prevent Timothy from having even one day off a week had taken their toll. After the row Timothy left the room and lay on his bed, afraid at what was happening to him. He had never raised his voice like that to Betty in front of the children before. For two days he was morose and uncommunicative. Betty, worn to a thread herself, was so alarmed she called the doctor. Silently the doctor examined Timothy. Apart from instructions to lean forward, open his mouth, lie back, there was not one word. Timothy began to wonder whether there was something wrong with their close friendship. Then, at the end of the examination the doctor sat on the end of the bed to talk. He warned Timothy very gravely that overwork and hypertension had become an obsession with him, had taken over and he was to treat them as seriously as any disease.

The doctor put him on Librium, and the first few days were an enforced go-slow for Timothy. They also constituted part of his Christmas break. But it was no break for Betty. The meals still had to be planned and cooked, the doorbell and the telephone had to be answered, and the children were still at home from school. Timothy in his drugged lethagy was of little help, though he could see something to which he had been blind for some years. His preoccupation with his work, and Betty's involvement in it, were damaging her health and jeopardizing the unity of the family. Moreover the parish, while giving the outward signs of a going concern, was very much a one man show. Timothy was so conscientious in dealing with baptisms and marriages and funerals, with his weekly stints in the schools and his Confirmation classes, that he was giving no time for the people of God to grow and witness. He could see many pieces of evidence that he was more concerned to get through work efficiently than to give time to people. Though his thoughts were still piecemeal, he could see through his depression that radical reappraisal of his ministry was necessary. He needed a framework to his life which gave due account of his wife and family and which was focused on the actual needs of his people. One of his thoughts was to give proper planning to his time off, and this included the holidays which the family had been missing over the past two years. But then the other problem loomed large. Money.

It was about this time that Betty noticed in the *Church Times* a letter from the Chairman of the Board of Church Army, saying that the Society was prepared to help needy clergy with their holidays. Unknown to Tim, she sent off for some details, and discovered that one of the offers was for holidays at a Church Army Laity Training Centre on the South Coast. She broached the subject with Tim and at first the idea did not appeal at all. He had not only not had much contact with the Church Army, his impressions of it were of a rather jolly and hearty band of people with whom he had little in common — least of all on holiday. He didn't warm to the idea of having to be too polite and 'Christian' while he was trying to relax with his family. But the brochure did say it was close to the sea, that the house was fairly small, and that all meals would be provided. He thought of the relief that that would be for Betty and the excitement it would cause with the children.

The following August saw them cruising down the motorway relieved to have put the parish behind them. Timothy had struggled through Lent and the early part of the summer, wrestling with himself. He hovered between being a workaholic and a thoughtful husband and father. It was part of his concept of indispensability that he couldn't share his dilemma with anybody in the parish. He still had to keep up the front of being able to cope with anything and of holding all the reins. But the drugs were really beginning to help now. He had ceased early evening appointments in order to spend at least an hour with his family before the evening activities began. He had also discovered that to begin his Saturday off at six o'clock on a Friday night eased his winding down process very much. Of course there were still interruptions but his conscience was now being conditioned to bleep when he was overworking rather than when he wasn't working.

The first few days of the holiday were hard work. Tim was restless with nothing to do and he was conscious of being irritable with the family. Then, as his tensions ebbed away, he began to enjoy the novel he was reading. He noticed the lines disappearing from Betty's face and the sun having its polishing effect on the children. He was much relieved that nobody at the house had tried to engage him in serious conversation. There were some evening prayers in the small chapel at the end of the day. He began going to these out of a sense of duty and after four days enjoyed these too, knowing that he could go and sit in the quiet without having any responsibility for any part of the service. The sun was warm but the wind was also fresh and the beach was not a place for lounging. But it was near enough to take a ball down with the children for half-an-hour at a time while Betty sat in a sheltered part of the garden. They took a boat round the bay and had a turn on the pitch and put course. They motored one day to the nearby cathedral city and wandered lazily round the precincts.

By the beginning of the second week Tim was even able to think about work without his muscles going tense and his brain beginning to thud. There were two Church Army officers on the staff of the Centre and one other was also having a holiday there. Tim decided that over ccoffee one evening he would begin to get to know a little more about this organisation which to all intents and purposes was his host for that fortnight. One of the things which he had never heard about before was what the officer called the Church Army's 'hardware department'.

The hard ware of the Church Army's warfare grew out of Wilson Carlile's use of gimmicks. There was little that was sophisticated about his early methods of attracting people's attention and holding their interest. Much of his work was done in the open air and amongst people for whom a continuous train of thought or an argument was difficult. They were attracted by the unusual or even the spectacular. They enjoyed something to laugh at. Such judgements and decisions that they made were based upon immediate emotional reactions rather than considered thought.

For almost all of the first eighty years of Church Army history, the *Church Army Gazette* constituted such a gimmick. Bold in presentation and full of illustrations and exciting stories, it was sold weekly by the thousand. It reported public and sporting events as well as giving colourful illustrations of the ways in which the Gospel had worked in people's lives. It has no real successor in the Church Army today. The Society does produce, however, a wealth of literature and audio-visual aids for the use of Christian congregation where mission is actually taking place.

The most popular of these publications has been *Christian Advance* and it was this that attracted Timothy's attention. Basically *Christian Advance* is a series of leaflets which can be used singly or in sequence. The Church Army publishes them separately and offers a ring binder in which to accumulate the whole series. The subjects covered include house-to-house visiting, house groups, open air services, personal witness – in fact any activity which the local church can use to proclaim a clear Gospel and expect conversions. The leaflets are unsophisticated but clear and crisp in their presentation and Tim could well believe it when he was told that many parishes had used the series to great advantage especially in areas where the reading of books had a very limited following. Tim recognised that there were many people in his parish on whom he was making apparently unreasonable demands. It could be that *Christian Advance* might provide at least a starting point for discussion and action as to how the whole congregation might participate in the ministry of evangelism. He was wondering in fact how much real evangelism had been done in his parish over the years. Apart from newcomers to the area joining the congregation from their previous parishes there had been no real church growth. Many of the young people who had undergone Confirmation training fell away quickly and, in spite of attempts at a rigorous baptismal policy, it was only rarely that a family who had brought their baby for baptism were seen in church on any regular basis. As he discussed this with the Church Army officer he realised afresh how all his activity had blinded him to the fact that evangelism was about God and man and not in the first place about church and man.

Timothy was learning too about the value of visual aids. He had occasionally used films in the parish but he thought these were of limited value especially in view of the time that it took to borrow and set up a projector, black out the church hall and actually get people there. It seemed a far cry to him from the stories he was hearing about the mobile cinema which Wilson

Carlile and his early Church Army officers hawked around the country. They used market places and waste pieces of ground to show the early Gospel films from the back of a van. Television had superseded this kind of attraction, and filmstrips which the Church Army now produced were in Timothy's mind a thing of the past.

However, one evening towards the end of the holiday, Timothy, Betty and the children were persuaded to watch a presentation of some of the latest Church Army soundstrips. This was a method of visual aid which Timothy had seen in operation at the local school but hadn't thought that it had potential for use in the parish. It was a method of synchronising a sound cassette with a filmstrip so that instead of the operator reading the script by a dim light the sound came over loud and clear through loud speakers placed near the screen. The story teller's voice was familiar and it turned out to be Kenneth Williams relating the antics of an old car which needed new life. The soundstrip was designed mainly for use with children, but Timothy was astounded at the professional production and the way in which it amused as well as taught the adults. Timothy was shown afterwards the total teaching pack which included large scale figures suitable for use on flannelgraph or magnetic board, stencils for making mobiles as one of the activity suggestions, and some catching new songs all coming with the filmstrips. Timothy made a mental note to send for the audio-visual catalogue from Church Army to find out what else might be available.

Late that night, after the children had gone to bed, Timothy and Betty sat up with the Church Army Captain talking about his parish. He was surprised to find that he was also talking a great deal about himself. There was something about the enthusiasm of the

Church Army Officer which Timothy found infectious. As a missioner, the Captain might not have appreciated some of the longer term difficulties of keeping a parish going year after year. But his own experience of visiting many different kinds of parishes had given him the ability to provide a fairly shrewd and objective analysis of Timothy's parish even from a brief description.

As the night wore on into the early morning pencils and papers came out and a three year plan, designed to treat the parish as a missionary area, began to emerge. Timothy began to see that some of the organisations and structures which seemed to him to be the backbone of the parish might have to go in order that the people of God there could launch out into the deep of missionary activity. The Church Army Captain had a disturbing way of referring not to the parish but to the mission station. He talked about the establishment of an indigenous church once the missionary vicar had left. Though the analogy was stretched a little it seemed to Tim that it had some reality about it since the way that shortage of clergy was forcing pastoral reorganisation on to the Church of England might mean that some parishes which had grown used to the leadership of a professional would be left on their own as a small group of Christians. It was important that they learned how to be the church and not just go through the motions of keeping a parish ticking over. With the aims and objectives changed and clarified the three of them began to focus on a three year plan.

The pivots of this were to be the three great missionary festivals in the year — Christmas, Easter and Harvest. This was the time when many people who were loosely committed to the church but had little concept of the living Christ came into the church building. The training of the congregation to think missionary-wise and to use these festivals for evangelism was to be a new departure in the training programme of the parish.

The Church Army Captain also pointed out that the areas of life where the members of the congregation could be most effective witnesses to their faith were in areas where the vicar would never get. They would need to be taught and supported for the way in which they would get involved in local affairs, in local trade unions, sometimes at the expense of coming to church meetings. None of this would be likely to spectacularly increase the congregation, but at least the people of God would be released from the parochial round to be Christ's body in that place and in the community as a whole.

Betty and Timothy could thankfully sleep in the following morning. The children were up and about and had in fact had breakfast and gone down to the beach by the time the parents surfaced. It was their last day and a certain amount of packing would have to be done as well as making the most of the last of the sea air for another year. Timothy was already contemplating returning to the parish with enthusiasm. He had come away partly wondering how it would get on without him and partly dreading having to return. Now his body was restored and his vision renewed. He was more like the man, Betty thought, that she had married as a young curate. She knew that she would have to put the brakes on him from time to time but she had a calling to the front line as well and she would rather be in the firing line with Timothy than anyone else in the world.

The Church Army's part in this part of the battlefield was as unspectacular as it was unplanned. It is involved individually in incidental ways, the Chairman of the Board, the caring Sisters at the Training Centre, the Captain who was prepared to talk into the night, and the patient quiet backroom work of those who put together *Christian Advance* and the soundstrips. Unknown to them their combined efforts had put a wounded soldier back on the front line.

11

BATTLES OF THE MIND

Julia was late. Again. David Barlow wondered whether it was worth carrying on with her. For three consecutive weeks he had spent an hour counselling her. After all, he reasoned, she only had to come from next door. He glanced around the room wondering what he could usefully do while awaiting to be disturbed. He had had only two letters that morning. One was from Church Army headquarters containing some committee meeting minutes and a friendly note from a fellow Captain. The other was a circular from the association of professional counsellors to which he belonged.

His bookshelves tell the story of his progression through the Mission Department, from which he had collected a dog eared copy of *Christian Advance*, into the deeper water of the evangelism of the mind. Some of his fellow officers were tempted to sneer that all he did throughout the day was to sit and talk to people. David knew that he was as much on the front line as anybody on a beach or walking the streets of the East End. He fancied that the counselling service of Church Army was something like the intelligence branch. Not for them were the explosives and easily assessable results of the artillery. Counselling did not even follow the steady progress of training or encouraging parishes in evangelism. The enemy in the minds of people was usually anonymous. The problems which people presented often needed decoding. Even then he could not find a ready solution — only set up some searchlight in the dark.

He had wasted five minutes of this military train of thought when the gentle nervous tap on the door indicated that Julia had arrived. As she sank into the old chair opposite him David thought that she could have saved many minutes that morning by leaving off some layers of make-up. She was in her early forties but liked to pass off as something fifteen years younger. Her hair, tinted where it was going grey, was piled high on her head and her ears were made all the more prominent by clusters of brightly coloured stones dangling from them. Her nails were cropped short with biting and an attempt had been made to cover up that disfigurement with several layers of blue varnish. Her skirt rode up well above the knee as she sat down revealing full length boots with a jigsaw puzzle of cracks across the plastic. David tried to neutralize his mind, pushing away any prejudice, and recollect the story and the person behind the facade.

Julia had come to London as a young girl full of hope. Indeed she had had nothing to lose coming from a broken home in Newcastle. From her first night in London she had had contact with the Church Army and was even now occupying the room which she had slept in twenty years ago. David knew that the hostel was not an ideal place for her for it prevented independence growing. But for the moment it provided a structure for her life and the basic physical necessities which she would not have if she lived alone. She had spent twelve years living with three different men. Each time the relationship ended it produced a crisis, and Church Army had had to pick up the pieces. The last occasion had almost cost her her life. An overdose, a stomach pump, a second attempt, a probation officer and hostel life again. Most people would call her irresponsible, as indeed she was. Left to her own devices she would either finish her life prematurely or enter a downward spiral from which it would be impossible to retrieve her.

David Barlow frequently recollected how Christ himself went after the irresponsible, those with whom society had lost its patience. All his professional training had not blurred the Church Army ideal of 'going for the worst'. He knew therefore that it was his calling to assist and to believe that somewhere amongst the mess there was a personality which God treasured and which could be nurtured to its full potential.

He noted as the conversation went on that progress had in fact been made. When she arrived for the first session she had been mistrustful and this had shown itself in a cheekiness bordering on the rude. It was the kind of reaction to expect from one who had hardly ever known someone she could trust. From childhood onwards the ones whom she had trusted most proved the least faithful. Her personality was now buttressed with a defence against any intrusion which might lead her to another let-down. But now in this fourth interview the defences showed signs of cracking. As she relaxed she began not only to tell David facts about herself but make observations about them. Perhaps this was real progress. Perhaps she was just taking him for a ride. That, he thought, is the nature of the intelligence service. He booked another hour with her next week. She agreed to try and be on time but expressed some doubt about where it was all getting them. Well might she ask.

David Barlow's next assignment was with a Church Army officer — not as colleague but as client. The Society sometimes uses the counselling service when officers themselves need specialised help. David Barlow did not relish this kind of work. He had long got over the embarrassment of acting in a professional way towards a fellow officer. But he had noticed that it sometimes put barriers between him and other members of the Society. Church Army is not free of gossip and an officer seen in a lengthy conversation with members of the counselling service can sometimes be misinterpreted as under-going specialised treatment. Of course, looked at dispassionately, there was no reason at all to be ashamed at this. After all to admit one's need is the first step of any Christian. But Church Army officers are human and few like to admit vulnerability in battle.

It happened that this particular officer was struggling with his vocation and David understood that there was a crisis of faith not unrelated to the development of personality. David had been in this part of the minefield with several other people.

The officer had talked about his Christian conversion as being absolutely clear-cut. It was a jump from darkness to light in a twinkling of an eye. It was a faith which neatly pigeon-holed its doctrines and carefully categorised its creed. The reference system was perfect. Any question which arose could be provided with an answer.

In the conversations David had discovered that the attitude was not only apparent in terms of religious belief but also in terms of relationships. Everyone had a place and a function. It took some years for the truth to dawn that life could not be played like a game of chess. Not all the pieces were either black or white. Some of the turnings of the game were unpredictable and against the rules. For faith and personality to play the same game that everyone else was playing needed some very fundamental changes.

David was quite sure that this time of crisis would pass and that the officer would grow, albeit painfully, into a person of maturity. Hopefully too he would maintain the best of his clarity of vision and be used by God again. For the moment part of David's role was simply being a companion, listening to the echo-sounding, as the deep changes were taking place.

From the small set of rooms in the West End, David's next appointment took him to the vestry of a City church. As he walked into the church he didn't notice the figure behind the door in the back corner of the nave. He walked up the centre aisle and drank in the beauty of the eighteenth century architecture and the weak sun slanting in from the south side through the huge round leaded windows. He had walked through the chancel and was fumbling for his vestry keys when he heard the movement. He came back to the chancel steps and noticed a tall lean figure walking up the side aisle. David couldn't see him properly until they almost met face to face under the pulpit.

The man was immaculately dressed in a pinstripe suit with a white collar over a plain blue shirt. David judged that he would be in his mid-forties for his dark sleek hair was just showing signs of greyness at the temples. But he was tall and slim and erect and his eyes pierced through the rimless spectacles as David looked up at him. He made David feel rather nervous and impotent. He held out his hand in confident superiority and David rather nervously opened the conversation.

'Did you have an appointment with me?'

The man indicated that he had rung and that he had presumed that David was Captain Barlow. He preferred to keep the anonymity of his Christian name only and David never knew him other than as Jeremy.

The vestry had been newly decorated and refurnished. It had a close covered brown carpet, four pristine arm chairs and a small table on which were placed a kettle, a jar of instant coffee and four mugs.

David regretted there weren't any pictures on the walls yet, for although a good deal had been done to the room it seemed to have a clinical atmosphere. None of this seemed to put Jeremy off from talking and, as is the way of business men, he spoke directly and got immediately to the point.

In the first place he wanted to make sure that nothing in the conversation would be written down or indeed spoken of to anyone else. Having received such assurances from David he then went on to state what he did not want from him. He glanced at David's Church Army uniform as he stated quite categorically that he hadn't come to talk about God. He didn't want the Bible quoted at him and if David thought that he had a possible convert then the conversation might as well cease immediately. Secondly he made it quite clear that he was not mad or deranged and, if he was, he would have gone to a professional psychiatrist. He said he didn't want the inside of his mind pulling about, and if he sensed any probing of this nature then he would end the conversation.

As David agreed to these terms with little more than a nod here and there he felt as though he was under some kind of interregation. He might well have been going to his bank manager asking for an overdraft. His one fear was that this clearly pragmatic man was looking for an instant solution to whatever problem it was that he was about to unfold. Here was a man who was used to conducting conversations according to his own rules and at any moment he was likely to call off the game if he sensed they were being changed.

As if a whistle had been blown and without any prompting from David some of the factual details of Jeremy's life began to unfold. They were catalogued clearly and came over as if Jeremy was reading from an official from. Name, age, sex, occupation, educational qualifications, marital status, nature of presenting problem, other ancillary difficulties and possible solutions had to be discounted before they were mentioned.

That the facts came out quickly and in staccato fashion suggested to David that here was a man near to mental breakdown. The nature of the facts provided the cause. Jeremy was a senior official with one of the leading banks. He lived seventy miles from London but frequently used one of the bank's staff flats when he was working late or had to attend a dinner. His family was straight out of a picture book. A lovely, vivacious wife and two boys and two girls all doing well at their boarding schools. Jeremy admitted that their home was rather luxurious. In terms of material comfort they wanted for little. But under the facade of extremely hard work and high success his personal needs did not seem to be being met. Through his connection with European banking he had formed an association with a brilliant young German female lawyer. Sometimes in Frankfurt and at other times in London they had grown increasingly close. Over the past twelve months they had met several times for week-ends in Geneva. The German woman was married too but it was easy for them both to arrange their meetings under the guise of business trips. But it was proving increasingly costly. Not only was the deception an immense personal strain but the financing of the family at home and an affair in Switzerland had stretched even Jeremy's considerable resources.

His need for money in Switzerland had led him into a number of currency deals ostensibly on behalf of the bank, but in which he was the benefactor. It didn't seem to Jeremy that it was direct stealing but he was using the bank's name to feather his own pocket, and at the very least it was against the etiquette expected of a senior employee.

These were the presenting problems, but Jeremy had also hinted that he saw that there were deeper problems within himself. It was true that the currency deals would take some disentangling and that to cease the affair with the German girl could not hapen overnight. But even if these two problems dissolved overnight, Jeremy himself would remain as the biggest difficulty of all.

With a little prompting from David, Jeremy admitted that for the first time in his career he had felt a frustration. He saw younger men than himself being taken notice of in the banking world, and the truth was slowly dawning that it was unlikely that he would now reach the peaks of the profession, which were targets that he had always set himself. He enjoyed his work but that enjoyment was tied very closely to the motivation of ambition. He had almost unconsciously begun to ask himself what the point of his work was. Of course he could answer that at a superficial level. He was quite convinced that business within the City of London was crucial to the welfare of millions of people in this country and abroad. He could see that his own gifts and training had the power to create an economic buoyancy within the companies with which he had dealings. On that depended thousands of jobs and therefore to some extent the wellbeing of many families. But in all this he was not himself indispensable. The City, even the bank, would go on even if he dropped dead tomorrow. Big questions about his own destiny were now only just below the surface. He feared to face them.

David mused that Jeremy was a far cry from Julia. Yet he believed that it was part of his calling to nurse back to life this man whose life was being destroyed through depression. He couldn't solve his problems in Geneva but he could, through a series of conversations with him, point to a new depth of self-respect which would take him into the second half of his life. At this point he couldn't mention God, but when a man begins to ask why he is here and what is his future he is walking through a frontier which could take him to the threshold of faith.

Over tea that day David Barlow found himself in the same vestry, with added chairs from the church, in a case conference with his fellow counsellors. They did not, of course, reveal the identities of their clients but it was necessary frequently for them to share some of the problems that were arising. There is a great danger of a counsellor taking on all the problems himself. He can be easily blinded to one line of help which can be seen more clearly by other counsellors in the detached atmosphere of the case conference. There are dangers too of the counsellor projecting his own problems on his clients or of reading too much of his own experience into their lives. Perhaps the greatest danger of all for David Barlow was coming to too ready conclusions, and it was on this score that he had to be warned frequently by his colleagues. In any case the conference was a time that David enjoyed immensely. He took great encouragement from the fact that other counsellors were facing many of the same problems that he was. They always finished their time together with some led meditation and then they went out for a meal, where once again they could learn to laugh at themselves and resolve not to take life so seriously as to be blind to the fun.

That evening David was due to give a lecture on pastoral visiting to a deanery in North London. Thankfully more and more parishes were considering the value of lay visiting, not simply to give information or to encourage people to come to church, but on a more deeply caring basis. He had to be careful to note the differences between the consulting room and the visit to somebody's home. He had to remember too the limitations and the problems of the visitors, and that very often the people who volunteer for this kind of work in a parish are the ones who are least capable of it. But then over the questions after his lecture, he was encouraged by the fact that here in their own particular point of the battlefield was a battalion of people who were struggling to be the church in the capacity of a servant. There were many people in that neighbourhood who would never have the knowledge nor the courage to seek professional counselling and yet who needed badly a listening ear, thoughtful comment and a loving presence.

At a quarter to eleven that night David wound his way home and then over a cup of coffee listened patiently as his wife recounted her day and all the pleasures and trials of a mother. At least they had each other, David reminded them, and at least all together they trusted each other and they trusted in God.

And then his wife reminded him that they had a home, and they were conscious in their prayers that night of the many people not only without a home but without a house. They prayed for the Church Army workers struggling to provide homes for the homeless.

12

ROOF OVERHEAD

It was just as well that someone had been praying for Sister Celia Hammond. She picked up the phone before it had finished its first two rings.

'Church Army Housing, Social Work Section.'

'This is the Metropolitan Police.'

Within three minutes Celia was in her car. Within twenty minutes she was pulling up outside Wilson House. There were two police cars and an ambulance outside. She hailed a brief greeting but ignored the questions of a small group of women, standing with scarves over their rollers, near the main entrance to the block of flats. She had a round small frame so that as she leaped up the stairs two at a time she looked like a bounching rubber ball. On each landing she met a small group of whispering women, some with babes in arms, and all falling into silence as Celia bounced up the next flight.

On the second floor there was a policeman standing at the door of number 24. With a nod he opened the door and Celia was guided by the voices inside to the bedroom at the far end of the flat. She was in time to see Annie, completely unconscious, being lifted carefully onto a stretcher. She took her hand and spoke Annie's name but there was no response from the limp, pale, figure. On the pillow of the bed were two small white tablets and Celia quickly noticed a small empty bottle on the table.

As the ambulance men struggled down all the stairs

Celia went into the living room and found Annie's two small children, Cynthia and Daren, sitting side by side on the sofa. They were not crying but the damp smudges on their faces told their own story and they couldn't raise a smile even for the familiar face of Sister Celia. As she went and sat down between them, put an arm round each and as they buried their faces into her their fear was released by deep sobs.

It was not the moment for words. Celia swayed to and fro, comforting the children. She wondered what would become of the children if Annie died. She briefly wondered whether she could take them into her own home but quickly dismissed the thought. Certainly she knew the children well enough. This was probably just one more milestone in the tragic story.

Some would say that it began when Annie's husband began drinking heavily. Celia knew that the story began much earlier than that and in circumstances beyond the control of Annie, her husband, or indeed of Church Army Housing. If one wanted to ask why a factory should close and leave Annie's husband unemployed then it would range through the plight of the clothing industry and into the economy of the country itself.

But it has to be said that unemployment was too much for Annie's husband. In the first place it was hard on a man's pride. It made him bitter to think that nobody wanted him, that he had to go begging for work and that he couldn't buy the children food or the toys that their friends at school enjoyed. But it was also exceedingly boring. A weekly trek to the employment office, scanning through the local paper, an endless routine which at every call for work seemed more helpless.

It was not surprising, therfore, that, at first out of a desire for excitement, the man who longed to be a good husband and a provident father should spend too much of his state benefit on the bottle. And when the excitement of it all waned then the drink became the means of escape. And the more he escaped the more he needed to escape. Annie still loved him dearly and she knew that he wasn't a bad man. But the fact is that the money that should have been spent on food and rent and continuing the payments on the television went on drink. The television had long since gone and food was provided for the children only by Annie herself eating next to nothing.

The rent which Annie's family owed to Church Army Housing had not been paid for eight months. Even before that there were many times of arrears which Annie herself had made up doing odd pieces of work here and there. It was during this last eight months that Celia had got to know the children well. The Sister had been sent by Church Army Housing to investigate the reasons why rent was not being paid. They were clearly in a dilemma. As a recognised Housing Association they had an obligation to all the tenants whom they housed. They also felt a responsibility for the many families who were in inadequate housing and who if offered accommodation would be good tenants. These seemed reasons enough to consider eviction. But it would be a messy process involving long enquiries. And quite apart from that Church Army Housing was in existence to help just such a family as Annie's.

Celia swayed with the children on the sofa. She was conscious that possibly the problems could never be solved and also aware of the damage that was being done to the two human beings that she cradled in her arms. Celia decided that she must stay with them until there was news of their mother. She jollied the children along, tidying up the flat and making the mother's bed. She knew that at any moment their father might come home, and goodness knows what state he would be in. As she put the kettle on she wondered why they had called it Church Army Housing. It was much more than providing a roof over people's heads. Wilson Carlile had thought more of home making.

The particular expertise of providing housing for the homeless grew naturally out of the early Church Army desire to give shelter to those who didn't have it. Wilson Carlile himself saw that many social evils of his day grew out of slum housing and over-crowding. In the early twentieth Century the biggest need was for houses for large poor families. The first World War brought a new crisis. Little new-house building was done and poverty increased. In the August of 1924 Wilson Carlile received a gift of £600 from Mrs. Sowton Barrow of Foxholes in Devon. This was used to establish an autonomous daughter society, Church Army Housing Limited, and it began in small ways to meet the problems. The first scheme was for twelve house at Willesden which were built and occupied by February, 1926. Church Army Housing then grew quickly as people saw a need being met and were able to donate their money to it. 1931 brought slum clearance and, under the 1930 Housing Act, Church Army Housing was able with the co-operation of the local authorities to find sites, obtain loans, and sometimes secure rates subsidies. Many families were rehoused from the worst of the slums. Again it was the largest and poorest families that were chosen.

The second World War brought another halt in development and yet greater need. Winston Churchill had been quick to see the problem in housing provision which would arise in the post-war years and he gave permission for his name to be used for Church Army Housing's new schemes. With the Churchill family's active support, the Society took over large town houses and adapted them into bed sitting room flatlets for elderly people. The work has so grown that about eight hundred elderly people are now housed by Church Army Housing in different parts of the country. The tenants range in age from 60 to 95, have to be fit enough to look after themselves and able to live happily in a house shared by others of the same age. They each have their own keys and are completely independent though a house warden is available as the need requires. The elderly furnish their flatlets with their own furniture and the more modern of the flatlets have their own bathroom.

The 1974 Housing Act made large sums of money available through the Housing Corporation and this enabled Church Army Housing and other Housing Associations like it to develop housing schemes to meet the needs of young families, older single people and those from tied accommodation. Needs may change in the future and Church Army Housing is becoming sufficiently qualified and professional in its approach to meet the challenges that lie ahead.

Like all housing associations, Church Army Housing tries to keep in the closest touch with its tenants and to provide more caring and sensitive housing management than that normally associated between landlord and tenant. The Church Army officers working alongside other social workers in this field, regard it as a natural extension of their call to caring evangelism. They are often in close touch with the local churches in the care of tenants and it was this partnership within the church which provided hope for Annie and her family.

It was just before mid-night that Celia Hammond heard the fumble of keys outside the door of 24 Wilson House. She had taken Daren and Cynthia to the vicarage and they had gladly agreed to have the children overnight to see what the following day brought. She had been round to the hospital and discovered that Annie was still alive and likely to pull through. The stomach pump had done its work but Annie's condition was so weak to begin with that they were keeping her under observation overnight. Throughout this Annie's husband had been out. Indeed there was no indication that he would return that night but Celia felt that she couldn't leave him to return to an empty flat not knowing what had happened and at the mercy of the gossip of the neighbours.

After much scratching over the surface of the door the key found its place, the lock turned and the man rolled into the narrow hallway. He kicked the door closed and groped his way past the door of the room where Celia was sitting and fell into the bedroom. If he had reached the bed Celia would have left him there, but now she bent down trying to drag him up, promising him at first a nice cup of coffee, and then as her patience thinned, a bucket of cold water. Eventually she gave up. The man was in a deep, noisy, snoring sleep. He was in his own home and quite unaware that tragedy had struck and that his family were not there. In a businesslike manner Celia took a pillow from a bed and eased it under his head. She took the eiderdown and put it over him, then she rolled him over on his side, in case he vomited in his sleep, and left him there. She scribbled a long note explaining what had happened but didn't sign it, knowing that the connection with the Church Army was likely to produce feelings of guilt about the rent.

The following morning a phone call from the hospital assured her that Annie was recovering well and would be released that afternoon. Meanwhile the vicar had been working hard on the matter. A series of phone calls to the members of the Standing Committee of his PCC had decided that the parish would collectively be responsible for Annie and her family for the immediate future. With the encouragement of his wardens the vicar made the case the subject of his sermon the following Sunday morning and as a result of that three people from the congregation came forward with offers of money to ensure that the family could remain in the flat. Daren and Cynthia were fitted out with good second-hand clothing and the parish store-cupboard of tinned food, collected at the previous Harvest, was put at Annie's disposal for the time being. As the news got around the congregation it was not long before the offer of a job came for Annie's husband. A local removal firm could take on an extra hand and although it might not have been what he would have chosen, at least it was a new start and some income.

It would be nice to think that that was the start of a new era for the family. Ideally the story should conclude with the fact that the family was drawn into the church fellowship by the friendship of the local congregation and became stable members of the community. Certainly it is true that friendships that were formed because of that crisis remained as a source of real strength to the whole family. But there were other crises in store.

While the father's drinking had been begun for excitement and continued as an escape, it had now become an obsession. It was two months after Annie's return from hospital and six weeks into the new job that he began turning up too late for work. for a gang of removers who have to travel a great deal even ten minutes can leave a man behind, but at least once every week Annie's husband had arrived at work over an hour late only to be sent home again. When the vicar heard of this he went to see Annie. She confessed that her husband had never stopped drinking and it didn't look as though he intended to. He had realised the importance of keeping the job but all his pay was spent in the pub and she and the children were in as desperate straits as ever. She had hesitated to tell anybody because of the kindness that had been shown to them but now seemed relieved that the vicar knew, and perhaps something could be done. The vicar promised that he would try and see the husband and persuade him to have specialist treatment, regarding his alcoholism now as an illness.

Celia Hammond called at number 24 one evening in the hope of finding all the family together. The vicar had told her that a careful watch needed to be made and he hoped that Annie would give her more of the details. Celia was too late to see the children for they had gone to bed, but it gave her the opportunity to talk to Annie alone and to wait with her for her husband's noisy return. Annie seemed more broken than ever. Just as she could hold her head high again her world was crashing about her. It seemed to her that she was doomed to live from crisis to crisis. She was worried for the children's safety as her husband was getting increasingly violent. But at least now she had friends who called in to see her, and there were not the same shortages that there used to be.

Celia and Annie had got through their second cup of coffee when, in amazement almost amounting to fear, they were surprised by the entry of Annie's husband out of breath but completely sober. He was polite to them both and especially the Sister for whom previously he had held so much suspicion. There were no snide jibes as there used to be about Church Army just coming for money. Annie made him a cup of coffee but long after he had regained his breath Celia noticed that his hands were shaking. Maybe the drink was really taking a hold or perhaps he was simply nervous about what Annie had been telling Celia.

The conversation went on in a forced polite way until Celia left feeling strangely more uneasy than if the man had come home rolling drunk. Down the second flight of stairs she met coming up the same two policemen who had been on duty at the time of Annie's attempted suicide. Celia tried weakly to joke with them but their faces were stern. They asked her if they had been at number 24 and whether the man was in. She protested that he was quite sober and indeed had only nicely got home.

'That's what we thought, Sister. You see I'm afraid there's been a burglary in Smallwood Road. Worse than that, a women who tried to stop the burglar was struck down and has since died.'

Annie's husband was subsequently tried and convicted of murder. For Annie and the children his time in prison was probably their most peaceful for several years. They were able to pay their rent with their state benfits and life took on a much more predictable pattern. The congregation of the church was consistent in its support of them. Celia Hammond's mind went to the time in eight or ten years when he would be released again. What would prison have done for him? Would there then be the possibility of a really new start? Much depended upon the kind of friendships he made inside and the sort of thinking about himself that he was encouraged to do. Carefully she wrote a letter to the Church Army officer working in the Prison. As it happens she had never met him but she knew that he would read it carefully, that it was from a fellow officer, and that he would understand something of the complexities of social disadvantage which had put Annie's husband behind bars.

13

WITHIN THESE WALLS

The prison van, with its high slit windows, attracted no attention as it wended its way through the town. The streets were busy with mothers and push chairs, with the elderly lingering at every window, on this warm summer afternoon. Men slipped quickly in and out of the plastic strips covering the doorways of the betting shops. A secretary was taking her bundle of letters to the post office and a crowd of small bored children were using the bus stop as a roundabout. It was an ordinary afternoon for hundreds of people, but for the four men inside the van the journey had spanned their lifetimes in their mind and the future seemed as surely at an end as the predictable jerk marked their arrival at the prison gates.

Inside the prison, the officer glanced at his television screen relaying the scene beyond the gates. The bolts and the bars were lifted and the gates swung open as the van edged its way in. Opposite the reception wing its rear doors were opened and four men glanced around for the first time at the scene which was to be their home for the foreseeable future. Annie's husband, George, was one of the men. The first thought that struck him was how long it must have taken to build the place. In front of him was a low single storey building but beyond that another building with small windows which seemed to reach up into the clouds. And beyond that he could see other roofs topping equally high walls. He gazed round briefly.

Everywhere seemed to be high red brick and barred windows. He felt very tiny and believed for a moment that there were eyes peering out of every one of the windows. He was quickly bundled into a waiting room. He had not spoken to his three companions throughout the whole of the journey and here the four of them still sat in silence.

It was nearly two hours and several interviews later that George first met Captain Colin Peters of the Church Army. Colin was part of a team of chaplains from different churches who were responsible for the spiritual welfare and encouragement of the prisoners. He worked under the leadership of the Anglican chaplain and today took his turn at interviewing the new prisoners. Perhaps it was just as well that Sister Celia Hammond had not yet written her letter for it gave George the opportunity of explaining how he recognised the Church Army uniform. He had to be careful because it was quite possible that George was in some way trying to trick him. But the new prisoner seemed genuinely disappointed when Captain Peters did not show any recognition of the name Celia Hammond. But the fact that there was some small link between them was a good start.

Colin always enjoyed these initial interviews. Although there were plenty of old hands who had been through it all before, some of whom indeed he had met, the new ones were often relieved to be able to talk to somebody who did not represent the police, or solicitors or witnesses. They were often nervous but Colin had the personality to put them at their ease and they had not yet acquired that dull glazed look which comes after long boring days in a very confined, all-male community.

It struck Colin from the beginning that although George's crime was the most serious of all he did not seem like a violent man. It was, in fact, his first serious offence and the sentence though severe was not the maximum. Clearly George was low and stunned and it would be increasingly difficult to convince him that life could begin again when several years had first to be spent in prison. At this stage Colin did not try to talk about the past to George. There would be time enough for that when perhaps he could see it in better perspective and in any case this was intended to be a factual interview when Colin was able to pass on to George some of the basic information about the chapel services and the availability of the chaplain.

As Colin made his way back to the chaplain's office he had to walk along the full length of B wing. He used his key to open the gates at the end and, as he closed them and locked them behind him, it seemed as though the metallic noise echoed high up onto the open corridors which linked the cell doors. All was quiet now but as he walked the length of the block he passed a pair of prison officers who gave him a nod of recognition, and the noise of their steps followed his own to the roof thirty feet above. The safety netting cast its criss-cross shadows across the stone floor. When he reached the far end his feet pattered on the spiral staircase which seemed to go on and on with their iron grating steps. It sometimes seemed to him that the staircase was like a fire escape in a nightmare, as if you were running away from a fire down some winding stairs that never ended.

At last he reached the second landing, his key dangling from his waist swung almost automatically into the lock on the door of the chaplain's office. He and the chaplain shared this office which was furnished simply with two desks at opposite ends of the room, three filing cabinets and a small old wooden table on which stood a kettle, half a bottle of milk, a box of tea bags, a teapot and four mugs. Over the chaplain's desk hung a large notice board filled with lists of prisoners doing different kinds of duty, Confirmation classes, alarm drills and chaplains' rotas. The only concession to any kind of personalisation were four bright posters which were grouped over the small tea table. Colin placed the notes of the interviews with the new prisoners on the chaplain's desk.

He stood in the centre of the room, stretched and yawned. It had been a long day. Now it was time for him to leave the prison and walk the half mile home. Soon the prison would be alive with the sound of the prisoners queuing for their meal. Colin sat down at his desk, folded his arms across it and laid his head on them. The exhaustion of the day brought him almost to tears. Under the resilient, cheerful exterior there was a heart which never hardened towards the men in the prison. But at moments like this he had to remind himself of his own vocation. He went back again and again to Luke chapter 4 where Christ sums up his own vocation by reading the words from Isaiah.

'The Spirit of the Lord is upon me because he has anointed me;
He has sent me to announce good news to the poor,
To proclaim release for prisoners and recovery of sight for the blind;
To let the broken victims go free,
To proclaim the year of the Lord's favour.'

He knew the release for prisoners was much more than getting them beyond these walls. They needed a release from the personal bondage into which they seem to have been born. So Colin set his sights and aligned his ministry with the ministry of Jesus and then he simply laid before his Heavenly Father the four men who had come to the prison that day. In his mind he tried to enter into the feelings which they would have tonight. The strangeness, the loneliness, the rejection. As he prayed he realised that it was just at those points that Christ could clearly identify with them.

Last of all he prayed for George and for special opportunities of getting sufficiently close to him to be of some real help and support.

It was a week later that Celia Hammond's letter arrived. Colin Peters was relieved to have verified all the facts about Annie and the children that George had mentioned to him. But the outline sketch which he had got from George was now filled in with all the light and shade of detail by Celia's long letter. It was now clear to Colin that George would be missing the drink on which he had relied for escape for so long. But there would be opportunities in prison for George to learn a trade which might help to meet the root problem of unemployment.

He was filing the letter away when the chaplain walked in the office. Colin was grateful for the kind of leadership which the chaplain offered. There was an ordered routine about his work and clear instructions for Colin. But having given him a piece of work he was glad to trust it entirely to Colin and this gave to the Church Army officer a proper sense of responsibility and a feeling of being a vital part of the team. They exchanged greetings and settled down to twenty minutes of prayer together. At first Colin had rebelled against the formality of saying Matins every day when there seemed to be so much to be done. But over the eighteen months that he had been in this prison he had grown to value the discipline which the Prayer Book form gave them. The psalm, the lesson and the collects usually built up a pattern on which it was possible to launch the day. The moments of informal open prayer gave the two men the opportunity to unburden their anxieties before their maker and to declare their love for him afresh.

It was possible in this prison to allocate a part of each day for cell visiting. It was a part of the work which Colin never ceased to enjoy. That is not to say that it always had positive results. Indeed usually the couple of hours or so that Colin spent in the cells was an extremely exhausting time of listening. He was learning to sort out truth from fairy tale and to avoid being taken for a ride by the more astute prisoners. He was becoming more practised at getting the solemn, silent ones to speak, and he was also growing a thick skin so that so many of the problems which could not immediately be solved did not overburden him with frustration.

The chaplain was allocating visits for that day and Colin was quick to tell him that he had had a letter about George and that he would value the opportunity of seeing him. The chaplain quickly agreed and Colin's visits were grouped in that part of the wing where George was housed. Apart from the opportunity of seeing George it was not a prospect which Colin immediately relished. Because of the nature of his crime George was amongst a group of prisoners who needed to be carefully watched for signs of violence. In most cases this was clearly necessary. His first visit that day was to the cell of two young men who had been convicted of rape and, because of this, certain restrictions were placed upon them before mixing with other prisoners. Colin checked with the warder on duty in that part of the wing and using his keys went in to talk to the two young men. Although they had been in the prison for several weeks they still persisted in pleading their innocence of the crime and the familiar story was poured out to Colin again. They believed that they had been framed by members of a rival gang and that the identification parade could not have been genuine since the crime had taken place in the dark.

Colin listened. He did not argue. It was no part of his work to either question or defend the course of justice which had put them inside. He was much more concerned with how long it would be before the two men began to look forward or to take note of things around them rather than going over and over again the things of the past. The fact that they still remembered vividly all the details of the courtroom suggested that this was the memory that would take a long time to fade out of their obsession. They threw a certain amount of abuse at Colin when it was clear that he neither could nor would do anything which might cause the case to be heard again. But he made no headway when he tried to mention some of the things which could be available to them in prison, and as he came out of the cell he realised that there would be many other interviews with these two men which would run the same course, before they even began to hear what he was trying to say.

His next call was to the cell of a notorious forger who because of public interest in his very ingenuity had created quite a stir in the newspapers. Outside the prison context one would never have guessed that he was a criminal. He looked and spoke in a cultured way. He was one of the men who attended Colin's weekly Bible study group. Whenever he visited his cell he always felt as though the prisoner was endeavouring to say all the right things and Colin was never quite sure of his motives for attending the Bible study. Nevertheless it was a relief and a contrast to his previous visit.

Colin probably spent less time than he usually did in each of these two cells for he regarded them this morning as something of preliminaries compared to his visit to George. He felt that the news of the arrival of Celia Hammond's letter would cheer George a good deal and that it might help greatly to establish the relationship between the two of them. George must have realised that Celia Hammond would include many details which he had not chosen to divulge to Colin and it would give him the opportunity of coming into the open about some of the things that were really troubling him.

As he entered the cell Colin realised that something was wrong. On the bottom bed of the double bunk George lay gazing at the three feet of space above his head. He did not so much as turn his head as the key turned and door opened and Colin hailed a greeting, sat downn on the bed and waggled George's feet which brought no more than a grunt. It had briefly occurred to Colin that George might have taken drugs. That was impossible in prison. Had he perhaps had a stroke? When Colin began to tell him that he had had news about his family through Celia Hammond George curled his legs off the bed and sat with his head between his hands.

'I need a drink.'

It was the clue that Colin had been wanting. Celia Hammond had mentioned that although she doubted that George had ever reached the state of being a chronic alcoholic he had certainly become dependent on the bottle and she suspected that this might cause some problems inside the prison. And the remark was also a cue to Colin to begin to talk about George's drink problems. The fact that George had not really mentioned it until now suggested that there was perhaps a sense of guilt or perhaps the Church Army uniform had conjured up frightening thoughts of total temperance. However, it was a small break-through because from that time onwards the subject of drink was not taboo between them and it seemed to help George to be able to talk about his favourite pubs, the people that he drank with and the depression that he felt the following day.

Perhaps Colin had been expecting too much from the visit following the letter but he left the cell disappointed and feeling almost as if something of the despondency of George had rubbed off on him. He wondered whether he should tackle him more directly about his faith in God. Should he be more pressing about his invitation to the chapel services? Ought he to be firmer in his conversation? Was he looking for results too quickly? These were some of the questions which ran around the mind of Colin Peters as he made his way to the staff canteen for his lunch.

Choppy cheered him up. He was never quite sure whether this nickname for the lean prison officer was derived from his diet or from his expertise in judo. However, the name had so settled upon him that few people knew his real identity. Sure enough he was tucking into two lamb chops when Colin nestled in with his soup at the opposite side of the table.

Choppy was in the best mould of prison officer. The years had rubbed away any trace of sentimentality or empty idealism. The exterior of the man was tough, his speech was straightforward to the point of being court, his eyes gazed straight into yours and there was no possible doubt as to whom he was addressing. But cynicism had not taken over. His experience told him that a large proportion of the prisoners were likely to be back. But his humanity and his thorough knowledge of men also trusted in the spark of hope he believed was in everyone. It was for this reason that he believed the work of the chaplains to be important. There were some prison officers who went overboard on the religious bit and were anxious to be in with the chaplains in the planning of the chapel services and study groups. At the other extreme there were those who thought of the chaplain simply as a nuisance, as a complication in an already dangerously complex job, and therefore could even be obstructive. And like most of the prison officers Choppy stood somewhere in between the two extremes. He was friendly when he meet the chaplains, he welcomed them whenever they came into his wing, but he would rarely discuss prisoners with them believing that in fact the chaplain and the prison officer worked in two different worlds.

Captain Colin Peters knew that part of his job as chaplain's assistant in the prison was to minister to the prison officers. In some respects he supposed that it was rather like the work of an industrial chaplain who needed to be seen talking to the foreman as well as to the man on the shop floor. All the way through the Prison Service to the very top there were men and women doing one of the most difficult jobs that society calls anyone to do, usually in very difficult surroundings. The dangers were large, frustrations were manifold. These men needed any kind of support which the chaplains could offer them. The senior chaplain himself usually took care of the administrative hierarchy of the prison but the canteen and the prison officers' social club were places where Colin Peters could get close to the men who really created the atmosphere in the prison and on whose goodwill Colin's job largely depended.

Choppy had his grumbles that day — this time about a new system of exercise for special category prisoners. It was obviously causing him some real problems but it was equally clear that it was not troubling him deeply because he quickly warmed up to the conversation when Colin mentioned the boxing on last night's television. The conversation though trivial restored Colin's perspective and he began the afternoon's work refreshed in body and mind.

He went straight to the chapel, for part of his task that day was to prepare the place for service late that afternoon. He had learned much from the chaplain about the use of chapel services in the prison. They were not blind to the fact that a fair percentage of the prisoners who came voluntarily to the service were only there to relieve the boredom or to perhaps hope for a contact with a friend from another part of the prison whom they hadn't seen for a long time. Some of the men had been churchgoers in the outside world and to come to the service was one part of their lives which could go on uninterrupted. For a few it was part of a weekly routine. To a tiny handful it was a new experience which offered a chink of hope in a dark world. The chaplain had derived a service which was short and lively. Sometimes he used spontaneous drama involving some of the prisoners themselves. The gauntness of the chapel, built in an era of Victorian compulsory attendance, was relieved by well recorded music and by colour in wall pictures and vestments. The chaplain was also in favour of an occasional visiting preacher who would be well briefed and screened. This checking out was not so much for security purposes though that in a small degree was necessary, but in order to make sure that here was a person who was gifted in communicating with men.

That day there was to be a visitor from Church Army headquarters. In earlier years he had spent five years as a prison chaplain's assistant and knew something of the drill and the problems. He did not let them down that day and his visit was not only a valuable ministry to the prisoners but also did much to establish the chaplain's confidence in the Church Army and in the back-up services which he knew were available for Colin.

Late that evening Colin was able to take the Church Army visitor back home for supper and a bed. It gave him the chance of sharing some of the opportunity and the tensions that he was facing. Being careful not to mention any names, he talked to him about George and found new hope in some of the experiences which the visitor was able to tell him about his own days inside. He realised again that when you are likely to have several years of fairly intimate contact with a prisoner you could afford to work slowly and deliberately. The next stage was clearly to be able to encourage George in the adoption of a trade and embarking on some training while he was in prison. He could genuinely see some hope there.

The other seed that was planted in Colin's mind was the possibility of some Church Army officers visiting the prison for a fortnight with the object of taking a mission. There was a long tradition in Church Army of this kind of activity and many of the mission officers were experienced in the particular kind of mission that could be operated within the walls of a prison. It was an idea which Colin would take up with the chaplain at an early opportunity and would provide a target to work for.

But perhaps most important of all, the visitor from headquarters was able to bring him up to date with many of the developments within Church Army. He heard news of old friends, of plans for a Church Army officers' conference to which he would be going later that year, of new publications and of developments in departments of which he rarely head. It was good to feel part of a wider community. In particular he warmed to the news of the development of the Church Army Fellowship and the Christian Service Scheme. That is a story that is worth telling.

14

ARMY OF THE CHURCH

It would be perfectly possible to walk past Joan Lang in the street without thinking there was anything remarkable about her. If she was asked to describe herself she would probably use the word ordinary. A middle-aged housewife, married to an insurance manager, living in the suburbs of a market town in the Midlands. She is neat and trim in appearance and an easy person to talk to. Her main ambition over the last twenty years has been the bringing up of a family and the creation of a home. The church has always meant a great deal to her for she had grown up in the town. She had been baptized there and married there and her two teen-aged children had recently been confirmed there. She wouldn't have described herself as 'holy' but her faith was central in her life and she believed that seeking to pass it on to others was an important part of it. In her time she had been a member of the PCC and the church committees. She had been helped a great deal by her membership of the Mothers' Union. In many ways Joan Lang is the sort of person you could meet in any one of hundreds of Anglican congregations any Sunday.

Tonight is a special night for Joan. She is to take another step of discipleship. She wishes she could do it quietly but sees the point of the moment being marked in the presence of the whole congregation. The Sunday evening congregation has been swelled to about seventy people who have come to pray for Joan tonight.

She kneels on the chancel step and the vicar takes her hand.

In the name of Christ, I enrol you as a member of the Church Army Fellowship. Carry out your rule of life conscientiously in the name of the Father, and of the Son, and of the Holy Spirit. Amen.'

Then the vicar puts into her hand a small card and a lapel badge engraved with the Church Army crest on a red background. It is a simple but impressive ceremony. Simple because it only takes a few moments. Impressive because clearly it means much to Joan and it has taken a good deal of courage for her to get to this point of commitment. She doesn't like being singled out or thought of as very different from anybody else. She hopes that people will understand and the vicar's sermon helps. It doesn't mean that Joan is to put on a Church Army uniform or go away to some strange place. She is to carry out her mission in perhaps the most difficult place of all, where she is and amongst her own friends and neighbours.

For Joan it worked out in a practical way by the formation of a small prayer group. It began with only three people who gathered together simply in her own home for exactly forty minutes once a week and gradually it grew until there were never less than eight people there, all burdened with praying for evangelism, first of all in the parish and then in the broader context of the nation and the world. Joan found that good prayer leads to action and as the months went by she was conscious that the group was praying specifically for certain people to be renewed in their faith and to find new purpose in their discipleship. It encouraged her to speak warmly and lovingly to some individuals whose faith seemed to be going cold. to her it all seemed natural and unspectacular but it is the stuff of which real Christianity is made.

The Church Army has never believed in dividing Christians into two groups – those who minister and those mostly on the receiving end of the ministry. Every Christian has a ministry; a vital contribution to the life of the church which only he or she can give.

The Church Army Fellowship is an opportunity for Christians working out their mission in their own parish to enter into a partnership with the Church Army and identify themselves with what it stands for. It offers opportunities for witness by sharing in evangelistic projects, by helping in residential homes and hostels. It offers a link with Church Army work in people's home area and also special week-ends for training, prayer and fellowship. Members of the Church Army Fellowship receive information through Church Army publications of the latest news and views and the way the Society is progressing. Perhaps most importantly of all, it offers a framework of a rule of life which can help its members to live more effectively for Christ in their local church situation.

One of the links that was possible for Joan was to attend, about three times a yea, a staff group of the local officers together with other members of the Church Army Fellowship. As well as the full time people Joan met at these meetings were four people who were to become firm friends though they only met every few months.

Ted was a bus driver and because of the nature of his shift work it was not easy for him to plan his free times. But he was seeking to be a more effective Christian in the way in which he acted and spoke of his faith in the depot and with other members of his bus team. Joan felt that he was in a sense pioneering a piece of Christian evangelism and it clearly helped him a lot to be able to talk about his problems and opportunities with others who were more skilled and more experienced in talking about their faith.

Barbara was a school teacher and at one time had considered carefully offering herself for full time ministry in the Church. However, she had a deep conviction that her full time ministry was in the educational world and she had taken advantage of two evangelistic week-ends in London organised by the Church Army in which she had learned more both of the theory and of the practice of gossiping the gospel. More particularly in her home parish there was an old people's home run by Church Army and she had given a commitment there of one evening a week when she went in and worked alongside the officer in charge, sometimes talking to the old people, sometimes helping to bath the invalids, and at other times doing jobs about the kitchen.

The other two of Joan's friends were Pat and Malcolm who had only been married for eighteen months and had dearly longed to go abroad on the mission field. They were sad at first when Malcolm's health technically prevented them from going abroad and once they had got over that disappointment and accepted it they looked round for ways in which God could use them in the mission field on their own doorstep. Malcolm was studying hard for his surveyor's examinations but it didn't prevent them from using part of their holiday to work with a mobile mission team with the Church Army. They soon became convinced that the British mission field was where God wanted them and that was where they were finding their missionary vocation fulfilled.

Like many other young people of his age Andrew had time on his hands. It wasn't that he was lazy or under employed. It occurred to him that at the end of his course at university he would have an opportunity to use some time in a way which would probably never occur again. His chosen career was Law and it would be possible to go straight into further professional examinations. But then he recognised that that would be embarking on a career from which there could hardly be a turning back and with the likelihood of increasing domestic commitments he would not have the opportunity of using time again exactly as he liked. Many young men in Andrew's position would use it to travel lightly and widely. Some organisations offer temporary work overseas but for Andrew his own use of some time was closely allied to his own Christian commitment. The Church Army Christian Service Scheme was one opportunity that he considered very carefully.

He learned that he must agree to serve with the Church Army for a minimum of nine months and preferably for a year. He learned too that the Church Army needed auxilary help of this kind and that it really would be offering a service. He recognised that the kind of work in which the Church Army was involved was meeting the needs of many kinds of people with whom he would probably never come into contact again. There was another aspect of the scheme which attracted Andrew. He learned that he was to be totally committed to the Church Army and that they could send him to whatever kind of work they thought was right or where the needs arose. This kind of submission and obedience was what Andrew was looking for in the development of his own Christian commitment. He was almost surprised to hear at the end of his enquiries that he would actually get paid for the work. And so it was that July found Andrew sleeping in a church hall with a mission team and November working in a hostel amongst the Harolds of this world.

Joan the housewife, Ted the bus driver, Barbara the school teacher, Pat and Malcolm the young married couple, and Andrew the student, were all finding new avenues of commitment and service through the Church Army Fellowship and the Christian Service Scheme. Only in such ways will the Army of the Church open up new fronts. Perhaps it is not surprising that with such a missionary dynamic to the Church Army it should have spread to other parts of the Anglican Communion. Constant requests come in to Church Army headquarters from new evangelistic projects opening up in many parts of the world. Many of the requests cannot be met because of lack of people to go. But there are some remarkable stories of growth overseas when cries for help were met by men and women of commitment and dedication. Jamaica is an exciting example.

15

A NEW FRONT OPENS UP

In the autumn of 1954 the then Chief Secretary of the Church Army paid a visit to the Caribbean. December 9th found him in Kingston, in Jamaica, and his diary for that day includes the following words.

'I met about twenty clergy and ten of the leading laymen of the Diocesan Council to tell them about the Church Army and discuss the possibility of our training native people from Jamaica. The Bishop seemed pleased with the meeting and felt that I had made them keen about the idea and consequently they would raise the necessary money as there were influential laymen present. This was in many ways the most satisfactory meeting I had in the West Indies. They would very much like us to send an Officer to help prepare their Diocesan Mission in Lent 1956, and this man could also look out for suitable men to be sent to England for training.'

He concludes his reflections with these words, 'I hope too that we shall be able to respond to the request for help from the bishops of Trinidad and Jamaica, and that our aim may eventually be fulfilled of training some of the indigenous people of those islands, for that seems the most effective way of taking the spirit of Wilson Carlile to the West Indies. If one English Captain can, for instance, be the means of eventually securing five West Indian Captains, then I am sure we are right to send him overseas, however hard pressed we may be to fulfil our commitments at home.'

That vision has been fulfilled several times over. Under the imaginative and dedicated leadership of an English Church Army Captain the Church Army in Jamaica has grown over the last twenty years to become an important and almost indispensible part of the Anglican ministry in Jamaica. It was in that short tradition that Benjamin Thompson was sent by the Bishop of Jamaica for Church Army training in England. He had spent all his life in Kingston but the family really belonged to the country. His grandfather had worked on one of the big colonial sugar estates and it was only when that system began to break up and national independence was imminent that his father and mother moved into the city. From the time of their arrival his father had been lucky to get a job as a hospital porter. They had prospered much better than some of their friends who had left it another year or two and since then had remained unemployed. The Thompsons had been ambitious for their children and Benjamin had done well at the local school. They had also found a great welcome at the thriving church at Half Way Tree where Benjamin had become a chorister and made many of his lasting friendships.

It was difficult for Benjamin to disentangle his motives for offering himself for service in Church Army. There was no denying that the prospect of going to College in England was an attractive one. But he also believed that his heart had been genuinely touched by God to give his life to him in a very positive way. Alongside this he had been moved and even angered by the contrasts of wealth and poverty in his country and especially in the city of Kingston. On the one hand were the tall new buildings of the commercial centre of the city, the elegant tourist hotels fringed by lines of large limousines. On the other hand were estates of some of the worst poverty imaginable. He had been with some of the church workers to visit the huts and the shacks where many of the unemployed lived. It was not surprising that political feelings ran high, often erupting into violence, that drug taking and vices of many kinds sprang up under such conditions. Benjamin saw most of the people on these estates as essentially good and yet stretched to the utmost of human degradation by the conditions in which they lived. Benjamin grew to admire more and more those who worked amongst the very poor. There were several imaginative schemes set up by the government and the churches for offering new houses, medical care and education. But the resources that were available for such developments only allowed them to scratch the surface of the problem. There continued to be a huge amount of suffering. Benjamin had met boys of his own age who had known no other life than a one roomed home without sanitation, with very little food and not much to hope for.

What he understood about Jesus Christ was that he was a friend of the poor, someone who would go out and search for the outcast and the underprivileged. He had learned too that the body of Christ in the world today were the members of his Church. Therefore, he reasoned, that it was the calling of the Church to reach out to those with no hope even if it meant suffering in the process. At his Confirmation it came home to Benjamin that he was now a responsible member of the Church and that his vocation was part of the church's calling.

There was no doubt in the Bishop's mind about the reality of Benjamin's call. The Church in Jamaica is not rich but for Benjamin and one other student they found the money to fly them to England for their three years of training. The expenses in England would be found by the English Church Army. The Bishop realised that it was a risk sending young Jamaicans to England for training. There was the real possibility that the training would be remote from the conditions in Jamaica or that the students might decide to settle in England. Thankfully his experience told him that this almost never happened. When a call was genuine it was to serve the Church in a particular place and often family ties were strong enough to encourage the young workers to come back to Jamaica.

That was true for Benjamin for his vision of service amongst the poor in Jamaica remained constant throughout his training in England and the marvellous day came when he was welcomed back at Kingston Airport by the leader of the Church Army. He had been puzzled by news of the first job he was going to. He thought that he had always made it clear that his vocation was to the slums of Kingston but the Bishop and the Church Army were sending him first to a small town on the North Coast. It was explained to him that after three years in England it was necessary for there to be a time when he was working well away from his own home in a place which would allow him to become adjusted again to the Caribbean.

Years later he was to remember waking up on the first morning in his coastal parish. In three years he had become accustomed to the early morning of South London. Many times in English winters he had put on sweaters and curled himself up in bed to pluck up courage to begin another day. Even at seven o'clock in the morning the Jamaican sun was now boring through the window blind. Even in the freshness of the morning he could smell the heat. And the noises were not of lorries and milk floatss and commuters' cars, but of a pack of dogs and chirruping crickets and barefooted children on the pavement outside. He remembered that moment because he received a deep confirmation of his vocation. He knew that there would be many difficulties and disappointments. That there would be times when he felt like giving up. But he would look back to this moment as a time when he knew that he was where God wanted him to be.

Throughout that first day he remembered that his colleagues in England, recently commissioned, would be going through many of the same routines although in a very different setting. There were prayers with the vicar at the church, some study and preparation, the first tentative visits and the getting-to-know-you session with the young people in the evening. He discovered there was poverty here too but somehow it didn't seem so bad in a small town as it did in a big city. He was to learn in this first post that the rich, or comparatively so, also had their needs. Above all he was at home with the young people, making music, devising projects, pointing them ever onward to think big for God.

After nearly two years he was sorry to leave the many friends he had made there but the Bishop now felt that it was time for Benjamin to be where he had always wanted to be and he was put on the staff of a city centre church in Kingston which had a particular concern for the young people in the slum areas. He recalled that he had seen some very bad poverty in England but somehow in a warm climate it was made all the more obvious for all to see when people could exist with the minimum of clothing and the minimum of shelter. Over the next few months Benjamin was to establish a House of Reconciliation. It was staffed by a strange group of Christians including a Roman Catholic Nun and a member of the Seventh Day Adventists. Set in the centre of one of the most difficult areas they began, not knowing how the work was to develop. The house itself was a small building given to them by the government and financed by the Council of Churches. There could be no plans for quick results, of making many conversions and changing the area overnight. They knew that the process was to be a long one of loving and of suffering. But above all peace was to be the keynote.

They began simply by praying for peace in their own hearts and between themselves. They had no idea how they were to make contact with any of the poor, the violent, the deranged, the eccentric around them. They had the conviction that God had opened the doors for them to be there and that it was enough for them to wait to see what doors open next.

The first tentative steps came in a surprising way.

Early one morning Benjamin and his two companions were sitting cross legged on the floor of the house. They had little furniture but in any case they discovered that this was a comfortable position for concentration and prayer. Together they drew in deeply of the presence of God. If they had looked out of the window they would have seen that there were few places on earth less likely to stimulate contemplation. Their Bibles were open on the floor in front of them and from time to time one of them would read, another would pray out loud and perhaps the third would break into a quiet verse of a hymn. They were focussing their thought on the Prince of Peace. They sat there, the three of them, with their eyes closed and their palms held upwards in a gesture of receiving anything that God wanted to give them. They wanted to know what to do, what course to take, what avenue into all the hundreds of thousands of problems around them. But they were free from anxiety knowing that when the time was right God would lead them on his way. They didn't believe that it was by pure coincidence that all their readings independently chosen had had reference to children.

'Suffer the little children to come unto me.'

'Except ye become as little children ye shall not see the kingdom of God.'

'A little child shall lead them.'

It was certainly going through Benjamin's mind that one way into the area was through the children. They were less likely to be inhibited or afraid of having strangers amongst them. They were less likely too to be prejudiced against new comers. They might even be inquisitive about the three at the House of Reconciliation. Whether similar thoughts had gone through the minds of the other two Benjamin never discovered for when they opened their eyes some minutes later there were standing in the doorway two tiny children.

Their faces were shiny cherry-blossomed brown. One was a little girl with a stained short skirt and the boy was wearing nothing except a pair of shorts. As Benjamin smiled at them the large whites of their eyes changed from curiosity to pleasure and the first impulse to run away was checked when all five of them burst into laughter.

That was the beginning of a story which is by no means ended. The two children because firm friends at the house and soon they were to bring other children. Each contact with a child led to a visit to a home and most homes led to a complexity of problems involving the neighbourhood. The problems of the neighbourhood seemed often to have only political solutions. In the long term even the politics could not be confined to those of the island for at its nearest point Jamaica is only ninety miles from Cuba and aid was also being made available through the International Monetary fund of the large Western nations. There are commonwealth ties between Jamaica and Britain. But what Benjamin kept in his vision was that although the problems were deep and the social and political solutions were on an international level, it was important not to be overwhelmed by them. Something for the cause of the King of Peace could be accomplished each day. Benjamin could and did lobby on the political front but his view of the state of things was not so much to regard them as a social problem but to give the individuals names. To Benjamin the two little children who first interrupted his worship were Joe and Anna and not mere statistics in a government office. For Joe and Anna and all their friends there was hope so long as love was kindled and trust established.

Wilson Carlile would have approved of Benjamin Thompson's 'going for the worst' in Kingston. He had done it years before in London and the same spirit is behind Church Army work in the East African city of Nairobi.

16

AFRICAN FRONTIERS

About twenty-two miles north of Dodoma, a city in the heart of Tanzania destined soon to become its captial, lies the small town of Buigiri. On a slope here overlooking the vast expanses of an African plain is a school for blind boys. It now belongs to the local diocese and is run by African Christians but the story behind it is one of the most exciting frontier tales in Church Army history.

Seeing that blindness was one of the most common disabilities in the African Bush a succession of gifted and dedicated Church Army Officers have spent many years building up a boarding school from nothing at all to a fine campus of buildings consisting of classrooms, workshops, dormitories and Chapel. A visitor from England was recently looking round the dormitories when one of the boys slipped his hand in his, led him down the stairs and out through the door into the dazzling sunlight. Though the boy was blind he led the visitor unfalteringly across the courtyard and up the steps of the handsome chapel. He chatted away merrily and said there was something that he wanted to show the man from England. He wound his way expertly through the rows of chairs up to the chancel step and through the Communion rail and round the back of the altar. In the reredos there was carved a figure of Christ with a lamp in his hand after the style of the Holman Hunt picture. The boy took the visitor's finger and ran it round the Light of the World.

'I feel', said the boy, 'as though I see Jesus.'

Perhaps that true story is symbolic of all missionary adventure into what was once known as darket Africa. The East African revival over the last thirty years has meant that much of darkest Africa is a good deal lighter than parts of Western Europe in spiritual terms. Certainly as Europeans have gradually eased out from leadership roles within the Church, having laid their foundations, African themselves have produced a vibrant Christianity which often puts the conventions of the West to shame.

There are still a few English Church Army officers in East Africa, often involved in teaching roles, but for the most part the leadership and growth of Church Army there is the responsibility of Africans themselves.

Though there are a considerable number of African officers working in Uganda and Tanzania the heart of Church Army's enterprise in East Africa is in Kenya and in Nairobi in particular.

The heart of the city reflects the emergence of one of the more successful states of the new Africa. The tall and yet graceful government buildings or hotels, the great conference centre and the cathedrals rise out of the plain and can easily be seen from the game park close by. Indeed wild animals are occasionally still seen in the streets of Nairobi though more and more the noise and bustle of a great city have taken over. There are suburbs of Nairobi which reflect the opulence of both a past and a present age, but like most cities it has its areas of housing estates and even abject poverty, as hopeful country dwellers discoverd that the streets are not paved with gold.

It is in one of these poorer areas that the complex which forms the headquarters of Church Army, East Africa, is to be found. The most intriguing building is the college chapel. To English eyes it resembles a model of the Roman Catholic cathedral in Liverpool. Closer inspection identifies it as peculiarly African. It is round with a sloping roof and not much bigger than the mud huts of the traditional African scene. Its concrete walls give the inside a coolness and calm ideal for private prayer or public worship. The number of people that could be in the chapel at any one time is severely limited and most would have to sit on the floor, but as they gather round the altar the very simplicity of the building suggests authentic primitive Chrisitianity.

It is to this building that Henry Mwamba comes each morning for college prayers. He is a countryman at heart and knows that he will go back to his own diocese of Mount Kenya North when he has finished his training. He has learned much in the city but knows enough of his country's economic and political strengths to realise that much wealth lies in the country areas, where coffee and tea and the appeal to tourists can attract overseas currencies. He knows also something of the needs of the country people, where there is still much headway to be made in terms of medical treatment and education. By going to the country he will have to give up the comforts of some of his brothers who stay in the city. Part of his livelihood will have to be eked out of the land in a small-holding, and he will have many miles to travel from church to church and amongst the small villages. Henry is looking forward to the great day when he will be commissioned as a Church Army officer.

Though smaller, the college in Nairobi is similar to its counterpart in England. Each student has his own study/bedroom and the lecture rooms and library and dining room are grouped around the chapel lending a sense of community to the twenty or so students at present in residence.

One of the greatest personal struggles that Henry has is living with his natural prejudice of tribal origin. He knows that in Christ there is neither 'Jew nor Greek' and yet, because of physical appearance and language and custom as well as a long history of tribal warfare, he finds himself more naturally grouping within the college amongst his own tribe. He knows that the Church and the Church Army within it is as subject to tribal strife as any other human institution in East Africa. When questions of prominence or leadership arise not even the lively Spirit of God in man's heart can eradicate quickly the prejudice of centuries.

Henry reflects too that though he knows intellectually that God loves the white man and the black man equally he still had troubles about carrying hidden suspicions and even bitterness towards the whites. He knows there are many fine Christian whites in Kenya, he knows the legacy of Christian roots that the whites have left behind, but the colonial days are only a generation ago and Henry still finds himself uneasy in a white man's presence.

However, his time in the city has helped him to overcome many of these ethnic problems and to accept that it may only be in his children's children that total equality and understanding are accomplished.

On Saturday morning Henry and his fellow students set off with the intention of doing some evangelism in an open market. The exercise was not a compulsory one but there was an impatience amongst the students to get on with the job and also to seek to put into practice some of the things that they had learned in lecture room and chapel and book. Even for Nairobi the morning was hot. Though the city is close to the equator its climate is made pleasant by its height above sea level. This morning the sun was beating down and the heat was made all the more stifling by the crowds of people on the street. It was the kind of situation which provokes short tempers.

The market was a meeting place of the old and the new. On the stalls, alongside the rolls of cloth and the baskets, were the products of a twentieth century technology. Transistor radios and electric fans. There were the modern patented brands of aspirin alongside the vivid concoctions of bottles from the herb mixers in the countryside. A large van was emptying its load of brightly coloured rugs and a woman carrying many baskets on her head walked elegantly past. The kerbside salesmen were beginning to test their form on the early buyers, and children ran excitedly in and out of the stalls being shouted at by worried mothers and suspicious stall holders.

The group from the Church Army Training College had simply prayed that they might be given opportunities to speak of their faith. Their uniform would be a help. Part of the Church Army complex was a well stocked bookshop used by the diocese, alsowhere tracts and small pieces of literature were available. Each of the students had armed himself with some of this in case a conversation should lead to a useful point. Henry had spoken to one or two people. Some were polite but apathetic. Others were afraid and one or two were belligerent. He was becoming dispirited and the heat and the crowds were sapping away his energy.

His attention was attracted by a scuffle in the crowd. One or two women screamed and loud voices were raised. Over the heads of the crowd he saw the structure of a large market stall wobble violently and then after moving several feet in a upright position it toppled over so that all the pans and cooking utensils hanging from its crossbars clanged to the ground. This gave more room for the crowd to form a large circle three or four people deep while in the centre the scuffling and swearing of two men in a violent brawl could be heard.

Henry climbed on to a handcart to get a better view and wondered how long it would be before the police came. As he saw the two men rolling on the ground kicking up the dust and the crowd beginning to roar at each new move, he thought he recognised one of the men. He peered through the commotion and certainly he saw that it was a man whom he had met in a church congregation only the previous week-end. In one impetuous and thoughtless movement Henry dived through the crowd and sought to pull the two men apart. The crowd moaned for they were enjoying themselves, but another Church Army student seeing Henry in the midst of it all came to his help and soon the two wrestlers were parted.

Henry took the man whom he knew by the shoulder and led him through the crowd and into a side street nearby. He leaned him against a wall and pinned him there between his two arms. Henry's eyes flared in anger. He shouted at the man to bring him to his senses. What sort of a Christian witness did he think that was? Why get involved in a public brawl and bring dishonour to Christ? What was the point of the Church Army students speaking about Jesus when one of his followers was disgracing him?

The man was duly penitent. He was exhausted, his clothes were covered in dust and the blood from a small cut on the cheek trickled down his face. He admitted that he was in the wrong, that however much the other man had insulted him there was no need to raise his fists. 'You see,' he said, 'this is my great weakness. I cannot control my temper. I am a Christian if that means being a follower of Jesus Christ. I am baptized. I do go to church. But I am not yet saved. The evil in me is still strong, there is still much for Christ to take over.'

Henry took the man by the arm and walked silently through the streets to his home. He mused on the way that God had given him what he asked for. A translation of his theology into action. It also told him something about himself. Like this man there was still evil to be redeemed. Following Christ did not make you good overnight. Life was not as simple as sometimes theology tried to make it. In more senses than one Henry was beginning to learn that not everything was black and white.

So the training through theory and practice goes on with similar patterns but in a number of different cultural settings. Evangelism and the social work go side by side in Nairobi as they do in London. The officers go to parishes, to prisons, to work in the Forces, as they do in England. Wherever he is in the world the evangelist has the same tale to tell but it will not be told in the same way if it is to be told well. As well as in Africa and Jamaica the Church Army has Societies in New Zealand, Australia, Canada and the U.S.A. It has officers seconded to missionary societies working in South America and Pakistan. Wherever they are they are seeking to discover ways of 'loving people into taking God seriously.'

And while an officer in New Zealand might be getting up to start a new day in a youth adventure centre, a hostel in England is cooking a meal in order to welcome its residents back for the night.

17

HOSTEL-NIGHT

Captain Tony Silk and one or two of the residents were sitting round the hostel door when Harold returned from his first day's work in the churchyard.

'What a mess that place is.' His words were accompanied not by despair but the suggestion of a twinkle in the eye. Tony Silk just detected a slightly more upright stance in Harold and the fact that he had spoken some words of greeting was significant in itself. Moments like this were the wage packets of Tony Silk's life. He imagined that his fellow officers on a beach mission could count their converts, those in a parish could measure the size of their congregations or those making film strips could see a good end to their labours. For him the reward was seeing Harold's head held two inches higher. He knew that tomorrow might bring a different story so he savoured this moment of achievement.

Tony Silk was proud that he had been admitted to the Office of Evangelist in the Church of England. He knew that the title could be misunderstood. There were many to whom evangelism meant filling a football stadium or haranguing people from a soapbox in Hyde Park about the dangers of hell. Then he thought of his friends in the Welfare Department of the Church Army providing warm clothing for men and women and children who could not afford even jumble sale prices. He thought of the Church Army Scout Commissioner encouraging troops up and down the country to take their 'Duty to God' seriously. He thought of the Sister who writes to and visits prisoners' families and takes the trouble to remember them at Christmas and at birthdays. He remembered those who worked on an unattached basis amongst the men and women who preferred to sleep out on the London Embankment. And his mind went abroad to some officers with whom he had trained and hundreds of others whom he would never know who were seeking to act out parables of the love of God. All of this, reflected Tony, was evangelism. Unspectacular and unheralded.

The men sat around the step of the hostel chatting away and waiting for the time of the evening meal. Buffin the hostel dog wandered amongst them gaining a pat here and a word there, wondering no doubt when it was his teatime as well. He was grinning away at each of the men and his tail wagged so ferociously that the whole of his hind quarters waved as well. Tony smiled openly as he remembered the story of the men who were trying to translate the New Testament into Eskimo. They were stumped for an accurate translation of the word 'joy'. The translators would jump up and dance around, grin from ear to ear and even throw their hats in the air. But none of this produced quite the right word. It was not until the huskies came home after a long journey panting away and showing their pleasure in a general doggy fashion that the right word occurred to the translators. So it went down 'there will be tail wagging in heaven over one sinner that repenteth.'

There were so many ways of communicating the gospel. Good news can be told in words but just as often it can be seen in the smile of the face, in the touch of a hand, in a sacrifice tokening friendship. Words are only a part of a life lived and the two cannot be separated.

Harold was ravenously hungry and by the time the meal was served it was the first time for many months that he could remember having such an appetite. He savoured every mouthful and actually began to notice and to speak to others around him. He went upstairs early that night and lay for a long time browsing through his gardening magazine. The churchyard was a big place, there would be weeks of clearing to do first, but then in the borders near the church itself there would be some space for some sweet peas. He'd spend the winter digging deep and preparing and then he'd write off for some of the very best seed. He looked at the photographs in the magazines and down the advertisements. His mind went so far into next summer that he could almost smell the scent of the sweet peas. With the scent came back the memories of his wife and son and the painful things that had happened in the last few years. He longed for them to be able to see the sweet peas he was going to grow. Then he considered how much better he was than when he had first come into the hostel. Perhaps the corner had been turned.

Eventually the light went out and he curled up in bed to say his prayers. There was a time when all he could say was, 'why, why, why?' and almost feel too ashamed to talk to his maker. Now he was thankful for the warmth of the bed and the roof overhead. He was glad too that he had food and somebody to talk to. He was glad there was tomorrow and grateful for that. As his eyes closed Harold edged into the kind of sleep that comes from physical work in the open air and he was happy that there was someone to thank.